suhrkamp taschenbuch 4266

Mary Lou und Lothar heißen die Protagonisten in Thomas Meineckes Roman. Lothar erforscht das gemeinsame Werk des Theologen Hans Urs von Balthasar und seiner legendären Amica, Ärztin und Mystikerin Adrienne von Speyr. Er glaubt sich einem unglaublichen Liebesdrama auf der Spur. Der von den Theaterwissenschaften zur katholischen Theologie und damit zu sexueller Enthaltsamkeit konvertierte Student gerät zunehmend in Gewissenskonflikte, seit ihn die charismatische Klavierspielerin Mary Lou in Versuchung führt.

»Mit *Jungfrau* hat Thomas Meinecke einen popkulturellen Arbeitsraum aufgemacht, in dem man sich mit sinnlichem Vergnügen und intellektuellem Gewinn tummelt.«

Christoph Bartmann, *Süddeutsche Zeitung*

Thomas Meinecke, 1955 in Hamburg geboren, lebt seit 1994 in einem oberbayerischen Dorf. Er ist Schriftsteller, Musiker und Radio-Diskjockey. Zuletzt erschienen seine Romane *Lookalikes* (2011), *Hellblau* (st 3508) und *Musik* (st 3858) sowie der Erzählungsband *Feldforschung* (2006).

Thomas Meinecke
Jungfrau
Roman

Suhrkamp

Umschlagfoto und Konzept: Michaela Melián

suhrkamp taschenbuch 4266
Erste Auflage 2011

Druck: Druckhaus Nomos, Sinzheim
Umschlag: Göllner, Michels, Zegarzewski
ISBN 978-3-518-46266-9

1 2 3 4 5 6 – 16 15 14 13 12 11

Jungfrau

Those who could believe, did.
Jack Smith

I.

Heilige Drei Könige. Das Schnellrestaurant im Nieselregen. Schnee auf den höheren Zügen des Hochgebirges, das sich, seitenverkehrt, in der verspiegelten Fassade des gigantischen Möbelhauses abbildete. Lothar, Vor- und Nachname Lothar, mit seinem zerbeulten, koreanischen Kleinwagen in der Schlange der gegen den Uhrzeigersinn um das Schnellrestaurant herum Wartenden. Die über Lothars Windschutzscheibe heraufquellenden Abgase des vor ihm jetzt im Schrittempo weiterrollenden Vehikels, antikes Coupé, *Ford Capri*, türkisfarben, die Hinterköpfe der Mädchen auf der Rückbank entsprechend nostalgisch toupiert, der großformatige Aufkleber über dem Kofferraum einer tribalistischen Tätowierung gleich: schon auf Schulterblättern gesehen und auf Unterarmen, Lothar vermochte nicht zu entscheiden, ob das züngelnde Flammen sein sollten oder die Enden eines Geweihs. Er dagegen solo, sein Auto noch von den Aufklebern des Vorbesitzers verunziert: neben dem Nummernschild drei Würfel, nach oben jeweils die Augenzahl 6 anzeigend, auf der Heckscheibe, für einen Techno-Tempel in Frankfurt werbend, die Silhouette einer unmißverständlich fraulichen Idealfigur, lasziv hingegossen, im Querformat, schwarz, an Scherenschnitte der Altvorderen erinnernd. Wie sollten die hinter ihm, in ihrem hoch aufragenden *Land Rover*, Lothar daraufhin einschätzen?

Die Schönheit des Gewerbegebiets in der jetzt durch das Gewölk brechenden Nachmittagssonne: Die großzügig, kreuzweise wie ringförmig, angelegten Straßen, die einladend hellen, in Leichtbauweise errichteten, mitunter ins Behäbige ausufernden Anwesen, der kunststoffverarbeitende Betrieb, Bauunternehmungen, der Technische Überwachungsverein, die amtliche Deutsche Post, die regionale Verteilerzentrale des weltweiten privaten Paketdienstes, von enormen Parkplätzen umgebene Supermärkte, Spielsalons, die durch ihr Wahrzeichen, den Turm, weithin sichtbare Großraumdiskothek, die Großwäscherei, die pharmazeutischen Betriebe, die durch ihre betont freundliche Architektur den herkömmlichen Blick irritierende Polizeiwache, die beiden Zeitungen, die Druckerei, Autohändler mit angeschlossenen Vertragswerkstätten. Hochspannungsmasten, Überlandleitungen. In der Ferne die dunklen Spitzen des Nadelwalds, die *Schwarze Wand*. Dem Schnellrestaurant gegenüber, an die asphaltversiegelte Fläche des Parkplatzes grenzend, ein Gymnasium, eines von mehreren in diesem Viertel, auch Fitneßzentrum genannt, mit Rolltoren aus Plexiglas, dahinter, verschwommen auszumachen, die Sporttreibenden an ihren metallischen Maschinen. Unmittelbarer Blickfang: Ein ausrangierter Doppeldeckerbus der Londoner Verkehrsbetriebe.

Lothar, momentan geblendet an der Biegung der schmalen Fahrspur, vor seiner anstehenden Bestellung, schwenkte die Sichtblende herab, erkannte in dem einmontierten Schminkspiegel, wie die *heiligen drei Könige*, vier an der Zahl, einer davon im Gewand der Ministranten, aus dem Geländewagen stiegen, allesamt Mädchen, die am Morgen von Haus zu Haus gezogen waren, juvenile *Drag Kings* im karitativen Auftrag der katholischen Kirche, wie sie auch Lothar vorhin aus dem Schlaf geklingelt, ihre Verse aufgesagt, Weihrauch geschwenkt, Geld für die Welt, Süßes für sich selbst gesammelt sowie mit Kreide die Zahl des angebrochenen neuen Jahres gemeinsam mit dem Kürzel C+M+B für *Christus mansionem benedicat*, auch Caspar, Melchior, Balthasar, über den Türstock gemalt hatten.

Nun verließ auch eine Frau, wahrscheinlich eine Mutter der Sternsängerinnen, ihr aschblondes Haar zum Pferdeschwanz gebündelt, gewachster englischer Regenmantel in Dunkelgrün, kniehoch seitlich geknöpfte, mit Applikationen verzierte Wildlederstiefel in Beige, das Auto, an der Beifahrerseite, und ging eilig auf das Schnellrestaurant zu. Einer der Könige aus dem Morgenland, unter dessen fließendem Gewand sich erste frauliche Rundungen abzeichneten, rannte kurzentschlossen, den goldbesetzten Saum in die Hand genommen, hinterher. Die anderen, offensichtlich jüngeren, verblieben bei dem Fahrzeug, der Fahrerin, klemmten den auf Pappe gezogenen, mit Stanniol bezogenen, geschweiften Stern von Bethlehem hinter einen der Scheibenwischer. Lothar orderte seinen extra großen Kaffee, bezahlte mit abgezählten, zum Teil im europäischen Ausland geprägten Münzen, rollte weiter vor, nahm am nächsten Fenster den dampfenden Pappbecher aus den manikürten Fingern einer bildhübschen, ihrem Akzent nach russischen Angestellten entgegen, nippte kurz daran und stellte ihn in einer aus dem Armaturenbrett herausklappbaren Halterung ab. Bog auf die belebte Bundesstraße, den Autobahnzubringer, ein. *Fuhr in die Stadt.*

II.

Jeannine Waterstradt auf ihrer Bettkante, unter der Leselampe, über ihren Büchern. Gore Vidal: *Myra Breckinridge*, 1968. Parker Tyler: *Underground Film*, 1969. John Mitzel with Steven Abbott: *Myra and Gore*, 1974. Gore Vidal: *Myron*, 1974. Jack Smith: *Wait For Me at the Bottom of the Pool*, 1997. Jeannine auf der durch ihren eingetroffenen Besucher keineswegs unter- oder abgebrochenen

Suche nach Auslassungen über die dominikanische Schauspielerin Maria Montez, den zentralen Gegenstand ihrer laufenden theaterwissenschaftlichen Untersuchung.

Myra Breckinridge, die skandalöse Romanfigur Gore Vidals, des ergebenen Lesers Parker Tylers, vorgeblich Witwe des ertrunkenen Filmkritikers Myron Breckinridge, der ein Buch über den Filmkritiker Parker Tyler in Arbeit hatte, in Wirklichkeit jedoch, chirurgisch modifiziert, *kastriert*, Myron selbst, im Kino durch die statueske Raquel Welch verkörpert, kehrt sechs Jahre später in Vidals Roman *Myron* als Myron zurück, phantasiert sich unwiederbringlich in die Kulissen eines 1948er Spielfilms namens *Siren of Babylon*, eine Anlehnung an *Siren of Atlantis*, der einen Höhepunkt der Karriere von Maria Montez markiert, und wandelt sich abermals, in auffälliger Kongruenz zu Parker Tylers hier angetriggerten Ausführungen über das in seinen Augen unfehlbare, in Jeannines Freundeskreis jedoch mehrheitlich als *Trash* eingeschätzte Hollywood-Kino der 1930er und 1940er Jahre, zu Myra und übernimmt, am Set *in Maria Montez gefahren*, als Maria Montez die Kontrolle des dramatischen Geschehens, fordert, daß *Ben-Hur* neu, und zwar mit ihr, Maria Montez, verfilmt werde. That's not much of a part for you, the girl friend of Ben-Hur, sagte der Herr von Metro-Goldwyn-Mayer. Aber Myra, respektive Myron, logisch, daß wir die beiden nicht separieren können, schließlich sind sie ein und dieselbe *fiktive* Person, verlangte die Hauptrolle, sie wollte Ben-Hur selbst spielen. Der Typ von MGM fragte verblüfft nach: How? Denn Maria Montez, Inbegriff glamouröser Weiblichkeit, war alles andere als wandelbar, worin viele ihre Schwäche, andere ihre Stärke sahen. Und also lautete ihre Antwort: The way I am playing the Siren of Babylon, the way I play everything, like Maria Montez, superstar. MGM: Well, this is an unusual approach, Maria, and I'd better sleep on it. Ich verstehe überhaupt nichts, sagte da Lothar, der seit rund zehn Minuten in seinem kurzen, farblich changierenden Popeline-Mantel auf dem Bettvorleger, einer japanischen Kostbarkeit aus den frühen 1990er Jahren, lag und nur heraufgekommen war, um Jeannine, die noch immer allenfalls halbbekleidet war, zum kaiserlich-königlichen, nämlich österreichisch-ungarischen Essengehen abzuholen; der *Daewoo* stehe absolut rechtswidrig auf dem Bürgersteig.

Mit seinem Eintreten, dem ersten Blick auf die ihm unbekannten aufgeschlagenen Werke, hatte Lothar seine Ex-Freundin, die nunmehr seine *beste Freundin* war, darauf aufmerksam gemacht, daß Myra auch ein Anagramm für die *Mutter Gottes* sei. Gore Vidal hat mit Gott absolut nichts am Hut, war Jeannines etwas barsche Antwort gewesen, hier schwinge allenfalls eine homoerotische Komponente mit, schwule Männer nannten sich gern gegenseitig *Mary*. Doch war die Liebe zwischen Männern nicht auch eine ausgesprochen katholisch kodierte Spezialität?

Jeannine fand es schwierig, mit Lothar, seit er sein ihr nach wie vor unverständliches Keuschheitsgelübde abgelegt hatte, über sexuelle Angelegenheiten zu diskutieren. Auch hatte sie keine Ahnung, daß in dem Kofferraum seines Autos, in einem Bananenkarton aus der Karibik, vierzehn marianische Bücher lagerten, die er von einem privaten Anbieter elektronisch ersteigert und soeben persönlich in einem dunklen Gebäude mit pittoreskem Ausblick auf das Gewirr der Gleise hinter dem Hauptbahnhof abgeholt hatte, gemeinsam mit einem extensiven Satz der grandios geheimnisvollen Werke Adriennes von Speyr. Ihrer *Apokalypse*, 1950 herausgegeben, nach seinen Protokollen, von Hans Urs von Balthasar. Dem *Allerheiligenbuch*, Erster Teil, 1966. Der *Theologie der Geschlechter*, 1969. Dem

Kompendium *Das Wort und die Mystik*, Erster Teil, *Subjektive Mystik*, sowie Zweiter Teil, *Objektive Mystik*, beide 1970 in seinem eigenen Johannes Verlag zu Einsiedeln publiziert von Hans Urs von Balthasar, dessen umfangreiches Werk ebenfalls so bald wie möglich, und so ausführlich wie möglich, gelesen werden mußte. Unvergeßlich gleich die eröffnenden Worte in *Unser Auftrag*, taubenblauer Schutzumschlag, aus dem Jahr 1984: Dieses Buch hat vor allem einen Zweck: zu verhindern, daß nach meinem Tod der Versuch unternommen wird, mein Werk von dem Adriennes von Speyr zu trennen. Es beweist, daß dies in keiner Hinsicht möglich ist, weder was die Theologie, noch was das begonnene Institut angeht. Damit ist gesagt, daß hier weder eine Biographie Adriennes noch eine Selbstbiographie erwartet werden darf; es geht einzig um das *gemeinsame* Werk.

Lothar blickte zur Zimmerdecke, als Jeannine sich ihrerseits betont ungeniert ankleidete, versuchte auch das reizvolle Rascheln ihrer Textilien zu überhören und sich statt dessen die Titel der Texte des Theologen Balthasar zu vergegenwärtigen, die er zu Hause in einem südamerikanischen Karton für Bananen aus sogenanntem fairen Handel zusammengestellt hatte. Und wandte sich Jeannine erst wieder zu, als sie sich an das Auftragen ihres abendlich akzentuierten Make-ups machte. Sie schätze es *überhaupt nicht*, sprach sie sofort in deutlich zugespitztem Ton über ihre Schultern hinweg in seine Richtung, wenn Männer sie beim Ziehen des Lidstrichs musterten, woraufhin es Lothar plötzlich vorkam, als sei er erst als Ehemaliger zu einem *Mann* im wahren Sinn des Wortes gereift: Zu einem Gaffer, einem *Alien*. Und also schaute er weg, um ihr nah bleiben zu können.

Jeannines mit sicherer Hand flüssig aufgetragener Lidstrich ließ sich auf Audrey Hepburn in der Verfilmung von Truman Capotes *Breakfast at Tiffany's* zurückführen, war in den 1980er Jahren, während Jeannine zu einer jungen Frau heranwuchs, wiedergekehrt und sowohl in ihren Kreisen applikabel geblieben als auch zu ihrem persönlichen Merkmal geworden. Jeannine Waterstradt als die erste Theaterwissenschaftlerin, die Lothar Lothar, der um fünf Jahre Jüngere, außerhalb der Universität kennengelernt hatte. Lothar, der sich im vergangenen Sommersemester dazu *berufen* gefühlt hatte, den Schwerpunkt seines eigenen, bereits über den akademischen Grad eins Magister Artium hinausgelangten Studiums von den Theaterwissenschaften auf die katholische Theologie zu verlegen.

Jeannines erhobene Stimme, um zwei Ecken, aus dem Badezimmer: Erst postuliert Vidal feierlich, in Romanen, neuartigen Romanen, womit er sich ausdrücklich auf den französischen *Nouveau Roman* bezieht, solle überhaupt nichts mehr erfunden werden, dann schreibt er in atemberaubendem Tempo, *Myra Breckinridge* angeblich binnen lächerlicher vier Wochen, diese irren, weitgehend *ausgedachten* Romane, die er nachträglich als seine *Inventions Books* bezeichnet. Lothar fielen dazu Bachs formidable *Inventionen* als Fortentwicklung der italienischen kontrapunktischen Improvisation ein. Und, ob nicht auch eine Invention intentional entlang sehr realer, diskursiv veränderbarer Verabredungen abliefe. Letzten Endes gar nicht einfach, was als fiktiv und was als real zu bezeichnen wäre, wurden sich die ehedem sexuell Liierten einig. Jeannine, jetzt wieder im Bild, ließ kurz ihren Blick auf Lothar ruhen, auf seinem romantischen Lockenkopf, seinen echt süßen Zügen: sie fand ihn noch immer schön, steckte ihr abgegriffenes Taschenbuchexemplar von Gore Vidals *Myron* in die Brusttasche ihres Parkas, kein richtiger Parka, nicht aus Armeebeständen, sondern aus einer Boutique, und sagte: *Wir können.*

III.

Die Rouladen waren vorzüglich gewesen, wie jene, die Jeannine stets bestellt hatte, als sie noch in den Sommerferien mit ihren Eltern an den Plattensee reiste, die Teller abserviert, Jeannine, deutlich gelöst, vor ihrem dritten Glas Valpolicella, Lothar, ganz Ohr, vor seiner vierten *Orangina*. Finally he said, my rehnquist is bigger than your rehnquist, las Jeannine vor. Und Lothar hakte sofort nach: Was soll denn das sein, ein Rehnquist? William Hubbs Rehnquist, ehedem oberster Richter der USA, strenger Hüter der protestantisch-puritanischen Moral des weißen Nordamerikas angelsächsischer Zunge, antwortete Jeannine belustigt, Lothars offensichtliche Ahnungslosigkeit auskostend. Aber es geht hier doch, am Set von *Siren of Babylon*, ganz unverhohlen um Sexualorgane, insistierte Lothar, so viel habe er auf jeden Fall mitbekommen. Und eben das ist das Tolle, fuhr Jeannine fort, denn Vidal habe in den frühen Ausgaben seines Romans sämtliche von Typen wie Rehnquist auf den Index gesetzten, als obszön eingetragenen Vokabeln durch die Namen eben jener Politiker, Juristen und Geistlichen ersetzt, welche diese für sie bedrohlichen Begriffe erbittert bekämpften. In einer editorischen Notiz vermerkte der Verfasser verschmitzt, so habe er sämtliche schmutzigen Termini durch saubere ausgetauscht. Entsprechend geht es nach der dem erzählenden Ich entgegengehaltenen Behauptung *My rehnquist is bigger than your rehnquist* mit der folgenden Sentenz weiter: I doubt that, I said coolly, knowing what a remarkable thing Dr. Mengers was able to make for me after I was run over by that car and lost forever Myra's silicone father hills, hier benannt nach dem real existierenden Jesuiten Father Morton Hill S.J., and so was able after the auto accident to be restored to my original manhood, except of course that I had had my male organs removed some years ago in Denmark when I was Myra and so it took all of Dr. Mengers' genius to roll a sizeable cylinder of skin and flesh from the inside of my left thigh.

Lothar suchte, sichtlich von Unbehagen befallen, nach Worten und fand schließlich die folgenden: *Inbrünstig schob er den mächtigen Schönbohm zwischen ihre aufgespritzten Schilys.* Glaubst du, Jeannine, unsere politischen Ordnungshüter, die aus dem Volk gewählten, Jörg Schönbohm, CDU, Otto Schily, SPD, würden sich eine derartige Formulierung in einem anspruchsvollen Roman gefallen lassen? Lothars Ex aber war längst ins freie Rekapitulieren der angefangenen, halbwirklichen respektive überwirklichen Szene übergegangen. Andauernd werden die Protagonisten von 1948 und ihre unsichtbaren Zaungäste von 1973, darunter Myron Breckinridge, ein- und ausgeblendet sowie mit harten Schnitten in gänzlich andere Bilder katapultiert. In Anbetracht einer dürftigen Schiffsattrappe, die in Richtung Thule ablegen soll, sagt einer: Wir wissen ganz genau, daß hier irgendwo eine Kamera steht, schließlich hören wir hin und wieder die Stimme des Regisseurs; ausgesprochen *religiöse* Stelle, Lothar. Das ist ein Trick, sagt ein anderer, sie tun nur so, als gebe es einen Regisseur. Es muß einfach einen Regisseur geben, Süßer, sagt wieder der erste, wir alle haben doch den Film gesehen und immer wieder auch den Abspann durchgelesen, und also wissen wir, daß dieser Film von Benjamin R. Laskie gedreht wurde. *Irgendwo da hinten wird er sein.* Im Juni und Juli 1948 drehte Benjamin R. Laskie den Spielfilm *Siren of Babylon* im rückwärtigen Teil des Geländes von Metro-Goldwyn-Mayer. Gegenrede des anderen: Du *glaubst*, daß er da hinten ist, aber ich *weiß* zufällig ganz genau, daß er es nicht ist, du Rehnquistlutscher.

Nun war es an Lothar, Jeannine zu berichten, wie er vergangenes Jahr an einer von dem Künstlerseelsorger des erzbischöflichen Ordinariats abgehaltenen Abendandacht teilgenommen hatte, einem Jesuiten, der darin aus William T. Vollmans Roman *Huren für Gloria* vorgelesen hatte, einem jesuitisch erzogenen, in dem zitierten Werk drastischen Darstellungen menschlicher Sexualität hingegebenen US-amerikanischen Schriftsteller, und doch hätten sich dessen die landläufige Moral extrem erschütternden Worte in den Dienst festen katholischen Glaubens stellen lassen. Lothar habe sich das umstrittene Buch in der von dem ebenfalls jesuitisch erzogenen Thomas Melle ins Deutsche gebrachten Ausgabe gleich am nächsten Tag gekauft, die durch den Pater der Gesellschaft Jesu vorgetragene Stelle aber, beim besten Willen, nicht wiederfinden können, obwohl gleich auf der ersten Seite ein die zwischenmenschliche Liebe betreffendes Motto aus den *Exerzitien* des Ignatius von Loyola, welcher der sechsjährigen Adrienne von Speyr in Chaux-de-Fonds *erschienen* war, zu entdekken sei. Alles viel zu hart, graphisch, explizit. Trostlos. Doch *in der Kirche*, am Abend zuvor, hatte es funktioniert, sagte Lothar. Den verborgenen katholischen Gehalt des von Gore Vidal, nun wirklich einem Agnostiker, wiederholte Jeannine, beschworenen Szenarios können wir am ehesten über die dominikanische Ikone Maria Montez oder, noch präziser, den puertoricanischen Underdog Mario Montez, ihren devoten, von Parker Tyler besungenen, von Jack Smith und Andy Warhol in der ersten Hälfte der 1960er Jahre für ihre sagenumwobenen Underground Movies in New York City engagierten Wiedergänger, erschließen. Diesem produktiven Kontext hatte Vidal offenbar auch den Einfall entliehen, seine ambige Romanfigur in die von Jack Smith als butterweich gepriesene Haut der göttlichen Maria Montez fahren zu lassen.

IV.

Jeannine und Lothar hatten sich entschlossen, auf noch ein Getränk in ein anderes Lokal weiterzuziehen, wollten zunächst ins *Josef* gehen, aber das *Josef* erwies sich als überfüllt, und im *Maria*, selber Besitzer, gegenüberliegende Straßenseite, saßen Leute, die Jeannine jetzt nicht treffen wollte. Also landeten die beiden einige Straßenecken weiter in einem erst jüngst eröffneten Hamburger Joint samt ordentlichem Diskjockey, der, vor nagelneuen Plattenspielern, die anwesenden Gäste mit gepflegter, aber kaum gedämpfter Downbeat-Musik beschallte. Nun bekam auch Lothar Lust auf etwas Alkoholisches und bestellte sich, wie Jeannine, einen Cocktail. Er könne, meinte sie, seinen Wagen ja stehenlassen und, allenfalls zwanzig Minuten Fußmarsch von hier, noch einmal, *ein wirklich letztes Mal*, bei ihr übernachten; sei es auch auf dem synthetischen Bettvorleger, sei es auch in der trockenen Badewanne. Oder durchmachen, überlegte Lothar.

Da tauchte, unmittelbar vor ihnen, wie aus dem Nichts, eine attraktive Frau, die sich von allen anderen abhob, auf, mit langem, kastanienbraunem Haar, großen, feucht glänzenden Augen und einem unmißverständlich suchenden Blick, der für die Dauer einer Sekunde auch den des auf Anhieb wie paralysierten Lothar traf. Die Frau von, so schätzte Jeannine, bestimmt fünfunddreißig Jahren drehte sich langsam um ihre Achse, ging an die Bar, lehnte sich rücklings an den Tresen, legte ihre grazilen Ellenbogen darauf und ließ ihren Blick so lange auf Lothar ruhen, bis er sich wie in Trance erhob, zu ihr trat und leise sprach: *Kennen wir uns?*

Ich weiß nicht, antwortete die Unbekannte und stellte sich, in einem eigentümlichen Akzent, mit weich rollendem Buchstaben R, als Mary Lou Mackay vor. Und Lothar parierte sofort: Lothar Lothar, Vorname auf der ersten, Nachname auf der zweiten Silbe betont. *Jeannine Rehnquist* sagte, demonstrativ blasiert, Jeannine, die in dieser Szene offensichtlich überhaupt nicht gefragt war, und stand instinktiv auf, um ihr Make-up nachzubessern. Mary Lou nahm augenblicklich ihren Stuhl ein. Sie stamme aus Kylesku, Sutherland, dem hohen Norden Schottlands, erklärte sie, lebe aber schon seit 2002 in dieser Stadt. *Theoretisch* denkbar, daß Lothar und sie sich in den vergangenen Jahren irgendwo begegnet seien, aber *in ein Gespräch* miteinander, Mary Lou schüttelte nachdrücklich ihren Kopf, seien sie ganz gewiß zu keinem Zeitpunkt geraten. Obwohl ihre auffallende Eleganz alles andere als zeitlos war, kam Mary Lou Mackay Lothar Lothar wie die sprichwörtliche *Frau ohne Alter* vor. Die faszinierende Aura einer *Allgemeingültigkeit*, fand er, umgab diese Person. Ein von seinem Papa verwöhntes Geschöpf wahrscheinlich, eine *Prinzessin*, der Unbeschwertheit ihrer Mädchenjahre entwachsen. Wäre es nicht naheliegend, eine solch vornehme Erscheinung zu siezen? Es ließen sich ja auch Sentenzen formulieren, in denen sowohl die distanzierte Anrede per Sie als auch das womöglich zu aufdringliche Du umgangen wurde. Vielleicht erst einmal am ratsamsten, befand Lothar, wenngleich es unter dem Strich einen extrem gewöhnungsbedürftigen Tonfall abwarf.

Jeannine, mittlerweile von der Toilette zurückgekehrt, wieder oben, an eine Säule gelehnt, mit, eigentlich Nichtraucherin, dem umständlichen Anzünden einer Zigarette beschäftigt. Wenig freundliche Seitenblicke in Richtung Lothar und Mary Lou werfend. Nachdem der Auftritt der Fremden etwas Forderndes, ja Aufforderndes gehabt hatte, war es Lothar zugefallen, alle weiterführenden Fragen zu stellen und sich gegebenenfalls auch mit unzureichenden Antworten begnügen zu müssen. Womöglich die noch immer wie unter einer Art Zauber stehende Situation in dem von überwiegend jüngeren Nachtschwärmern belebten Hamburger Joint auch zu zerreden, worin er sich vor Jeannine wiederholt als unglückseliger Spezialist erwiesen hatte.

Well, einem Mann von blendendem Äußeren sei sie in diese Stadt gefolgt, bekannte Mary Lou offenherzig und fügte, im selben Atemzug, ungefragt hinzu, ihrem heutigen Ex-Freund, einem fachlich talentierten, in privaten Angelegenheiten hingegen überforderten, chronisch schwermütigen, mittlerweile dem allabendlichen Konsum von Kokain verfallenen Physiker aus Aberdeen. Ihre Eltern, in die karge, wildromantische Einsamkeit am Loch Assynt gezogene Aussteiger aus Inverness, er Steinmetz, sie Lyrikerin, hatten Mary Lou nach der afrikanisch-amerikanischen Pianistin Mary Lou Williams benannt. In London habe sie dann, Anfang der 1990er Jahre, selbst Jazz Piano studiert, *als es eigentlich kein Jazz Piano mehr gab*, sagte sie. Um ein Haar wäre sie übrigens auf den Namen Jutta, nach der *auf ungewöhnliche Weise frühvollendeten* deutschen Pianistin Jutta Hipp, getauft worden. *Okay*, erwiderte Lothar gedehnt und hob, sichtlich erstaunt, seine Augenbrauen.

Und also redeten der seit jeher an Jazz interessierte Student und die so offensichtlich an seiner näheren Bekanntschaft interessierte Jazzmusikerin über die Jazzmusikerin Jutta Hipp. Ihre Jugend in Leipzig unter den Nazis, wo sie bereits als Teenager in antifaschistischen Swing Combos Klavier gespielt hatte. Sie trug stets blaue Seidenstrümpfe mit einer roten Naht *vorn* draufgemalt, und roten Herzen auf den Knien, wußte Mary Lou. Und da Jutta, wie alle Teenager, anders als die anderen sein wollte, spazierte sie oft einen ganzen Häuserblock lang rückwärts, um zu prüfen, ob sich jemand darüber aufregte und ihn dann *anzulächeln.* Mary Lou erzählte auch, wie Jutta Hipp dem *New Yorker* die Befreiung Leipzigs durch die U.S. Army und ihre erste Begegnung mit deren Soldaten geschildert hatte: Wir waren sehr glücklich, als sie kamen, und holten all unsere Jazzplatten heraus, um sie ihnen vorzuspielen. Keine Reaktion. Wir waren schrecklich gekränkt, bis wir begriffen, worin unser Irrtum gelegen hatte: Diese GIs mochten gar keinen Jazz. Sie mochten Hillbilly Music.

Eine Stunde nach Jeannine verließen auch Lothar und Mary Lou den Hamburger Joint. Sie hatten Bier, Sekt, Wodka Lemon und Gin Tonic getrunken. Sie hatte beim Reden ihre Nase in sein Ohr gesteckt, und *beider Knie hatten sich berührt.* Auf der Straße steuerten sie den nächsten Taxistand an, ließen ihn aber links liegen. In der wie ausgestorben wirkenden Fußgängerzone spielte Mary Lou Lothar einen Schwächeanfall vor, um sich für den weiteren Weg bei ihm einhaken, für einen kurzen Augenblick auch ihren Kopf an seine Schulter lehnen zu können. *Sich regelrecht an ihn zu schmiegen.* Lothar hingegen steif, in Gedanken an sein erst unlängst hoch und heilig abgelegtes himmlisches Versprechen. Wiederholt hielten die beiden an und spiegelten sich unter Straßenlaternen in großen, verdunkelten Schaufenstern. Sie sahen *wie ein Paar* aus, befanden sie, *wie Mann und Frau.* Am vierten oder fünften Taxistand, im Angesicht der Staatsoper und noch vor Anbruch des Tageslichts, tauschten sie ihre Telefonnummern aus. Mary Lou fragte: Zwei Taxis oder ein Taxi? Lothar antwortete: Ein Taxi, und du wirst es nehmen. Ich muß mich auf die Suche nach meinem Auto begeben. Und in dem Auto eine Mütze Schlaf nehmen. Mich ein bißchen ausnüchtern, bevor ich die Stadt wieder verlasse. Dann trat Mary Lou in ihrer ganzen Schönheit sehr dicht vor Lothar und sagte, kaum hörbar: *Trau dich.* Und drückte sehr zärtlich einen Kuß auf seine zusammengepreßten Lippen. Und wich, deutlich überrascht, wieder zurück. Lothar wandte sich, übertrieben schwungvoll, dem vordersten bereitstehenden Taxi zu, riß dessen hintere rechte Tür auf und gab Mary Lou, während sie sich mit damenhafter Anmut ins Innere gleiten ließ, einen so flüchtigen wie ernsthaft verlegenen Kuß auf das rechte Ohr. Und flüsterte ihr zum Abschied, ziemlich hilflos, die Worte *Ich bin dumm* zu. Schlug die Wagentür zu und schaute dem sich in der fahlen Morgendämmerung entfernenden Taxi hinterher. Und geriet ins Grübeln über sein Gelübde.

V.

Maria Montez, *die schönste Frau der Welt*, 1912 in Barahona, einer wenig ansehnlichen, von einer großen Zuckerfabrik überschatteten Küstenstadt der Dominikanischen Republik geboren, wenngleich ihr Grabstein auf dem Pariser Cimetière de Montparnasse sie als um sechs Jahre jünger ausweist, am 7. September 1951 verstorben in der Badewanne ihres Pariser Domizils, nach einigen Quellen an den Folgen einer Schlankheitskur, überhitzten, womöglich überdosierten Bädern in einer Art Salzlake. Siehe auch Mario Montez in Jack Smiths Film *Normal Love*, wie er divenhaft geschmeidig in einem milchig weiß verfärbten Vollbad liegt. Hatte sich Gore Vidal in *Myron* nicht sogar ein tödliches Bad in heißem Paraffin ausgemalt? Jeannine Waterstradt wollte die entsprechende Stelle nachschlagen, erhob sich von ihrem Bett, griff nach ihrer silbernen Umhängetasche und stellte erschrocken fest, daß sie ihr Exemplar von Vidals Roman in dem ungarischen Restaurant liegengelassen hatte. Rief dort gleich an: es war noch da, wurde für sie zurückgelegt. In Barahona wurde eine vierundzwanzigstündige Trauer ausgerufen. Zehn Tage nach ihrem Ableben wurde eine Straße namens Prolongación de la Uruguay nach Maria Montez umbenannt. Am 19. September pilgerten in der Hauptstadt Santo Domingo Hunderte von Menschen in das Santomé-Kino, um einer Gedenkveranstaltung an die *Queen of Technicolor* beizuwohnen. Bevor die Spielfilme *Arabian Nights* und *Ali Baba and the 40 Thieves* gezeigt wurden, erhob sich das Publikum für eine Schweigeminute aus dem Gestühl. Noch im Mai 1998 wurde ein Stern aus Bronze für Maria Montez in den Bulevar de la Juventud y de las Estrellas an Santo Domingos Winston Churchill Avenue eingelassen.

Als junges Mädchen war sie in ein Kloster auf der kanarischen Insel Teneriffa gesteckt worden, ausgerissen und hatte sich, wie später in ihren Filmen, im Urwald verborgen. Dann war sie durch Europa gezogen und mit ihrem ersten Ehemann in Puerto Rico und ohne ihn 1939 in New York gelandet, das sie im Nu als *High Fashion Model* eroberte. Anfang der 1940er Jahre endlich die Ankunft in Hollywood. Jeannine jetzt wieder auf ihrem Bett, online.

To: Universal Studios Home Video Dept. We the fans of Maria Montez petition Universal Studios Home Video to bring more of her movies to the Video / DVD market. Such movies as *White Savage, Cobra Woman, Gypsy Wildcat*, et cetera, are greatly wanted by not only her fans but the general movie collecting public as well. Sincerely, the Undersigned. Click here to sign petition. Und Jeannine Waterstradt reihte sich in die Schar der Flehenden ein. View current signatures: Aus Datenschutzgründen leider unterbunden. The Maria Montez Movie Petition to Universal Studios Home Video Department was created and written by Luci Fox.

International Movie Database: *Gypsy Wildcat.* 6 out of 6 users found the following comment useful: Of the so-called Universal Tits & Sand Maria Montez Easterns, *Gypsy Wildcat* was a departure in that there was very little, if any, sand. Maria Montez keeps on most of her clothes, even managing to keep the mid-riff covered for much of the running time, and although she isn't much of an actress, she is gorgeous, no, breath-taking, and she knows how to handle the stuff they've laid out for her to do. Jeannine mußte an Jack Smiths berühmten Satz über Montez, die ihm als ferne Muse diente, denken: *Was sie macht, ist das, wofür Schauspielen der Ersatz ist.*

Während der Dreharbeiten zu *Gypsy Wildcat*, Los Angeles im Oktober 1943, bekam Maria Montez von Flor de Oro Trujillo, Tochter des dominikanischen Diktators Rafael Léonidas Trujillo Molina, einen Orden verliehen, der sie in den Offiziersstand versetzte. Laut Jeannines einstmaligem Kommilitonen Gustav war diese Art der Ehre keiner weiteren Bürgerin der Dominikanischen Republik widerfahren. Vier Jahre später personifizierte sie für Max Ophüls, in dessen Spielfilm *The Exile*, eine Feldmarschallin. Registerkarten schließen, zurück zu *Eigene Dateien.*

Hubert Fichte, Schriftsteller, gemeinsam mit Leonore Mau, Fotografin, Lebensgefährtin, in Santo Domingo. Vertrackte Story, dachte Jeannine Waterstradt, die Fichte 1980 seinem nach *Xango* zweiten ethnopoetischen Roman, *Petersilie*, unterbetitelt *Die afroamerikanischen Religionen, Santo Domingo, Venezuela, Miami, Grenada*, vorangestellt hatte: Am 2. Oktober 1937 ließ Trujillo, der Staatschef der Dominikanischen Republik, 20 000 Neger ermorden. Sie wurden von den Exekutionskommandos gezwungen, das spanische Wort für Petersilie, Perejil, auszusprechen; Trujillo gab vor, die dominikanischen Schwarzen zu schützen; nur die haitianischen Zuckerarbeiter sollten ausgerottet werden. Man behauptet, daß die Haitianer kein R aussprechen können. Jedem, der Pelejil sagte, wurde der Kopf abgeschlagen.

Gert Eisenbürger, *Informationsstelle Lateinamerika*, Bonn, 1994: Die Dominikanische Republik bot für eine promovierte Philosophin und einen promovierten Altphilologen beziehungsweise klassischen Archäologen sicher nicht allzu viele Arbeitsmöglichkeiten. Hilde Domin: Ich mietete ein kleines Haus mit vier Zimmern und vermietete die Hälfte an einen US-amerikanischen Studenten und seine Frau so unter, daß man gemeinsam essen konnte. Dann begann Palm sehr schnell, sich mit dominikanischen Baudenkmälern zu befassen. Er übte eine unvorhergesehene Pioniertätigkeit aus, was die alte Architektur dort betraf. Nach österreichischem Vorbild arbeitete er die Denkmalschutzgesetzgebung der Dominikanischen Republik aus, die heute noch gilt. Eisenbürger: In der Dominikanischen Republik herrschte in den dreißiger, vierziger und fünfziger Jahren mit Rafael Trujillo ein äußerst gefürchteter Diktator, der sowohl seine politischen Gegner verfolgte, als auch mehr als zehntausend Haitianer und Haitianerinnen ermorden ließ. Domin: Die Haitianer und die Dominikaner waren verfeindet. Das eine Land hat eine spanische Tradition, und Haiti steht in französischer Tradition. Die Feindschaft ist aber keine der Hautfarbe, wie man sich heute vorstellt. Vielmehr gab es eine Art Kriegssituation. Haiti hatte auch einmal Santo Domingo besetzt. *Schnitt.* Als wir 1940 ankamen, hatte die Spannung schon nachgelassen, alles war entweder vorher oder nach unserem Weggehen. *Schnitt.* Als wir schon weg waren, ist einer unserer dominikanischen Freunde, ein Arzt, umgekommen. Er hatte Besuch von Freunden aus den USA und hat ihnen wohl irgendwelche Geheimnisse über die physische Befindlichkeit des Diktators erzählt. Dieser Mann wurde wenig später, tot in seinem Auto sitzend, aus dem Hafenbecken gefischt.

April 1974. Hubert Fichte, respektive dessen in den meisten seiner Romane vorgeschicktes Alter Ego Jäcki, in einer Verabredung mit Pedro, der als *untersetzt, hübsch* und *germanophil* skizziert wird. Als sie durch die Altstadt Santo Domingos fahren, weiß Pedro zu jedem Kolonialhaus, zu jedem Jugendstilhaus, zu jedem Bau der Ära Trujillo das Baujahr zu nennen. Die Architektur der Dominikanischen Republik wird in der Oberschule durchgenommen. Ich möchte, daß Sie einen persönlichen Eindruck von Balaguer bekommen, sagt Pedro. Von Jeannine, per Bleistift, am Rand ergänzt: Joaquín Antonio Balaguer Ricardo, 1906 geboren, einer der bekanntesten Schriftsteller im spanischen Sprachraum, mit vierundzwanzig Jahren in die Dienste der Trujillo-Diktatur getreten, die das Land von 1930 bis 1961, als Trujillo getötet werden konnte, beherrschte, dann wurde er selbst, von 1966 bis 1996, mit Unterbrechungen, doch steter Unterstützung der USA, autoritärer Staatspräsident der Dominikanischen Republik. Am 27. April 1996 eröffnete er noch den *Aeropuerto Internacional Maria Montez* in Barahona. Pedro zu Jäckie: Könnten Sie ihm nicht einige Fragen schriftlich einreichen und dann zu einer Begrüßung in den Präsidentenpalast kommen?

Eisenbürger: In *Meine Wohnungen* beschreiben Sie den Besuch Emil Ludwigs in Santo Domingo. Nach diesem Bericht scheinen Sie und Ihr Mann auch Angst vor dem Unterdrückungsapparat der Trujillo-Diktatur gehabt zu haben?
Domin: Ganz sicher. Wir hatten Angst, daß Emil Ludwig vielleicht unerfreuliche Sachen erzählen würde. Wir, Erwin und ich, waren ihm als offizielle Begleitung zugeordnet. Er war auf Einladung der dominikanischen Regierung da und fuhr im Wagen Nr. 1, dem Wagen des Präsidenten, durch die Republik. Trujillo hoffte, ebenso wie der kubanische Diktator Batista, daß Emil Ludwig eine Biographie über ihn schreiben würde. Aber Ludwig hat weder über den Kubaner noch über Trujillo geschrieben, und für uns, die ihm offiziell beigegeben waren, war es eine heikle Sache, daß er abreiste, ohne sich für eine Biographie von Trujillo zu entscheiden. Dann gab es Dinge, die man sich heute gar nicht vorstellen kann. Ludwig wohnte in dem damals elegantesten Hotel der Stadt. Eines Nachts stiegen Studenten über die Hauswand in sein Zimmer ein und teilten ihm mit, wenn er etwas über die Dominikanische Republik schreiben wolle, müsse er wissen, daß das Land keine Demokratie, sondern eine Diktatur sei. Wir baten Emil Ludwig, er solle bitte über solche Sachen den Mund halten, denn dann wären wir gefährdet. Ludwig war fabelhaft, absolut diskret.

Hubert Fichte, der Balaguers Antipoden interviewt, den, wie Balaguer, weltbekannten Schriftsteller Juan Bosch Gaviño, 1909 bis 2001, der 1962 aus den ersten freien Wahlen der Dominikanischen Republik als Sieger hervorging, doch schon wenige Monate später in einem von General Elías Wessin y Wessin angeführten, durch den Geheimdienst der USA geförderten Militärputsch wieder gestürzt wurde. Frage: Herr Professor, Sie sind Politiker und Romancier; wie lösen Sie den Widerspruch zwischen taktischer und literarischer Ausdrucksweise? Antwort: Für mich ist die Lösung sehr einfach, denn das dominikanische Volk hat eine sehr unkomplizierte Ausdrucksweise. Hier sind noch keine Feldstudien angestellt worden, um herauszufinden, wie viele Wörter der Dominikaner aus dem Volk im Alltag, bei seinen alltäglichen Verrichtungen anwendet. Ich glaube, er benützt etwa 2000 Wörter. Wenn ich also zum Volk spreche, benütze ich keine anderen Wörter als diejenigen, die im Lexikon des Volkes existieren. Ich benütze nicht mehr Wörter als das Volk, und ich benütze wirklich alle Wörter des Volkes. Wenn ich Essays und Romane schreibe, benütze ich eine andre Sprache, die Sprache des Schriftstellers.

Eisenbürger: In mehreren Texten schreiben Sie, daß Sie 1952 in Santo Domingo zum zweiten Mal geboren wurden, als Sie neununddreißigjährig begannen, Gedichte zu schreiben. War dieser Gedanke, zu schreiben, immer schon in Ihrem Kopf? Domin: Nein. Ich hatte niemals vor, schriftstellerisch tätig zu werden. Nach dem Tode meiner Mutter erlitt ich einen Schock und begann zu schreiben. Eisenbürger: Hat der Name Domin, den Sie heute tragen, etwas mit Ihrem Exilland zu tun? Domin: Der Name kommt aus dem Exil. Domin kommt von Santo Domingo. Als ich im Jahre 1954 in der Bundesrepublik ankam und die Frage der Veröffentlichung meiner Gedichte aufkam, sagte ich, daß ich nie unter dem Namen Palm veröffentlichen würde. Deshalb schlug Wolfgang Weyrauch vor, ich solle unter dem Namen Domin publizieren, weil ich in Santo Domingo zu schreiben begonnen hätte.

Gründonnerstag, den 17. April 1974: Ich fahre gegen acht Uhr abends mit dem Minibus nach La Vega. Der riesige Phallus der Zuckerfabrik qualmt auch nachts. Ich gehe durch die Arbeitersiedlungen. Tuten. Mehrere Tuten tuten.

An einem silbernen Wasserreservoir eine Laubhütte aus Bananenblättern. Vier Neger blasen in Muschelhörner hinein. Am Mittelpfeiler in der Laubhütte hängen Peitsche und Kerosinlampe. Papierfähnchen unter dem Blätterdach. Draußen um eine Eisenstange brennende Holzkloben. Die Kulthelfer gießen Benzin über die Stange, das blufft auf, es sieht aus, als explodiere die Eisenstange. Vier Bambusflöten, eine Rassel, Ratschen: gekerbte Bambusstücke, über die mit kleinen Stöcken gestrichen wird. Drei Trommeln: Eine große, die steht auf dem Boden, eine doppelt bespannte Umhängetrommel, eine ganz kleine. Dreihundert Gläubige kommen zusammen. Sie sprechen haitianisches Kreolisch und singen Gesänge, die ich schon in den Tempeln von Haiti gehört habe. Aber keine heiligen Tänze. Einige der Zuckerarbeiter hüpfen auf der Stelle. Der Priester, der Houngan, der Gangan, der Gaga heißt Antoine. Drei Königinnen, drei Reinas lassen Houngan Antoine hochleben. Kostüme, Koffer, Taschen werden um den Mittelpfeiler gestapelt. Der Bautismo beginnt: eine katholische Litanei. Ein paar Schritte weiter, in einer anderen Laubhütte, hält ein zweiter Gaga seine Zeremonie ab. Dort springen die Gläubigen über das Holzfeuer. Es gibt auch einen Maricon, einen Schwulen. Die Männer kichern und weisen mit Fingern auf ihn: Da ist der Maricon. Da ist der Maricon. Als ich gegen Mitternacht zurückgehe, stechen zwei Betrunkene aufeinander ein. Wegen einer Frau, sagt ein Zukkerarbeiter. Um vier Uhr morgens gehen sie alle auf den Friedhof zum Baron del Cementerio und kaufen sich einen Heiligen, einen Geist, einen Toten für sieben Jahre. Sie legen sieben Centavos auf den Friedhof. Baron Samedi, der haitianische Totengott Freiherr von Sonnabend ist hier, auf der anderen Seite der Grenze, zum Baron des Friedhofs geworden.

VI.

Domenico Zipoli, Martin Schmid, Francisco Varayu, Julian Atirahú, Anónimo, Ennio Morricone: *Barocke Jesuitenmusik aus den Urwäldern Südamerikas*. Sonidos de la Tierra, Paraguay, unter der Leitung von Luis Szarán. Live mitgeschnitten am 22. April 2006 in der Münchner Jesuitenkirche St. Michael, wo Hans Urs von Balthasar siebzig Jahre zuvor die Priesterweihe erfuhr, in Zusammenarbeit mit der Jesuitenmission. Track 1, Zipoli, 1688 bis 1726: *Entrata*, Orgelsolo.

Lothar unterdessen über seinem südamerikanischen Bananenkarton. *Die Entwicklung der musikalischen Idee, Versuch einer Synthese zur Musik*, ursprünglich 1925 erschienen bei Fritz Bartels' Musikalienhandlung, Braunschweig, in der ihm vorliegenden Ausgabe des Johannes Verlags, Einsiedeln und Freiburg, 1998, erweitert durch den Aufsatz *Bekenntnis zu Mozart*, Neue Zürcher Zeitung, 1955. *Apokalypse der deutschen Seele, Studien zu einer Lehre von den letzten Handlungen*, Band I, *Der deutsche Idealismus*, erste Auflage im Verlag Anton Pustet, Salzburg und Leipzig, 1937, zweite unveränderte Auflage unter dem Titel *Prometheus*, F. H. Kerle Verlag, Heidelberg, 1947, Band II, *Im Zeichen Nietzsches*, und Band III, *Die Vergöttlichung des Todes*, in ihren ersten Ausgaben bei Anton Pustet, Salzburg und Leipzig, 1939, alle drei Bände in der Studienausgabe des Johannes Verlags, Einsiedeln und Freiburg, 1998, die Lothar im Schaufenster eines für autonome politische Haltungen bekannten Modernen Antiquariats in der Nähe der Universität entdeckt hatte. *Kosmische Liturgie, Maximus der Bekenner, Höhe und Krise des griechischen Weltbildes*, Herder & Co. Verlagsbuchhandlung, Freiburg, 1941. *Einsame Zwiesprache, Martin Buber und das Christentum*, mit einem an Weihnachten 1957 verfaßten Vorwort, 2. Auflage im Johannes Verlag, Einsiedeln und Freiburg, 1993. *Herrlichkeit, Eine theologische Ästhetik*, Band I, *Schau der Gestalt*, kirchliche, wohl durch Hans Urs von Balthasars mit seinem Scheiden aus dem Jesuitenorden eingetretene Heimatlosigkeit notwendig gewordene Druckerlaubnis des bischöflichen Ordinariats Chur vom 25. April 1961, 3. Auflage im Johannes Verlag, Einsiedeln und Trier, 1988, Band II, *Fächer der Stile*, Teil 2, *Laikale Stile*, kirchliche Druckerlaubnis von 1962, 3. Auflage im Johannes Verlag, Einsiedeln, 1984; hier mußten ganz unbedingt noch die übrigen Bände beschafft werden. *Glaubhaft ist nur Liebe*, Johannes Verlag, Einsiedeln, 1963. *Cordula oder der Ernstfall*, Druckerlaubnis 1963, Johannes Verlag, Einsiedeln und Trier, 1987. *Schwestern im Geist, Therese von Lisieux und Elisabeth von Dijon*, Johannes Verlag, Einsiedeln, 1970. *Maria, Kirche im Ursprung*, gemeinsam mit Joseph Kardinal Ratzinger, Texte von 1972 bis 1995, Johannes Verlag, Einsiedeln und Freiburg, 4. erweiterte Auflage, 1997. *Unser Auftrag, Bericht und Weisung*, Johannes Verlag, Einsiedeln, 1984. *Kleiner Diskurs über die Hölle*, in dem Lothar auf Balthasars vielzitierte These *Die Hölle ist leer* zu stoßen hoffte, Schwabenverlag AG, Ostfildern, 1987, in der 1999er Neuausgabe des Johannes Verlags, Einsiedeln und Freiburg, die durch eine 1988 in Trier gehaltene Gastvorlesung mit dem Titel *Apokatastasis* ergänzt wurde, was sich mit *Wiederherstellung allgemeiner Vollkommenheit in der Weltendzeit* übersetzen ließ. Schließlich: *Erster Blick auf Adrienne von Speyr*, Johannes Verlag, Einsiedeln und Trier, 1989, ursprünglich bereits im Jahr nach dem Verlust Adriennes verfaßt, als Balthasar auch seine Stereoanlage verschenkte, weil er sie für seine Art und Weise der, Lothars Term, unbefleckten musikalischen Empfängnis nicht weiter benötigte: Er kenne Mozarts gesamtes Werk auswendig, sehe im Geist die Partitur vor sich und *höre die Musik*.

1987, zwanzig Jahre nach dem Ableben Adriennes von Speyr, ein Jahr vor seinem eigenen, erhält Hans Urs von Balthasar den Wolfgang-Amadeus-Mozart-Preis der Stadt Innsbruck und führt in seiner Dankesrede an: Ich hatte als Klavierlehrerin eine alte Dame, die Schülerin von Clara Schumann gewesen war, die mich in die Romantik einführte, deren letzte Ausläufer ich als Student in Wien auskostete, besonders Mahler. Das alles nahm ein Ende, als ich Mozart ins Ohr bekam, der dieses Ohr bis heute nicht wieder verließ; so teuer mir in den reifen Jahren auch Bach und Schubert blieben, Mozart war der unverrückbare Polarstern.

Track 10, Anónimo, 17. Jahrhundert: *Ára vale háva pehendu Ava*. Luis Szarán schreibt im der CD beiliegenden Booklet: Mehr als 150 Jahre bestanden die berühmten *Reduktionen*, und ihr Einfluß hat die Kulturen der Missionsdörfer bis heute zutiefst geprägt: Das Überleben der Guaraní-Sprache, der Stil eines solidarischen Lebens, den man hier in einer Weise lebt wie sonst nirgendwo auf der Welt, und vor allem *die Entwicklung einer musikalischen Intelligenz*. Schwarzweißaufnahme: Dorforchester in Paraguay. *Wer tagsüber Mozart spielt, wirft nachts keine Fensterscheiben ein*. Martin Schmid S. J. in einem Brief aus dem Jahr 1744: Die Obern haben mir befohlen, die Musik in diese Missionen einzuführen. Alle Dörfer haben jetzt ihre Orgel, viele Geigen und Baßgeigen aus Zedernholz, Clavicordia, Spinette, Harfen, Trompeten, Schalmeien. Diese Indianerknaben sind ausgemachte Musikanten; sie statten alle Tage in den heiligen Messen mit ihrem Singen und Musizieren dem Herrgott das schuldige Dankeslob ab. Historischer Hintergrund: Von 1609 bis 1767, als sie von der spanischen Krone zerschlagen wurden, bildeten die südamerikanischen Missionsstationen der Jesuiten ein, laut CD Booklet, *antikoloniales* Experiment. Hunderttausende Indianer wurden in festen Siedlungen, die als Jesuiten-Reduktionen bekannt wurden, seßhaft sowie mit den jesuitischen Vorstellungen von Evangelisierung und kulturellem Fortschritt vertraut gemacht, nicht zuletzt vor der Verschleppung durch Sklavenjäger respektive der Unterdrückung und Ausbeutung durch die Kolonialherren, die in den Siedlungen des *heiligen Experiments* keinen Zutritt hatten, in Schutz genommen, las Lothar. Track 18, Morricone, aus dem Spielfilm *Mission*, 1986: *Vita nostra*.

VII.

Am Sonntag, den 26. Mai, treffen sich zwanzig Neger und fahren in einem klappernden Bus zu einer Landkapelle nach Marguerita. Bei der Ankunft bilden sich zwei Fronten, die Bauern auf der einen Seite, die Bewohner der Slums auf der andern. Fahnen, Kränze, Heiligenscheine. Sie gehen aufeinander zu, streben wieder voneinander weg. Umzüge um die Kapelle. Am Popaltar aus Blumen, Heiligenbildchen, Votivgaben, Plastik. Gebete. Trommeln werden geschlagen. Hymnen und Ratschen. Die Frauen kochen am offenen Feuer eine Suppe. Dazu gibt es Rum. Satt und blau kehren wir alle zur Andacht zurück. Afrikanisch sind nicht mehr die Namen der Heiligen, die Rosenkränze, die Texte der Lieder, nur das Singen noch, das bebende Falsett der Männer, und die Trommeln, und das Schlagen mit einem Eisenstab auf eine Hacke. Agogo, die Zeit, bei den Yoruba, in Nigeria und in Brasilien und Haiti. Das Gesicht eines alten Mannes beginnt zu zucken. Seine Hand flattert. Gleich wird er in Trance fallen. Gleich kommt auf Rhythmen, Farben, heilige Gerüche hin der Gott, und der Greis wird als Gott handeln und sprechen. Aber der alte Neger in Marguerita fällt nicht in Trance. Das Flattern der Hände, die Verkrampfung seines Gesichts steigern sich nicht zu Gedankenverlust, Schmerzunempfindlichkeit, Säulenstarre, Verdoppelung der Persönlichkeit, Sprechen in unbekannten Zungen. Der alte Mann beim katholischen Fest der Heiligen Rita beginnt zu weinen. Die heilige Persönlichkeitsspaltung schmilzt zum individuellen Schmerz zusammen.

Wird Maria Montez, Ikone des internationalen *High Camp* Circuit und damit auch Paradebeispiel für dessen stets im Sinne eines politischen Fortschritts regulierten popistischen Appropriationen und Resignifizierungen, die ja in ihren Spielfilmen selbst oft eine Art *Voodoo Queen* verkörperte, an den von Hubert Fichte aufgeschriebenen, eigentlich mitgeschriebenen afrokatholischen Riten ihrer dominikanischen Heimat teilgenommen haben? Welche Suchmaschine sie auch immer anwählte, im gesamten Internet vermochte Jeannine Waterstradt zu diesem Komplex keine Antwort aufzutreiben.

Im Mai 2001 hatten sich Matthias Haase, wissenschaftlicher Assistent am philosophischen Seminar der Universität Basel, sowie der amerikanische Filmwissenschaftler Marc Siegel mit Ronald Tavel unterhalten, dem Schriftsteller und vor allem Begründer des *Theatre of the Ridiculous*, der als Regisseur und Darsteller auch an Andy Warhols epochalen, experimentellen Filmen mitgewirkt hatte. Im Verlauf dieses ausführlichen Interviews, abgedruckt in einem reichhaltigen Lesebuch namens *Golden Years, Materialien und Positionen zu queerer Subkultur und Avantgarde zwischen 1959 und 1974*, stellten Haase und Siegel auch die Frage: In einem frühen Text über das Theatre of the Ridiculous hast du geschrieben, daß niemand das Theatre of the Ridiculous mehr beeinflußt habe als Maria

Montez. Und in deinem Artikel über Jack Smith erläuterst du die emanzipatorische Bedeutung eurer gemeinsamen Verehrung für Maria Montez. Ronald Tavel antwortete ihnen: Maria repräsentierte die Rechtlosen. Alle Minderheiten identifizierten sich mit ihr, und sie repräsentierte für sie Macht, angefangen bei den Frauen, der größten Minderheit. Nicht nur, weil sie selbst zu einer Minderheit gehörte, sondern weil ihre Filme so offensichtlich Allegorien über die Rettung von Minderheiten sind. In karibischen Ländern glaubte man, sie habe magische Kräfte. Man konnte seine kranken Kinder mit in ihre Filme nehmen, und sie wurden geheilt.

Ihr bürgerlicher Name lautete Maria África Gracia Vidal de Santos Silas, wobei de Santos Silas eine Ergänzung von Universal Pictures sein dürfte. Ihren künstlerischen Nachnamen soll sie der historischen Figur Lola Montez, fatale Geliebte des bayerischen Königs Ludwig I., entliehen haben. Ihr Vorname África diente den Eltern als Referenz an den Herkunftsort ihrer Vorfahren väterlicherseits, die vor der Küste Afrikas gelegene Kanarische Insel La Palma. Daß auch Gore Vidals Familienname als Familienname enthalten ist, fand Jeannine eine ironische Fußnote wert: Vidal war ja nicht von selbst, sondern höchstwahrscheinlich über die Lektüre Parker Tylers auf Maria Montez als dankbare Projektionsfläche seines zweiten Romans über Myron respektive Myra Breckinridge gestoßen. Nicht zu vergessen Tylers Susan Sontags *Notes on Camp* um zwei Jahre vorausgehende Anmerkungen zu Mario Montez als Maria Montez: Mario Montez does not impersonate Maria Montez, he *is*, Klammer auf: wishes to be, Klammer zu, Maria Montez. It is *camp existentialism*.

Entsprechend notierte Ronald Tavel in *The Banana Diary* über Andy Warhols *Harlot*, Mario Montez, der eigentlich

René Rivera hieß, habe nicht zu Unrecht Maria Montez' Namen angenommen. *Harlot* als Ganzes beruhe auf Mario Montez' Glauben, Maria Montez zu *sein*, und der Erfolg des Films werde fast ausschließlich von diesem außerordentlichen *Glauben* getragen. Jeannines Ergänzung: Ganz zu schweigen von seiner katholischen Konfession. Dazu Andy Warhol: A lot of Mario's humor came from the fact that he adored dressing up like a female glamour queen, yet at the same time he was painfully embarrassed about being *in drag*. He got offended if you used that word. He called it: *going into costume*. He used to always say that he knew it was a sin to be in drag; he was Puerto Rican and a very religious Roman Catholic. Fußnote: Warhol selbst ja auch. The only spiritual comfort he allowed himself was the logic that even though God surely didn't like him for going into drag, that still, if He really hated him, He would have struck him dead; gottesfürchtige Großschreibung von Andy Warhol. Aufschlußreich: Die Banane in Warhols Filmen *Harlot* und *Mario Banana*, die Bananenschale als abziehbarer Aufkleber auf Warhols Cover des ersten Albums von The Velvet Underground: *Peel slowly and see*.

Ronald Tavel schildert Mario Montez als gentle, softspoken and vulnerable. He had large, attractive eyes and a small, quick-to-smile mouth with a lot of character at its edges. Jack Smith must be credited with having *molded* him. He trained René first as a model for his early still-photography, promising him fame and fortune. Baptizing him with the unfortunate screen name, Dolores Flores, Smith cast him as the Spanish Dancer in his still-litigious, 1963 masterpiece, *Flaming Creatures*. And he later talked René into the weighty signatory of Mario Montez in honor of the *Undisputed Queen of Technicolor*, Maria Montez, in whose silver lamé gowns and platform wedgies René felt he not only fit but strode with hereditary regality.

Sadly, he neither looked like nor gave the faintest fidelity to an impression of the late West Indian femme fatale. However, what he sometimes *could* approximate was her *belief;* belief when he was in a scene that it was not a movie shot at all, but the real thing. Später zog Mario Montez nach Florida und wurde Familienvater.

Maria Montez sprach in dem für sie charakteristischen spanischen Akzent: *When I look at myself, I am so beautiful I scream with joy.* Der deutsch-amerikanische Regisseur Robert Siodmak, der den Spielfilm *Cobra Woman* mit ihr in der Hauptrolle drehte, meinte: Maria Montez ist eine der wenigen Schauspielerinnen, deren Benehmen durch ihre Arbeit als Schauspielerin beeinflußt wird. Wenn sie eine Königin ist, wird sie von dir verlangen, daß du dich vor ihr verneigst, sogar in den Drehpausen, aber wenn sie eine Sklavin ist, darfst du sie *sehr* schlecht behandeln, und sie wird sich nicht beklagen. Mit den Worten von Jack Smith, der in den späten 1950er Jahren mit seinen Dreharbeiten zu *Blonde Cobra* begann und Maria Montez' niedergegangenes Bagdad in seinen New Yorker Wohnungen nachzubauen, wiederaufzubauen suchte: At least in America a Maria Montez could believe she was the Cobra Woman, the Siren of Atlantis, Scheherazade, et cetera. She *believed* and thereby made the people who went to her movies believe. Those who could believe, did. Those who saw *the World's Worst Actress* just couldn't and they missed the magic. Too bad. *Their loss.*

Ronald Tavel fragte nach: But if she isn't emoting in ways acceptable to establishment journalists, what *is* she so successful doing? Modeling? What? Herself? Her charismatic personality? Jack Smith wußte: A model is someone who always has *a specific idea* on their face. That's what you shoot. Tavel betonte: Cocteau and Ophüls were most impressed by Montez' accomplishment, her success in concretizing illusive abstraction with her lovely, flickering image. Smith: People who say Maria Montez couldn't act are the same people who say Marilyn Monroe can't sing. Tavel rekonstruierte ihr Vorspielen 1942 vor Walter Wanger, Universal, in Begleitung zweier offenbar selbst mitgebrachter *Nubier*: He was immediately convinced by the bizarre audition. When his associates objected to his choice of a woman whose English was almost unintelligible and whose acting skills, if anything, were severely limited, Wanger told them not to worry, that he knew exactly what he was doing. For three years he had been looking futilely for a woman to enact the character of Scheherazade, a role as written evidently not actable in terms anyone up to that point had been able to decipher. Here before him, flanked by two iodined, nearly nude Nubians, dropping veil after veil to reveal a sensuously collected damsel indeed, was the secret to doing it: and a clue to the independent film and counterculture stage still two decades off: a woman who could believe, right out in front of the pedestrian world, that she *was* Scheherazade. Impressively, it was *this* photogenic quality, i.e., her lensable belief, that triggered Jack Smith's ambition in film. Again, precisely, *that the woman's belief, and exactly what her belief embraced, was filmable.*

Jack thought that as sculpture seeks the perfect three-dimensional object, and presumably found it in the Venus de Milo, film must seek the perfect two-dimensional object in motion, and finds it in Maria Montez: the warm butterfat of her shoulders, the swaying generosity of her unrestricted breasts, *her ever narrating features*, her complexion exemplary for Technicolor, her walk that turns a tacky, trodden track into a mnemonically primordial garden. In overnight twelve-hour sessions that date back to 1962, Jack and I often sat up together enjoying her occurrence.

We speculated on the neurological aura of her body heat, her custom-made, Kirlian cobra headdress. *Her thought is film*. Within a decade, Jack Smith would say: *Thinking on stage is interesting*.

VIII.

Abhandlung über die Schauspielkunst mit erläuternden Abbildungen und einigen Bemerkungen über die dramatische Kunst von P. Franz Lang aus der Gesellschaft Jesu. Beigefügt sind symbolische Bilder für die theatralische Aufführung und Bekleidung. Mit Erlaubnis der Oberen. In Verlegung Johann Andreae de la Haye, Akademischen Buchhändlers zu Ingolstadt. München, Druckts Maria Magdalena Riedlin, Witwe, 1727.

Nicht, wie der gutgelaunte Bibliothekar im Kittel nachfragte, der Jodlerkönig gleichen Namens aus dem 20. Jahrhundert, sondern Franz Lang, der jesuitische Theatertheoretiker des späten Barock war es, dessen ins Deutsche übersetzte, Charles Ludlams Ridiculous Theatre unfreiwillig vorwegnehmende *Dissertatione de Actione Scenica* Jeannine Waterstradt herausgesucht bekommen und in den Lesesaal mitnehmen wollte: Franz Lang S. J., geboren 1654 in Aibling, dem heutigen Bad Aibling, Sommerfrische der Familie Werkmeister, Lothar war einmal von Concordia dorthin mitgenommen worden, Schüler des Münchner Jesuitengymnasiums. 1667 fand Langs erster Auftritt als Schauspieler in einer Nebenrolle des Theaterstücks *Exhibitus cum plausu Jacobus* statt, Nebenrollen sollten sein Fach bleiben. 1671 Eintritt ins zweijährige Noviziat der Jesuiten in Landsberg am Lech, Studien der Rhetorik und

Philosophie in Ingolstadt, Weihnachten 1678 die erste Aufführung eines eigenen Theaterstücks: *Planetae orto soli obsequiosi.* Lehrer in Ingolstadt und Augsburg, Studium der Theologie in Ingolstadt, 1684 Priesterweihe. 1689 Ablegung der Profeß der vier Gelübde, einschlägig abschweifende Gedanken an Lothar, an einzelne, isolierte, Jeannine plötzlich wie abnehmbar vorkommende Teile seines hübschen Körpers.

IX.

Bevor der Schauspieler die vernommenen Worte eines anderen beantworte, zeige er durch sein Spiel deutlich, was er zu sagen sich anschickt: so daß der Zuschauer bereits aus seinem Spiel unverzüglich folgern kann, was der Darsteller im Sinne hat und mit den nachfolgenden Worten sagen wird. Dieser Leitsatz ist in der Natur begründet. Die Sinne werden ja unmittelbar durch die auf sie eindringende Vorstellung beeinflußt. Die Worte hingegen müssen, gleichsam in der Werkstatt der Affekte, zunächst vom Verstand erschaffen werden, ehe sie durch die Sprache recht erfaßt sind und mitgeteilt werden können. Man nehme die Natur zum Vorbild. Beim Cembalo werden zuerst die Tasten herabgedrückt, bevor die angerissenen Saiten einen Ton von sich geben. So auch beim Menschen.

Eine andere Regel lautet, der Schauspieler dürfe nach beendeter Rede nicht sogleich von jeglichem Affekt ablassen, noch das ganze Gesicht ohne Bewegung müßig ruhen oder die Blicke neugierig über die Zuschauer schweifen lassen, noch dürfe er plötzlich in einen ganz anderen Affekt verfallen, sondern das Gesicht möge seinen Ausdruck eine Weile lang, wie es der Gesprächsgegenstand verlangt, beibehalten, bis es ihn allmählich aufgibt und Zeit gewinnt, einen anderen anzunehmen. Hinsichtlich der Augen, dem beherrschenden Ausdrucksmittel im Affekt, verweise ich darauf, daß es bei großer Betrübnis oder Reue oder in einem anderen wichtigen Fall dem Schauspieler nicht übel ansteht, Tränen zu vergießen, sofern Kunst oder Natur es gestatten. Vielmehr gefällt und erhebt es, wenn es wirklich ohne den Anschein einer Täuschung geschieht. Bisweilen sollen die Augen auch erhoben, sobald nämlich vom Himmel die Rede ist, oder zu Boden gesenkt werden, wenn der Schauspieler von diesem spricht; er achte jedoch darauf, keine unschöne Haltung einzunehmen, indem er das Haupt über Gebühr reckt und allzuweit in den Nacken biegt. In dieser Haltung kommt es leicht vor, daß der Bauch sich unschicklich vorschiebt, was als überaus fehlerhaft gilt. Noch etwas ist zum Affekt der Trauer zu bemerken. Oft faltet man dabei mit verschränkten Fingern die Hände, und sie werden gewöhnlich entweder in die Höhe erhoben oder unter die Hüften gesenkt. In beiden Fällen muß man darauf achten, daß die gefalteten Hände auf die eine oder andere Seite, je nach Gefallen entweder die rechte oder die linke, nicht aber in der Körpermitte gehalten werden. Denn falls dies geschieht, wird, solange der Redende die Hände emporhält, sein Gesicht verdeckt, was falsch ist, weil dieses immer sichtbar bleiben und den Zuschauern offen dargeboten werden muß. Die Hände gerade vor sich sinken zu lassen, erlaubt jedoch der Anstand nicht.

X.

Anlaß zur Veröffentlichung dieses Buches ist der 1983 geäußerte Wunsch unseres Heiligen Vaters, in Rom ein Symposion über Adrienne von Speyr abhalten zu lassen. Es wird im Herbst 1985 stattfinden. Ein solches setzt die Veröffentlichung ihres Gesamtwerkes voraus, weshalb die bisher zurückgehaltenen Nachlaßwerke, die tieferen Einblick in ihre persönlichen Erfahrungen geben, mit ausdrücklicher Billigung des Papstes 1985 der Öffentlichkeit zugänglich gemacht werden. Damit diese für manche Leser zunächst erstaunlichen und vielleicht befremdlichen Werke in ihrer kirchlichen Ausrichtung, nämlich als Gnaden für eine Gründung innerhalb der Kirche, verständlich würden, war das vorliegende Buch notwendig, das ebenfalls mit Billigung des Heiligen Stuhls und nach einigen geringfügigen, von Rom verlangten Berichtigungen veröffentlicht wird.

Concordia Werkmeister und Lothar Lothar in dem kalifornischen Ketten-Café neben der majestätischen Kajetan-Kirche, in der sie zuvor eine Marienandacht angehört hatten, an einem runden weißen Tisch, Concordias weißer *vintage* Knautschlackmantel, Kapuze am Rand mit flauschigem weißem Kunstpelz besetzt, über der Lehne eines leeren Stuhls neben ihr drapiert, Lothar dagegen in einer hellblauen kubanischen Hemdjacke, die Köpfe zusammengesteckt über Hans Urs von Balthasars *taubenblauem* Buch, aus dem Lothar seiner Kommilitonin mit gedämpfter Stimme vorlas: Es gibt in der Kirche verschiedenste Arten von Sendungen. Einzelne sind einsam zu Gott, so wie Adam am Anfang einsam zu Gott war, etwa die Sendung eines Paulus, Augustinus, Ignatius. Es wäre ganz verkehrt, wenn ein solcher, der sich gesendet fühlt, anfinge, die Welt nach einer Ergänzung zu durchstreifen. Jeder hat von Gott zu empfangen, was Gott ihm gibt. Es gibt aber auch Doppelsendungen, die sich wie Mondhälften zu ergänzen haben, wobei die Einzelnen vorher den komplizierten Weg geführt wurden, der nötig war, damit es zuletzt zur rechten Kombination kam. Als Urbild dafür gelten die Zusammenführung Marias und Johannes' durch den Gekreuzigten, um die jungfräuliche Urzelle der Kirche zu bilden, Nachbilder sind unter anderm die Zusammenarbeit Johannes' vom Kreuz und Thereses, des heiligen Johannes Eudes und Maries des Vallées, Franz von Sales' und Jeannes de Chantal. Es kann Doppelsendungen geben, die äußerlich gar nicht zusammenarbeiten. *Und es gibt wohl auch solche, bei denen einmal im Beichtstuhl das Entscheidende für beide Seiten geschieht.*

In unserem Fall war eine intensive, ein gemeinsames äußeres Werk, *die Johannesgemeinschaft zu Einsiedeln*, so Lothar, bezweckende Zusammenarbeit beabsichtigt, deren lange Vorbereitungszeit, für Adrienne von 1902 bis 1940, innerlich schon auf Ergänzung ausgerichtet war, was beides einschloß: eine starke Verschiedenheit der Wege, bei ihr gab es eine endlos scheinende Suche nach der katholischen Wahrheit, den Arztberuf, auch die Eheerfahrung; bei mir die zuerst philologische, siehe, so Lothar, Balthasars *Apokalypse der deutschen Seele*, in den Jahren 1937 bis 1939 entstanden, rund 1600 Seiten umfassend, dann die philosophisch-theologische Ausbildung mit ihrer Ausrichtung auf eine Kenntnis der kirchlichen spirituellen Tradition, innerhalb derer ich, also Hans Urs von Balthasar, das Besondere und Neue der Einsichten Adriennes zu situieren vermochte, und gleicherweise eine Verwandtschaft oder Zuordnung, die das Verschiedene zu etwas Sich-Ergänzendem werden ließ. In Anführungszeichen: Wenn jemand Adrienne liest und sagt, *das ist purer Hans Urs*, kann er manchmal recht haben. Wo Adrienne gelb sieht und Hans Urs blau, muß sie sich vielleicht gelegentlich an den Standort begeben, wo er das Blaue sieht, um ihn von da dorthin führen zu können, wo sie das Gelbe sieht, Zitat Ende. Anmerkung des Autors: Diese Erklärung erfolgte anläßlich eines Versuches, einen mit uns befreundeten jungen Jesuiten einem Diktat Adriennes beiwohnen zu lassen. Adrienne brach nach wenigen Worten ab: so gehe es nicht. Sie könne nur ihrem Beichtvater diktieren; an ihm sei es, das Ergebnis an die Kirche weiterzuleiten.

Concordias etwas schiefer Mund, in den sich Lothar während des ersten Semesters verguckt hatte, zu einem Lächeln des Bedauerns verzogen. Aber das ist doch ein *Liebesverhältnis*, sagte sie, die sich zum ersten Mal in ihrem Leben mit Adrienne von Speyr und Hans Urs von Balthasar konfrontiert sah. Die beiden kommen mir nicht nur wie Juan de la Cruz und Therese von Ávila vor, sagte sie, sondern viel mehr noch wie das tragische Liebespaar Abaelard und Heloisa. Logisch ein Liebesverhältnis, gab Lothar zurück, und letzten Endes ist Balthasar wegen dieser zu engen, wie gesagt wird, *Partikularbeziehung* auch aus der strengen Gesellschaft Jesu herausgefallen. Dreimal machten sie Ferien am Meer der Bretagne; Balthasar beschreibt sie in *Erster Blick auf Adrienne von Speyr* in ihrem Liegestuhl. Fünfzehn Jahre lang lebte er am Münsterplatz in Basel unter demselben Dach wie Adrienne und ihr Ehemann, das mußt du dir bitte vorstellen, Concordia, Tag für Tag zur Teestunde brachte er ihre mystischen Ergüsse zu Papier, extreme, bizarre Visionen darunter, die einem streckenweise wie die Zungengebete in pseudokatholischen Voodoo-Ritualen vorkommen können, wobei *ihre* Sprache mit *seiner* verschmolz wie, ganz richtig, die Heloisas mit der von Abaelard in ihrer ungleich prominenteren Korrespondenz, wenn es sich denn bei letzterer nicht überhaupt um ein künstlerisches Werk aus *einer* Feder, um *Weltliteratur,* handelt. Nichts gegen Voodoo, erwiderte da Concordia, die das zierliche, an einem dünnen Kettchen fixierte Kruzifix, welches sie täglich an ihrem Körper trug, womöglich, gestattete sich Lothar zu überlegen, auch nachts nicht ablegte, aus ihrem Dekolleté und zwischen die purpurnen Lippen genommen hatte.

XI.

J.A.W., April 7th, 2003, 11:08 PM: According to the Jazz West Coast Board, Jutta Hipp died on Monday, April 7, 2003. She seems to have had insufficient funds for a burial or a funeral, and she willed her body to Columbia University. Stan C, April 7th, 2003, 11:45 PM: Very sad news. Deep, April 8th, 2003, 10:45 AM: Sad news indeed. She was without a doubt one of the swingingest piano players to have ever recorded on Blue Note. She will be missed. Hardbop, April 8th, 2003, 10:58 AM: After years of obscurity, she was located in NYC in the borough of Queens. On the old Blue Note Board, Tom Evered wrote that Blue Note had tracked her down and had owed her royalties for the LPs that had been recorded on Blue Note. He said she was surprised. This is the first news I've heard since. I wonder why she kind of dropped out of the music scene. From what I understand in the 1950s Jutta was kind of a highly visible presence on the New York City jazz scene. I think she played often at the Hickory House. Pharaohrock, April 8th, 2003, 11:51 AM: I know nothing of her career in between Blue Note and now. Could someone shed some light? Noj, April 8th, 2003, 11:55 AM: Jutta Hipp had a strangely brief career, dropping out of music altogether shortly after emigrating to the United States. She studied painting in Germany and played jazz during World War II. When the Soviets took over East Germany, she moved to Munich. Hipp played locally and recorded with Hans Koller. She led her own quintet in Frankfurt and recorded for several labels, including a session that was later released by Blue Note. Moving to New York in November 1955, Hipp played at the Hickory House for much of the first half of 1956, recording two trio albums for Blue Note. Although originally inspired by Lennie Tristano, she was criticized at the time for being too influenced by Horace Silver; however, a studio album from July 1956 with Zoot Sims finds her showing a fairly original style. Unfortunately, that was her final recording, for Jutta Hipp soon dropped out of music, apparently to return to painting, and little has been heard from her since. Kevin Bresnahan, April 8th, 2003, 12:56 PM: Tom Evered has a nice drawing of Horace Silver that Jutta drew. She gave it to him during that visit a few years ago. I'm sure he is going to be bummed out by this news. His trip to Jutta's apartment in Queens to deliver that long-overdue royalty check was a very uplifting thing for him. He was very happy that he was there for her. By the way, most of that royalty check was from Japanese sales. Jutta's music still sells very well in Japan. Hardbop, April 11th, 2003, 11:19 AM: I guess she lived quietly in Queens, in the Jackson Heights neighborhood, working as a dressmaker. Lee Konitz seemed to stay in touch with her or at least knew how to get in contact with her. She left no family, no relatives. Kind of sad to read that. Leeway, April 12th, 2003, 06:59 PM: The Pittsburgh Post-Gazette for April 12, 2003, carried a short obituary on Jutta. I found this part very interesting: Low self-confidence stopped her from playing jazz, and Ms. Hipp moved to Queens and earned her living in obscurity as a dressmaker. Friends said they never heard of her performing again. James, April

13th, 2003, 03:57 PM: Low self-confidence may have been only part of the equation here. A good jazz buddy of mine spent some time talking with Jutta at the bar in their native tongue at the Cafe Bohemia during a break. He recalls her sounding somewhat jaded about the fact that fellow musicians were more interested in hitting on her than sharing musical passion. Grey, April 14th, 2003, 10:15 AM: I remember during the summer of 1998 I was browsing the jazz section of Towers at W 66th in NYC. I came across a copy of Jutta Hipp's At The Hickory House, Vol 1. I wasn't familiar with her so I asked the fellow at the counter for an opinion. There was another customer at the counter, an older man in his 70s, who said: Give her a call, she lives out in Queens.

XII.

Lothar Lothar hatte sich in den unübersichtlichen Tiefen weltumspannender elektronischer Netzwerke verloren, hatte, klopfenden Herzens, sämtliche dort verfügbaren Portraits von Jutta Hipp auf die Festplatte seines Computers heruntergeladen und befand sich nun in konzentrierter, einerseits entzückter, andererseits beunruhigter Betrachtung ihrer eleganten Handgelenke, ihrer makellos lackierten Fingernägel, ihrer im Ansatz naturkraus wirkenden, angeblich von Natur aus roten Ponyfrisur, ihres langen, über entblößte Schultern von blassem Teint drapierten Pferdeschwanzes; dazu kamen ihm auch englische Adjektive und Substantive in den Sinn: *alluring make-up, sleeveless dress, revealing cleavage*. In Lothars aufgewühltem Gedächtnis schoben sich die Konturen von Jutta Hipp und Mary Lou Mackay übereinander, verschwommen zu einer sehr weiblichen Figur, einer ganz ungewöhnlich attraktiven Pianistin im enigmatischen Alter von über dreißig Jahren. Er fragte sich, ob er Jutta Hipp überhaupt anziehend fände, wenn er sie nicht, in einer an seinem Inneren zehrenden, kaum anders als sehnsüchtig zu bezeichnenden Regung, mit Mary Lou Mackay in Verbindung brächte? Quälender Gedanke, momentan nicht ebenfalls ein Abbild Mary Lous vorhanden zu haben: keine einzige Fotografie von ihr konnte Lothar im weltweiten Netz auftreiben. So sah er sich genötigt, Mary Lou Mackay in Jutta Hipp auszumachen, in den auf simplifizierende Weise grob gerasterten Schwarzweißaufnahmen der 1950er Jahre die bis in die feinsten Poren ihrer vornehm parfümierten Haut hochaufgelöste, farbenfrohe, lebensgroße, beinahe überlebensgroße Erscheinung aus dem Hamburger Joint wiederzuerkennen. Es sollte ihm gelingen.

Bis Katherine Schmeller, ohne anzuklopfen, in Lothars Dachzimmer platzte, sich mit der ihr eigenen, trotz fortgeschrittener Schwangerschaft nach wie vor als anämisch faßbaren Aura in Lothars schalenförmigen Ziegenfellsessel fallen ließ, die Hände in der Luft zusammenschlug und eine brandneue Episode ihrer durch die eingetretenen, sogenannten *anderen* Umstände in der Frequenz keineswegs dezimierten amourösen Eskapaden zum Besten gab. Seit Lothar bei ihr, eigentlich, mietrechtlich, ihrer Mutter, die aber werktags in der um mehrere Autostunden entfernten Stadt Erlangen lebte, eingezogen war, hatte sich zwischen beiden ein Vertrauensverhältnis gebildet, welches in erster Linie darin bestand, daß Katherine Lothar aus ihrem polygamen Liebesleben erzählte, welches sie auch in ihrer neuen Rolle als Verlobte, die in zwei Wochen mit ihrem Verlobten, von dem sie in zwei Monaten das gemeinsame Baby erwartete, zusammenziehen würde, nicht monogam gestaltete, sondern Katherine traf sich ungeniert weiterhin mit einem um zwanzig Jahre älteren, zum dritten Mal verheirateten Politiker aus dem Landkreis namens Hetzenbichler, dessen geheime Geliebte sie seit rund zwei Jahren war. Lothar kannte Hetzenbichler lediglich aus der Zeitung, hatte einmal sogar, bei Kommunalwahlen, seine Stimme für ihn abgegeben, gutaussehender Mann, fand er, Katherine war ja eine entsprechend gutaussehende Frau, doch *was für ein Altersunterschied*.

Wenn Katherine und Hetzenbichler zusammen waren, meistens, *en detail* hörbar, ein Stockwerk unter Lothars Studentenbude und logisch unter der Woche, ließ sie ihrem untertänigen Anlehnungsbedürfnis freien Lauf, legte ihren zierlichen Kopf auf seine Flanellhose, seine Breitcordhose, auf seinen bereiten Schoß, alles so, wortwörtlich, an Lothar weitergegeben, während Hetzenbichler ihren Pullover, ihre Bluse, ihr Top, was auch immer, zärtlich hinaufschob und ihren schwangeren Leib, mit Ausnahme ihres unmittelbaren, sich zunehmend wölbenden Bauches, an dessen ihm vertrauter Oberfläche sich mittlerweile sporadisch, Beulen gleich, launische Fußtritte des ungeborenen Kindes abzeichneten, liebkoste. Katherine hätte früher gedacht, dergleichen sei moralisch, allein vor sich selbst, absolut unzulässig, natürliche mütterliche Instinkte müßten der lustvollen Duldung solch lasterhaften Tuns Einhalt gebieten, *aber nein*.

Lothar, seit einigen Monaten, nach, wie er glaubte, göttlicher Eingebung, damit beschäftigt, mancher sich zeitigenden, angeblich natürlichen Regung mittels der klassischen Kulturtechnik des katholischen Zölibats zu Leibe zu rücken, fragte vorsichtig nach, ob Katherine denn nicht befürchte, ihr zukünftiges Kind werde die verliebte Stimme des Politikers wiedererkennen und ein allgemein auffälliges Verhältnis, eine Partikularbeziehung, zu ihm entwikkeln. Die verborgene Liaison seiner Mutter damit womöglich sogar verraten. Hetzenbichler kann vorbeikommen, so oft er will, und meinem Baby die Windeln wechseln, erwiderte Katherine demonstrativ ungerührt. Und lenkte weiter ab: Als gestandener Vater dreier Kinder aus zwei Ehen müßte er das einigermaßen beherrschen.

XIII.

Aus Langs theatralischen Allegorien. *Die Keuschheit.* Eine Jungfrau, geschmückt mit dem Gewand der Vestalinnen, in einem blendend weißen Kleid, als Wahrzeichen trägt sie einen besiegten Cupido. *Oder:* Eine wie die Pallas Athene mit einem Helm geschmückte Frau zieht einen gefesselten Cupido nach sich. Auf dem Schild sieht man ein Murmeltier. *Die Enthaltsamkeit vom Schlechten.* Mit einem Lorbeerkranz gekrönt, auf einem Säulenstuhl ruhend, heftet sie den Blick auf Gesetzestafeln, die vor ihr aufgestellt sind. Unter ihren Füßen befinden sich Schlangen und Schildkröten, die Sinnbilder der Sünde, hauptsächlich der Wollust, sind. Außerdem zerbrochene Pfeile. Dicht neben ihr liegt ein Kamel, durch welches sonst die Enthaltsamkeit von der Schlemmerei angezeigt wird. *Das Verlangen.* Ein Jüngling, aus seinem Herzen, auf das er die linke Hand gelegt hat, soll eine Flamme lodern; der rechte Arm sei gen Himmel gereckt. Im Schild das Wahrzeichen des Hirsches, der aus einem sprudelnden Quell Wasser trinkt. *Die Begierde.* Auf einem Krokodil sitzend, schmeichelt sie einem Rebhuhn, das sie mit der Hand umfaßt, und spielt mit diesem. *Das schlechte Gewissen.* Eine Frau hält in der einen Hand ein verwundetes Herz, mit der andern umfaßt sie nach Art der Furien eine Fackel. Auf dem Kopf nährt sie Schlangen, ebenso wie die Medusa. Ihr zu Füßen sieht man kleine Schwerter, Stricke, ein Glas voll Gift, eine offene Grube mit einem bellenden Hund. *Das quälende Gewissen.* Eine Frau, oben in einem weißen Gewand, unten in einem schwarzen, hält in der Rechten einen Mond, in der Linken ein Herz, an dem eine Schlange nagt. *Die Heuchelei.* Ein Mann in einem lang herabhängenden Gewande täuscht auf seinem Gesicht in hohem Grade Frömmigkeit vor und hält einen Schwan; zu seinen Füßen sind ein Lamm und ein Wolf; auf der anderen Seite ist ein Spiegel und dicht bei diesem liegt eine Maske. So wie die Maske alles anders zeigt, als es beschaffen ist, besitzt auch der Spiegel nicht das, was er zeigt, sondern vielmehr einen Schatten; der Schwan, vollends das Sinnbild der Heuchler, bedeckt seine schwarze Haut mit glänzend weißem Flaum.

XIV.

Einmal Flat White grande, einmal Latte Macchiato tall, ein Brownie, ein Panino. Lothar Lothar und Concordia Werkmeister, Studierende der katholischen Theologie, im Schnellrestaurant, in dessen erst vergangenes Jahr hinzugekommenem Annex, dem gekonnt neumodisch entworfenen Café-Trakt, in entsprechend aktuell gestalteten, kantigen, geradezu *clubbigen* Ledersesseln, an einem rundum verglasten, artifiziellen Kamin. Auch Concordia, in ihrem kurzen, sandfarbenen Velours-Kleid, paßte optisch zur Einrichtung. Wie eine *Lounge* sieht das hier aus, sagte sie. Die Holzscheite sind künstlich, aber die Flammen sind echt, betonte Lothar, der Concordia nicht zum ersten Mal mit aufs Land, doch am heutigen, ungewöhnlich sonnigen Karfreitag 2007 zum ersten Mal mit in das Gewerbegebiet der Kleinstadt, in der er bei Frau Schmeller wohnte, genommen hatte. Zuvor waren die beiden in den Uferauen des Flusses spazierengegangen, hatten zarte Knospen an seltsamen bis seltenen Gewächsen begutachtet, ansprechend gemaserte Kieselsteine aufgelesen und sich gegenseitig demnächst zum Abruf anstehende kirchengeschichtliche Daten abgefragt.

Am Nachbartisch nahmen zwei Architektinnen Platz, entrollten einen Bauplan, setzten hier und dort konzentriert ihre Bleistifte an. Dabei wurden zwei grotesk voluminöse Cappuccino-Tassen auf dem die Gänze der Tischplatte einnehmenden Pergament hin und her geschoben. Während im vorderen Teil des Schnellrestaurants eine große Fluktuation herrschte, hatten die Gäste im Nebentrakt alle Zeit der Welt mitgebracht. Vorne Fliesen, hier Parkett, das ist konsequent durchdacht, bemerkte Lothar und gestand seiner Begleitung: Ich komme so gut wie täglich hierher. Womit er Concordia ein wohlklingendes, helles Lachen entlockte, das ihn aber auch ein bißchen verunsicherte und augenblicklich um weitere Worte verlegen machte. Da erklang, urplötzlich, von draußen, ein gewaltiges, in die Länge gezogenes Klirren. Gäste rannten ins Freie, Bedienungen in Rot und Schwarz traten hinter dem Ausgabetresen der Schnellküche hervor, auch die in das traditionelle Schwarz und Weiß gekleidete einzige Serviererin des Café-Trakts verließ ihren Arbeitsplatz hinter den großen, klassischen Kaffeemaschinen. Concordia und Lothar liefen gleichfalls kurzentschlossen nach draußen. Wie sich herausstellte, hatte ein Getränkelastwagen seine zerbrechliche Ladung beim Einbiegen in den Autobahnzubringer verloren, die seitliche Verriegelung mußte sich irgendwie gelöst haben. Lothar und Concordia sahen zu, wie Polizei eintraf, der Verkehr umgeleitet und das zerbrochene Glas zu einem enormen Scherbenhaufen zusammengekehrt wurde. Dann kehrten sie an ihren Tisch zurück, nippten an ihren kaltgewordenen Kaffeespezialitäten. Concordia glaubte, die verblüffend naturgetreu gestalteten Scheite in dem verglasten Kamin vor ihnen seien aus Asbest. Wie in Jean Pauls *Titan*, wußte Lothar auf der Stelle zu ergänzen, *Sein Herz war ein beschriebenes Asbestblatt, ins Feuer geworfen, brennend, nicht verbrennend.*

Eine Gruppe Rennradfahrer fuhr vor. Da ihre Sporträder keine Ständer besaßen, legten die Fahrer sie kreuz und quer vor dem roten Doppeldeckerbus auf dem Asphalt ab. Stimmt es eigentlich, fragte Concordia, die sich in ihrem Hauptfach Mediävistik dem komplizierten Syndrom stigmatisierter Frauen verschrieben hatte, daß Adrienne von Speyr in der Öffentlichkeit stets fingerlose Handschuhe, wie jene von Radfahrern, trug? Um ihre Wundmale, *die Wundmale des Gekreuzigten*, des auferstandenen Heilands vor der Welt zu verbergen? Keine Ahnung, gab Lothar zur Antwort, aber warum eigentlich nicht? Ihre Stigmata sind ja verbürgt, angeblich traten sie 1942 auf, zwei Jahre, nachdem Hans Urs von Balthasar die Konvertitin, deren evangelische Taufe für ungültig erklärt, annulliert worden war, katholisch getauft hatte. 1947 verschwanden die Wundmale wieder, auf Adriennes Bitten hin. Die Passionen der *imitatio christi* jedoch, in denen sie, von Zuständen äußerster Schwäche gefolgt, vor allem die inneren Leidenszustände Jesu erlebte, die ihr Beichtvater Wort für Wort aufzeichnete, bestanden fort. Balthasar spricht in *Erster Blick auf Adrienne von Speyr* von einem Katarakt mystischer Gnaden, die sich über Adrienne ergossen. War sie dabei während der Kriegsjahre *mental* sogar in Konzentrationslager, und dort sowohl in die Rolle der Gepeinigten wie der Peiniger, versetzt worden, geben später häufig kontemplative Klöster, in denen das beschauliche Gebet, der ausnehmend schweigsame Geist, von neuem belebt wird, den geographischen Hintergrund ab. Lothar kannte die Geschichte mit den Fahrradhandschuhen auch nur vom Hörensagen. Womöglich ein Gerücht, wandte Concordia ein, klerikaler Klatsch.

Doch Adrienne von Speyr besaß seit ihrer als *golden* beschriebenen Marienvision vom November 1917 auch eine Wunde in der Herzgegend, wandte Lothar ein, die sich nicht mehr schließen sollte, und es heißt ebenso, ein Engel habe ihr verkündet, sie werde jedes Jahr am Karfreitag körperlich an den Leiden Christi teilhaben. In Adriennes zweibändigem Nachlaßwerk *Kreuz und Hölle*, leider ist es nicht im regulären Buchhandel erhältlich, so Lothar, soll dies seinen zentralen Niederschlag finden. In beiden Bänden hat Balthasar ihre Erfahrungen gesammelt, die nicht nur ein Miterleben des physischen Leidens Jesu in Jerusalem bedeuteten, sondern auf geheimnisvolle Weise auch der Seelenzustände des Gekreuzigten. Der ja am Nachmittag des Karfreitags, also um diese Zeit, so Concordia, als Sohn Gottes, nicht nur in das Reich der Toten, sondern direkt in die Hölle abgestiegen sein soll, wo er auch den Karsamstag über verblieb, was ich mir bis vor kurzem gar nicht klargemacht hatte. Ging mir genauso, antwortete Lothar, auf sehr besondere Weise, sagt Balthasar, sei es Adrienne, *im inneren Mitvollzug*, eingeräumt gewesen, *den Herrn suchend, in die Hölle abzusteigen* und dabei das ganze Entsetzen dieses Ortes, von dem Gott abwesend ist, der eher ein *Zustand* als eine Lokalität sei, zu erfahren. Balthasar spricht von Adriennes *Auftragshöllen*. Wobei mir noch immer nicht verständlich wurde, wie er dabei zu der bereits von Origines vorgelegten, aber auch bereits 543 auf der Synode von Konstantinopel verurteilten Vermutung gelangte, die Hölle *sei leer*.

XV.

Die Struktur der Sendung. Die zahlreichen Werke, die von Adrienne von Speyr zu ihren Lebzeiten erschienen, haben durch die umfassende Weite ihres theologischen und spirituellen Horizontes, die Entschiedenheit und Klarheit ihrer Stellungnahmen, die kontemplative Kraft, mit der sie in die tiefsten Glaubensgeheimnisse eindrangen, vielfach Staunen erregt und auf ein außergewöhnliches Charisma des Gebets und des Lebens schließen lassen. Dennoch behielt der Leser das Gefühl, in eine hell beschienene Landschaft zu blicken, ohne die erleuchtende Sonne selber zu Gesicht zu bekommen. Die nunmehr beginnende Veröffentlichung der im engeren Sinne mystischen Werke, *der Nachlaßbände*, wird die leuchtende Mitte dieser ganz ungewöhnlichen, vielleicht sogar unvergleichlichen Sendung offenbaren.

Die Schriftkommentare und andern schon vorliegenden Werke sind diktiert. Das Diktat erfolgte ohne andere Vorbereitung jeweils als das allgemeine Gebet; konnte man doch A. grundsätzlich beliebige Texte der Schrift vorlegen, auf die sie nicht eingestellt war, sie sprach darüber ebenso ruhig und sicher, beinahe druckfertig, wie über den Vers, der bei einer fortlaufenden Kommentierung eines Buches der Bibel fällig war. Daß sie, als Ärztin, weder in ihrer Jugend noch später eine Leserin der Schrift war, werden ihre beiden Biographien zeigen. Sie diktierte rasch, so daß es nicht leicht war, mit Stenographieren zu folgen, durchschnittlich vielleicht zwanzig Minuten am Tag. Dieser ruhige Rhythmus der Arbeit wurde zu gewissen Zeiten unterbrochen durch blitzartig einfallende Ereignisse, *Versetzungen*, Ekstasen, Passionen, *Höllen*, *Löcher*, Visionen und Auditionen usf., über welche die hier vorgelegten Werke Bericht und Rechenschaft geben werden. Was Gott auf dem ihm so dargebotenen Instrument spielen wollte, ließ sich in keiner Weise im voraus erraten oder auch nur ahnen. Ihre Seele war ein weicher Lehm, aus dem Gott ohne Widerstand jegliche Form kneten konnte. Etwas so Hingegebenes, daß der Heilige Geist es wagen konnte, zentrale Aspekte der biblischen Offenbarung in ihr auszuprägen und erstmalig in dieser neuen Beleuchtung der Christenheit vorzustellen.

Wie Hildegard von Bingen ist Adrienne von Speyr Ärztin, vertraut mit der ganzen Welt des Leibes, vom physischen über den physiologischen bis zum ethischen Aspekt. Sie war, noch als Protestantin, zweimal verheiratet, aber ihre mystische Selbstbiographie zeigt, daß die eheliche Verbindung ihr beschwerlich war, keineswegs an sich und als solche, sondern weil sie für sich selbst um ein *leibliches Geheimnis* wußte, das noch unentschleiert war, auf das hin sie sich aber aufgespart wußte. In ihrer katholischen Zeit stellte sich alsbald heraus, daß ihr Leib in jeder erdenklichen Weise zur Verkörperung und Erprobung ihres Gehorsams von Gott benötigt wurde, vor allem für eine geradezu minutiös detaillierte Erfahrung der Passion Christi am eigenen Fleisch, aber auch anderer Geheimnisse, wie etwa der Zustände Marias in der Zeit von Erwartung, Geburt und Stillung des Kindes, und auch der Zustände des Fegfeuers usf. Aus dieser mystischen Verwendung ihrer Leiblichkeit als Prüfstein für alle mit der Inkarnation zusammenhängenden christlichen Wahrheiten leitet sich noch ein Sonderauftrag ab: die christlich-theologische Bedeutung der gesamten Geschlechtssphäre gleichsam von oben herab zu erkennen und darzustellen.

In der mir übertragenen Amtsvollmacht, Adrienne im Gehorsam zu *versetzen*, in Klammern angefügt: *Gehorsamkeitsekstasen*, lag auch die natürlich nicht allgemeine, auch nicht psychologisch erklärbare, sondern rein charismatische, einmalige Möglichkeit, sie im Gehorsam zu einer reinen Vermittlung zu machen, was eine bestimmte Form der Ekstase ist, um mir das Wort Sancti Patris Nostri durchzugeben, ebenso wie meine Fragen an ihn und seine Antworten an mich. Dies alles in der völligen christlichen Schlichtheit und ohne jede magische und trübe Atmosphäre, die die medialen Phänomene zu umwittern pflegt.

Das Problem der Drucklegung. Die Drucklegung der wichtigsten Nachlaßbände stellt den Johannes Verlag vor ein schweres finanzielles Problem. Sie zu veröffentlichen wird zum mindesten 300000.- DM/Fr. kosten. Zudem steht die Frage noch offen, wie weit diese Bände lediglich als Privatdrucke hergestellt und an einzelne Personen versandt werden oder in den allgemeinen Buchhandel kommen. Gönner des Johannes Verlags und Freunde der Person und des Werkes Adriennes von Speyr, die einen größeren oder kleineren Beitrag zur Veröffentlichung ihrer Werke spenden wollen, können dies tun auf Postscheck-Konto Johannesverein Basel, 40-10628. Für jede Hilfe spricht der Verlag im voraus seinen herzlichen Dank aus.

Lothar Lothar konnte tatsächlich gleich drei Bände aus Adriennes Werk sein eigen nennen, in deren Impressum die, gegen das Licht gehalten, durchscheinende Angabe *Privatdruck des Johannes Verlags* mit einem Streifen Papier, auf dem allein die Worte *Johannes Verlag* standen, überklebt war: *Das Allerheiligenbuch, Erster Teil*, zweitens *Theologie der Geschlechter*, drittens *Das Wort und die Mystik, 1. Teil: Subjektive Mystik*. Lothar fragte sich: Wie viele Privatdrucke aus dem beinahe unglaublich umfangreichen Œuvre dieser Mystikerin, von der sich Balthasar, gestützt auf ihre zunächst verhandschriftlichten, dann druckgelegten mündlichen Worte, so inbrünstig und doch vergeblich erhofft hatte, daß sie *selig-* und *heiliggesprochen* werde, waren denn eigentlich insgesamt erschienen? Über Balthasar selbst kursierte ja die Vorstellung, er habe mehr Bücher geschrieben als von einem Normalbürger Zeit seines Lebens gelesen würden.

XVI.

Wieso, überlegte Jeannine Waterstradt, hatte Charles Ludlam, als er Ronald Tavels Theatre of the Ridiculous in den 1960er Jahren verließ und seine eigene Truppe aufbaute, diese *The Ridiculous Theatrical Company* getauft und den ästhetischen Begriff des Lächerlichen, des, nach den Regeln des *High Camp*, hehren Lächerlichen, damit wieder preisgegeben, nämlich, ehedem stolzes Substantiv, nunmehr schnödes Adjektiv, von der Kunst auf die Künstler verschoben? Dies genau hatten ja bereits die bürgerlichen Theaterkritiker so festgehalten wissen wollen, als sie Tavels transgressives Theater der schrägen Resignifizierungen als weder grotesk noch burlesk eingeschätzt, sondern als schlichtweg lächerlich gebrandmarkt hatten. Aber ebensowenig sachdienlich ist es, wenn sich Ronald Tavel heutzutage auf seiner Website als Humorist andient, dachte Jeannine, klappte ihr schneeweißes Notebook zu, trat ans Fenster, schob den von ihrer Mutter als Patchwork aus den zierlichen Taschentüchern ihrer Großmutter zusammengenähten Vorhang beiseite und sah unten auf der Straße Lothar und Mary Lou vorbeigehen, bildete sich ein, daß Lothar kurz verstohlen zu ihrem Fenster heraufschaute, während die nah an seiner Seite flanierende weibliche Person arglos geradeaus blickte. Wie attraktiv diese Frau, bestimmt einige Jahre älter als sie selbst, sogar von oben aussah, fand Jeannine.

Wenn Lothar früher in die Stadt gefahren war, hatte er sich stets bei ihr gemeldet, vor oder nach seinen Vorlesungen und Seminaren, auch während der Semesterferien, und lange noch nach Beendigung jeder sexuellen Betätigung in ihrer so eigentümlich unvermittelt geläuterten Beziehung. Jeannines Wohnung lag, unweit der Innenstadt, unweit des Flusses und seiner breiten Uferwiesen, in einem während der zurückliegenden Jahre zielstrebig gentrifizierten Viertel, das einen Bummel durch die von zunehmend interessanten Läden, entsprechend umgewidmeten Gastwirtschaften und nagelneuen Cafés gesäumten Straßen mit einem zumindest kurzen Abstecher zu ihr ins sonnige fünfte Stockwerk hinauf zu verbinden in ihrem Freundeskreis, so jedenfalls wurde es allgemein gehandhabt, durchaus nahelegte. Allerdings war Lothar Lothar tatsächlich zuletzt im Januar hier gewesen.

Jeannine Waterstradt schätzte sich selbst als überhaupt nicht eifersüchtigen Charakter ein, aber sie wußte auch nicht, wie sonst sie das Gefühl bezeichnen sollte, das sie nun befiel, als sie ihren Ex-Freund mit dieser aufreizenden fremden Frau, deren Rolle in seinem neuerdings keuschen Leben sie einfach nicht einzustufen vermochte, um die nächste Straßenecke biegen sah. Wo wollten die beiden hin? Wo kamen sie her? Machte sich Lothar mit Mary Lou Mackay an seiner Seite vor seinen neu hinzugewonnenen Freunden, seinen neuen Kommilitonen, nicht lächerlich? Er wird ihnen doch mitgeteilt haben, überlegte Jeannine, daß er sich während des laufenden sowie des kommenden Semesters *prüfen* wolle, ob er *das Zeug* zum Novizen habe. *Den Schneid*, sich zum Anwärter auf das katholische Priesteramt überhaupt aufzuschwingen. Und also ins Priesterseminar einzutreten.

XVII.

Der Abend, an dem Lothar Mary Lou eröffnete, er habe ein privates Gelübde abgelegt, das ihn zu sexueller Enthaltsamkeit anhalte. Mary Lous zunächst sehr erstaunter, dann wiederum sehr eindringlicher Blick, rasch abwechselnd in seine Augen und auf seinen Mund gerichtet. So etwas habe sie ja noch nie erlebt, bemerkte sie amüsiert, außer bei ihrer Cousine Faye aus Inverness, die sich, *wie Britney Spears*, vorgenommen hatte, dereinst als Jungfrau vor den Traualtar zu treten. Adrienne sagt, sagte Lothar: Der Mann, der jungfräulich zu sein beschließt, der seinen Leib in begierdelosem Zustand leben lassen will, kann in der Jugend gefehlt haben, doch vom Augenblick an, da er Ordensstand oder Zölibat wählt, ist er, falls er das damit verbundene Gesetz hält, *jungfräulich*. Bei aller prinzipiellen Negation, die in dem Aufgesagten auszumachen war, hatte Mary Lou eine feierliche Note zwischen den Worten nicht überhört.

Lothars zweites Glas zuckersüßer Caipirinha, Mary Lou vor ihrem zweiten Mojito. Aufgeschlagen vor ihnen das schweizerische *Du*-Magazin mit einem Artikel über die afrikanisch-amerikanische Schlagzeugerin Terri Lyne Carrington in einem Max Roach gewidmeten Heft. Ihren ersten Auftritt hatte Carrington als Fünfjährige am Tambourin mit dem blinden Saxophonisten Rahsaan Roland Kirk absolviert, den sie nebenbei zum *Basketballspielen* anstiftete. Sie soll mit einem Holzstock an den Korbring geklopft haben, während Kirk den Ball aufgrund der ausgesandten Schallwellen mit sicherer Hand ins Netz beförderte. Selbst frühzeitig Saxophonistin, hatte sie sich mit dem Ausfallen ihrer Milchzähne dem Schlagzeug zugewandt.

Der freundliche Mann hinter dem Tresen schüttete jetzt keine Erdnüsse mehr in das bereits mehrfach geleerte Körbchen vor den beiden. Mary Lou Mackay und Lothar Lothar, wochentags, gegen 3 Uhr nachts, als die letzten Gäste in dieser kleinen, abgelegenen, beinahe versteckt gelegenen Bar, nebeneinander auf zwei dicht zusammengerückten Barhockern, über Terri Lyne Carringtons Portrait gebeugt, das in dem für die Zusammenhänge des Jazz geradezu obligatorischen Schwarzweiß gehalten war, Abzug auf entsprechend hartem Fotopapier, während rundherum sämtliches Gestühl bereits hochgestellt worden war. Wenn ich der Barkeeper wäre, würde ich uns für ein Liebespaar halten, flüsterte Mary Lou Lothar zu.

Obwohl es ein sonniger und sehr milder Frühlingstag gewesen war, wehte in den stillen, steinernen Wohnstraßen, durch die Lothar und Mary Lou im Folgenden ziellos zogen, ein frischer Wind. Im Nu waren die beiden, nur mit leichten, sommerlichen Jacken angetan, ausgekühlt. Wenn du ein *Gentleman* wärst, könntest du mir jetzt ein warmes Zimmer bieten, beschwerte sich Mary Lou in einem als aufgesetzt erkennbar gemachten Tonfall. Lothar wollte aber auch nicht mit zu ihr gehen; er war davon überzeugt, allein mit dem Betreten der Wohnung dieser Frau zu verletzen, was er hoch und heilig zu leisten gelobt hatte. Also sagte er: *Ich kann nicht*. Ich habe mich dem *Unterlassen* verschrieben. Hey, auch Enthaltsamkeit ist eine *Tätigkeit*, entgegnete Mary Lou. Und so stromerten sie weiter durch diese seltsame Nacht, bis die ersten Vögel zu singen anhoben, und stießen schließlich auf einen noch menschenleeren U-Bahnhof, aus dessen hell erleuchtetem unterirdischen Inneren ihnen verbrauchte, warme Luft entgegenschlug, in deren wohltuende Sphäre sie sich mittels einer automatischen Rolltreppe, wieder und wieder, zunehmend vergnügt, bis hin zur Albernheit, versenkten.

XVIII.

Suchmaschine: *Jack Smith* plus *Atlantis. Ammonia Pits of Atlantis. An Average Afternoon in Atlantis. Brassieres of Atlantis. Capitalism of Atlantis. Rehearsal for the Destruction of Atlantis.* In dem Band *Flaming Creature* entdeckte Jeannine Fotografien der Bühneninszenierung von *Brassieres of Atlantis*, 1970. Bildunterschrift: Working closely with his actors on an elaborately prepared stage, Smith starred actress Marie-Antoinette in his *Brassieres of Atlantis*. Umblättern, übernächstes, ziemlich verwischtes Szenenfoto, Bildunterschrift: Onstage action in *Brassieres of Atlantis*.

Jack Smith claimed that thinking itself is interesting on stage, and that actors should not pretend, because it gets in the way of thinking. Ein Konzept, das sich, in filmischer Hinsicht, auch hinter Andy Warhols kontemplativen, zumeist stummen *Screen Tests* erkennen ließ. Außerdem setzte Jeannine hier theaterwissenschaftliche Querverweise auf Smiths Cabaret-Produktionen *Clash of the Brassiere Goddesses*, *Clash of the Brassiere Maidens* und *Brassieres of Uranus*, als er, zuerst in Genua, 1981, ihrem ursprünglichen Zweck entfremdete Büstenhalter für Männer proklamierte, im Sinne eines den verordneten Unterschied zwischen den beiden Geschlechtern, welchen zu betonen ihn nicht interessiere, relativierenden Ersatzes für das im fortschreitenden Lauf der Mode verlorengegangene *Codpiece* der Renaissance, jenes beutelförmige, häufig prunkvolle Kleidungsstück, das galante junge Männer, zunächst in Venedig, vorn mittig auf ihren dem heutigen Blick eher lächerlich vorkommenden, schreiend mehrfarbigen Strumpfhosen, über ihren somit irgendwie als aufgesetzt und also abnehmbar markierten Penissen, trugen.

Cod is from the Middle English *codd*, meaning a cushion. The word is also slang for a man's scrotum and testes, an allusion to the way his organs bulge noticeably in tight pants. Panty hose did not have any pockets. Where did a fashionable man in the Late Middle Ages carry his coins, keys, cosmetics, and other small personal effects? In his *codpiece*. The penile pouch began as a practical crotch pocket. A convenient carrying *basket*. It allowed a man's hips and buttocks in skin-tights to remain streamlined and naturally sexy, and added size, a *bulge*, exactly where he wanted to boast it most. A practical design can become an outlandish fashion affectation, and that is what happened to the *codpiece*.

The word *brassiere* sounds and looks distinctly French; and it is. But the French never used the word to mean a breast halter; Americans introduced that meaning. *Brassière* originated in fourteenth-century France as the name for an arm guard, or shield, worn by soldiers, called *braciere*. Eventually *brassière* came to mean any kind of upper-body harness with arm straps. The first modern *bra* debuted socially in 1913. It was the nifty needlework of New York socialite Mary Phelps Jacob, who claims she almost single-handedly was responsible for the demise of the centuries-old corset. She was a Francophile, and after World War I she moved to Paris. She liked the sound of *brassière* and assigned it to her invention. By the 1920s, the term applied to cupped breast-support garments like those manufactured by the *Warner Brothers Corset Company* and *Maidenform*. Männer sollten Büstenhalter tragen, weil die beiden *Körbchen* einfach so viel praktischer als die derzeit üblichen Hosentaschen wären, argumentierte Jack Smith, der, nach allem, was die betreffende Sekundärliteratur hergab, sowohl Frauen als auch Männer begehrte. Was Jeannine wiederum an ihre Tante Veronica erinnerte, die stets allerlei Erstaunliches, Geldbörsen, Notizbücher, Brillen, mobile Telefone, aus ihrem Dekolleté hervorzuzaubern pflegte. Stand das alles nicht aber auch in eigentümlichem Kontrast zu dem mit Vorliebe und ausführlich offerierten Schlackern weicher Brüste sowie schlaffer Penisse in Jack Smiths filmischen Werken?

XIX.

Rede des toten Christus vom Weltgebäude herab, daß kein Gott sei. Jean Pauls berühmte Erzählung, beim Wässern der Blumenstöcke in Frau Schmellers Bibliothek entdeckt; Jean Paul korrekt unter J im alphabetisch sortierten Regal, zwischen Alfred Jarry und Elfriede Jelinek. Frau Schmeller seit Montag wieder in Erlangen. Katherine ließ sich unter der Woche lediglich noch mit Hetzenbichler in ihrem Elternhaus blicken. Hetzenbichler und sie dann in ihrem ehemaligen Kinder- und Jugendzimmer, während Lothar, einen Stock höher, unter geschrägten Wänden, ihr Baby hütete. Wenn der Politiker wieder gegangen war, *andauernd mußte er wichtige Termine wahrnehmen*, kam Katherine noch für ein halbes Stündchen zu Besuch auf Lothars Zimmer. Sie war jetzt wieder beinahe so schlank wie vor ihrer Schwangerschaft, früher wäre sie vielleicht auch Lothars Fall gewesen.

Generell dem Vatikan nicht eben gewogen, protestantisch aufgewachsen, die Texte der Offenbarung *verstandesmäßig zu erfassen* gelernt, glaubte Katherine Schmeller, dem bei ihrer Mutter untergekommenen Studenten der katholischen Theologie augenblicklich entgegenkommen zu können, indem sie Benedikts XVI. am Karfreitag auf seiner römischen Kreuzweg-Prozession exponiert erklärte Solidarität der katholischen Kirche mit den Frauen auf aller Welt, ihren Leiden in Vergangenheit und Gegenwart, ihren anhaltenden Vergewaltigungen, Erniedrigungen, ihren noch immer offiziellen Ausgrenzungen, anerkannte. Auch zeigte sie sich von den roten Schuhen des Papstes, auffallend eleganten Fabrikaten der Firma *Prada*, sehr angetan. Sie drückte Lothar einen Zeitungsartikel in die Hand, in dem zu lesen stand: Hatte Joseph Ratzinger als Kardinal nichts anderes als Schwarz getragen, sah man ihn jetzt in prächtigem Purpurrot, in Talaren mit feinster goldener Knopfleiste und Samtcapes mit Fellpaspeln, die ein Haute-Couture-Schneider nicht besser hinbekommen hätte. Er wärmte seine Hände in einem Pelzmuff und tauschte die schlichte Baskenmütze aus seiner Zeit als Kardinal gegen mitunter extravagante Kopfbedeckungen ein. Im Sommerurlaub in den Bergen sah man ihn mit einer weißen Baseballkappe, wie sie bevorzugt von afrikanisch-amerikanischen Rappern getragen werden, anläßlich eines Staatsbesuchs beeindruckte er die Pressefotografen mit einer fellgefütterten Nikolausmütze aus leuchtend rotem Samt. Wie aus der alljährlich vorweihnachtlichen *Coca-Cola*-Reklame gefallen, fand Katherine, sah der Papst da aus. Auch Lothar hatte gedacht, das rote Nikolaus-Outfit sei eher agnostischen Ursprungs.

Der Laden von Gammarelli ist der feinste in der Via dei Cestari in der Nähe des Pantheons, die wiederum so etwas wie die Via Montenapoleone für Geistliche ist. Die Atmosphäre ist gediegen bis nobel, im Schaufenster liegen butterweiche pinkfarbene Handschuhe mit goldener Stickerei, die Carine Roitfeld, Chefredakteurin der französischen *Vogue*, laut Julia Werner in der Osterausgabe der *Süddeutschen Zeitung*, sofort anziehen würde. An den Wänden hängen dicke Stoffrollen: Feinstes Brokat für die liturgischen Gewänder, ein leuchtendes Pink für Bischofs- und tiefes Feuerrot für die Kardinalstalare. Was fehlt, sind weiße Stoffrollen. Die Farbe Weiß in der Alltagskleidung ist zusammen mit Silber und Gold bekanntlich dem Papst allein vorbehalten, als Zeichen der Reinheit, der Integrität und des Lichts. Im Geschäft gegenüber probiert der Verkäufer gerade einer Jesusstatue drei vergoldete Dornenkränze auf. Englische Priester kaufen anthrazitfarbene Kollarhemden für 15 Euro und haben beim Tunika-Kauf von der Stange die Wahl zwischen zwei Lila-Tönen. Südamerikanische Schwestern in Hellblau stehen aufgeregt vor einem Schaufenster mit schicken cremefarbenen Cardigans. Lies mir etwas anderes vor, Lothar, sprach Katherine und deutete auf den rostbraun eingeschlagenen, aufgeschlagen neben seiner Bettstatt liegenden Band: *Apokalypse der deutschen Seele* von Hans Urs von Balthasar. Und Lothar ging genau dort in den Text hinein, wo er ausgestiegen war, als er Katherines schlafenden Kleinen übernommen hatte.

Er deklamierte: War Swift eine Lieblingslektüre des alten Goethe, so sind er und Sterne Jean Pauls große Lehrer. An ihnen aber lernen und schätzen beide den *Bildungswert* des Humors. Seine indirekte *Enthüllung* des Unendlichen wird Wegweiser des inneren Aufbruchs. Für Goethe freilich ein nie benützter, denn keiner seiner großen Bildungsromane hat Humor. Auch die Bühnenwerke nicht. Goethes Mittelbegriffe: Symbol und Ehrfurcht, binden Gott und Welt, Geist und Leib, Steigerung und Polarität so eng zusammen, daß zwischen Sehen des heilig öffentlichen Geheimnisses und Nichtsehen keine dritte Haltung möglich bleibt. Alles Objektive war je Leib und Erscheinung des Geistes und des Heiligen. Bei Jean Paul dagegen werde männlicher Ernst *schwebend, schalkhaft.*

Goethes strenge Grenzziehung zwischen Symbol und Allegorie, wo bei Jean Paul ein *fließender* Übergang zu verzeichnen sei: Auch das *flüchtigste* Gewand, das Humor dem Geist überwirft, kann dessen Ausdruck sein, auch der angemessenste Leib bleibt uneigentlicher Ausdruck, verschweigend, *verhüllend*. Die Symbolik oder Allegorik in Jean Pauls *Titan* ist nicht, wie in Goethes *Werther*, Ausdruck der dumpfen Naturgebundenheit der Seele, sondern einer zarten Harmonie der inneren und äußeren Welt: *Alles ist Kleid*, alles Ausdruck, und der Dichter wählt nur aus dem unendlichen Spiel der Beziehungen die einfachsten Figuren heraus. Als Siebenkäs die Untreue seiner Frau erkennt und seinen seltsamen Scheintod vorausahnt, erblickt er am Himmel *zwei Nebensonnen und fast im Zenith einen halben Regenbogen, den wieder ein entfärbter durchschnitt. Wunderlich fingen die Farbengestirne über sein Herz zu regieren an und machten es so wehmütig, als sähe er droben sein halbfertiges, bleiches, zerstückeltes Leben nachgespielt oder nachgespiegelt*. Ebenfalls im *Siebenkäs* gefunden, jedoch, in frommen Gedanken an Mary Lou, Katherine jetzt nicht vorgelesen: *Man muß sich auch lieben, ohne sich zu sehen, und am Ende kann man ja bloß die Liebe lieben, und die können wir beide täglich in uns selber schauen.*

Neben der Welt des Humors, der, laut Balthasar, das Ewige *verhüllend enthüllt*, stehe bei Jean Paul die Welt des echten Enthusiasmus, der das Ewige *enthüllend verhüllt*, woraufhin sich Katherine Schmeller, ihren schlafenden Sohn geschultert, empfahl. Am morgigen Donnerstag sei mit ihrem erneuten Erscheinen zu rechnen; es wäre prima, wenn dann eine Palette gekühlter Dosen *Red Bull* im Kühlschrank bereitstehen könnte. Lothar aber gelangte aus Hans Urs von Balthasars germanistischen Gedankengängen so schnell nicht wieder heraus. Ihm fiel Blaise Pascal ein, der bereits sehr produktiv über das *Ver-* und *Enthüllte* nachgedacht hatte: So sind denn diejenigen, die Jesus Christus, der ihnen ein Ärgernis war, verworfen und gekreuzigt haben, auch diejenigen, die eben jene Bücher bewahren, die von ihm zeugen und sagen, daß er verworfen und ein Ärgernis sein werde; also ist durch sie erwiesen, daß er es war, indem sie ihn ablehnten, und er ist sowohl von den gerechten Juden, die ihn aufgenommen, wie auch von den ungerechten Juden, die ihn verworfen haben, zugleich bezeugt worden, denn das eine ist ja wie das andere vorausgesagt worden. Eben deshalb haben die Prophezeiungen einen *verborgenen* Sinn, den geistlichen, den dieses Volk haßte und der unter dem fleischlichen, den es liebte, *verhüllt* war. Dieser Sinn wird in unzählig vielen Stellen von einem anderen *verhüllt* und nur selten, in einigen Stellen, *enthüllt*, dies aber gleichwohl in einer solchen Art, daß die Stellen, wo er *verborgen* ist, doppelsinnig sind und zu beidem passen, während die Stellen, wo er *enthüllt* ist, eindeutig sind und nur im geistlichen Sinn aufgefaßt werden können.

Barbara Vinken, deren romanistisches Institut sich in demselben, mit original klassizistischer Fassade sowie modernem Nachkriegsinterieur ausgestatteten Gebäude befand, in welchem auch Lothars ehemalige, gleichsam verflossene geistige Heimat, die Theaterwissenschaft, untergebracht war, hatte genau hier angeknüpft: Die Eucharistie veranschauliche nicht nur die Zeichenfunktion, sondern *enthülle* auch unsere grundsätzlich beschränkte Erkenntnisfähigkeit; *sie enthülle die Struktur der Enthüllung als verhüllt.* Christus *verhülle* sich im Brot, aber er *enthülle* sich als *versteckt* und notwendigerweise *verhüllt*, als *verborgener* Gott, dessen *Verborgenheit* durch seine Menschwerdung *enthüllt* werde. Durch das *Verbergen* des Leibes Christi *verberge* das Brot der Hostie, was es als Zeichen *enthülle*.

Doch die *Enthüllung* dieses Zeichens könne nicht in der Sache, das heißt, dem Brot, gelesen oder gesehen werden; sie werde allein durch die Einsetzung der Eucharistie, durch den performativen Akt eines Zitats, das jedesmal wieder neu zitiert werden müsse, garantiert: *Dies ist mein Leib*. Pascals Zeichen sei nicht *durchsichtig* auf das Bezeichnete; es sei ein *Hindernis*, das bezeichne, *daß das Bezeichnete nicht gekannt werden könne*. In der Eucharistie, so Vinken, werde die Figur der Figur, *die Struktur des Geheimnisses der Enthüllung*, zur ewigen Anbetung ausgestellt.

XX.

Douglas Crimp, *Mario Montez, for Shame*, übersetzt von Juliane Rebentisch: Der arme Mario, schreibt Warhol in *Popism*, wurde in *The Chelsea Girls* wirklich verletzt, als er die zwei Jungs miteinander im Bett findet und, als *female Jazz Singer*, angeblich Lena Horne, *They Say that Falling in Love is Wonderful* für sie singt. Er sollte eigentlich etwa zehn Minuten mit ihnen in einem Raum bleiben, aber die Jungs beleidigten ihn vom Bett aus so schwer, daß er in der sechsten hinausrannte und wir ihn auch nicht mehr überzeugen konnten zurückzugehen, um die Szene fertigzumachen.

In *Screen Test #2* wird Mario vermeintlich für die Rolle der Esmeralda in einem Remake von *Der Glöckner von Notre Dame* getestet. Er ist die ganze Zeit in einem leicht unscharfen Close-up seines Gesichts zu sehen und trägt eine billige, dunkle Perücke, die er von Zeit zu Zeit nervös bürstet. Außerdem trägt er übergroße, herabhängende Ohrringe und lange, weiße Abendhandschuhe. Während eines längeren Zeitraums zu Beginn des Films bindet er einen Seidenschal in seine Perücke, wobei er die Kameralinse als Spiegel zu benutzen scheint. Nachdem Tavel die Credits aus dem Off gesprochen hat, wo er den ganzen Film über bleibt, beginnt er schmeichelnd zu fordern: *Nun, Miss Montez, entspannen Sie sich einfach. Sie sind eine Dame von Welt, eine Grande Dame. Bitte beschreiben Sie mir, was Sie jetzt gerade fühlen. Ich fühle mich*, beginnt Mario seine Antwort, und dann folgt eine etwas zu lange Pause, in der er sich offensichtlich ausdenkt, was er gleich sagen wird: *Ich fühle mich, als sei ich in einer anderen Welt, einer Phantasie, wie in einem Königreich, das von mir beherrscht wird, so, als könne ich Befehle geben und Vorschläge machen.* Der arme Mario. Denn nun beginnt seine Erniedrigung. Tavel befiehlt Mario, ihm nachzusprechen: *Nie klang Ihr Name so wunderbar wie jetzt, da ich weiß, daß Sie ein Filmproduzent sind, Diarrhöe.* Mario soll nun mit unterschiedlicher Betonung und Aussprache wieder und wieder *Diarrhöe* sagen. Er gehorcht, ohne ahnen zu können, wohin ihn dieses Spiel, einen Produzenten namens *Diarrhöe* zufriedenzustellen, noch führen wird: Wenig später wird er auf eine übertrieben enthusiastische Weise auf die Anweisung reagieren, zu masturbieren, indem er sich eine Flasche in den Arsch schiebt; in Klammern: erinnern wir uns daran, daß wir nur sein Gesicht sehen. Mario wird auf Tavels Befehl, eine wildgewordene Wahnsinnige zu geben, mimen, wie er einem Huhn den Kopf abbeißt. Er wird zeigen, wie er es fertigbringt, als Esmeralda drei unterschiedliche Figuren aus *Der Glöckner von Notre Dame* zu verführen, einen Kapitän, einen Priester und Quasimodo. Er wird schreien und einen Zigeunertanz nur mit seinen Schultern tanzen. Er wird schmollen, spöttisch lächeln und die Zunge herausstrecken; er wird die untere Hälfte seines Gesichts hinter einem Schleier verbergen und allein mit den Augen zum Ausdruck bringen, daß er böse oder traurig ist.

Ronald Tavel: *Das ist gut, Miss Montez, vielen Dank. Das war großartig, Miss Montez. Danke, Miss Montez, das war sehr schön, das war perfekt. Ich denke, wir werden Sie noch heute für diese Rolle unter Vertrag nehmen.* Mario Montez: *Wie kann ich Ihnen je danken?* Tavel: *Nun, Miss Montez, würden Sie bitte ihren Rock heben?* Montez: *Was?* Tavel: *Und öffnen Sie Ihren Hosenschlitz.* Montez: *Das ist unmöglich.* Tavel: *Miss Montez, Sie sind lange genug im Geschäft, um zu wissen, daß die Entwicklung Ihrer Karriere von einer solchen Geste abhängt. Das Ding rausholen und reinstecken, das ist die Essenz des Filmgeschäfts. Sie brauchen sich keine Sorgen zu machen, die Kamera wird nichts davon aufnehmen. Ich will nur die Geste Ihrer Hände. Das ist sehr wichtig. Ihr Vertrag hängt davon ab. Sehen Sie runter, sehen Sie es sich an.* Montez: *Ich weiß, wie er aussieht.* Tavel: *Lassen Sie ihn heraushängen. So ist es gut, guter Junge, guter Junge. Sehen Sie ihn an, sehen Sie ihn an, bitte. Wie sieht er aus?* Montez: *Wie sieht er denn in Ihren Augen aus?* Tavel: *Er sieht ganz einladend aus, so gut wie jeder. Würden Sie mal bitte für einen Moment Ihr Haar vergessen, Miss Montez? Sie sind unkonzentriert.* Montez: *Es hat wirklich keinen Sinn, mich das zu fragen. Ich muß mein Haar bürsten.*

In *Normal Love,* schreibt Jerry Tartaglia in *The Perfect Queer Appositeness of Jack Smith*, gibt es eine Szene, in der der Werwolf die Meerjungfrau verfolgt, fängt, dann ausrutscht und mit ihr in den Matsch fällt. Es ist ein Moment der narrativen Unterbrechung, aber es ist auch ein Moment des Durchgangs durch vielfältige geschlechtliche Welten. Die Meerjungfrau wird von Mario Montez gespielt und der Werwolf von Eliot Cukor. Wegen der narrativen Unterbrechung, dem zufälligen Ausrutscher, die Smith im Film läßt, wird die Narration in der nächsten Sequenz nicht mit einer Entführung wohin auch immer fortgesetzt. Statt dessen sehen wir, wie der Werwolf der Meerjungfrau *Coca-Cola* ins Gesicht gießt, um den Schmutz zu entfernen. Während dieses ganzen Vorgangs versucht Mario verzweifelt, seine Perücke festzuhalten.

XXI.

Dombuchhandlung, stapelweise und druckfrisch: Joseph Ratzinger, Benedikt XVI.: *Jesus von Nazareth, Erster Teil, Von der Taufe im Jordan bis zur Verklärung*, Verlag Herder, Freiburg, Basel, Wien, 2007. Von der Verkäuferin auf Anfrage herbeigeholt: Johannes vom Kreuz: *Die Dunkle Nacht*, Verlag Herder, Freiburg, 1995.

Bahnhofsbuchhandlung, Abteilung Romane: Peter Handke: *In einer dunklen Nacht ging ich aus meinem stillen Haus*, Suhrkamp Verlag, Frankfurt am Main, 1997.

Basis Antiquariat, teils drinnen aus dem hohen Regal, teils auf dem Bürgersteig aus als Sonderangebote ausgewiesenen Kisten gezogen: Blaise Pascal: *Schriften zur Religion*, übertragen und eingeleitet von Hans Urs von Balthasar, Johannes Verlag, Einsiedeln, 1982. Paul Claudel: *Heiligenblätter*, übertragen von Hans Urs von Balthasar, Johannes Verlag, Einsiedeln, 1964. Paul Claudel: *Die Messe des Verbannten*, Neuübertragung und Nachwort von Hans Urs von Balthasar, Johannes Verlag, Einsiedeln, 1981. Hans Urs von Balthasar: *Schleifung der Bastionen*, Johannes Verlag, Einsiedeln, Trier, 1989. Hans Urs von Balthasar: *Pneuma und Institution*, Johannes Verlag, Einsiedeln, 1974. Adrienne von Speyr: *Magd des Herrn, Ein Marienbuch*, Johannes Verlag, Einsiedeln, Trier, 1988.

XXII.

Joseph Kardinal Ratzinger schrieb: Dem maskulinen, aktivistisch-soziologischen Ansatz von *Populus Dei*, Volk Gottes, tritt die Tatsache entgegen, daß Kirche, *Ecclesia*, feminin ist. Das heißt: Es öffnet sich die über das Soziologische hinausweisende Dimension des Mysteriums, in der erst der wirkliche Grund und die einheitsgebende Kraft in Erscheinung tritt, worauf Kirche beruht. Kirche ist mehr als *Volk*, mehr als Struktur und Aktion: In ihr lebt das Geheimnis der Mutterschaft und der bräutlichen Liebe, die die Mutterschaft ermöglicht. Kirchenfrömmigkeit, Liebe zur Kirche ist überhaupt nur möglich, wenn es dies gibt. Wo Kirche nur noch maskulin, strukturell, institutionentheoretisch gesehen wird, da ist das Eigentliche von Ecclesia ausgefallen. Die Kirche ist der Leib, das Fleisch Christi in der geistlichen Spannung der Liebe, in der sich das eheliche Geheimnis von Adam und Eva erfüllt, also in der Dynamik einer Einheit, die das Gegenübersein nicht aufhebt. Das bedeutet: Gerade das eucharistisch-christologische Mysterium der Kirche, das sich in dem Wort vom *Leib Christi* ansagt, bleibt nur dann in seinem rechten Maß, wenn es das marianische Geheimnis einschließt: die hörende Magd, die, in der Gnade frei geworden, ihr Fiat spricht und darin Braut und so Leib wird.

Hans Urs von Balthasar schrieb: In der Vorbildlichkeit Marias innerhalb der Kirche liegen mehrere für unsere Zeit wichtige Einsichten und Folgerungen verborgen. Einmal die, daß die Kirche in ihrem vollkommenen Kern weiblich zu nennen ist, was niemanden verwundern kann, der die Bibel Alten und Neuen Testamentes kennt. Schon die Synagoge war Jahwe gegenüber vorab als weiblich, als Braut oder Gattin, beschrieben worden, desgleichen die Kirche des Neuen Bundes in ihrem Verhältnis zu Christus, bis hin zur endzeitlichen Hochzeit zwischen dem Lamme und seiner für die Einigung geschmückten Frau. Diese Weiblichkeit der Kirche ist das Umgreifende, während das von den Aposteln und ihren männlichen Nachfolgern versehene Dienstamt eine bloße Funktion innerhalb dieses Umgreifenden ist. Dieses Verhältnis müßte viel mehr im Auge behalten werden, wenn heute Diskussionen über eine eventuelle Teilhabe der Frau am Dienstamt geführt werden.

Joseph Kardinal Ratzinger: Was Lukas in einem Gewebe von Andeutungen sichtbar macht, findet Johannes Paul II. voll ausgeführt im Johannes-Evangelium, in den Worten des Gekreuzigten an seine Mutter und an den Lieblingsjünger Johannes. In seiner Enzyklika gibt der Heilige Vater auch eine sehr feinsinnige Auslegung des Wortes, mit dem das Evangelium die Szene abschließt: *Von jener Stunde an nahm sie der Jünger zu sich*, das ist die uns gewohnte Übersetzung. Aber die Tiefe des Vorgangs, so betont der Papst, kommt erst zum Vorschein, wenn wir ganz wörtlich übersetzen. Dann müßte es eigentlich heißen: Er nahm sie in sein Eigenes hinein. Für den Heiligen Vater bedeutet dies eine ganz persönliche Beziehung zwischen dem Jünger, jedem Jünger, und Maria, ein Hineinlassen Marias in das Innerste des eigenen geistigen und geistlichen Lebens, ein Sich-Hineingeben in ihre frauliche und mütterliche Existenz.

Die Kirche muß von Maria neu ihr Kirchesein lernen. Nur in einer Zuwendung zum Zeichen der Frau, zur recht verstandenen fraulichen Dimension der Kirche, geschieht die neue Öffnung zur schöpferischen Kraft des Geistes.

Balthasar: In Maria ist die Kirche schon leibhaft, bevor sie in Petrus organisiert ist. Die Kirche ist zuerst, und dieses

Zuerst ist ein bleibendes, weiblich, ehe sie im kirchlichen Amt die ergänzende männliche Seite erhält. Weiblich ist die Kirche zuerst, weil ihr Erstes und Umfassendes ihr Sich-Verdanken ist, empfangend wie weitergebend. Und nur damit sie diese ihre primäre Weiblichkeit nicht vergißt, nur damit sie immer eine Empfangende, nie eine Besitzende und Selbstverfügende wird, ist ihr das männliche Amt eingestiftet, das den spendenden Herrn der Kirche, aber innerhalb ihres weiblichen Empfangens, zu repräsentieren hat. In einer bestimmten Sicht ist die Kirche primär matriarchalisch, und nur sekundär patriarchalisch strukturiert, obschon diese soziologischen Kategorien nur uneigentlich auf sie anzuwenden sind. Sie sind hier deshalb verwendet, weil ein Drang der Frau nach dem kirchlichen Amt nur aus einer Verkennung ihrer eigentlichen Würdestellung innerhalb der Kirche, *als Kirche*, erfolgen kann, einer Verkennung, die das Geschlechtergeheimnis nivellierend aufhebt, statt es zu seiner offenen und vollendeten Spannung und Fruchtbarkeit auszutragen.

Ratzinger: Durch das Gehör empfing Maria, die Prophetin, den lebendigen Gott. Denn der natürliche Weg der Reden ist das Gehör. Die Gottesmutterschaft und das immerwährende Offenstehen für Gottes Wort werden hier ineinandergesehen: Hörend auf den Gruß des Engels, nimmt sie den Heiligen Geist in sich auf. Ganz zum Hören geworden, empfängt sie das Wort so ganz, daß es Fleisch wird in ihr. *Das Wort ist Fleisch geworden und hat sein Zelt aufgeschlagen unter uns.*

Balthasar: Fleisch sagt unweigerlich Mann und Frau, Hochzeitlichkeit, Mutter und Kind. Sonst ist die Realität Fleisch nicht gegenwärtig. Wer die Fleischwerdung des Wortes Gottes bedenken will, muß Ausschau halten nach der Frau.

Concordia Werkmeister: Wenn die Jungfrau Maria Jesus Christus tatsächlich per jungfräulicher Geburt zur Welt gebracht hat, muß der Sohn Gottes dann nicht sogar *in genetischer Hinsicht* als weiblich erkannt werden?

XXIII.

Gustav Becher war mit der S-Bahn aus der Stadt gekommen, Lothar Lothar hatte ihn kurz nach 10 Uhr am Bahnhof abgeholt, und Gustav war in den *Daewoo* zugestiegen. Kaum hatte er die Tür hinter sich zugezogen und Lothar seinen zerbeulten Wagen mit dem durchgerosteten Auspuff lautstark in Gang gesetzt, entfaltete Gustav, merklich aufgekratzt, den mit der Schlagzeile *Heilige auf Weltreise* überschriebenen Artikel aus der *Süddeutschen Zeitung,* auf dem beider momentane Verabredung, die erste seit vielen Monaten, basierte. Zu Lebzeiten hat sie Frankreich nie verlassen, hob Gustav zu lesen an, doch nach ihrem Tod ist Therese von Lisieux weit herumgekommen. 1999, einhundertzwei Jahre nach ihrem frühen Tod mit vierundzwanzig Jahren, wurde der von einer Plexiglashülle geschützte Schrein mit ihren Gebeinen in die St. Patrick's Cathedral in New York gebracht. Hier, das große Farbfoto, sagte Gustav und schob das bewußte Zeitungsblatt über Lothars Lenkrad. *Hey, Andy Warhols Kirche, Madison Avenue*, rief Lothar erfreut aus, mußte sich dann aber wieder auf den Verkehr konzentrieren; sie hatten die Kleinstadt bereits hinter sich gelassen und waren eben im Begriff, sich in einigen wenigen Serpentinen auf den eiszeitlichen Endmoränenzug hinaufzubewegen.

Schon 1996 waren die Reliquien Thereses, übrigens *die Kleine Therese* genannt, wie auch ihre theologische Lehre der *Kleine Weg* genannt wird, im Unterschied zur *Großen*, ebenfalls Karmelitin, Therese von Ávila, über die ich an der Universität zuerst durch die Lektüre Jacques Lacans erfahren habe, so Gustav, in einen VW-Bus gepackt und zur Anbetung nach Altötting in Bayern gefahren worden. Sie ist ja auch die Patronin der Missionare und Missionarinnen; demnach müssen wir nicht zu ihr pilgern, sondern sie, die von Papst Pius XI. Heiliggesprochene, kommt zu uns, sagte Gustav. Es sei überliefert, daß sie bekannte: *Ich möchte Missionarin sein, nicht nur für einige Jahre, sondern möchte es gewesen sein von Anbeginn der Welt und es bleiben bis ans Ende der Zeiten.* Seit elf Jahren ist der Schrein mit den sterblichen Überresten der französischen Karmelitin unterwegs, fuhr Gustav fort. Sogar in Brasilien war er schon, in Rußland und in Kasachstan, auf den Philippinen und in Taiwan ebenso wie in Madagaskar. Seit Mitte April führt die *Tour de Thérèse* durch Süddeutschland, 2008 sollen der Norden und der Osten folgen.

Zu Zehntausenden seien die Gläubigen bislang nicht gerade herbeigeströmt, aber Deutschland sei eben auch nicht mit Mexiko zu vergleichen, wo von 15 Millionen Menschen die Rede sei, die 2001 zu den Gebeinen der heiligen Therese pilgerten. Logisch nicht mit Mexiko, gab Lothar zurück, der glaubte, in Mexiko, Puerto Rico, der Dominikanischen Republik, in Brasilien und auch in Texas oder Louisiana, selbst im lateinischen New York, sei es um ein Vielfaches leichter, Katholik zu sein als in Martin Luthers heillos verklemmtem Deutschland. Sei mal froh, daß du nicht in Spanien lebst, erwiderte Gustav, dessen Mutter Spanierin war, dort sei der Katholizismus durch die politische Herrschaft kontaminiert wie nirgendwo sonst. In Mexiko hätte ich womöglich gar nicht erst mit dem Studium der Theaterwissenschaften angefangen, insistierte Lothar. Na, mal sehen, was uns im *Karmel* erwartet, antwortete Gustav, der den Theaterwissenschaften seit der Immatrikulation, wenngleich mittlerweile auf eine Promotion in Romanistik zusteuernd, treu geblieben war, kurbelte seine Scheibe hinunter und ließ einen Schwall von schwer duftenden Blütenpollen geschwängerter Frühlingsluft in den Fond. Eigentlich aber nur, um sein ausgelutschtes Kaugummi in die Landschaft zu spucken. Dann nahm er sich wieder seines mitgebrachten Zeitungsartikels an.

Die Gläubigen, hob Gustav abermals an, verehrten ja nicht die Knochen, sondern das Glaubenszeugnis der Verstorbenen. Damit Therese ihre Mission möglichst umfassend erfüllen konnte, hatten die Franzosen ihre Gebeine auf drei Schreine verteilt. Jener, der auf Auslandsreisen geschickt werde, wiege 130 Kilogramm, und es seien vier kräftige Männer nötig, um ihn aus dem Auto zu heben. Ein zweiter Schrein, der wegen seines aufgepflanzten gotischen Turms schwierig zu transportieren sei, werde allein in Frankreich herumgefahren. Ein dritter, der den rechten Arm der Therese birgt, verbleibe stets in der Basilika von Lisieux. Wobei sich Gustav an dieser Stelle nicht verkneifen konnte, einzustreuen, Spaniens Diktator Francisco Franco hätte einen Arm der Therese von Ávila in seine Privatgemächer entführt und, einem Kuscheltier gleich, mit in sein Bett genommen. Schaurige, gottlose Vorstellung, sagte Lothar. Woraufhin Gustav sofort noch mit einer detaillierten Schilderung von Francos Sterbelager aufwarten konnte, über welchem der Umhang, wahrscheinlich Schleier, der *Allerheiligsten Jungfrau von Pilar* gehangen habe, der dem Tyrannen von einem Monsignore Cantero Cuadrado aus Zaragoza zur lebensverlängernden Hilfe übersandt worden sei. *Gossip*, wandte Lothar ein. Ließe sich aber, insistierte Gustav, genau so Hans Ulrich Gumbrechts *Eine Geschich-*

te der spanischen Literatur entnehmen. Okay, *Dichtung*, sagte Lothar. Nein, *Wahrheit*, widersprach Gustav.

Als sie das Kloster der Unbeschuhten Karmelitinnen erreichten, stand der Kleinlastwagen mit Thereses Gebeinen bereits in der Einfahrt zum Karmel. An den Seiten große, runde Aufkleber mit Thereses lieblichem Antlitz, einige ihrer Sprüche und Weissagungen waren ebenso auf das Blech appliziert worden wie die Web-Adresse des Autovermieters *Hertz*. Lothar parkte seinen Wagen unter einem in voller Blüte stehenden Baum am Kreuzweg, der sich hier als schmale Landstraße den Hügel zum See hinabzog, und kaum waren Gustav und er der Gruppe der Gläubigen in der Einfahrt beigetreten, wurden die rückwärtigen Flügel des hellgrauen, Lothar fand: weißen Vehikels geöffnet, und Thereses güldener, von Plexiglas überwölbter Schrein wurde von vier kräftigen Männern aus dem kargen Laderaum hervorgeholt. Ihnen voraus schritt ein Priester mit einer gerahmten Fotografie der frühvollendeten Heiligen in seinen Händen, wahrscheinlich ein Franzose, glaubten Lothar und Gustav. Eine attraktive Frau neben ihnen, in ihren späten Dreißigern und einem bodenlangen, nicht unmodisch geschlitzten Rock, strahlte sofort verzückt auf, knickte ein und bekreuzigte sich, als die fragmentierte Therese von Lisieux an ihr vorbei in den Kirchhof und schließlich in die Klosterkapelle getragen wurde. Die Kapelle der Unbeschuhten Karmelitinnen erwies sich als zu wenig geräumig, um die versammelte Gemeinde, Einheimische wie Angereiste, Schaulustige wie Gläubige, Alte wie Junge, Männer wie Frauen, aber ganz überwiegend Frauen, aufzunehmen. Gustav und Lothar ließen die Verzückten, die Frommen und Frömmelnden an sich vorbeiziehen und verweilten, zunächst zögerlich, dann entschlossen, im Eingangsbereich der Kapelle. Hinter ihnen blieben einige gleich ganz draußen, vor den Lautsprechern, zwischen den

Grabsteinen, stehen. Darunter einer am Stock, mit grauem Vollbart und überdimensionaler, soeben wieder modern gewordener Sonnenbrille, der wie Malcolm Rebennack alias *Dr. John* aussah, der jesuitisch erzogene, afrokatholischen Praktiken zugeneigte Rhythm and Blues Artist aus New Orleans, dessen Platten Gustav sammelte, seit ihm sein Vater einen ansehnlichen Grundstock vermacht hatte. Komplett irres Zeug darunter, sehr *Voodoo*. Auch Lothar besaß eine CD des Pianisten, auf der er sich dem Œuvre Duke Ellingtons widmete; *konnte man aber nicht wirklich Jazz nennen*. Vor ihnen, halb drinnen, eine weitere Verzückte, durchgehend lächelnd, keine dreißig, mit hübschem Nakken, die dunkelblonden Haare mit Hilfe zahlreicher winziger, verschiedenfarbiger Klammern hochgesteckt, die Augenbrauen *à la Frida Kahlo* schwarz übermalt. Auf dem Arm einer weiteren Frau vor ihnen ein Kleinkind mit Augen unterschiedlicher natürlicher Farbgebung. Nie zuvor gesehen, so etwas, flüsterte Gustav Lothar, der hinter ihm in der Türfüllung lehnte, zu. Furchteinflößend.

Von drinnen erklangen, nach draußen elektrisch übertragen, zu fingerfertig gezupften akustischen Gitarren und einer leisen Orgel, die an das Harmonium des Andy Warhol Superstars *Nico* erinnerte, sehr helle Stimmen sehr junger Frauen, jede für sich wie *Sœur Sourire,* die berühmte *Singende Nonne* aus Belgien, die sich gemeinsam mit ihrer Geliebten, mittels in Cognac aufgelöster Barbiturate, das Leben genommen hatte. *Hymnus, Eingangslied, Kyrie*. Die Predigt eines offenbar mitreisenden Geistlichen, Lothar erkannte auf Anhieb einen schweizerischen Akzent. Er erzählte aus freien Stücken von einem erfreulichen Erlebnis an einer Mautstelle der Autobahn zwischen Paris und Straßburg. Dann, daß Therese in jener Gegend das Licht der Welt erblickte, an deren Küste die alliierten Kräfte europäisches Land betreten würden, um Frankreich, die

Deutschen, die Welt vom deutschen Faschismus zu befreien. Er berichtete auch, wie Thereses Schrein von Soldaten über Moskaus Roten Platz getragen wurde und daß sie selbst am liebsten Missionarin in Nordvietnam, in Hanoi, geworden wäre, nachdem es in Südvietnam, in Saigon, bereits einen Karmel gegeben habe. Womit er sehr interessante, gleichsam politisch korrekte Querverweise aufwarf, fand Lothar. Sollte nicht irgendwo auf diesem dörflichen Friedhof auch der berüchtigte Nazi- *und* BRD-Geheimagent Gehlen beerdigt sein? Als die Kommunion verabreicht wurde, erhielt Gustav von einem sich durch die dicht gedrängt wartende Menge kämpfenden Geistlichen die letzte Hostie aus seiner Schale; sämtliche hinter Gustav Stehenden gingen leer aus.

Während in der Kapelle der Segen erteilt wurde, driftete Lothar nach draußen, an die frische Luft, in die den anstehenden Wetterwechsel zum Regnerischen hin bereits ankündigende frische Brise, und entnahm dem Bücherstand neben den aufgestellten Schautafeln über das Leben Thereses ein Buch über das Leben Thereses, die, bei allem Martyrium, das sie erleiden mußte, bei allen dunklen Anfechtungen, denen sich ihr Glaube ausgesetzt sah, auch eine Schauspielerin voller Witz in von ihr selbst im Karmel von Lisieux verfaßten Bühnenstücken gewesen sein sollte; auf dem Foto, das sie in der Rolle der *Jeanne d'Arc* zeigte, konnte man sich direkt in sie verlieben, konnte man sie absolut *anhimmeln*, fand Lothar. Während Gustav Becher immer weiter in die Klosterkapelle gezogen wurde, er war sogar vor *Frida Kahlo* geraten, nahm Lothar Lothar auf einem draußen bereitgestellten, soeben freigewordenen Stuhl Platz, wobei sich sein Gemüt durch den biederen, mitunter bigotten Anblick der meisten Anwesenden zunehmend verfinsterte, *womöglich würde er sich, wie Andy Warhol, seinen eigenen, privaten Katholizismus zurecht-*

legen müssen, und blätterte in seine jüngste bibliophile Anschaffung, für die er soeben 6 Euro in ein geflochtenes Körbchen gelegt hatte: Therese vom Kinde Jesus: Selbstbiographische Schriften, Authentischer Text, nach der von P. François de Sainte-Marie O.C.D. besorgten und kommentierten Ausgabe ins Deutsche übertragen von Dr. Otto Iserland und Cornelia Capol, Geleitwort von Hans Urs von Balthasar, Johannes Verlag, Einsiedeln, 1958, 13. Auflage 2003.

XXIV.

Unser Zeitalter der Ausgrabungen, das den Dingen begegnen will, wie sie sind, hat nun auch die Züge Thereses vom Kinde Jesus aus einem wahren Grab von Schminke gehoben; als die entstellenden Schichten wegfielen, trat, wie nicht anders zu erwarten war, das Gnadenwunder von Lisieux mit dem ganzen Glanz und der schlichten Evidenz des Ursprünglichen zutage. Was aus unbegreiflicher Überkleisterung befreit uns entgegentritt, ist etwas Jugendfrisches, Spontanes, erschreckend Hüllenloses, das sich so sorgenfrei nur geben kann, weil es sich unangreifbar geborgen weiß in den Schleiern der Gnade.

Natürlich enthält ihr Bericht die Eierschalen jenes blumigen Lebens- und Schreibstils ihrer Zeit, von dem umgeben sie aufwuchs, den Pauline und das Pensionat ihr beibrachten und den sie gerade in den Kindheitserinnerungen an die unterdessen zu ihrer Priorin gewordene Pauline, um ihr Freude zu machen, eifrig pflegt. Aber überall *durchbricht* der ungestüme Wildfang diese Ziergärten, ähnlich wie sie auf ihrer Italienreise, der Abbés und Damen spottend, alle

Türme besteigt, in die Gräber sich hineinlegt, ins Kolosseum hinabklettert, um inbrünstig den heiligen Boden zu küssen, die Hand durch alle Gitter hindurchstreckt, um ein Heiliges anzurühren. Alles blitzt und platzt beinah vor Schalkhaftigkeit und guter Laune. Und selbst wenn es ihr innerlich nicht mehr ums Lachen ist, wenn sie *am Tisch der Sünder sitzt,* auch dann rafft sie sich immer noch auf zu ihrem Lächeln, jetzt aus Tränen und Blut gebildet, aber so echt, daß niemand etwas merkt. Wie arm und falsch klingt das Wort *heroisch*, angewendet auf den Duft, der uns hier entgegenströmt.

XXV.

Gustav Becher hatte sich in der an die Festmesse anschließenden Meditation dazu durchgerungen, sich geduldig, mit all den Gläubigen, in eine der beiden Schlangen zu reihen und schließlich, vorn angelangt, den Schrein der Therese, das halbrund gewölbte Plexiglas, sogar zu berühren, doch ihm wollte, was im eigentlichen spirituellen Sinn dazugehört hätte, partout kein Gebet einfallen. Dafür brachte er Lothar ein geweihtes Rosenblatt mit nach draußen. Die Stimmen der jungen Frauen seien hier ja besser zu verstehen als drinnen, meinte er. Lothar raffte sich aus seiner Lethargie auf, zeigte seinem Freund die Kleine Therese in der Rolle der *Jeanne d'Arc*. Gustav ebenfalls gleich total entzückt. Aber nicht *verzückt*. Die *Verzückte* mit dem Schlitz im Rock, wenige Schritte entfernt, lebhaft gestikulierend in ein Gespräch vertieft. *Dr. John* die ganze Zeit solo. Was genau ging in den Köpfen dieser Leute vor? Warum, fragte sich Lothar, war es so viel ergiebiger, Theologie zu studieren und mit studierten Theologen zu reden, als mit diesem eigentümlichen Völkchen hier zu paktieren? Mußten Priester nicht auch auf Gemeinden hinabblicken? *Mußten sie.* Auch nach der Abschaffung der Kanzel. Tiefen Respekt einflößend und rührend hingegen die anwesenden kontemplativen Klosterschwestern; deren Losung leuchtete, theoretisch, sowohl Lothar als auch Gustav ein. Aber waren sie, sämtlich bestrumpft sowie in Sandalen, tatsächlich *barfüßige* Karmelitinnen?

Thereses Schrein wurde dann noch einmal um die Wallfahrtskirche herum und wiederum in die Einfahrt getragen. Eine der jungen Frauen brachte nun mit wirklich engelsgleicher Stimme Fürbitten vor; Lothar mußte sich allen Ernstes eine Träne der Rührung aus dem Augenwinkel wischen. Wer waren diese jungen Sängerinnen? *Das waren doch keine Nonnen. Sie waren auch nach der Mode gekleidet.* Angehörige des *Theresienwerks*, meinte Gustav, der gestern mit dieser Institution telefoniert hatte, um die genauen Daten der *Tour de Thérèse* in Erfahrung zu bringen. Die beiden Studierenden fanden augenblicklich niemanden, den sie sich Derartiges zu fragen getrauten. Dann wurden die *aufgeteilten* Gebeine Thereses abermals in den Kleinlaster geschoben, der Geistliche, der ihre einfach gerahmte Fotografie trug, raffte sein Gewand, schwang sich auf den Fahrersitz, stellte Thereses Abbild auf den Beifahrersitz, die hölzernen Flügeltore zum Karmel wurden weit geöffnet, der Motor angelassen, und das Fahrzeug verschwand in dem ummauerten Gehöft hinter den Toren, die sofort wieder geschlossen wurden. Für eine Stunde würden die Karmelitinnen die Kleine Therese im Karmel für sich haben.

Aber bleiben Sie doch noch, rief einer der die Veranstaltung reglementierenden Brüder der sich nun tendenziell auflösenden Gemeinde zu. *Kommen Sie ins Kloster, um sich zu stärken. Kaffee und Kuchen stehen für alle bereit.* Gustav und Lothar steckten kurz ihre Nase in das geheimnisvolle Interieur, begutachteten interessiert den kleinen Eßraum inklusive *Durchreiche* aus den 1950er Jahren. Alle Bewohnerinnen, die jetzt ja bei Therese waren, würden hier an einem Tisch, dem *einen* im Zimmer vorhandenen Tisch, Platz finden. Die aufgetischten, hausgemachten Torten auch *total 1950er Jahre*, fand Gustav. Wie aus *Heimatfilmen.* Extreme Scheu, hier jetzt etwas anzurühren, geschweige denn zu sich zu nehmen. Eine Art Respekt. *Wir gehören nicht hierher*, raunte Lothar seinem Studienfreund zu. Es war dann relativ aufwendig, gegen die im schmalen Flur massiv Nachrückenden wieder hinauszugelangen. Gustav vermeinte, ein Bildnis Edith Steins an der Wand ausgemacht zu haben, auf jeden Fall aber eines der Großen Therese von Ávila.

Keine zehn Minuten später stand er mit Lothar in dem barockisierter Wallfahrtskirche sowie faschistischem Kriegerdenkmal gegenüberliegenden Supermarkt am Tresen des Metzgers für eine kalte Portion gegrillter Hähnchenflügel an und erzählte mit noch immer gedämpfter Stimme von der großen Begeisterung der Kleinen Therese für die Bekehrung der amerikanischen Freimaurerin Diana Vaughan, die von der katholischen Presse gefeiert und auch im Karmel mit Gebeten unterstützt worden war, die Therese sogar zum Verfassen eines Theaterstücks über den Fall veranlaßt hatte. Ebenso groß sei die Enttäuschung gewesen, als sich im April 1896 herausstellte, daß sich hinter Diana Vaughan ein Atheist namens Léo Taxil, eigentlich Marie Joseph Gabriel Antoine Jogand-Pagès, verbarg, der die komplette Geschichte erfunden hatte, verrückterweise, so Gustav, um sowohl die Freimaurerei als auch die katholische Kirche in Verruf zu bringen.

XXVI.

Atheistische Anhänger der Evolutionstheorie Charles Darwins, der selber, wie Katherine Schmeller einzuräumen bereit war, durchaus gottesgläubig gewesen sein soll, gerieten regelmäßig über das kontinuierliche, gegen alle evolutionäre Anpassung resistente Festhalten sämtlicher menschlicher Kulturen an ihren Religionen in Verzweiflung. *Glauben an Gott* konnten sie sich lediglich als eine Art mit dem Sieg der Natur- über die Geisteswissenschaften hinfällig gewordenen *Wurmfortsatz des Denkens* erklären. Einziger Trost: Hirnforscher würden dessen Sitz früher oder später präzise lokalisieren und medizinisch lahmlegen.

Also dann, sagte Katherine und machte sich mit ihrem Kind sowie den Rückständen ihrer jüngsten libidinösen Extravaganz auf den Weg nach unten; in einigen Stunden würde die Herrin des Hauses über das Wochenende aus Erlangen heimkehren. Lothar mit Frau Schmellers Kunststoffgießkanne, ihre kapriziösen Zimmerpflanzen unter Wasser setzend. Auf ihrem *Dual*-Plattenspieler die Formation *Indoor Life* aus San Francisco, mit *Voodoo*, der extensiven A-Seite ihrer seltenen 12-Zoll-EP von 1980, die Jeannine Lothar zu seinem letzten Geburtstag geschenkt hatte. Katherine konnte damit *gar nichts* anfangen. Man mußte sich tatsächlich konzentriert in den damaligen kulturellen Kontext hineindenken, um die avancierten Klänge dieser Musik nicht als maskulinen *Jazz Rock* zu empfinden, fand auch Lothar, Jeannine hatte die Schallplatte aber gerade ihrer Jazz-Elemente, nicht zuletzt der prominenten *Posaune* halber, ausgesucht. Jorge Socarras als Verfasser und Sänger sowie flamboyanter Protagonist, sein Freund, womöglich auch Liebhaber, Patrick Cowley, als Produzent, an diversen Instrumenten gastierend. Cowley, dessen Musikverlag *Masculine Music* hieß. Wenige Jahre zuvor waren die beiden schon einmal mit einem New Wave Act namens *Catholic* gescheitert. Eigentlich war Cowley, und zwar weit über den Triumph des definitiv homophoben *Disco Sucks* Movement von 1979 hinaus, durch und durch *Disco*. Bis heute zirkulierte seine in die Verlängerung gehende Version von Donna Summers *I Feel Love*, Giorgio Moroders grandioses Münchner Meisterwerk, in den Diskotheken der Welt, aus der Kulturgeschichte der westlichen Zivilisation nicht wegzudenken waren seine wegweisenden Produktionen, allen voran die nokturne Nationalhymne aller progressiven sexuellen Dissidenz, *You Make Me Feel Mighty Real*, für die genetisch männliche Disco Diva Sylvester, einst prominentes Mitglied der legendären *Cockettes*, einer Westcoast-Variante der von Jeannine in den Mittelpunkt ihrer theaterwissenschaftlichen Arbeit gerückten Strategien des *ernsthaft* Lächerlichen.

Lothar beobachtete vom Wohnzimmerfenster aus, wie Katherine Schmeller, in knallengen hellgelben Shorts und einem luftigen Hahnentritt-Top in Schwarzweiß, die geleerten Dosen *Red Bull* hinuntertrug, zu den neben dem Briefkasten und der Rolle für Zeitungen in einem betonierten Verschlag verstauten Mülltonnen, und sie in dem entsprechend definierten Behältnis versenkte. Dann den Kinderwagen aus dem elterlichen Windfang herbeiholte und ihr Kind hineinlegte. Ihre Lippen beinahe hastig mit einem Lippenstift nachzog. Sah dann einen Mann, der nicht ihr Mann war, auch nicht Hetzenbichler, sondern viel jünger, eher in Katherines Alter war, ins Bild kommen und auf sie zu treten, ihr ungeniert mehrere Küsse von dezidierter Dauer auf den frisch geschminkten Mund drücken und sie, die nun den Kinderwagen durch die Gartentür auf den Gehweg schob, die rechte Hand unter ihren Po geschoben, vor sich her schob. Das hatte etwas deutlich Anmaßendes, etwas Besitzergreifendes, zugleich unkontrolliert *Wollüstiges* an sich, dachte Lothar; Passanten, die ihnen begegneten, mußten doch sofort wahrnehmen, daß dieser Verliebte nicht der Vater des Kindes sein konnte.

Nun denn. Lothar wieder in seinem Zimmer, an seinem dem *Chippendale*-Stil nachempfundenen Sekretär, über seinem Notebook, auf dessen Bildschirm seit geraumer Zeit, wie eingefroren, Gustav Bechers Attachment stand, eine nicht unkomplizierte Stelle, der Absender hatte sie in der Titelzeile seiner elektronischen Post als *Stromschnelle* bezeichnet, aus Jacques Lacans *Das Seminar, Buch XX, Encore*, dessen auf gewöhnungsbedürftige Art mitunter fragmentarisch aus dem Mündlichen transkribiertes Kapitel *Gott und das Genießen der Frau*, letzter Abschnitt: *Die Mystikerinnen*, was Lothar sofort an Adrienne von Speyrs Merksatz, *das Ich des Mystikers verhalte sich Gott gegenüber wesentlich weiblich*, denken ließ. Wobei Adrienne in Klammern hinzugefügt hatte: *Die Große Therese war Gott gegenüber viel zu männlich, sie trat mit Forderungen auf.* Lacan weist, in seiner Sitzung vom 20. Februar 1973, auf *gewisse ernsthafte Leute* hin, *wie durch Zufall Frauen.*

Ich möchte Ihnen dazu doch einen Hinweis geben, den ich einer sehr netten Person verdanke, die das gelesen hatte und die mir das gebracht hat. Ich habe mich darauf gestürzt. Ich muß es anschreiben, sonst werden Sie's nicht kaufen. *Lacan geht an die Tafel.* Es ist Hadewych von Antwerpen, eine Begine, das, was man ganz artig eine Mystikerin nennt. Ich, ich verwende das Wort Mystik nicht so, wie es Péguy verwendete; wozu Gustav anmerkte, das *moi, je* sei eine der avanciertesten Errungenschaften der französischen Sprache. Eigentlich hätten Lacans auf das Wortwörtliche versessene Übersetzer hier *Mich, ich* schreiben müssen, aber wir haben im Deutschen kein *Mich, ich*. Lacan weiter: Die Mystik, das ist nicht alles das, was nicht Politik ist. Das ist etwas Ernstes, worüber uns einige Leute unterweisen, und meistens Frauen, oder aber begabte Leute wie der heilige Johannes vom Kreuz. Es gibt Männer, die so gut sind wie die Frauen. Das kommt vor. Und die folglich sich dabei ebenso wohl befinden. Trotz, ich sage nicht ihrem Phallus, trotz dem, was sie beengt in dieser Eigenschaft, ahnen sie, empfinden sie die Idee, daß es ein Genießen geben muß, das jenseits sei. Es ist das, was man Mystiker nennt.

Ich habe schon gesprochen von anderen Leuten, die auch nicht so übel waren von der mystischen Seite her, die sich aber situierten eher auf der Seite der phallischen Funktion, Angelus Silesius zum Beispiel. Sein betrachtendes Auge verschmelzen mit dem Auge, mit dem Gott ihn anblickt, das muß wohl, zwangsläufig, zum perversen Genießen gehören. Für die fragliche Hadewych ist das wie für die heilige Therese: Sie brauchen sich nur in Rom die Statue von Bernini ansehen zu gehen, um sofort zu begreifen, daß sie genießt, da gibt es keinen Zweifel. Und wessen genießt sie? Es ist klar, daß das wesentliche Zeugnis der Mystiker, das ist justament zu sagen, daß sie es empfinden, aber daß sie davon nichts wissen.

Diese mystischen Ergüsse, das ist weder Geschwätz noch Wortmacherei, das ist in summa, was man lesen kann vom Besten, *und hier diktiert Lacan seinen Studenten folgende Anmerkung*: Dem hinzufügen die *Écrits* von Jacques Lacan, denn das ist von derselben Art. Womit, natürlich, Sie alle überzeugt sein werden, daß ich an Gott glaube. Ich glaube an das Genießen der Frau, insofern es mehr ist, unter der Bedingung, daß dieses *mehr*, Sie davor einen Schirm stellen, bevor ich es recht erklärt habe.

Was versucht wurde am Ende des letzten Jahrhunderts, zur Zeit Freuds, was sie suchten, all die guten Leute in der Umgebung Charcots und der anderen, das war, zurückzuführen die Mystik auf Fickgeschichten. Wenn Sie da nahe hinschauen, ist es das ganz und gar nicht. Dieser Genuß, den man empfindet und von dem man nichts weiß, ist es nicht das, was uns bringt auf den Weg der Ex-sistenz? Und warum nicht interpretieren eine Seite des Anderen, die Seite Gott, als getragen durch den weiblichen Genuß?

An dieser Stelle brach Gustavs diskursives Anhängsel abrupt ab. Balthasar, schrieb Lothar ihm wenige Stunden später zur Antwort, ließ sich von Adrienne, nachzulesen in ihrem momentan vor mir aufgeschlagenen *Allerheiligenbuch*, zu Hadewych das folgende Elaborat in einer für die diffizilen Errungenschaften der Mystik äußerst symptomatischen Distinktion diktieren: Ich sehe ihr Gebet, das fromm und demütig ist, und ihre Visionen, die eigentlich keine sind. Es ist schwer, diese Visionen zu beschreiben, weil sie nicht erfunden und doch nicht geschaut sind. Sie sind gebetet; erdacht und doch erlebt. Es fehlen ihr die richtigen Worte, um ihren Zustand zu schildern. Es ist wohl jeweils ähnlich einer Entrückung, aus der sie zurückkommt, und doch ist es keine Vision. Hadewych bedient sich einer Symbolsprache, die zu weit getrieben wird. Man kann es ihr nicht zur Last legen, nicht sagen, daß es Sünde sei; denn es ist tatsächlich keine. Sie hätte das Gleiche mit andern Worten sagen sollen, damit es wahr wäre, aber sie kennt diese Worte nicht. Sie weiß nicht, daß es Ebenen gibt, die weder Visionen noch Realitäten sind, auf denen aber die Gebetsworte, die Gebetsformen und Vorstellungen *Konturen* erhalten, die den Gedanken entsprechen. Balthasar: Daß die Heiligen im Himmel sich dazu herbeilassen, in einer Art öffentlichen Beichte vor der ganzen Kirche auch ihre Mängel, ihr Versagen bloßzustellen, ist eine letzte Bestätigung der ignatianisch-johanneischen Lehre von der Beichthaltung und vom sich enthüllenden Gehorsam.

Zu Beginn wurden Adrienne einzelne Heilige gezeigt, in Augenblicken, da sie an den Betreffenden gar nicht dachte. Zunächst in ihrer allgemeinen Haltung, dann oft in bestimmten für sie kennzeichnenden Gebeten. Die Haltung kann sie dann jederzeit bis zur Aufnahme des Diktats reproduzieren, die Gebetsworte werden ihr beim Diktat nochmals neu geschenkt. Nach dem Diktat verwischt sich die Erinnerung an das Geschehene und Gehörte meistens vollständig, wie immer, wenn Adrienne etwas im Gehorsam *erledigt* hat und zu Neuem hin verfügbar ist. In diesen ersten Zeiten bekommt sie auch oft nachts einen Heiligen im Gebet zu sehen und berichtet mir am nächsten Tag, sie habe den oder jenen gesehen, ob sie mir davon erzählen dürfe? Oft ist ihr dann das Wesen der geschauten Person vertraut, während sie den Namen nicht genau kennt. Einmal sagte sie: *Heute habe ich den Gregor*. Ich fragte: *Welchen Gregor?* Worauf sie gestand, nicht zu wissen, daß es deren mehrere gäbe; sie hatte keine Ahnung, mit welcher Person sie es zu tun hatte. Ich bat sie, anzufangen, und schon bei den ersten Sätzen war es mir evident, daß es sich nur um Gregor von Nazianz handeln konnte. Später kamen dann Gregor der Große und Gregor von Nyssa hinzu. Ein andermal sagte sie mir: *Ich habe heute die Katharina bekommen*, konnte aber auf meine Frage: *Welche Katharina?*, nur erwidern: *Nicht die von Siena, die kenne ich*. Bei der Schilderung vermutete ich, daß es sich um Katharina von Genua handeln müsse, deren Leben ich selbst nie gelesen hatte; ein nachträglicher Vergleich mit ihrer Biographie und vor allem ein Vergleich des Gebetes mit ihren überlieferten Visionen bestätigte mir, daß es sich um niemand andern handeln konnte. Später wurde in der Auswahl der Heiligen, die geschildert werden sollten, immer mehr mir überlassen. *Demnach war es mit einiger Wahrscheinlichkeit Balthasar zuzuschreiben, daß Adrienne auch Shakespeare, Mozart und Rimbaud ins visionäre Visier nahm.* Zunächst notierte ich für mich Namen auf einen Zettel, schrieb Balthasar, und es konnte sein, daß mir Adrienne beim Vorlegen sogleich sagte: *Diesen da kann ich machen.*

XXVII.

Lothar, Sternzeichen Jungfrau, und Mary Lou, Schütze, auf einem ihrer ziellosen Streifzüge durch die Stadt, unter majestätischen, opulent blühenden Kastanien, in einem verlassenen Ausflugslokal. Mary Lou hatte sich rücklings auf die Bank einer Biergartengarnitur gelegt, das Tageshoroskop aus der Zeitung zusammengeknüllt, das Knäuel nach Lothar geworfen, und betrachtete nun abwechselnd die zwischen den Baumkronen ziehenden Wolken und den nachdenklich vor ihr stehenden Lothar. *Wie in einem französischen Spielfilm komme ich mir mit dir vor*, sagte sie. Lothar legte sich stumm auf die gegenüber stehende Sitzbank. Woraufhin Mary Lou ihren Arm unter dem Tisch ausstreckte und nach Lothars Hand zu greifen versuchte. Lothar aber hatte beide Hände über seiner Brust gefaltet. Drehte lediglich den Kopf zur Seite und betrachtete den grazilen Arm seiner Begleiterin. Den graziösen Schwung, mit dem sie die spontane Bewegung einer versuchten Annäherung bogenförmig wieder zurücknahm. Ihre selbstbewußt mit Ringen bestückten Finger. Den Saum ihres Rocks, wie er seitlich von der Bierbank hinabhing. Ihr volles, auf dem Holz ausgebreitetes, kastanienbraunes Haar. Ihre tief dunklen, glänzenden Augen, den sinnlichen Aufschlag ihrer langen, akribisch getuschten Wimpern. Den pfirsichgleich zarten Flaum auf ihren Wangen sowie das süße Profil ihrer geschürzten Lippen. Schließlich brachte er, halb für sich, ganz versonnen, die Worte *Mary Lou Mackay* hervor. Und Mary Lou antwortete ihm zärtlich: *Lothar Lothar, Vorname auf der ersten, Nachname auf der zweiten Silbe betont.* Woraufhin beide abermals in minutenlanges Schweigen verfielen. Bis sich Lothar von seiner Bank erhob und die Frage äußerte: *Auf was für einem Weg befinden wir uns eigentlich?* Unüberhörbar der ängstliche Ton in seiner Stimme. *Alle Welt behandelt mich wie deine Frau, nur du nicht*, erwiderte Mary Lou freimütig, auch ein bißchen trotzig, den Blick nach wie vor himmelwärts, in die rauschenden Wipfel gerichtet. Sie wußte ja, daß Lothar Lothar durchaus *versucht* war, sie wie seine Frau zu behandeln. Ihren Freundinnen kaum klarzumachen: *Lothar und sein Gelübde.*

XXVIII.

Therese von Lisieux in Hans Urs von Balthasars voluminöser Untersuchung *Schwestern im Geist*, exzerpiert von Lothar Lothar. Wie sie die Stellung ihrer Sendung innerhalb der Gesamtkirche voraussieht. Nicht nur ihre Heiligsprechung, da sie immer gewußt hat, daß sie *eine Heilige* ist und nie einen Hehl daraus gemacht hat, sondern auch die Heiligsprechung ihrer Lehre. Wie sie infolge der zu ihren Lebzeiten gleichsam vorweggenommenen Kanonisierung ihrer Heiligkeit gezwungen ist, *über sich zu reflektieren und also den Weg der Unmittelbarkeit aufzugeben*. Wie sie vom Krankenbett aus ihre eigenen Reliquien verteilt, beziehungsweise sich gegen deren Verteilung nicht wehrt: Kruzifixe, Bilder, Rosenblätter, aber auch Haare, Nägel, Tränen und Wimpern.

Sie gleicht einem Kranken im Demonstrationssaal, der mit größter Aufmerksamkeit verfolgt und sich einprägt, was der Professor über seinen Fall den Studenten erzählt. Sie vergißt dabei ein wenig, daß sie in dieser Lage mehr Objekt, mehr neutraler Fall, als Subjekt und persönliches Schicksal zu sein hätte. Sie nimmt sich überall dort persönlich, wo sie eigentlich nur sachlich gemeint wäre. Das kann einen Augenblick auch die sachlichen Blicke eines Beschauers verwirren. Es kann, wie bei vielen, eine leise Gereiztheit hervorrufen. Es wird zu zeigen sein, wie weit Therese für ihre Selbstkanonisierung verantwortlich ist, wie weit es ihre leiblichen Schwestern sind, die zu ihren Lebzeiten im Karmel ihren Kult grundgelegt haben.

In Lothars Transkription hervorgehoben: *Läßt uns aber die Psychoanalyse nicht restlos im Stich, wenn es um das Verständnis einer qualifizierten göttlichen Sendung geht?* Fußnote Balthasars: Fraglich bleibt, ob dem psychologischen *Format* eines Menschen notwendig das theologische entspricht. Therese: *Ach, wie das Antlitz Jesu, so wollte ich, daß auch mein Antlitz allen Blicken verborgen wäre, daß niemand auf Erden mich mehr erkännte, ich dürstete danach, zu leiden und vergessen zu sein.*

Morgen werde ich die Braut des Herrn sein, dessen Antlitz verborgen ist und der von niemand erkannt wird. Ach, laß mich unter dem Schleier mich verbergen, der Dich allen sterblichen Blicken entzieht. Dein Antlitz ist mein einziger Reichtum, weiter begehre ich nichts; in ihm will ich mich stets verbergen, um Dir zu gleichen, o Jesus.

Und hier beginnt dieses seltsame Spiel von Schau und Nichtschau, von Heben und Senken der Lider. Denn gerade der gesenkte Blick des Herrn ist es, der Therese unablässig verfolgt, von dem sie gebannt ist *und* dem sie doch nicht anders antworten kann, als indem sie selber die Augen senkt. Für eine Novizin im Refektorium verfaßt sie folgendes Gebet, das sie in die Regel einüben soll: *Herr, Deine beiden kleinen Bräute fassen den Vorsatz, während des Essens ihre Augen stets gesenkt zu halten, um das Beispiel, das Du ihnen bei Herodes gegeben hast, zu verehren und nachzuahmen. Als dieser gottlose Fürst Deiner spottete, o unendliche Schönheit, da kam keine Klage über Deine Lippen, ja, Du hast Dich nicht einmal gewürdigt, Dein anbetungswürdiges Auge auf ihn zu richten. O gewiß, göttlicher Heiland, Herodes hat es nicht verdient, von Dir angesehen zu werden; wir aber, Deine Bräute, möchten Deinen göttlichen Blick auf uns ziehen. Wir bitten Dich, uns mit diesem Liebesblick jedesmal zu belohnen, wenn wir uns versagt haben, die Augen zu heben.*

Die Verhüllung des eigenen Antlitzes ist nichts anderes als der Verzicht auf das Schauen des enthüllten Antlitzes Gottes, auf das Schauen, Hören, Fühlen, auf alles, was uns Gott nahebringt. Und darin wird die Braut dem Bräutigam am ähnlichsten, da ja die Verhüllung seines Antlitzes während der Passion zuletzt der Ausdruck dafür ist, daß das Antlitz des Vaters sich dem Sohn enthüllt und entzieht: *O anbetungswürdiges Antlitz Jesu, einzige Schönheit, die mein Herz hinreißt, würdige Dich, mir Deine göttliche Ähnlichkeit aufzuprägen, damit Du die Seele Deiner kleinen Braut nicht mehr betrachten kannst, ohne Dich selber zu sehen. O mein Vielgeliebter, um Deiner Liebe willen bin ich zufrieden, Deine süßen Blicke hienieden nicht zu sehen und den unaussprechlichen Kuß Deines Mundes nicht zu fühlen, aber ich flehe Dich an, durchglühe mich mit Deiner Liebe, damit sie mich rasch verzehre und bald vor Dir erscheinen lasse: Therese vom heiligen Antlitz.*

Es ist, als könnten nicht beide zugleich die Augen erheben, Jesus und Therese: als müßte Therese die Augen senken, um den Blick des Herrn unverwandt auf sich ruhen zu lassen, als müßte der Herr die Augen senken, um es Therese möglich zu machen, ihn unverwandt anzusehen. Dieses Spiel von Verdecken und Entdecken ist das sublimste Spiel, das die Liebe erfinden konnte: das Spiel der Indirektheit, die in der Mitteilung viel weiter gehen kann als die unmittelbarste Aussage. Denn es gibt Dinge, die so verborgen sind, daß sie nur in Verborgenheit geoffenbart werden können.

XXIX.

Concordia Werkmeister, im lindgrünen *Cardigan* zu türkisfarbener Samtcordhose, barfuß, bäuchlings auf einem schneeweißen *Flokati*-Fell, Ellenbogen aufgestützt, das Gesicht mit beiden Handflächen abgestützt, über dem Gustav entliehenen, zweibändigen Gumbrecht, nur wenige Minuten, nachdem Lothar sie verlassen hatte, um sich mit einer *schottischen Jazz-Pianistin* zu treffen, die seit einiger Zeit in der Stadt lebte.

Hans Ulrich Gumbrecht, notierte Concordia, notierte, die einzigartige historische Rolle der Therese von Ávila beruhe auf ihrer Fähigkeit, eine ekstatische Form subjektzentrierter Erfahrung so zu artikulieren, daß die *Leser als Subjekte der Sinnbildung* angesprochen wurden. Wobei Therese ihre Erzählerinnenrolle wieder und wieder betont habe. Im *Camino de la perfección*, erschienen 1583, führten die verschiedenen Ebenen der von der Verfasserin reformierten Regel des Karmeliter-Ordens als Voraussetzung einer gemeinschaftlichen Lebensform zu den vom Subjekt zu durchlaufenden Graden der Meditation, welche in die *unio mystica* mündeten. Das *Castillo interior* aus dem Jahr 1588 rekurrierte auf die *textuelle Inszenierungsform der Allegorie*: die menschliche Seele ist durch eine Burg repräsentiert, deren verschiedene Befestigungsringe nacheinander auf dem Weg zur Vereinigung mit Gott durchquert werden müssen. In ihrer *Vida*, 1562 und 1565, habe Therese das *doppelte Ich* des autobiographischen weiblichen Erzähler-Subjekts eingeführt. Gumbrecht spricht von dem *stufenförmigen Verlauf* ihres von akribischer Selbstbeobachtung bestimmten Erzählens. Die Autorin beobachte stets aufs neue, wie sie durch eigenes Verschulden vom Weg der Frömmigkeit abgekommen ist, um dann jeweils die Rückkehr zum *rechten Weg* als unverdienten göttlichen Gnadenerweis darzustellen. In den Schilderungen ihrer visionären Erlebnisse, welche die biographische Linie immer wieder durchbrächen, präsentiere Therese ihr mystisches Erleben hingegen *ohne den Filter interpretationsrelevanter theologischer Konzepte*. Heutigen psychoanalytischen, in Klammern: psychopathologischen, Deutungen zur menschlichen, allzumenschlichen Sexualität Tür und Tor öffnend.

Dem Herrn gefiel es, daß ich einige Male diese Vision hatte: zu meiner Linken sah ich einen Engel in körperlicher Gestalt, wie ich ihn nur dank eines Wunders sehen konnte. Wenn mir auch sehr oft Engel erschienen, so doch stets, ohne daß ich sie sehe. Der Herr wollte, daß ich diese Vision sehen konnte. Der Engel war nicht groß, sondern klein, er war überaus schön, er hatte ein so glühendes Gesicht, daß er, so schien es, zu den Engeln der obersten Sphären zählte, die sich alle zu verzehren schienen. Es müssen jene sein, die man Cherubine nennt, wenn sie mir auch ihre Namen nicht sagen. Ich sah ihn mit einem langen goldenen Pfeil in den Händen, und mir schien, als züngelte an der Spitze des Ei-

sens ein kleines Feuer. Dieses schien mir einige Male mein Herz zu durchstechen und bis in meine Eingeweide vorzustoßen. Beim Herausziehen hatte ich das Gefühl, als trüge es diese mit sich fort und ließe mich völlig entflammt in großer Liebe zu Gott. So groß war der Schmerz, daß er mich Jammerlaute ausstoßen ließ; so über die Maße groß war die Süße, die mir dieser starke Schmerz schenkte, daß es nicht den geringsten Grund gab, sich zu wünschen, er möge weichen oder die Seele möge sich mit weniger als mit Gott zufriedengeben. Es ist kein körperlicher Schmerz, sondern ein geistiger, obwohl der Körper auch ein wenig, und sogar sehr, beteiligt ist. Es ist eine so sanfte Liebkosung zwischen Seele und Gott, daß ich inständig seine Güte erflehe, auf daß er jenem diesen Genuß gewähre, der glaubt, ich lüge.

Siehe auch Thereses inniges Verhältnis zu Johannes vom Kreuz, Juan de la Cruz, dem ersten Unbeschuhten Karmeliten, ihrem Mitarbeiter, Weggenossen und Freund. In einem auf den 13. Januar 1580 datierten Brief an die Priorin des Klosters Caravaca schrieb sie: Ich werde versuchen, den Pater Johannes vom Kreuz zu Ihnen zu senden. Bedenken Sie: *In ihm komme ich selbst.* Johannes selbst, der für sein sinnliches Verhältnis zur jungfräulichen Mutter Gottes ebenso bekannt war wie Therese für das ihre zu deren Sohn, erläuterte: *Der Geliebte lebt im Liebenden und der Liebende im Geliebten. Und die umgestaltete Liebe schafft in den Liebenden solche Ähnlichkeit, daß man von einem sagen kann, er sei der andere, und beide sind eins.* Und verfaßte die unsterblichen Verse: *O Nacht, die zusammenführtest Geliebten mit Geliebter, Geliebte in Geliebten überformtest. An meiner Brust, blühend, die ganz für ihn allein sich aufbewahrte, dort war er eingeschlafen, und als ich ihn liebkoste, gab Hauch der Zedern Wehen. Der Hauch der Zinne, als ich sein Haar durchstrich, mit seiner linden Hand verletzt' er meinen Hals und ließ all meine*

Sinne schwinden. Ich blieb zurück und selbstvergessen neigt' ich das Gesicht über den Geliebten; es hörte alles auf, ich ließ mich, gelassen mein Sorgen, unter den Lilien vergessen.

Concordia Werkmeister war sich nicht sicher, inwiefern sie das innige Einswerden mit einem irdischen Geliebten der himmlischen *unio mystica* zuordnen durfte, in welcher die geheimnisvolle Vereinigung der Seele mit Gott als *die* Erleuchtung schlechthin, als die höchste Stufe des Weges zur Gotteserkenntnis, erkannt wurde. Sie fühlte sich auch an eigene Masturbationsphantasien erinnert, in denen *Subjekt und Objekt zusammenfielen*, in denen sie sich die Organe und Extremitäten des abwesenden Anderen nicht nur hatte vorstellen, sondern auch denken können, sich in diese geradezu hatte *hineindenken* können, in denen sie gleichsam *mit den Organen des Anderen dachte*. In denen ihre Finger *seine* Finger waren. Eine Vorstellung, der sie vor wenigen Tagen, über Gustav Bechers Büchern, in dem 1748 anonym veröffentlichten pornographischen Roman *Thérèse philosophe* wiederbegegnet war, dem die historisch verbürgte, durch eine *vorgeschobene* Reliquie *scheinheilig* gerechtfertigte rückwärtige Penetration eines so argwie ahnungslosen jungen Mädchens durch ihren durchtriebenen Beichtvater zugrunde lag, in dem es aber auch um Techniken weiblicher Selbstbefriedigung sowie die Enthaltsamkeit gegenüber der Selbstbefriedigung ging.

Niklaus Largier aus Berkeley weist darauf hin, daß der Text der *Thérèse philosophe* auf die Biographie der heiligen Therese von Ávila anspielt. Er spricht von dem Modell einer *ars erotica*, das man, nicht ohne Ironie, als *gleichzeitig libertin und klerikal*, als Erbe des Modells religiöser Stimulierung der Phantasie und freigeistiger Subversion bezeichnen könne, die sich beide der aufklärerischen Programmatik verweigerten. Was hier primär zum Zug komme, sei kein Naturalismus oder Materialismus, sondern eine *Apologie der Intensität von Erfahrung*, die als solche zur letzten Instanz werde. Dabei stellt Largier eine *grundlegende Konvergenz zur Andachtspraxis* heraus: Nicht eine *ursprüngliche* Sexualität werde hier gewissermaßen zutage gefördert und aus der Verdrängung befreit, sondern es werde eine Tradition fortgeführt, die anhand der *Erregung durch das Bild* immer neue Erfahrungsmöglichkeiten konstruiere.

XXX.

Ronald Tavel schrieb in *Theatre of the Ridiculous*: Ich hoffe, es ist klar, daß *Camp* und *Jack Smith* zwei verschiedene Dinge sind. Es ist eine Tatsache, daß Smith, obwohl er aus Camp stammende Elemente benutzt, auf dem entgegengesetzten Pol liegt. Er ist reiner *Glaube.*

Marc Siegel zitiert diese Stelle in seinem für *Golden Years* verfaßten Aufsatz *Believing Jack Smith*, dem er als oberstes Motto Smiths Aufforderung *Let's take Maria Montez for granted* voranstellte.

Anhand verschiedener Auffassungen von *Camp* als einerseits resignifizierender, *schräger* Schreib- und Leseweise von Kultur, andererseits von Susan Sontag und anderen unsachgemäß umarmter ironischer Distanz im Sinne einer markierten *Nichternsthaftigkeit*, läßt Siegel auch Charles Ludlam ins Spiel kommen, der postulierte: Was ganz schrecklich ist, ist *heterosexueller Camp*, so etwas Augenzwinkerndes, das dir sagt: *Alles nicht so gemeint.*

Marc Siegel: Ich will selbstverständlich nicht behaupten, daß Homosexuelle niemals ironisch zitieren. Tatsächlich hat Smith, wie erzählt wird, Ludlam selbst für genau die Praxis des ironischen Zitierens kritisiert, die Ludlam in seinem Text als heterosexuellen Camp bezeichnet. Ich will jedoch dafür argumentieren, daß ein solches ironisches Zitieren nicht der interessanteste und produktivste oder gar *queere* Aspekt an der Neubewertung populärer Kultur ist. Darüber hinaus ist das ironische Verständnis von Camp eine Verleugnung unseres Genusses von und unseres *Bekenntnisses* zu dem, was wir zitieren.

Jack Smith sagte zu Ronald Tavel, nachdem beide Maria Montez in *Tangier* angesehen hatten: *Aus einer Perspektive gesehen, ist es ein schlechter Film; aus einer anderen ist er sehr gut*. Marc Siegel dazu: Smith wußte, daß Montez und die Montez-Filme nach den Standards guter Technik schlecht waren. Und hier, fügte wiederum Jeannine Waterstradt Siegels Ausführungen hinzu, greift auch nicht die verheerende, nennen wir sie mit Ludlam getrost *heterosexuelle* Formel, etwas sei so schlecht, daß es schon wieder gut sei, *Andy Warhol's Bad* war ja alles andere als *schon wieder gut*. Signalisierte *bad* in der Bedeutung von *good* nicht eine ganz besondere Leistungsfähigkeit des *amerikanischen Englischen*? Marc Siegel resümierte: Jack Smith interessierte sich einfach nicht für dieses Bewertungssystem. Smiths Glaube an Maria Montez ist deshalb nicht als ein Glaube zu verstehen, in dem das Wissen von ihren miserablen schauspielerischen Fähigkeiten zugunsten des Glaubens an ihre besondere Schönheit verleugnet wird. Sein Glaube war vielmehr ein Bekenntnis zu einer anderen Art von Wissen, ein, notierte Jeannine, vielleicht mit dem von Lothar stets angeführten *Wissen in Jazz*, englisch: *to dig*, engzuführendes Wissen von Montez' Fähigkeit, ihren Glauben an die eigene Besonderheit visuell zu kommunizieren, und zugleich ein Wissen von den queeren, deutsch: *schrägen*, Möglichkeiten, welche durch den Glauben an sie eröffnet werden. Womit man auch wieder bei Mario Montez wäre.

XXXI.

Auf dem Parkplatz, gegenüber der gläsernen Kulisse des Möbelhauses, fand eine über das Gros der Fläche zerstreute informelle Party statt: eigentlich mehrere kleine Parties. Warme Imbisse und kalte Getränke wurden aus Papiertüten und Dosen auf Blechdächern serviert, Zigaretten geraucht, neugierige Blicke in die geöffneten Kühlerhauben technisch frisierter sowie tiefergelegter Kraftfahrzeuge geworfen. Lothar stellte sein Auto ein wenig abseits ab, holte sich einen Hamburger und eine *Coca-Cola light* aus dem Schnellrestaurant. Er befand sich auf den letzten Kilometern seines Heimwegs aus der Stadt, wo er antiquarische Bücher britischer Romanciers katholischen Glaubens, Gilbert Keith Chestertons *Orthodoxie* und Graham Greenes *Paradox des Christentums*, gekauft hatte, die nun, gemeinsam mit von Mary Lou digital kopierten Spielfilmen des ebenfalls katholischen Regisseurs Alfred Hitchcock, auf der Rückbank des *Daewoo* lagerten.

Die Abendsonne gerade noch über dem Endmoränenzug. In den frühlingshaft strotzenden Kronen der Bäume zur Landstraße hin die flatternden Schatten der roten Flaggen des Schnellrestaurants. Feierabend; alle frisch geduscht. Die Jungen vereinzelt mit noch nassen Haaren, was aber auch ein durch Gels und Tinkturen erzeugter anhaltender Effekt sein konnte. Die Mädchen trugen jetzt vermehrt *an-*

geklebte Wimpern. Monströse Ohrgehänge. Die Lippen *lackiert*. Lothar ertappte sich dabei, sie danach zu mustern, ob eine von ihnen, *etwas an ihnen*, eine Körperpartie, ein Kleidungsstück, an Mary Lou gemahnen könnte. Dabei befiel ihn ein suchtartiges Gefühl. Er hatte *Sehnsucht* nach Mary Lou Mackay. Bei einer jeden dieser verrückten Verabredungen mit ihr war es nun so gewesen: Lothar, von zunehmender, zu groß, um sie zu bewältigen gewordener, innerer Unruhe erfaßt, hatte unvermittelt zum Abschiednehmen gedrängt, heute zum Beispiel behauptet, er werde von einem Antiquar *erwartet*, doch kaum war Mary Lou seinem Blickfeld entschwunden, wollte er sie schon *so bald wie möglich* wiedersehen. Und es war zwar ein zuverlässiger, aber nicht unbedingt *zulässiger* Trost, sich vorzustellen, sie könnte sich augenblicklich ebensosehr nach ihm sehnen.

XXXII.

Leonard Feather: During the past year a new personality has flashed like a comet into the awareness of American Jazz fans. That a new Jazz star should be a German is almost without precedent. That this brilliant young discovery should also be a girl is rare too, and a pretty girl even rarer. Jutta Hipp is all of these, and more. Many words, and a few sounds, had reached this country about Jutta Hipp before 1954. She had corresponded with Lennie Tristano; a few other recordings in Hans Koller's quartet had circulated here. Learning of the imminence of a visit to Germany as part of my *Jazz Club USA* concert tour in January 1954, I quickly determined to find this intriguing personality and arrange for further recorded evidence to present to the American public. Finding her was a problem. But on reaching Düsseldorf we learned that she was leading her own quintet in Duisburg. After our concert that night Buddy de Franco, Billie Holiday and some others slipped away in the company of Horst Lippmann. As we entered a crowded cellar club in Duisburg, music floated up to our ears that we could hardly believe was the work of five Germans. Surrounded by alto and tenor saxes, bass and drums, an attractive girl sat at the piano, her auburn hair hanging loose down her back; she was completely absorbed in the music, apparently oblivious of the noisy crowd around her.

Whitney Balliett: Miss Jutta Hipp, a pretty and accomplished Jazz pianist, arrived here from Germany in November, determined to throw in her lot with the New World. She opened the other day at Hickory House, and the New World has since noisily indicated how pleased it is to have her around. On the morning after the opening, we paid a call on Miss Hipp, whom we found dressed in a checked shirt and dungarees, with stupendous auburn pigtails hanging far down her back. She told us that she was still recovering from the stagefright she'd suffered the night before. *I'm so glad to be here and so anxious to succeed,* she said, in perfect English. *When my ship came into New York Harbor, it was early morning, and there was the Statue of Liberty and the beautiful skyscrapers. Now what I'd like to do some fine spring day is sail up the harbor again, and stare and stare. The Jazz critic Leonard Feather arranged to bring me over. Five or six years ago, an American soldier stationed in Munich heard me play, and he sent some tapes of my playing to Leonard, and so it happened that my first records were issued in America, instead of in Germany. My music got here before I did. My father hated Jazz, and when I was learning to play he would always go out of the room at the sound of the very first note. My mother, who is very romantic, loves Jazz, maybe mostly because I love it. In the beginning, I used to imitate Fats Waller and Teddy Wilson. Afterward, my favorites were Bud Powell and Lennie Tristano, and right now I am flipping over Horace Silver. Like to hear one of his records?* Without waiting for an answer, Miss Hipp leaped to her feet, pigtails flying, and dropped a record onto the turntable of her phonograph. *Listen*, she said with the fierceness of a ten-year-old, and in a moment Hipp had flipped.

Jutta Hipp: You won't be able to understand this, because you were born in the United States. But to us Jazz is some kind of *religion*. We really had to fight for it, and I remember nights when we didn't go down to the bomb shelter because we listened to Jazz records. *We just had the feeling that you were not our enemies*. And even though the bombs crashed around us we felt safe.

XXXIII.

Gustav nannte sich jetzt *Gustave*, wie Courbet, Moreau, Flaubert, und ließ auch seinen Nachnamen im Freundeskreis französisch aussprechen. In der zunächst mit seinem fortgeschrittenen Studium der Romanistik zusammenhängenden, dann verselbständigten Lektüre der auf Sündiges geradezu versessenen Erzählungen des exzentrischen Katholiken Barbey d'Aurevilly sowie den kontrovers diskutierten Tagebüchern seines verrückten, auf Visitenkarten als *Abbruchunternehmer* firmierenden Sekretärs Léon Bloy, die Ernst Jünger so gefallen und womöglich zu dessen Konversion mit über hundert Jahren beigetragen hatten, zuletzt der auf symbolistische Weise *katholisch be-*

frachteten Romane Joséphin Péladans, die sich, wie Gustave befand, auch als *High Camp*, respektive *Trash*, rezipieren ließen, hatte er zu einem *eigentümlich französischen* Alter Ego seiner selbst gefunden, zumal der 1918 verstorbene Schriftsteller von ausgesprochen *germanophiler* Gesinnung gewesen war. Auf den vehementen Vorwurf seiner Landsleute, durch die Verehrung Richard Wagners für die französische Kunst verdorben zu sein, konterte Péladan, er bedauere es unendlich, nicht auf Deutsch schreiben zu können, sondern unter den französischen Barbaren leben zu müssen. Der Komponist des *Parsifal* sei beinah ein Gott, der Präsident der französischen Republik hingegen: beinah ein Tier.

Concordia Werkmeister, mit der sich Gustave Becher Anfang Mai für einige Tage nach Bad Aibling abgesetzt hatte, in die zweisame Klausur zum konzentrierten Abschluß diverser universitärer Texte, aber auch *eines besseren gegenseitigen Kennenlernens halber*, waren die süßlichen Romane Péladans, bei allem auch ihrerseits stets offenbarten Faible für das Okkulte, irgendwie unheimlich. Der Georg Müller Verlag in München hatte sie als unter der Mitwirkung des Strindberg-Übersetzers Emil Schering *vom Dichter selbst herausgegeben* angekündigt: Die sogenannten *Meisterromane des jüngeren Péladan* umfaßten die von Gustave mühselig aufgetriebenen Bände *Das höchste Laster*, 1884, *Weibliche Neugier*, 1885, *Einweihung des Weibes*, 1886, *Das Weib des Künstlers*, 1887, *Der Sieg des Gatten*, 1889, *Der Androgyn*, 1891, dessen feierliche Widmung an den verstorbenen Vater Gustave momentan in den literaturwissenschaftlichen Augenschein nahm, sowie *Gynandria*, 1892. Die *populären Romane des älteren Péladan* hatten Gustaves Aufmerksamkeit dagegen nicht erregen können. Auch das Bühnenwerk zerfiel, laut Anzeige des Verlags, in zwei Teile: *Dramen, die Richard Wagner fortsetzen*, darunter *Babylon*, 1893, und *Dramen, welche die Griechen fortsetzen*, etwa *Ödipus und die Sphinx*, 1895. Das wissenschaftliche Œuvre erwies sich sogar als dreigeteilt: Erstens die *Geheimlehre des jüngeren Péladan,* die den von Gustave bislang vergeblich gesuchten Text *Wie man Fee wird* von 1892 enthielt, in Klammern: Gustave, der Concordia seit dem Wochenende in Bad Aibling zärtlich als Fee titulierte, zweitens *Die Reise des Weltbürgers,* mit Bänden über Ägypten und Palästina, und schließlich die *Allgemeine Lehre des älteren Péladan,* zu allgemein für Gustaves spezielles Interesse.

Franz Blei, Schriftsteller, Kritiker, Herausgeber, zudem Übersetzer Charles Baudelaires, Paul Claudels und André Gides ins Deutsche, Spezialist für Dandyismus, bekannt für seine so idiosynkratische wie frohe Botschaft *Es lebe der Kommunismus und die katholische Kirche*, hatte vermerkt: Als Strindberg, ein bißchen verrückter tuend, als er war, nach Paris kam, stieß er auf Péladan, und der stellte ihm das Zeugnis des Genies aus, was niemand kontrollieren konnte. Strindberg war dankbar und erklärte seinerseits, denn er wollte ja auch dem ihm ausgestellten Zeugnis Wert geben, Péladan für ein Genie, was Herr Schering um so lieber glaubte, da er nach Strindbergs Tod auf der Suche nach einem bändereichen, in sein Deutsch zu übersetzenden Genie war und bei dieser Gelegenheit auch Französisch lernen wollte. So schlecht, wie die deutschen Übersetzungen des Herrn Schering es glauben machen wollen, sind die vielen Romane Péladans nicht, aber doch das, was man in Paris Articles de bazar nennt, musikalisch, ohne irgendeine Realität, schwärmerisch und hohl schöngeistig. So wurden, schrieb Blei und las Gustave Concordia vor, die Deutschen mit etlichen zwanzig Bänden Péladan überrascht, und Ladenmädchen sollen das gern lesen, was in Paris kein Mensch mehr anschaut.

XXXIV.

Meinem Vater und meinem Meister, dem Ritter Adrien Péladan, geboren in Vigan, 8. September 1815, gestorben in Nimes, 7. März 1890. *Wir werden nicht für ihn beten, wir werden für uns zu ihm beten*, das ist das Gefühl aller, die dich kannten: Heiligkeit umschwebt dein Andenken.

Es ist Zeit, die Banausen aus dem Tempel zu jagen und einen Kreuzzug gegen das Häßliche zu führen; es ist Zeit, zum Katholizismus der Renaissance zurückzukehren, der glaubte, daß ein Meisterwerk ein Beweis für Gott ist. Wenn ich dich heraufbeschwöre, o mein Vater, wie du, nur lateinisch sprechend, nach Rom gingst, mit einem Kruzifix, einer Bibel und Lamartines Gedichten, so sehe ich, daß dieser Titel des Ritters, den dir der Papst gab, für dich einen überraschenden Sinn annimmt. Das bist du gewesen: *dichtender Ritter*. Deine *Katholischen Ergüsse*, deine *Provinzgerichte*, deine *Winde und Stürme* würden für einen Ruf genügen, wenn die Katholiken eine andere Poesie duldeten als die alberner Lieder.

O welch furchtbare Hölle für eine große Seele ist die Partei der Katholiken, dieses Gesindel von Feigen und Schelmen. Zitiert man je deine *Geschichte Jesu Christi nach der Wissenschaft* oder deine *Geschichte der heiligen Jungfrau*, diese Monumente? Nein, ebensowenig wie die *Vergleichende Anatomie* meines Bruders, des Dr. Péladan, dieses gelehrte Meisterwerk.

Meine Pflicht als Freund der Kirche im Lichte meiner eigenen Neigung wählend, habe ich eine geistige Alchemie geschaffen, eine Kunst, aus jeder Seele das Teilchen Gold zu lösen, das sie enthält. Wie du die Frömmigkeit wieder erneuert hast, mein Vater, so habe ich die Magie wiederhergestellt; ich habe den Forschungen der Saint-Yves, der Papus beigewohnt, mit ihnen diese heiligen Reliquien studierend; ich suchte dort das verborgene Zeichen ihres Ursprungs, das Siegel ihrer vatikanischen Bestimmung: ich bin, und du hast es gebilligt, *der apostolische Gesandte am Hofe der Magie*, auf daß am nahen Tage der Enthüllung die Kirche durch meine Stimme im Besitz jener heiligen Gefäße bleibt, die sie vergessen und verloren hat. Das Meer der Bretagne, August 1890. Joséphin Péladan.

XXXV.

Zum ersten Mal in Mary Lous Wohnung, nachdem Lothar und sie in einen heftigen Regenschauer geraten waren und Mary Lou darauf bestanden hatte, *auf der Stelle* ihr Haar trocknen zu müssen; sie würde sich ansonsten mit Gewißheit erkälten. Die gediegene Einrichtung einer *Jazzmusikerin*, manche Gegenstände aus den frühen 1960er Jahren, von Mary Lou *Gelegenheiten* genannt. Vor allem aber: *eine ganze Wand voller Tonträger*. Auf der gegenüberliegenden Seite ein Upright Piano. Lothar solle einfach, während sie im Badezimmer sei, auf ihrer Couch Platz nehmen. Oder solle sie seine, sie sagte: *Engelslocken* auch föhnen? Schon bei ihrem letzten Stelldichein hatte Mary Lou angemerkt, er sei so ein angelischer Typ. Nicht nötig, antwortete Lothar, legte sich auf die Couch, ließ seine Beine salopp über eine der Armlehnen hängen und blätterte, während er auf das sonore Dröhnen des Föhns hörte, in eine Ausgabe des Periodikums *Jazz Podium* und stieß sofort auf eine längere Story über Jutta Hipp, verfaßt von einer deutschen Autorin namens Kate Kaiser, die ihren akademischen Magistertitel an der Rutgers University in New Jersey erworben hatte.

Oft dachte ich, schrieb Kate Kaiser, Jutta Hipp ist auf mich zugekommen und hat mich sozusagen *auserwählt*, ihre faszinierende Lebensgeschichte so zu erzählen, wie sie sich tatsächlich zugetragen hat. Ich wurde zuerst im April 2003 auf Jutta Hipp aufmerksam, als ich ihre Todesanzeige in der *New York Times* sah. Damals lebte ich in San Francisco und war bereits ein großer Jazzfan. Die Todesanzeige berichtete, daß mangelndes Selbstbewußtsein Hipp vom Klavier zur Nähmaschine getrieben hatte, daß sie dem Jazz den Rücken zukehrte, *um Zuschneiderin zu werden*, und danach nie wieder an einem Klavier saß. Die Aneinanderreihung von als Fakten hingestellten Details aus Hipps Leben ergab für mich einfach keinen Sinn. Das Bild, das vor meinen Augen entstand, war wie ein Puzzle mit *hineingemogelten* falschen Teilchen.

Mehr als zwei Jahre später, im Sommer 2005, suchte ich nach einem passenden Thema für meine Magisterarbeit im Fach *Jazz History and Research*. In der U-Bahn in Manhattan, auf dem Weg zum Central Park, kam dann die Antwort *How about Jutta Hipp?* sozusagen als Geistesblitz zu mir. Ich machte unverzüglich erste Erkundungen, beginnend mit Wolfgang Knaur vom Jazz-Institut Darmstadt. Drei Wochen später erfuhr ich von Hipps Angehörigen in Hannover, daß an jenem Nachmittag, an dem mir die Idee für die Hipp-Magisterarbeit gekommen war, ihre sterblichen Überreste zeremoniell der See nahe ihrem geliebten Long Island übergeben worden waren, mehr als zwei Jahre nach ihrem Tod. Von diesem Zeitpunkt an war ich wie besessen von Jutta Hipps Leben und Werk.

Hipp belegte im März 1953 den ersten Platz im Referendum des *Jazz Podium* als beste deutsche Jazz-Pianistin, mit 19 Stimmen vor Paul Kuhn, wobei Kuhn ja keine Pianistin war, dachte Lothar. Als sie dann im November 1955 in den USA ankam, hatte sie Leonard Feather schon als die *European First Lady of Jazz* ganz groß angekündigt. Das waren gewaltige Vorschußlorbeeren und ein mächtiger Druck, unter dem Hipp vom ersten Moment an stand. Aber sie fühlte sich sofort wohl in New York, auch ohne jegliches finanzielles Polster. Und innerhalb von nur vier Monaten wurde sie die erste europäische und erste weiße Instrumentalistin, die das legendäre Label Blue Note Records bis dahin unter Vertrag genommen hatte. Die Gründer von Blue Note, Alfred Lion und Frank Wolff, stammten ebenfalls aus Deutschland, aber ihr Künstlerstamm seit Firmengründung Ende der dreißiger Jahre bestand bis auf eine einzige Ausnahme, den Baritonsaxophonisten Gil Melle, ausnahmslos aus männlichen schwarzen Jazzmusikern. Das Vertrauen, das Blue Note in Jutta Hipp setzte, darf man auf gar keinen Fall auf Leonard Feathers Überredungskünste und seine Vormachtstellung in der damaligen amerikanischen Jazzszene zurückführen.

Mary Lou Mackay kehrte mit duftig fallendem, offenem Haar und einer geöffneten Flasche Rotwein in der einen Hand, zwei gekreuzten Weingläsern in der anderen, zu Lothar zurück. Der begab sich sofort, über den gesteigerten Grad der eingetretenen *Betörung* erschrocken, in die Senkrechte, warf das *Jazz Podium* auf den Teppich, und seine Gastgeberin ließ sich neben ihm auf der Couch nieder. Füllte die beiden Gläser, stieß mit Lothar an und gab ihm einen kurzen Kuß auf die Wange, legte *schläfrig* ihren Schopf auf seine Schulter, er möge bitte noch eine Weile bleiben, *ihr sei so wohl an seiner Seite*, woraufhin Lothar sich, ohne unfreundlich erscheinen zu wollen, langsam, aber sehr bestimmt, von der Sitzfläche hinuntergleiten ließ, bis er auf dem harten Fußboden zum Sitzen kam und nur noch sein Hinterkopf an der Couch, neben Mary Lous Knien, lehnte.

XXXVI.

Gustave in einem Morgenmantel, seiner Fee, seiner *Fiancée*, Exzerpte aus *Der Androgyn* vortragend, die eben nicht *unheimlich*, sondern in der feierlichen Schönheit der Sprache, der melodischen Biegsamkeit des Ausdrucks, der wechselvollen Musikalität der Modulation, im, so Gustave, *überirdischen Rauschen*, von wahrhaft symbolistischer Finesse seien. Und doch mußten, während Concordia ein Dutzend israelischer Orangen für das zweisame Frühstück auspreßte, zunächst einige monologische Zeilen aus dem ersten Akt des Bühnenstücks *Der Prinz von Byzanz* vorausgeschickt werden, in dem Péladan die Worte gefunden hatte: Ich liebe alles vom Kloster; das meerblaue Gewölbe, das mit goldenen Sternen besäet ist; den Weihrauch der Kapelle, der mich berauscht und in meinen Augen Engel ums Tabernakel formt. Ich liebe die Stimmen der Orgel, ich liebe meine eigene Stimme: das seltsame Mönchlein vergißt sich im stillen Gebet, große Augenblicke lang, auf den Fliesen des Chors. Aber ich verehre noch mehr den wirklichen Himmel, den großen Himmel, der sich verändert: zuerst ist er purpurn, dann glänzend weiß, schließlich rot und violett. Ich verehre auch die Symphonie des Tagesanbruchs, die lieblichen Klänge der Morgendämmerung, den unsagbaren Ton des Abends, der auf den schlafenden Wald herabsinkt. Mein Kloster ist die weite und lebendige Welt. Das Mönchlein ist ein wilder Vogel, der davonfliegen möchte.

Wobei du bedenken solltest, *süße Fee*, daß Péladan von seiner Warte aus spricht, auch im *Androgyn* von sich, im *Wesentlichen* von seiner Adoleszenz erzählt, und zwar dermaßen leidenschaftlich, daß er, wie Emil Schering in seinem Nachwort anmerkt, während besonders konfessioneller Kapitel des vorliegenden Romans in die *erste Person* wechselt. Concordia Werkmeister, die eigentlich, anfänglich einer beiläufigen Leseempfehlung aus dem Familienkreis folgend, inzwischen von aufrichtigem psychologischem Erkenntnisinteresse beflügelt, über Daniel Paul Schrebers *Denkwürdigkeiten eines Nervenkranken* brütete, mit Gustave Becher im pastellfarbenen Angesicht der vormittäglichen Alpen, auf der Terrasse ihres elterlichen Landhauses, auf einer Mauerbrüstung liegend, große italienische Sonnenbrille aufgesetzt, hatte den irren Schreber, durch dessen Seiten jetzt der voralpine Wind blätterte, beiseite gelegt. Gustave, vor ihr stehend, mit ausladenden Gesten in die erste Person Joséphin Péladans hinüberwechselnd.

Gustave: Junger Mann mit den langen Haaren und fast begehrenswert, den das Verlangen noch nicht berührt hat; Bartloser, der von den nahen Gelegenheiten noch nichts weiß, vielleicht bleibst du stolz, vielleicht besudelst du dich; Schüler, der die Stimmen der Schlaflosigkeit hört, schlechter Bursche oder Gelehrter, künftiger Ritter der Malteser oder der Dirnen: Lob sei dir.

Junges Mädchen mit den kurzen Haaren und fast jünglingshaft, deren Herz noch nicht gesprochen hat; Knospe, die sich vor dem sinnlichen Aufblühen verschließt; vielleicht wirst du sündigen, vielleicht bleibst du tugendhaft; schöne Maid, die das Leben im Gesang des Windes buchstabiert; Landstreicherin oder Edelfräulein, die sich bald Maria oder Venus weihen wird: Lob sei dir.

Reiner Jüngling, unvergleichlicher Zauber, einzige vollkommene Anmut, köstlicher Unbekannte, verschwiegenes Gedicht; auf dem Jungfernpergament des Herzens schrieb sich noch kein Name ein; auf dem Jungfernpergament des Körpers noch keine rosige Spur; Fleisch, das nicht schwach geworden; Geist, der noch schwebt; Alabaster, von dem sich nichts verliert: Lob sei dir.

Reine Jungfrau, kaiserlicher Diamant unter allen Gemmen der Weiblichkeit; Schmuck, der beim Vergleich den himmlischen Kronen nicht nachsteht; deine kostbaren Glieder wissen von keiner Umarmung und deine Nerven, empfindsame Saiten, haben keinen mißtönenden Finger erduldet; Geige, in der die Harmonie noch schläft, Klavier des Schweigens: Lob sei dir.

O ursprüngliches Geschlecht, endgültiges Geschlecht, unabhängig von der Liebe, unabhängig von der Form, Geschlecht, welches das Geschlecht leugnet, Geschlecht der Ewigkeit: Lob sei dir, Androgyn.

Woraufhin die Handlung des Romans einsetzt, sagte Gustave. Der Ort des Geschehens ist ein jesuitisches Internat in der Provence. Folgende Szene: Ein Pater begegnet dem soeben eingetroffenen bretonischen Jungen Samas, dessen Gestalt als die eines dreizehnjährigen Mädchens beschrieben wird. Als zukünftiger Lehrer des neuen Schülers äußert der Pater die Worte: Da du den Anderen nicht gleichst, wirst du Erstaunen erregen, und manche werden dich, beim Spaziergang, auf den Höfen, in Anspruch nehmen: sei lieber unabhängig und wißbegierig. *Man muß sich an nichts und niemand binden, um für alles, was in jedem schön und gut erscheint, empfänglich zu sein.* Concordia sagte: Wußtest du, daß unser gemeinsamer Freund Lothar während seiner Adoleszenz, einigen Jungen, aber auch

Mädchen gegenüber, wie er mir anvertraute, auf weibliche Vor- beziehungsweise Spitznamen hörte? Gustave verneinte, vermochte sich den jüngeren Lothar aber durchaus als Mädchen *angerufen* vorzustellen: die langen Beine, das schmale Kreuz, wohlgerundete Schultern, sein lockiges Haar, sein, jetzt wieder Concordia: *Engelsgesicht*.

Der Androgyn nimmt auf seiner Schulbank Platz. Er holt ein niedliches Besteck hervor und feilt sich, zur Entrüstung seiner Mitschüler, die Nägel. Später steckt ihm ein älterer Schüler, Agur, ein gefaltetes Papier zu. Samas öffnet sein Hemd und verbirgt das *Papier der Liebe* darunter. Der Pater fordert das verbotene Schriftstück heraus, aber der Androgyn, Bruder eines Deserteurs, Vetter eines Schmugglers, folgt seiner Aufforderung nicht. Er lächelt, er befeuchtet seine Lippen mit der Zunge. Da ergreift der Jesuit das weiße und geäderte Handgelenk des Schülers und hält es fest, ohne daß er es zu drücken wagt. Mit lauter, schneidender Stimme, die bis in den Speisesaal zu hören ist, ruft der Androgyn: *Sie liebkosen mich; das ist unkeusch.*

Und hier führt Péladan die Figur des Psychologen ein, der prophetisch erklärt: Eine Leidenschaft von finsterer Beschaffenheit wird eine auserwählte Seele erleuchten, ohne sie zu durchdringen; *schuldige Gärungen werden ein Wesen befruchten und es würdig machen, seinen Schöpfer zu empfangen*: denn Samas wird die Strömung, die ihm der verliebte Agur zuschickt, in Religiosität verwandeln. Er wird von der Frömmigkeit, die er anhäuft, überwältigt sein. Später, nach der heiligen Erstkommunion, wird sich alles ändern. Agur wird tiefer als zuvor der Fleischeslust verfallen; er müßte ein albernes Wesen finden, das er beschützen könnte, das er verwünscht und dem er verzeiht, das ihm unterlegen ist und ihn verführt. Nachdem Samas sich von seinem Anbeter entfernt hat, wird er seinen Stolz aufgeben. Da er der feenhaften Frau, die ihn berauschen würde, nicht begegnen wird, aber dennoch eigensinnig auf das Ideal wartet, wird er den Trieb in sich steigern und elend unter der Bestürmung fallen, die er sich selbst geschaffen haben wird. *Der Androgyn existiert nur im jungfräulichen Zustand*. Danach wird er ins Männliche oder Weibliche aufgelöst. *Diffus*, befand Gustave. Manche bleiben aber doch auch ambig, wandte Concordia ein, Ernst von Wolzogen schrieb in einem Brief an Rainer Maria Rilke: *Reiner Rainer, fleckenlose Maria*. Habe ich so bei Lou Andreas-Salomé gefunden. Gustave: Die wiederum erst einen Mann aus ihm gemacht haben soll.

XXXVII.

In der Mitte des Romans wechselt der Androgyn vom Internat zum Externat und kommt in Avignon bei einer Madame Mieusy unter; wozu Péladan die Erzählhaltung vom Imperfekt ins Präsens verschiebt. Samas stellt sein Kruzifix auf den Tisch und kniet zum Morgengebet nieder. Dann macht er Toilette. Er öffnet sein luxuriöses *Nécessaire*, widmet sich seinen als rosig und gewölbt beschriebenen Fingernägeln, genießt es, daß er nicht mehr gedrängt wird, und trödelt, indem er seine Nägel mit einem Leder poliert. Er packt seine Schulmappe und lehnt sich zum Fenster hinaus. Gegenüber, im Hause Senanques, ist ein Fenster *halb geöffnet*. Samas träumt von empfindsamen Ausflügen, ganz allein, zu den Ruinen von St. Ruf und St. Veran, als das Fenster gegenüber sich ganz öffnet und ein junges Mädchen, zum Ausgehen gekleidet, erscheint. Samas zieht sich verstimmt zurück. *Wenn ich bleibe*, denkt er, *wird sie glauben, wie jede ihrer Art, daß ich großes Vergnügen daran finde.*

Dann betritt Madame Mieusy sein Zimmer und ruft ihn zum Frühstück.

Jedes Mal, wenn sich Samas an sein Fenster stellt, lehnt sich *sein Gegenüber*, das Fräulein von Senanques, auch an ihr Fenster oder verrichtet unmittelbar neben diesem eine Tätigkeit. Es sind misogyne, rassistischer Rhetorik entlehnte Formulierungen, mit denen der Schriftsteller die Fünfzehnjährige von Gegenüber belegt: Sie wirkt hochmütig und andächtig zugleich, ist von großer Statur, ihre Haltung ist steif, ihre Gebärden sind von zwanghaftem Charakter, gänzlich ohne Anmut, zeugen aber von Geist. Ihre Stirn erscheint als zu gerade, wirkt wegen der hoch gescheitelten und glatt anliegenden Haare übergroß. Ihr Auge *sieht*, aber es *blickt* nicht. Die Nase gebieterisch, die Nüstern geöffnet, der lebhafte Mund zu sehr gespalten. Die Haut gebräunt. Das Schülerinnenmieder sitzt nicht so recht auf der gewissen Fülle ihrer Formen. Daß diese Stella von Senanques seinen jungfräulichen Helden verführen möchte, formuliert Péladan in der fortlaufenden, ab jetzt etwas weniger durch essayistische Einschübe parzellierten Erzählung als impertinente Eroberung, als eine, wenn du so willst, Concordia, feindliche Übernahme seiner Weiblichkeit.

Eines Tages zieht Stella in ein anderes Zimmer um, das nicht mehr unmittelbar im Blickfeld des Jünglings, nämlich ein Stockwerk tiefer liegt, aber Samas entsprechend tiefere Einblicke in ihre Privatsphäre gewährt. Er verfolgt, wie der Arbeitstisch, der Nähtisch und der Toilettentisch eingerichtet, die Kleinigkeiten der Toilette ausgebreitet werden. Sein Blick wird als desinteressiert, als *mechanisch* beschrieben. Am anderen Morgen fällt Samas, hinten in ihrem Zimmer, Stellas Bett ins Auge, im Stil Ludwigs XV., in Weiß und Gold gehalten, *die Unordnung einer schlaflosen*

Nacht oder eines plötzlichen Erwachens offenbarend. Rechts ein Betpult und eine Art Kapelle, aus Gestellen zusammengefügt; links ein Putztisch und dessen *Durcheinander*. Am Ende einer Ruhebank ein *hingeworfenes* Hemd; auf den anderen Möbeln sind Kleidungsstücke *verstreut*.

Der Androgyn öffnet seine Fensterläden und atmet frische Luft ein, glücklich, nicht mehr dieses *aufreizende Gegenüber* zu haben, als das junge Mädchen ein Stockwerk tiefer erscheint, die Ärmel bis an die Schulter zurückgeschlagen, Nippsachen tragend, die sie auf den Kamin stellt. Samas fragt sich: *Hat sie mir ihre Arme zeigen wollen?* Etwas zurücktretend, zieht er einen Ärmel hoch, um sich mit ihr zu vergleichen. Während ihm seine Arme als flach erscheinen, erregt die vollkommene Rundung derjenigen Stellas seine Bewunderung: bei einer Statue wären sie ihm als Kunststück aufgefallen, von schönem und *gewolltem* Typ, sicher *nicht nach dem Modell* gearbeitet.

Samas, tags darauf: *Diese schamlose Person hat mir gestern ihre Arme gezeigt: welche Unanständigkeit wird sie mir heute bieten, wenn ich aufstehe?* Er nähert sich seinem Fenster. Mit einem schwarzen Rock und Zwillichkorsett angetan, kehrt Stella ihm den Rücken zu, die Ellenbogen auf ihrem Tisch ausgebreitet; sie ist augenscheinlich in eine Hausaufgabe vertieft. *Empört, aber angelockt*, macht Samas sich durch ein Geräusch an seinem Fensterladen bemerkbar und glaubt zu sehen, wie ein nervöser Schauer über Stellas bloßen Nacken läuft. *Sie weiß, daß sie beobachtet wird und verharrt.* Er nimmt dieses schamlose Schauspiel schweigend hin. Péladan läßt im Folgenden kein Detail in der Schilderung ihrer Rückenpartie aus. Abermals vergleicht sich Samas mit seinem weiblichen Gegenüber. Er geht zum Spiegel, läßt das Hemd hinuntergleiten und spiegelt seinen Rücken: *die Schulterblätter springen zu sehr hervor*. So lange er sich für vollkommen schön hielt, schien ihm die Frau, *als Wesen der Form allein*, fernzubleiben. Indem er nun bei Stella unbestreitbare Schönheiten entdeckt, *die er nicht besitzt*, ahnt er, daß er eines Tages begehrenswerte Empfindungen entdecken wird, die er nur durch das Weib erleben kann.

Nächster Morgen: In weißem Unterrock und Hemd näht Stella einen Knopf an ihren Handschuh. Um die Nadel einzufädeln, geht sie an ihr Fenster, kommt sie auf Samas zu, der logisch an seinem geöffneten Fenster steht. Samas bemerkt die *geneigte Fläche ihres Busens und ahnt unter dem Leinen die Brüste. Kindlich in seiner Manie, zu vergleichen, berührt er mit einer unbewußten Gebärde seinen eigenen Busen*. Die *entartete Nachbarin* legt ihren Handschuh beiseite und entblößt von ihrem Dekolleté soviel, *wie eine junge Frau auf dem Balle zeigt. Allein der Blick des Epheben taucht in das Mieder, durchdringt den warmen Halbschatten zwischen den sehr getrennten Brüsten* und schließt, verwirrt, entrüstet, voller Verachtung für dieses *teuflische Weib*, seinen Fensterladen. Er legt das Gelübde ab, während der nächsten beiden Tage nicht aus seinem Fenster zu blicken.

Warum sind alle Anblicke der Natur unserer Betrachtung erlaubt, während man den Körper der Frau unseren Augen verbietet? Geschieht es des Taumels wegen, den er hervorruft? Stella von Senanques zeigt mir ihren Busen: ich begreife, daß sie sündigt. Sie sollte sich so nur vor ihrem Gatten entblößen, sollte ihr Kleid solange geschlossen halten. Aber in ihrem Kreise zeigt sich das junge Mädchen mit nackten Armen und bloßen Schultern unter Lichtern, vor Vielen. Warum hört dieselbe Tatsache auf, sündig zu sein, sobald mehrere Personen anwesend sind? Ich selbst hätte Muße, auf einem Balle dieses Fräulein von Senanques in derselben Entblößung zu betrachten; ich könnte sogar mit ihr sprechen, ihr die Hand drücken, ihre Taille umfassen, mit ihr tanzen. Es gibt Widersprüche in der Moral: ich werde sie später entdecken.

XXXVIII.

Auf Mary Lous Fußboden lag, aufgeschlagen in einer Fachzeitschrift, die Ankündigung eines wenige Wochen zurückliegenden Konzertprogramms der japanischen Pianistin Aki Takase, das sich um die Musik Fats Wallers drehte, unterstützt durch den Posaunisten Nils Wogram, den Holzbläser Rudi Mahall, den Gitarristen Eugene Chadbourne sowie den Schlagzeuger Paul Lovens. Das hätte ich gern gesehen, sagte Mary Lou Mackay, füllte Lothars Glas nach und erzählte, während sie einen Arm auf die Rückenlehne hinter seinen Schultern schob, wie Mary Lou Williams als junges Mädchen, noch in den 1920er Jahren, Fats Waller in Harlems Connie's Inn Club kennengelernt und auf Anhieb alles nachzuspielen vermocht hatte, was er in seinem so virtuosen wie innovativen *Stride*-Stil auch immer improvisierte. Der gefeierte Pianist soll sie daraufhin ungestüm umfaßt und übermütig, von enormem Gebrüll aus seiner stets durstigen Kehle begleitet, in die Luft geworfen haben, als wäre sie ein Baby. Großes Problem, auch für Jutta Hipp: *Musikerinnen als Frauen zum Anfassen.*

Lothar mochte kaum glauben, was er in dem Fachblatt zu seinen Füßen nur wenige Seiten weiter vorn, während Mary Lou in ihrer Küche eine zweite Flasche provenzalischen Rotweins entkorkte, über ein Festival namens *Women in Jazz* nachlesen konnte: *Schlank, groß, in Schwarz und hin-*

ter langem Lockenvorhang hatte Aziza Mustafa Zadeh den Eröffnungsabend bestritten. Gleichermaßen verehrt wie belächelt, gab sie den Engel aus dem Orient, allein mit ihren Stilisierungen, romantische und heftige Attacken häufend.

Lynne Arriale ist eine filigrane, schöne Rothaarige mit brennenden blauen Augen, eine Frau wie einem Roman von Jane Austen entstiegen. Sie ist eine mitten in der Königsdisziplin des Jazz, dem klassischen Piano-Trio, erfolgreich und unaufdringlich brillierende Solistin. Sie beherrscht die sensible Kunst von Steigerung und Dramaturgie, kann Melodien fädeln, drehen und wenden, und wenn sie romantisch wird, hat das nichts mit Rührseligkeit zu tun. Des Rezensenten entsprechende Schlußfolgerung lautete: Die großen Frauen im Jazz waren allesamt Sängerinnen. Das Instrument, auf dem sie glänzten: der eigene Körper. Mary Lou Williams jedoch saß am Klavier, ebenso wie Jutta Hipp, und auch die bildschöne Mary Lou Mackay saß tagtäglich an ihrem Upright Piano, hatte Lothar Lothar allerdings noch keinen Ton darauf vorgespielt. Das vielleicht häufigste, zugleich fragwürdigste Kompliment, sagte Mary Lou Mackay, das Mary Lou Williams bereits als Teenager gemacht worden war: *sie spiele wie ein Mann.* Als Steigerungsform von: *nicht schlecht für eine Frau.*

Tammy Kernodle schreibt: Mary Lou Williams' sixty-year career was enhanced by her constant need to innovate and experiment. She integrated black vernacular forms unashamedly into mainstream forms, thus introducing white and black listeners to musical genres that they had never before heard or that they found difficult to decipher. She furthered the efforts of Duke Ellington in expanding the compositional language of jazz through large-scale extended compositions that integrated compositional elements of classical music with jazz. The 1944 and 1945 performances of her twelve-movement *Zodiac Suite* reflected not only her interest in the composers Stravinsky, Schoenberg, and Hindemith, but her desire to expand beyond the big band arranging style that had made her popular. During the same period, Mary Lou became a midwife to the modern jazz age when she acted as friend, mentor, and teacher to Thelonious Monk, Charlie Parker, Kenny Clarke, Bud Powell, and Dizzy Gillespie.

In the 1960s, after a six-year hiatus from the jazz scene, Mary Lou Williams began, once again, reconceptualising jazz and creating religious compositions that adapted elements of jazz. These compositions, both hymns and masses, not only reflected her evolution as a composer but served as evidence of the liturgical changes that were taking place within the Catholic Church at that time. Mary was adamant about using her music to *heal disturbed souls* and devoted her life to helping others. Even when lines were drawn between avant-gardists and the musically and philosophically opposed rest of the jazz community in the seventies, Mary tried to mediate between both groups. Once, she tried to use a concert with the pianist Cecil Taylor as a means of bringing the disputing schools together, but the two factions turned the concert into a heavyweight fight rather than a peaceful resolution.

Weil große Teile des Publikums eben nicht wußten, daß Mary Lou Williams und Cecil Taylor sowohl in ihren Auffassungen und Einstellungen als auch persönlich bereits seit geraumer Zeit miteinander harmonierten, sagte Mary Lou Mackay, zog das gemeinsame Live-Doppelalbum der beiden Pianisten, *kannst auch sagen: des Solipsisten und der Solistin*, aus ihrem Regal und legte es auf: Carnegie Hall, 17. April 1977, *a concert of new music for two pia-*

nos exploring the history of Jazz with love. Wobei Taylor ja zunächst darüber entsetzt war, daß sie ihre Rhythmussektion mitgebracht hatte. Es ist faszinierend anzuhören, Lothar, wie die beiden auf höchst seltsame Art in Einklang geraten: der schwule, zornige Free Jazz Pianist und die zur katholischen Konfession konvertierte Pionierin mehrerer Zündungsstufen in der Geschichte des Jazz, zuletzt, wie ihre Messe *Black Christ of the Andes* beweist, durchaus politischer, auf die afrikanisch-amerikanische Leidensgeschichte verweisender kompositorischer Statements, die mit den zeitgleichen bürgerrechtlichen Bemühungen Max Roachs verglichen werden können. Einen *Afro* leistete sie sich allerdings nie; außer einmal, spaßeshalber, als Perükke, in der Cookery.

Zwanzig Jahre zuvor hatten sich Mary Lou Williams und Cecil Taylor auf dem Newport Festival kennengelernt, 1969 in London bei Ronnie Scott näher angefreundet. *I felt great warmth for him*, bekannte Williams. *Being a creative and searching kind of musician, such as I am, Cecil thrilled me with his integrity and originality. To my surprise he mentioned the inspiration I gave him to create.* Wobei sie zunächst erwogen hatte, er mache sich vielleicht über sie lustig, doch Taylor kam jeden Abend in die Cookery, hörte ihrem emotional außerordentlich berührenden Spiel allabendlich bezaubert zu. 1975 traten sie gemeinsam im Whitney Museum auf, die 1977er Performance trug, auf Taylors Wunsch, den programmatischen Titel *Embraced.* Als ob er geahnt hätte, daß die Öffentlichkeit einen Wettstreit favorisierte. Tatsächlich spielen die beiden strekkenweise auch ziemlich aneinander vorbei, merkte Mary Lou an. Cecil Taylor soll hinterher regelrecht verstimmt gewesen sein, da er sich auf die traditionellen Formen Mary Lou Williams' stärker eingelassen hätte als sie sich auf seine Free Form Freakouts. Er soll gesagt haben: *I rehearsed everything, but she didn't rehearse none of my music.* Was natürlich ein interessanter Konflikt ist, ergänzte Lothar, denn auch die Suspension der Form verläuft nach Regeln.

XXXIX.

Denkwürdigkeiten eines Nervenkranken, nebst Nachträgen und einem Anhang über die Frage: *Unter welchen Voraussetzungen darf eine für geisteskrank erachtete Person gegen ihren erklärten Willen in einer Heilanstalt festgehalten werden?* von Dr. jur. Daniel Paul Schreber, Senatspräsident beim Kgl. Oberlandesgericht Dresden a. D., Leipzig, 1903.

Ziemlich weit vorn gleich eine Fußnote, die Concordias weiterführendes Interesse angeregt hatte: Auf der anderen Seite bin ich in der Lage, für einige christliche Glaubenssätze auf Grund des von mir selbst Erlebten eine nähere Erklärung, wie dergleichen Dinge im Wege göttlicher Wunder möglich sind, zu geben. Etwa der Empfängniß Jesu Christi von Seiten der unbefleckten Jungfrau, d.h. von einer solchen, die niemals Umgang mit einem Manne gepflogen hat. Aehnliches ist in meinem eigenen Leibe vorgegangen. Ich habe zu zwei verschiedenen Malen bereits einen wenn auch etwas mangelhaft entwickelten weiblichen Geschlechtstheil gehabt und in meinem Leibe hüpfende Bewegungen, wie sie den ersten Lebensregungen des menschlichen Embryo entsprechen, empfunden: durch göttliches Wunder waren dem männlichen Samen entsprechende Gottesnerven in meinen Leib geworfen worden; es hatte also eine Befruchtung stattgefunden.

Seit den ersten Anfängen meiner Verbindung mit Gott bis auf den heutigen Tag ist mein Körper unausgesetzt der Gegenstand göttlicher Wunder gewesen. Am meisten erinnerten noch an weltordnungsmäßige Verhältnisse diejenigen Wunder, die in irgend welcher Beziehung zu einer an meinem Körper auszuführenden Entmannung zu stehen schienen. Hierzu gehörten namentlich allerhand Veränderungen an meinem *Geschlechtstheile*, die vereinzelte Male, namentlich im Bett, als starke Andeutungen einer wirklichen Einziehung des männlichen Gliedes, häufig aber, wenn vorwiegend unreine Strahlen betheiligt waren, als ein fast dem vollständigen Zerlaufen sich näherndes Weicherwerden desselben auftraten; ferner das Herauswundern einzelner *Bart-*, namentlich *Schnurrbarthaare*, endlich eine *Veränderung der ganzen Statur*.

Es wurde zur Erhaltung der Art ein einzelner Mensch, vielleicht der relativ noch sittlich tüchtigste, zurückbehalten, den die mit mir redenden Stimmen als den *ewigen Juden* bezeichneten. Der ewige Jude mußte *entmannt*, in ein Weib verwandelt, werden, um Kinder gebären zu können. Die Entmannung ging in der Weise vor sich, daß die äußeren männlichen Geschlechtswerkzeuge, Hodensack und männliches Glied, in den Leib zurückgezogen wurden und unter gleichzeitiger Umgestaltung der inneren Geschlechtswerkzeuge in die entsprechenden weiblichen Geschlechtsorgane verwandelt wurden, sie geschah vielleicht in mehrhundertjährigem Schlaf, da doch auch eine Veränderung des Knochenbaus hinzukommen mußte.

Nunmehr wurde mir unzweifelhaft bewußt, daß die Weltordnung die Entmannung, mochte sie mir persönlich zusagen oder nicht, gebieterisch verlange und daß mir daher *aus Vernunftgründen* gar nichts Anderes übrig bleibe, als mich mit dem Gedanken der Verwandlung in ein Weib zu befreunden. Als weitere Folge der Entmannung konnte natürlich nur eine Befruchtung durch göttliche Strahlen zum Zwecke der Erschaffung neuer Menschen in Betracht kommen. Erleichtert wurde mir die Veränderung meiner Willensrichtung dadurch, daß ich damals noch nicht an eine außer mir existierende wirkliche Menschheit glaubte, sondern alle Menschengestalten, die ich sah, nur für *flüchtig hingemacht* hielt, so daß von irgendwelcher Schande, die in der Entmannung liege, nicht die Rede sein konnte. Diejenigen Strahlen freilich, die von dem Bestreben, mich *liegen zu lassen* und mir zu diesem Behufe den Verstand zu zerstören, ausgingen, verfehlten nicht, sich alsbald eines, heuchlerischen, Appells an mein männliches Ehrgefühl zu bedienen; eine der seitdem bei jedem Hervortreten der *Seelenwollust* unzählige Male wiederholten Redensarten lautete dahin: *Schämen Sie sich denn nicht vor Ihrer Frau Gemahlin?* oder auch noch gemeiner: *Das will ein Senatspräsident gewesen sein, der sich ficken läßt?*

XL.

Concordia, in ihrem portugiesischen Morgenmantel aus aprikosenfarbenem Satin, ließ ihr Buch sinken und sagte: Erzähl mir weiter von Samas, was geschah am dritten Tag, nachdem er *sein Gelübde* abgelegt hatte? Und Gustave, in seines Urgroßvaters zerknittertem leinenen Nachthemd, antwortete: Er wartet stundenlang hinter seinem Fenster auf Stellas Erscheinen, stößt schließlich hörbar seine Läden auf, woraufhin sie sofort zum Vorschein kommt, sich in nichts als ihrer Unterwäsche mit einem Buch in einem rasch ans Fenster gezogenen Sessel niederläßt und in dem Buch zu blättern beginnt. Als Samas, enttäuscht, lediglich bereits Bekanntes dargeboten zu bekommen, dazu ansetzt, sich abzuwenden und fortzugehen, läßt Stella ihr Buch in einer heftigen Bewegung zu Boden fallen, reißt sich einen Träger ihres Hemdes von der Schulter und entblößt eine ihrer Brüste. Umfaßt mit den Händen die Lehnen ihres Sessels und schließt ihre Lider. Und Samas? Stößt eine Art *Brunftschrei* aus und verschließt ebenfalls seine Augen, doch eher wie geblendet, verletzt, betäubt, öffnet sie auch gleich wieder weit und ist natürlich auch bezaubert, denn eine *köstliche Süßigkeit* hat ihn ergriffen. Joséphin Péladan drückt das folgendermaßen aus: *Er verachtet das junge Mädchen, haßt die Frau und verehrt die Brüste*. Und setzt fort: Wenn Hogarth, von Diderot nachgeahmt, mit Recht die Grazie in der Kurve sieht, hätte er viel tiefer sagen können, daß die ideale Frau sich mit Kreissegmenten und besonders mit Halbkugeln abzeichnet. Deutliche Züge von Empörung flackerten über Concordias Gesicht. Aber Péladan war noch gar nicht am Ziel seiner Argumentation: Während die zweifellos schönen Brüste der Antike, *ihres unbestimmten Ansatzes halber*, an *Nutzen*, nämlich das Stillen von Säuglingen, denken ließen, offenbare der Busen Stellas die seltene Erscheinung einer vollkommen runden Frucht, deren gleiche Hälften *auf die Brust geheftet* waren.

Gustave schilderte seiner Freundin, wie Stella sich erhebt und verschwindet und in einem langen weißen Frisiermantel, mit einer Schere in der Hand, wiederkehrt und Samas ein vielversprechendes Lächeln zusendet. *Samas jetzt ganz in seiner Loge verwurzelt*. Stella hat abermals in ihrem Lehnstuhl Platz genommen und auch, vermeintlich, ihre Lektüre wieder aufgenommen. Schließlich macht sie ihrem neugierigen Gegenpart eine Andeutung: er möge seine Hände falten. Als Samas ihr gehorcht, öffnet sie die Schlitze, die sie eben in ihren Frisiermantel geschnitten hat, und zeigt ihm ihre beiden Brüste zugleich, den Stoff ringsum mit beiden Händen zur Seite schiebend. Und in dieser Entblößung verharrend. Bis die Tante ruft.

Und so geht die Geschichte über den Androgyn und die *Gynandre* immer weiter. Sie geben sich keine Küsse, werfen sich keine Worte zu, schreiben sich keine Briefe. Aber *sie tauschen allegorische Gebärden aus, die sie gleichsam in den Stand einer Verlobung setzen.* Dabei fährt die junge Marquise in ihrem Striptease sukzessive fort; Péladan weidet das alles genüßlich aus. Und schreibt seinem Helden ein Entzücken zu, das seine Erfüllung in der ergebenen Erstarrung findet. Läßt ihn aber auch einmal aus dieser Rolle fallen und das eingeschworene Ritual aus der Balance geraten: Stella steht völlig unbekleidet an ihrem Fenster, bearbeitet ihre Fußnägel und vollzieht allerlei alberne, Samas zugedachte Gesten. Endlich, um ihre Strümpfe anzuziehen, positioniert sie sich Samas gerade gegenüber. Lange heftet sie ihre Augen auf den Epheben. Mit einem Verziehen seiner Lippen sendet der ihr einen Kuß. Stella errötet, läßt ihren Strumpf zurückfallen, ist unzufrieden mit Samas, der ihren Unmut nicht versteht. Als sie ihm wenig später, das Anziehen der Strümpfe abermals aufgenommen, ihre Oberschenkel bis hin zum Schritt offenbart, verfällt er in enorme Entrüstung, die zugleich extrem erotischer Natur ist, ergreift eifrig die Flucht und läßt sich, fiebernd, von seiner Wirtin einen Tee aus den Stengeln der Seerose aufbrühen, damit sich sein Geschlechtstrieb wieder senke. Péladan an Stella: Du verkörpertest das weibliche Geschlecht, und sein männliches entstand aus dir.

XLI.

Ich habe die Pflege der Weiblichkeit mit vollem Bewußtsein auf meine Fahne geschrieben und werde dies, soweit es die Rücksicht auf meine Umgebung gestattet, auch fernerhin thun, mögen andere Menschen, denen die übersinnlichen Gründe verborgen sind, von mir denken, was sie wollen. Ich möchte auch denjenigen Mann sehen, der vor die Wahl gestellt, entweder ein blödsinniger Mensch mit männlichem Habitus oder ein geistreiches Weib zu werden, nicht das Letztere vorziehen würde.

Die durch das Vorhandensein der Wollustnerven ermöglichte Pflege der weiblichen Gefühle betrachte ich als mein Recht und in gewissem Sinne als meine Verpflichtung. Sobald ich, wenn ich mich so ausdrücken darf, mit Gott allein bin, ist es eine Nothwendigkeit für mich, mit allen erdenklichen Mitteln, sowie mit dem vollen Aufgebote meiner Verstandeskräfte, insbesondere meiner Einbildungskraft dahin zu wirken, daß die göttlichen Strahlen von mir möglichst fortwährend oder, da dies der Mensch einfach nicht kann, wenigstens zu gewissen Zeiten den Eindruck eines in wollüstigen Empfindungen schwelgenden Weibes empfangen. Die Wollust darf als ein Stück, Hervorhebung durch Concordia: *Seligkeit* aufgefaßt werden, das dem Menschen und anderen lebenden Geschöpfen gewissermaßen im Voraus verliehen ist.

Gustave hatte Edith Piafs *Große Erfolge* in der Werkmeisterschen Musiktruhe gefunden und aufgelegt: *Je ne regrette rien. Milord. La vie en rose.* Weißt du, rief er Concordia aus der Küche zu, daß die Piaf ihr Leben lang eine glühende Verehrerin der Kleinen Therese war? Sie erblindete in ihrer Kindheit und erhielt wohl durch eine Pilgerfahrt nach Lisieux das Augenlicht zurück. In ihren Garderoben hing stets ein Bildnis der Heiligen, vor ihren Auftritten betete sie zu ihr.

XLII.

Der mittelalterliche Mensch, betont Caroline Walker Bynum, schreibt Christina von Braun, nahm die lebensspendende Gestalt des Erlösers häufig als weiblich wahr. Und führt drei Hauptgründe dafür an.

Erstens repräsentierte der weibliche Körper schon seit der Antike die Materie, das Fleisch, im Gegensatz zum männlichen Körper, der mit Geistigkeit gleichgesetzt wurde. Die Menschwerdung Gottes beinhaltete also, daß der Geist mit dem menschlichen Körper auch weibliche Elemente angenommen habe. Der materialisierte Gott ist Patrix und Matrix zugleich. Der Mann repräsentiert die Göttlichkeit des Sohnes Gottes, schrieb Hildegard von Bingen, die Frau seine Menschlichkeit. Concordia Werkmeister hielt fest: *Die Jungfrau Maria führte dem Logos die Humanität zu.*

Zweitens, so Bynum weiter, wurde die Ecclesia in den Texten als der Leib Christi, nicht nur als seine Braut identifiziert, und diese Identifizierung führte in einer Reihe von Textpassagen zur Behandlung von Jesus *als Mutter*. Eine Vorstellung, die sich auch in zahlreichen Abbildungen offenbarte, auf denen die Wunden des Heilands als mütterlich Milch spendende Brust dargestellt wurden, von der sich der Gläubige ernährt. Die Analogie mit der Mütterlichkeit läßt die Kreuzigung selbst als den Moment der Geburt und Entbindung erscheinen, in der das Selbstopfer

Christi zum Tod in der Niederkunft wird. So erklärte Margarete von Oingt: *Mein süßer Herr, bist Du nicht meine Mutter und mehr als meine Mutter?* Denn als der Moment Deiner Niederkunft kam, wurdest Du auf das harte Bett des Kreuzes gelegt. Und Deine Nerven und alle Deine Adern waren zerschlagen. Und wahrlich, es ist nicht erstaunlich, daß Deine Venen geplatzt sind, als Du an einem Tag die ganze Welt geboren hast.

Drittens sei Christus Mensch geworden, indem er von einer Frau geboren wurde. Das heißt, die Gestalt Christi verdankt ihre menschlichen Anteile einer Frau, in der er, ohne Zutun eines männlichen menschlichen Wesens, *aus purer Weiblichkeit* zur Welt kam. In zahlreichen Texten der Kirche ist von Maria als dem Tabernakel, dem Gefäß, dem Mantel oder der Kleidung Christi die Rede. So verbanden viele mittelalterliche Vorstellungen Weiblichkeit, das Fleisch und den Leib des Herrn. Nicht nur war Christus durch das Fleisch einer Frau zu Fleisch geworden; sein eigenes Fleisch vollbrachte auch Frauendinge: es blutete, es blutete Nahrung, und es brachte Leben hervor.

Wenn die Verfasser frommer Schriften Schlüsselmomente im Leben Christi als *weiblich* bezeichneten, notierte Caroline Walker Bynum, dann ist es kein Wunder, daß körperlichen Prozessen bei Frauen religiöse Bedeutung zukam. Solche Prozesse boten sich einer religiösen Interpretation besonders dann an, wenn sie normale körperliche Vorgänge und dennoch Wunder waren: etwa die jungfräuliche Laktation oder das periodische Bluten der Stigmata. Natürlich strebten Frauen nach körperlichen Erlebnissen, die Ereignisse im Leben Christi spiegelten. Die weibliche *imitatio christi* brachte die Geschlechter in ihren grundlegendsten Metaphern und Erfahrungen durcheinander. Frauen konnten mit dem Leib Christi verschmelzen, weil sie gewissermaßen *Leib waren*, aber sie vergaßen nie, daß Christus männlich war. Und gerade weil Männlichkeit höherwertig war, ließ sich Gott, der besonders die Niedrigen liebt und erlöst, herab, um sich mit dem *weiblichen* Fleisch zu vermählen.

Da schlug Concordia noch einmal nach, was Hildegard von Bingen genau gesagt hatte: *Mann und Frau sind abhängig voneinander, sodaß sie beide notwendig füreinander sind; denn weder wird der Mann ohne Frau Mann genannt noch die Frau ohne Mann Frau. Denn die Frau ist notwendig für den Mann, und der Mann ist der Trost der Frau, und beide können nicht ohne einander sein. Und der Mann bedeutet wahrhaftig die Göttlichkeit von Gottes Sohn und die Frau sein Menschsein. Denn der gleiche Gott schuf den Mann stark und die Frau schwach, und aus ihrer Schwäche erwuchs die Sünde. Und die Göttlichkeit ist stark und das Fleisch des Sohns Gottes ist schwach, und durch es wird die Welt wiederhergestellt in ihren ersten Zustand. Denn dieses unbefleckte und unberührte Fleisch, wie eine Braut, geht wahrhaft hervor aus dem jungfräulichen Schoß.*

Obwohl Theoretiker das Gegensatzpaar *männlich / weiblich* gebrauchten, um das Leben symbolisch zu organisieren, erklärte Bynum, verwendeten sie die geschlechtliche Metaphorik flexibel und nicht wörtlich. Die Bedeutung der Umkehrung, die im Schoß der christlichen Tradition verwurzelt ist, veranlaßte männliche Autoren, sich als *mütterlich*, *fraulich* oder *weiblich schwach* zu charakterisieren. Zur *Frau* oder gar zur *schwachen Frau* erniedrigt, würden sie ebendarum von Gott erhoben werden. Mystiker wie Bernhard von Clairvaux, Bonaventura, Meister Eckhart oder Jean Gerson bezeichneten fromme Männer als *fruchtbare Mütter* oder *schwache Frauen*. Hagiographen dagegen schmeichelten heiligen Frauen manchmal damit, daß sie *männlich* seien. Da solche Umkehrungen für Frauen weniger ergiebig waren, neigten sie weniger zum Gebrauch derartiger Metaphern. Gelegentlich verwendeten sie die Wendung *arme kleine Frau* als ironische Selbstbeschreibung, um ihre besondere Stellung zu Gott zu unterstreichen. Manchmal übernahmen sie auch männliche Rollen, wie die des *Ritters*, besonders, wenn sie ihr mystisches Begehren in Form der höfischen Liebensdichtung besangen.

Wenn Kunsthistoriker auf alten Gemälden eine Erektion unter dem Lendentuch Christi entdeckt haben wollen, gehen sie, notierte Concordia Werkmeister, von ihrem, unserem, spezifisch sexualisierten Bild des menschlichen Körpers aus: Sie finden den Topos *Sex* interessanter als Topoi wie *Leiden* und *Erlösen*. Die Art, in der schon des Jesuskindes Penis häufig sehr prominent zur bildlichen Darstellung gelangte, war nicht unbedingt sexuell kodiert. Als Katharina von Siena *die Vorhaut Jesu als Ehering annahm*, brachte sie das blutende Stück Fleisch mit der Hostie der Eucharistie in Verbindung und nahm das Leiden Christi in sich auf. Als Mediävistin betont Bynum, daß körperliche Empfindungen, die wir als erotisch begreifen, im Spätmittelalter sehr anders empfunden wurden. Männliche Theologen hätten wiederholt geargwöhnt, die mystischen Strebungen und Visionen der Frauen könnten bloß *sinnliche Kitzel* sein. Aus physiologischen Gründen, hält Caroline Walker Bynum fest, sind die erotischen, besonders die autoerotischen Reaktionen von Frauen anders als die der Männer und weniger deutlich genital. Wenn die Nonnen Lukardis von Oberweimar und Margarete von Faenza tief in die geöffneten Münder ihrer Schwestern hauchten und dabei süße Lust ihre Glieder überschwemmte, scheuten sie sich nicht, dies als Geschenk göttlicher Gnade oder gar *als Eucharistie* zu bezeichnen; während wir sofort an lesbische

Szenarien denken. Wenn Hadewych beschreibt, wie sie Christus umschlingt, ihn tief in sich eindringen fühlt und sich in einer Ekstase verliert, aus der sie nur langsam und widerstrebend zurückfindet, *erlebt* sie die Liebe Gottes. Wir aber, schreibt Bynum, denken an sexuelle Erregung und Orgasmus; wie beim Bericht des Rupert von Deutz, eines Mönchs aus dem 12. Jahrhundert, endlich auch mal eines Mannes, dachte Concordia, der auf den Altar kletterte, das Kruzifix umarmte und die Zunge Jesu in seinem Mund spürte.

XLIII.

Mary Lou Mackay befand sich in einer konfusen Verfassung, sie vergaß den dünnen Stapel Banknoten, die sie im Vorraum einer abendlich geschlossenen Bankfiliale von einem Geldautomaten hatte auswerfen lassen, in der mechanischen Klappe, und auch Lothar Lothar war dieser Umstand, obwohl an ihrer Seite, gar nicht aufgefallen. Erst als sie, zwei Blocks entfernt, in einem Café Platz genommen hatten, wurden sie des Verlusts gewahr. Mary Lou rannte zurück, doch der Apparat hatte das Bargeld bereits wieder eingezogen. Ihre Unruhe beruhte darauf, daß sie morgen eine Tournee antreten und Lothar demnach für eine bislang ungekannt lange Zeitspanne nicht sehen würde. Eine solch nervenaufreibende Affäre habe sie in ihrem Leben noch nicht gehabt, seufzte Mary Lou und griff mit einem wehmütigen Lächeln auf den Lippen, über die Tischplatte, ihren Tee und seinen Kaffee hinweg, nach Lothars Hand. In Klammern: Andere Männer hatte sie sonst eigentlich immer ad hoc herumbekommen. Und also stand, ziemlich unvermittelt, der Terminus *Affäre* im Raum des kleinen, lediglich von ihr und ihm frequentierten Cafés. Lothar erschrak: War es denn wirklich eine Affäre, in die er mit der schönen Klavierspielerin geraten war? Wir haben uns, mit jedem einzelnen, zudem zumeist, *like in french movies*, heimlichen Rendezvous andauernd weiter einander angenähert, sagte Mary Lou ernst. Aber diese zunehmende Annäherung ist *asymptotischer* Natur, wandte Lothar beinahe panisch ein, sie wird nicht zum Äußersten führen.

Später dann doch wieder in ihrer Wohnung, auf ihrer Couch, Schallplatten von Jutta Hipp anhörend, zunächst die New Yorker Live-Aufnahmen von 1956 für Blue Note, *At The Hickory House*, wo sie, laut Leonard Feathers Hüllentext, sogar von Duke Ellington bestaunt wurde, im Trio mit dem englischen Bassisten Peter Ind und Ed Thigpen, dem Sohn des Andy Kirk Drummers Ben Thigpen, am Schlagzeug. Leonard Feather, dessen genaue Rolle in Jutta Hipps Karriere und auch deren abruptem Ende, so Mary Lou, noch zu klären wäre, schrieb: At 11 A.M. on Nov. 18, 1955, a nervous figure stepped off the gangplank of the S.S. *New York* at Pier 88 in Manhattan and gazed around with myopic eyes at the unfamiliar landscape of a strange new country. Jutta Hipp had arrived in America.

Lothar fand es auffällig und eigentümlich, wie wenige Gäste an jenem Abend im Hickory House, dem vernehmbar spärlichen Applaus nach, zugegen gewesen sein mußten. Das deutliche Klirren der Flaschen, der Gläser, des Geschirrs, verlieh Jutta Hipps Vortrag etwas Beiläufiges, einer Tafelmusik Vergleichbares. In *Marge Hofacre's Jazz News* vom Mai / Juni 1998, sagte Mary Lou, hatte Jutta ja auch erklärt, daß das Hickory House nicht wirklich ein Jazz Club war. *Duke Ellington hätte dort allabendlich sein Steak gegessen.* Lothar: Aber war denn in dem Lokal niemand darüber informiert, daß Blue Note mitschnitt? Mary

Lou: Ich weiß es nicht. Die Pianistin war ja mit ihren Aufnahmen für Blue Note selbst nicht zufrieden. *Jazz Monthly* erzählte sie im April 1963, daß sie durch diese drei Langspielplatten nicht so repräsentiert werde, wie sie es sich wünsche. Oder gewünscht hätte. Es habe eine Zeit gegeben, in der sie sich einen Namen machen wollte. *But I gave up, it just wasn't for me,* erläuterte sie dem Journalisten Felix Manskleid. Nun verspüre sie gar keinen Drang mehr, zu spielen.

Das die erste Seite von *Volume 2* abschließende Stück *Horacio* sollte offenbar als Hommage an Horace Silver verstanden werden. Leonard Feather schrieb, er habe Jutta Hipp gleich nach ihrer Ankunft in die hochkarätigsten Jazz Clubs der Stadt geschleppt, wo sie binnen kurzem in den Genuß von Count Basie, Erroll Garner und Miles Davis gekommen sei. Doch dann habe sie sich zu Hause eingekapselt, saß endlos vor dem Fernseher und legte nur noch die Platten ihrer neuesten Entdeckung, des Pianisten Horace Silver, auf. *Und traute sich selbst gar nicht mehr ans Klavier.* Leonard Feather: One night at the Bohemia, she met Horace Silver, and was happy that the man was as charming as his music. Friends and fans everywhere besought her to sit in, but she felt neither ready nor willing.

Dann legte Mary Lou Aufnahmen aus Frankfurt, 1954, auf, als Jutta Hipp noch unter dem modernistischen Einfluß Lennie Tristanos gestanden hatte. *Yogi, Frankfurt Special, Mon Petit, Lover Man, Diagram, Cleopatra.* Klingt ja viel avancierter als ihre späteren amerikanischen Aufnahmen, fand Lothar, der sich auch von den coolen Arrangements sowie den weiteren Solisten, Emil Mangelsdorff am Altsaxophon und Joki Freund am Tenorsaxophon, gern gefangennehmen ließ. Mary Lou trat an ihr Bücherregal und zog Barry Ulanovs Geschichte des Jazz heraus, Ulanov, ein zum Katholizismus konvertierter Modernist und übrigens auch in Mary Lou Williams' Konversion maßgeblich involviert, erläuterte Mary Lou und las vor, was Mary Lou Williams 1949 über Lennie Tristano zu sagen gehabt hatte: Ich war daran gewöhnt, mit jedermann und alles zu spielen. Ich wuchs unter älteren Musikern auf, hörte vielen zu und lernte. Ich hörte, wie ein Pianist wie Count Basie mit allem fertig wurde, und schaffte es selber. Ich wurde vielseitiger, streckte mich nach allen Seiten und experimentierte. Man muß immer auf dem laufenden bleiben. Tatsächlich gibt es nur einen Grund, einmal Pause zu machen. Das ist der, Bilanz zu ziehen, neue Klänge zu finden, auf das zu achten, was man sonst überhört. Heutzutage ist Lennie ziemlich der einzige *originale* Pianist, Lennie und Bud Powell; man darf Bud nicht unterschätzen. Eigentlich hätte sie zu diesem Zeitpunkt auch ihren Intimus Thelonious Monk nennen müssen, sagte Mary Lou Mackay.

Sie hatte bereits wieder ihre Schuhe abgestreift, ihre Beine an- und auf die Couch gezogen, ihren Kopf auf Lothars Schulter gelegt, den Ulanov sinken lassen, ihre Augen geschlossen und sagte leise, Lothar solle bitte weiterreden, sie könne seiner Stimme ewig zuhören. Und also redete Lothar weiter, er war jetzt auch ein bißchen müde geworden, über alles Mögliche, seine Alben von Thelonious Monk, Lennie Tristano, Moondog und Sun Ra, selbst über Adrienne von Speyr, wie sie einst in der Töchterschule Unterricht bei dem Dirigenten Hans Münch genommen und täglich drei Stunden lang Klavier geübt hatte, um schließlich die Musik zugunsten der Medizin zu *opfern*. Später stand Mary Lou dann aber doch auf, holte ihren Fotoapparat und nahm Bilder von ihrem Freund, wie er auf ihrer Couch kauerte, ab. *Für die Tournee.*

Kurz nach Sonnenaufgang machte sich Lothar auf den Weg zu seinem Auto. Du hast es gut, sagte er, du kannst dich jetzt einfach in dein Bett fallen lassen. Aber wenn ich aufwache, bist du nicht mehr da, antwortete Mary Lou, gespielt vorwurfsvoll. Ich komme zum Frühstück noch einmal kurz vorbei, sagte Lothar. Ich wünschte mir, daß du einmal zum Frühstück *bleibst*, entgegnete Mary Lou. Lothar und sie küßten sich, zur Begrüßung wie zum Abschied, seit einiger Zeit nicht mehr auf die Wangen, sondern auf die Lippen. *Harmlos*, hatte sich Lothar eingeredet. An diesem Morgen aber gefiel es Mary Lou, vor ihrer Wohnungstür, ihren Mund, erwartungsvoll, *halb zu öffnen*, wodurch Lothars Kuß, auf ihn zugleich extrem elektrisierende wie außerordentlich alarmierende Weise, von ihrer Oberlippe und ihren oberen Schneidezähnen benetzt wurde. Eher kläglich sein Versuch, nach dem verträumten Wiederaufgehen ihrer verschatteten Lider eine vorwurfsvolle Mine aufzusetzen. *French movies: okay. French kissing: no way.*

XLIV.

Stella steht an ihrem Fenster, in einem komplett durchnäßten Hemd, das sich an ihre Körperform schmiegt, Brüste und Schoß für Samas hindurchscheinen läßt. Péladan schreibt: Die kleine Marquise hat ihr Hemd ins Wasser getaucht und zeigt sich so *verschleiert und doch deutlich*. Durch den offenen Laden trifft ein schräger Strahl die Jungfrau, ihre Jungfräulichkeit selbst erleuchtend.

Das alte Fräulein von Taulignan ist hinzugetreten, tadelt ihre Nichte, befiehlt ihr schroff, das nasse Gewand augenblicklich abzulegen, und reißt es ihr förmlich vom Leib.

Die jetzt ganz nackte Stella von Senanques wird wie folgt *beschrieben*: Ihre geschweiften Lenden strahlen wie Diamanten in ihrer schimmernden Feuchtigkeit. Als der Sonnenstrahl auf den Nabel fällt und ihn küßt, fühlt sich Samas von einem heftigen Schmerz ergriffen. *Eine Frau sehen, die sich so zeigt, wie sie sich hingeben würde, ist schon besitzen.*

Seit dem nassen Hemd, das ihr die Tante abriß, führen die beiden jungen Leute ein *Fensterleben*: sie sich entblößend, er sie betrachtend. Samas *empfängt die geschlechtliche Einweihung, ohne eine Berührung zu erdulden. Das Leben verwirklicht seinen unklar empfundenen Wunsch: erkennen, ohne auszuführen.*

Stellas Beichte: Mein Vater, ich habe gegen die Reinheit gesündigt; ich habe jede Scham aufgegeben, um einem Jüngling zu gefallen; aber, wenn er mich auch nackt gesehen hat, und so oft er wollte, niemals ist zwischen uns ein Wort gesprochen worden, und auch meine Hand, Vater, hat seine Hand nicht berührt. Kein Finger hat sich auf meinen Körper gelegt, kein Atem hat mein Haar bewegt.

Der Dichter an seinen Helden: Deinem Verlangen zuvorkommend, der Natur vorgreifend, hat die Gynandre dir das Buch der Welt geöffnet: du hast das Geheimnis der Anziehungen, das Geheimnis der Wollust gelesen, ohne je *ich liebe dich* zu stammeln. Ohne eine Blume zu bieten, ohne einen Kuß zu geben, hast du das Weib erkannt, hast du erfahren, woraus hier auf Erden eine Liebe besteht. Ritter des Begehrens, erinnere dich zu jeder Stunde an die Jungfrau, die, ohne auf ihr Seelenheil zu achten, sich deinen Augen hingegeben hat, um dich vor andern zu bewahren und dich wenigstens im Geiste zu besitzen. Welch seltsame Liebe: *Alles für die Augen, nichts für die Lippen.*

Dann erhält der Androgyn die Nachricht von der Einberufung seines Bruders zum Militär. Helle Empörung in der bretonischen Familie, deren Mitglieder nicht für die République Française ins Feld ziehen wollen, Fahnenflucht und Auswanderungspläne sind die unmittelbare Folge; Samas soll sofort den nächsten Zug nach Hause nehmen. Er eilt ein letztes Mal an sein Fenster, Stella begrüßt ihn im offenen Hemd. Samas' Augen füllen sich mit Tränen, er winkt mit seinem blauen Brief. Sie schiebt ihren Schlafsessel direkt vor ihr Fenster und legt ein Paket darauf, öffnet es und offenbart ihm aufreizende Wäschestücke, die sie in letzter Zeit erworben, aber vor seinen Augen noch nicht getragen und also weder an-, noch ausgezogen hat. Samas schließt seine Fensterläden, rennt zur Schule, um die schlimme Nachricht zu verbreiten, und kehrt zurück, und öffnet seine Läden wieder, die kleine Marquise gegenüber noch immer in ihrem Schlafsessel. Sie streckt sich aus und entblößt sich zur Gänze. Sie zieht ihren Ring vom Finger und führt ihn über ihren Körper, als begehe sie ein feierliches Ritual. Zielsicher wirft sie den Ring mit dem Wappen der Senanques in des Nachbarn offenes Fenster. Und schließt lautstark ihre Fensterläden; der Autor beschreibt das *Kreischen* des Drehriegels. *Gynandre, du wolltest den Androgyn unterwerfen, und die Trennung, die Trennung für immer, ist mitten im Roman gekommen.* Tröstende Fußnote des Georg Müller Verlags: Stella von Senanques erscheint wieder in Péladans Roman *Gynandria*, der 1924 deutsch vorliegen wird.

XLV.

Adrienne: Was ist Jungfräulichkeit? Etwas ewig Junges? Balthasar: Als sie zwischen zwölf und vierzehn war, im untern Gymnasium, stand Adrienne einmal auf einem Heizungsrohr, aus dem warme Luft heraufkam und ihren Rock aufblähte. Die Lehrerin kam herbei und schimpfte sie tüchtig aus: das gezieme sich doch nicht. Adrienne begriff überhaupt nicht, weshalb. Aber mitten in diesem Nichtbegreifen wußte sie: es gibt so Dinge, die *man* nicht darf, obschon man nicht übersehen kann, weshalb nicht.

Adrienne: Ich darf mich künftig nicht mehr an Orte stellen, wo mein Rock wie ein Ballon aussehen kann. Und das gilt für Mädchen überhaupt. Aber vielleicht ist es das Andere, das Vorbehaltene, das macht, daß ich es nicht verstehe. Man wird auf etwas hin aufgespart.

Adrienne: Ich habe einen Haufen Freunde, ich könnte fast jede Woche einen heiraten. Balthasar: Vom Gymnasium an war sie umschwärmt, unterhält Freundschaften mit Walter Eichrodt, Heinrich Barth, Adolf Portmann, Franz Merke, geht aber instinktiv ihrer Wege, wo etwas ins Erotische abzugleiten droht. Sie erlebt in Bern die fast unglaubliche Verführungskunst eines sehr bekannten Arztes, der sie, die Achtzehnjährige, mit Erlaubnis seiner Gattin, unbedingt zu besitzen wünscht und sie in jeder Weise umgarnt. Aber geschehen ist ihr schließlich nichts.

Balthasar: Adrienne wurde von ihrer Mutter abgelehnt und von ihrer älteren Schwester tyrannisiert. Sie sieht als kleines Kind ihren Engel, der ihr zeigt, daß die Horizonte der Wahrheit für ihre Mutter und für sie verschieden seien, daß man sich nicht verteidigen solle, wie man beten und wie man Buße tun könne. Die Begegnung des sechsjährigen Mädchens am Weihnachtsabend 1908 mit dem heiligen Ignatius von Loyola hat sie schriftlich festgehalten; Adrienne ist noch als alte Frau völlig überzeugt von der Realität dieser Begegnung. Später wird es Ignatius sein, der den Jünger Johannes zur Auslegung seines Evangeliums zu ihr senden wird. Diese geheimnisvollen Kenntnisse, die dem Mädchen noch nicht rational faßbar wurden, brachten es mit sich, daß die ihr vorgetragene protestantische Religion ungenügend erschien und sie auf eine jahrzehntelange Suche nach den ihr fehlenden Momenten aussandte. Mit fünfzehn hatte sie eine *bildhafte* Vision Marias, die für die Zukunft entscheidend blieb.

Adrienne: Das ganze war wie ein Bild, dennoch war die Mutter Gottes lebendig, im Himmel, und die Engel wechselten ihre Stellung. Ich schaute wie in einem wortlosen Gebet und staunte vor Bewunderung, nie hatte ich etwas so Schönes gesehen. Ich war in keiner Weise erschrocken, vielmehr von einer neuen, starken und sehr sanften Freude erfüllt, obwohl ich nicht glaube, daß ich damals in irgendeiner Weise wußte, ich müßte katholisch werden.

Balthasar: Zugleich erhielt sie eine Wunde in der Herzgegend, die sich nicht mehr schloß. Als sie mich im Jahr 1940 zum erstenmal sah, wußte sie, daß ich der war, auf den sie gewartet und um dessentwillen sie die Wunde erhalten hatte. Adrienne: Du weißt ja, daß ich nachher *deine Wunde* bekommen habe und daß der Liebe Gott dich hineingelegt hat. Jetzt bist du der, von dem ich die Wunde habe. Balthasar: Sie sah mich auf dem Visionsbild zu Seiten Marias knien.

Adrienne: Könnte ich nicht probeweise bei dir beichten? Balthasar: Die Medizinstudentin eröffnete ihre tiefsten

Wünsche: sie möchte gehorchen dürfen. Und das erfordert doch eine Gemeinschaft, kein bloßes *tête-à-tête mit Gott*, und dazu gehört doch auch die Beichte, jemand, der mit Gott versöhnen kann. Adrienne: *Laß mich also beichten. Nur einmal.*

Balthasar: Endlich wird aus ihrer Vorgeschichte deutlich, daß sie zwar für ein totales Gottgehören vorweg ausersehen war, die Alternative Ehe–Jungfräulichkeit aber für sie noch nicht aktuell sein konnte. Adrienne: Ich glaubte sehr fest, zur Ehelosigkeit bestimmt zu sein, sah aber die Form nicht; *es schien mir, daß eine Bindung absolut notwendig sei,* ich sah sie, wie auch in der Ehe, als eine Bindung an Gott an, aber wie?

Balthasar: Sie wird Emil Dürr seiner Vornehmheit und Liebe wegen sehr lieben lernen und über seinen frühen Tod tief bedrückt sein, aber den Kern ihrer Ehe sieht sie in folgendem. Adrienne: Daß man geschaffen ist für das, was Gott will, und nicht für das, was ich will. Das verstehe ich unter Reinheit. *Das Körperliche fällt auch mit hinein.* Balthasar: Eheleben wäre nur dann *unrein, wenn man nicht reine Absichten hat.*

Balthasar: Während ihrer ersten Ehe hatte sie, jedesmal bei übermäßiger Anstrengung, drei Fehlgeburten. Sie erfolgten in der Zeit, in der ich mich entschloß, Priester und Ordensmann zu werden. Die zweite Ehe mit Werner Kaegi ging sie *trotz größter Bedenken* wieder in einer Art Überrumpelung ein, wieder spielte das Mitleid die Hauptrolle. Vollzogen wird die Ehe nicht, so daß Adrienne später das Gelübde der Jungfräulichkeit wird ablegen können. Ohne die Gastfreundschaft Werner Kaegis aber wäre meine Arbeit mit Adrienne und später mein Wohnen auf dem Münsterplatz niemals möglich geworden.

Balthasar: Die eheliche Erfahrung, die sie nicht vermeiden konnte, wurde ihr nicht nur für ihren Beruf als Medizinerin nützlich, sondern auch für ihre tiefen Erkenntnisse über die im Verhältnis Christus-Kirche gründende *Theologie der Geschlechter*, überhaupt für die Einsicht in die Positivität der Leiblichkeit innerhalb einer Inkarnationsreligion; wenngleich ihr, wie die Tagebücher es schildern, auch die Jungfräulichkeit neugeschenkt wurde.

Balthasar: Sie, die die Erfahrung der Ehe durchgemacht hat, aber später vom Herrn die leibliche Jungfräulichkeit zurückerhielt, wirft vom Geheimnis Christus-Kirche *als Bräutigam-Braut* und vom Verhältnis Maria-Johannes *als Mutter-Sohn* einen deutenden Blick auf das Verhältnis der Geschlechter in der christlichen Ehe: *einen bis in Einzelheiten realistischen Blick, aber dominiert von einer Schau aus dem oberen Mysterium.*

XLVI.

Concordia: Auch wenn bei dir Vorname und Nachname zusammenfallen, finde ich es eigentümlich, daß du in deiner Arbeit die männliche Figur unter ihrem Nachnamen, die weibliche hingegen unter ihrem Vornamen führst. Lothar: Ich verstehe das Problem, auch wenn es, glaube ich, bislang alle, selbst in der akademischen Wissenschaft, so gehalten haben. In der Niederschrift meiner Hausarbeit werde ich die Sache geraderücken. Concordia: Zumal Adrienne von Speyr ja nicht heiliggesprochen wurde; lediglich Heilige haben keine Nachnamen. Lothar: Auch Pop Stars.

Concordia: Wie haben sich die beiden eigentlich kennengelernt? Lothar: Balthasars Biograph Guerriero berichtet, wie Adrienne im Herbst 1940 eine schwere Herzattacke erlitten hatte und nach ihrer Heimkehr aus der Klinik den Wunsch äußerte, den neuen Studentenseelsorger kennenzulernen, und das war eben Dr. Hans Urs von Balthasar, der zu Beginn des Jahres von München nach Basel versetzt worden war. Ein gemeinsamer Freund stellte die beiden einander vor, und auf einer Terrasse über dem Rhein unterhielten sie sich über die französischen Dichter Claudel und Péguy, die Balthasar damals gerade übersetzte. Das Gespräch muß dann rasch eine sehr persönliche Wendung genommen haben, und Adrienne eröffnete Balthasar, sie bekomme die Worte *Dein Wille geschehe* nicht mehr über ihre Lippen. Im Grunde nämlich wollte sie, daß *ihr* Wille geschehe. Und Balthasar gab ihr das *Vater Unser* zurück, indem er ihr das Wesen christlicher Hingabe erklärte. Da war es, schreibt Balthasar, als hätte ich unversehens auf einen elektrischen Knopf gedrückt, der auf einen Schlag alle Lichter im Saal entzündete. Adrienne war von allem Hemmenden losgekettet, ihr Gebet begann sie wie lang aufgestaute Fluten fortzureißen.

Concordia: Erkläre mir doch bitte *einmal* das Erotische zwischen Hans Urs und Adrienne. Lothar: Balthasar fand es bei Paul Claudel beschrieben, dem zunächst unter dem Einfluß der Symbolisten stehenden Schriftsteller, den er ja, auf Anhieb zutiefst angetan von dessen weitgefaßter Auffassung der *Katholizität im Sinne von Universalität*, extensiv ins Deutsche übersetzte. Ein Studienfreund in Lyon hatte ihm Claudels *Seidenen Schuh* zugeführt. Concordia: Er glaubte sich in dem jungen Dichter Paul Louis Charles Marie Claudel wiederzuerkennen, der, einerseits Laienbruder einer Benediktinerabtei, andererseits französischer Konsul im auswärtigen Dienst, ein vier stürmische Jahre andauerndes, mehr oder weniger geheimes Liebesverhältnis zu Rosalie Vetch, einer Kaufmannsgattin und vierfachen Mutter, unterhalten hatte? Lothar, beeindruckt: Absolut. Und diese Periode der verbotenen Liebe entwickelte sich zu einem sehr bestimmenden Element in Claudels schriftstellerischer Arbeit. Concordia: Die beiden haben ja sogar ein gemeinsames, *ihr* fünftes Kind. Doch Rosalie verließ Paul während dieser Schwangerschaft; erst zwölf Jahre später, auch das ist ja ein zentrales Motiv des *Seidenen Schuhs*, erreichte ihn ein Brief von Rosalie in Rio de Janeiro. Lothar: Ein halbes Jahrzehnt, nachdem er seine ersten Erfolge als Bühnenautor mit einem dräuenden Stück namens *Mariä Verkündigung* gefeiert hatte. Mein strenger Buchhändler wollte mir den *Seidenen Schuh* zuerst gar nicht bestellen, da Paul Claudel zu seiner verrücktgewordenen Schwester, der Bildhauerin Camille Claudel, so schofel gewesen sei.

Concordia: Claudel behauptete, um sich den *Seidenen Schuh* mit Gewinn anzusehen, müsse man gar kein überzeugter Christ sein, sondern lediglich Verlangen nach etwas Anderem, nach etwas Übernatürlichem, verspüren. Dann werde man in diesem Text den Ort, die Landschaft finden, die einem für die Entfaltung gewisser unausgesprochener Gefühle, die man in sich trägt, geeignet erscheint. Irre ist jedenfalls die sich durch Claudels Werk ziehende Apotheose des nicht zueinander finden *dürfenden* Liebespaars. Statt einer Vereinigung in dieser Welt, predigt er eine Vereinigung in einer fernen, zukünftigen, besseren Welt. Und unter der Bedingung dieser langen Geduldsprobe, dieser langen gegenseitigen Ergründung gerade durch die Trennung, die ihnen auferlegt sei, sollten die Liebenden jenes vollständige Wesen bilden, das Platon voraussah, wenn er ein Wesen nur dadurch zur Vollkommenheit gelangen ließ, daß es zwei in einem vereinigte, *indem jedes sich des anderen bediente, um dieses Wesen selbst zu werden.* Lothar: So ließe sich platonische Liebe *überhaupt* definieren. Erinnert aber auch an die gegenseitige *Verfügbarkeit* von Mann und Frau im Ersten Korintherbrief. Concordia: Wußtest du, daß *Der Seidene Schuh* vor vier Jahren, neu übersetzt, in einer vierteiligen, achtstündigen, als ungestüm und anarchisch bejubelten Inszenierung von Stefan Bachmann am Theater Basel wiederaufgeführt wurde? Lothar: *Logo.* Concordia: Gustave ist extra hingereist, das war *vor meiner Zeit*; ich setzte mich dafür im vergangenen Semester intensiv mit dem Stück auseinander. Lothar: Und diese Neuübersetzung Herbert Meiers erscheint auch Jahre nach Balthasars Tod wieder in *seinem* Johannes Verlag.

Concordia: Laß mich überlegen. Da ist Doña Proëza, die schöne, junge Gattin Don Pelayos, des betagten, ehemals obersten Richters des Königs, die den Seefahrer und erfolgreichen Eroberer Don Rodrigo liebt, was nicht sein darf, keine Zukunft haben kann, da die einmal geschlossene Ehe als unauflöslich gilt, weshalb Proëza auf die afrikanische Insel und spanische Festung Mogador verbracht wird, die sie, als Befehlshaberin, gegen den Renegaten und Rebellen Camillo verteidigen soll. Zwar willigt Proëza ein, ruft jedoch nach ihrem in weiter Ferne weilenden Geliebten, indem sie ihm einen Brief schreibt, der aber erst zehn Jahre später in seine Hände gelangt. Woraufhin dieser, als westindischer Vizekönig, wie gesagt: Eroberer, über den Atlantik nach Mogador segelt, um sich Doña Proëzas mysteriöse, unwiderrufliche Abfuhr einzuholen. Don Pelayo stirbt, und nun erwirbt Camillo Proëza zur Frau, erlangt jedoch nicht ihre Liebe, die logisch Rodrigo gehört, und zwar so sehr, daß selbst die Tochter von Proëza und Camillo, Maria Siebenschwert, Rodrigos Züge trägt, was natürlich absolut durchgeknallt ist. Lothar: Er gilt als ihr *geistiger Erzeuger.* Wesentlich ist die seelische Verbindung der beiden voneinander getrennten Liebenden Proëza und Rodrigo, nicht die körperliche von Proëza und Camillo. Aber durch diese Heirat hat sie ihn aus seiner Gottferne erlöst, während Don Rodrigo sich, wenn auch widerstrebend, mit dem Getrenntsein von der geliebten Frau auf Lebenszeit abfindet. Wir erkennen hier, wie in vielen weiteren Werken Paul Claudels, dessen Überzeugung, daß sich der Mann nicht aus freien Stücken für Gott entscheidet, sondern erst nachdem ihn die geliebte Frau verlassen oder sich ihm *verweigert* hat. Die Frau bestimmt auch, wann eine Liebesbeziehung beginnt. Beziehungsweise: wann sie endet.

Concordia: Irgendwann schrieb Claudel, die Frau sei ein Wesen, auf dessen Stirn das Wort *mystère* zu lesen steht. Lothar: Indem sie ihn das Verlangen lehrt und sich ihm später entzieht, macht sie ihm den Weg frei für ein *höheres Gut*. Der Schutzengel spricht zu Proëza: Es war gut, daß du ihn das Verlangen lehrtest. Solchermaßen fällt der Frau die Rolle einer *mediatrix* zwischen Gott und dem Mann zu. An anderer Stelle läßt Claudel eine weibliche Figur den Satz sagen: *Ich bin das Versprechen, das nicht gehalten werden kann, und gerade darin besteht meine Gnade*. Concordia: Doch auch Doña Proëza leistet einen Verzicht. Zu Beginn des Stücks überläßt sie einen ihrer kostbaren Schuhe der Jungfrau Maria als Pfand, damit sie davor bewahrt werde, in die Sünde abzugleiten; also dies allenfalls hinkend tun könne. *Mit nur einem Schuh*.

Balthasar: Das Problematische an der Handlung des *Seidenschuhs* war mir bewußt, aber zweierlei überwog die Bedenken: einmal die Kühnheit des Dichters, einem Liebesverhältnis von Mann und Frau planetarische Dimensionen zu verleihen, sodann sein Wille, im Anschluß an Dantes *Komödie* die schmerzhafte Verwandlung des Eros in die reine Agape zu schildern, zuerst der vom Engel belehrten und gereinigten, sich opfernden und in einen Leitstern verwandelten Frau, die dann den nur widerwillig folgenden Mann zu den letzten seligen Demütigungen hinschleppt. Was sich für mich in der Begegnung mit der je schon dem Eros entrückten Adrienne ereignen sollte, erschien mir wie eine Transposition dieses Dramas in eine ganz andere Sphäre.

XLVII.

Rio de Janeiro, 13. November 1917. Ein anderes Geschöpf lieben, es leidenschaftlich begehren, mit einem Elan, der einem den Magen umdreht, und dazwischen eine Mauer der Abwesenheit und des Schweigens auf ewig zu spüren, ohne daß man eine Erklärung dazu hat, und zu denken, daß sie einen nicht nur nicht mehr liebt, sondern einen haßt, daß sie mit einem andern über einen lacht, das ist es, was uns die tiefsten Geheimnisse unserer Natur begreifen läßt, jenen tiefen Ernst dessen, was in der Banalität und der Oberflächlichkeit der laufenden Geschehnisse verborgen bleibt: der Himmel, vor allem die Hölle, die Gefühle und der Durst des Großen, am Kreuz Verlassenen, ja, ich möchte Ihnen das ganz unblasphemisch sagen. Wie viele Nächte habe ich verbracht, wo ich von einer Mauer zur andern ging, innerlich blutend und diese Strähne Ihres schönen goldenen Haares küssend, das Sie mir geschenkt hatten, dieses Haar, das in der Sonne alle Farben des Regenbogens annahm.

Rio de Janeiro, 15. Februar 1918. Wie glücklich bin ich über das, was Du mir sagst, daß Du den Mann, von dem Du berichtest, nicht gekannt hast, als Du schwanger warst.

Dies war eines meiner schlimmsten Leiden. Zu denken, daß die, die man so sehr liebt, die die Treuhänderin deiner Seele war und sich kaum von dir unterschied, in den Armen eines andern liegt und ihm sagt, sie liebe ihn, das war schon als Leid schrecklich genug, und daß sie in der gleichen Zeit das Kind, das sie von dir hat, an diesem Liebesverrat teilnehmen läßt, das hätte ich nicht mehr ertragen können. Jetzt verstehe ich alles, und daß Du nobel gehandelt hast, indem Du dem, was Du am besten fandest, folgtest und daß Du mich jedenfalls, indem Du Dich von mir trenntest, gerettet hast: nie hätte ich die Kraft gehabt, mich von Dir zu trennen, das ist vollkommen wahr. Das wird Gott berücksichtigen. Ich habe immer geglaubt, daß die Frau das sichtbare Symbol der Seele ist und daß es eine geheimnisvolle Verwandtschaft zwischen ihrer physischen Gestalt und unserer spirituellen Persönlichkeit gibt, daß sie etwas von uns selbst ist, das schläft und erwacht, wenn wir es in unsere Arme nehmen, und uns mit den Augen anblickt, mit denen wir sehen, daß sie uns sieht.

XLVIII.

Lieber Lothar, aus dem Tourbus, quälend verlangsamt an zahllosen Autobahnbaustellen vorbei, den Laptop auf zitternden Knien aufgeklappt, heute abend nach unserer Show aus dem Hotel elektronisch an Dich loszusenden, ein sehnsüchtiger Gruß. Gestern fiel unser Konzert aus; der lokale Veranstalter hatte es mangels ausreichenden Vorverkaufs im vorhinein abgesagt. Ich bin mit meiner Rhythmusgruppe ins Kino gegangen, wo wir uns den neuen Spielfilm Quentin Tarantinos ansahen, der gestern ja auch in Deutschland anlief, in dem zwei Cliquen junger Frauen, sie sind schwarz, latin und weiß, auf eine Weise, die Dir gefallen könnte, schier endlos über Sex reden, es ließe sich auch der Schluß ziehen: nicht über Sex reden, weil es in dem, wovon sie erzählen, eben gar nicht zum sexuellen Vollzug kommt. Aber eben nur gerade eben nicht dazu kommt, Lothar, und wenn in Ansätzen doch, dann auf eigentümliche Weise eingeschränkt. Da ist beispielsweise Arlene, die ihrem Freund lediglich sechs Minuten streng abgesprochen züchtiger Liebkosungen im Auto einräumt. Anschließend nimmt sie, spielerisch, eine Serie aufreizender Posen vor einem Stuntman namens Mike ein, hält dessen Gesicht in ihren Händen und küßt ihn, der sich als psychopathischer Highway Killer entlarven wird, dann doch nicht. Und wagt sich mit einem Lapdance, ihrerseits ein nicht ungefährlicher Stunt, noch einmal an ihn heran. Abernathy, die beim Film arbeitet, ist in den Regisseur der laufenden Dreharbeiten verliebt, hat ihn aber zu keinem Zeitpunkt an sich herangelassen. Und damit hingenommen, daß er sich, am Set, vor ihren Augen, einer Anderen hingibt. Ein Mädchen namens Lee wiederum berichtet von einem atemberaubenden Kuß, der den einsamen Höhepunkt in ihrer Liebesbeziehung markiert. Was mich als Zuschauerin einigermaßen erregte. Dazu gibt es automobile Verfolgungsjagden wie aus den 1970er Jahren, die in zusätzlicher Weise auf der Klaviatur unserer Sentimente spielen, unter abnormem Einsatz von Stoßstangen, mit aggressiv erigierten Kühlerfiguren, sowohl aus Stahl und Chrom als auch, im Fall des Stuntgirls Zoë, Fleisch und Blut. Tarantino zeichnet seine souveränen Frauen, bei all ihrer Enthaltsamkeit, auf eine historischen Sexploitation Movies entliehene, aber dezidiert respektvolle Weise, fanden wir, konnten uns allerdings nicht darüber einigen, ob er das strukturell, wenn auch nur intuitiv, in feministischer oder eher postfeministischer Manier tut. Und wo die Demarkationslinie zwischen Feminismus und Postfeminismus denn zu verorten wäre.

Beziehungsweise, ob auch der Postfeminismus noch als Feminismus zu bezeichnen wäre. Und wie sich des Regisseurs hier offensiv ausgestellter Fußfetischismus zu all dem verhält. Als kulturalistisch aufgeklärte Skandinavier sind mein Bassist und mein Schlagzeuger sowohl mit dem filmischen Œuvre Russ Meyers als auch mit dem philosophischen von Judith Butler vertraut. Nichtsdestoweniger, eine Männerphantasie bleibt so ein Film ja immer. Und bliebe es selbst dann noch, wenn eine Frau ihn hergestellt hätte. Später, in meinem Hotelzimmer, habe ich mit der Arbeit an einem Prosagedicht über uns beide angefangen; ich erzählte Dir ja von dem kleinen Verlag in Glasgow, der sich für meine belletristischen Versuche interessiert. Arbeitstitel: Catholic Kisses. Bleib mir gewogen, liebster Student der Theologie, Deine Dich vermissende Pianistin.

XLIX.

Jeannine Waterstradt an einem sonnigen Vormittag in einem schattigen Biergarten am ruhigen Stadtrand, ihr Fahrrad, ehedem Lothars Fahrrad, eigentlich noch immer *sein* Fahrrad, an den nächsten Baum gelehnt, allein unterwegs, vor einem Glas Johannisbeersaftschorle, vor ihrem aufgeklappten Notebook, daneben, aufgeschlagen und, damit es nicht wieder zuschlug, halb darunter geklemmt, Stefan Brechts per Fernleihe aufgetriebenes *Queer Theatre*, voller Ehrfurcht, beim Abtippen eines Märchens von Charles Ludlam, die englische Vokabel *Fairytale* war hier der absolut zutreffende Gattungsbegriff, namens *Mr. T. or El Pato in the Gilded Summer Palace of Czarina-Tatlina*, das der noch in der Weimarer Republik geborene Brecht, der in Amerika, mit einer Frau verheiratet, als schräger Darsteller bei Charles Ludlam und Robert Wilson mitgewirkt hatte, dessen längst vergriffenes, Jeannine endlich vorliegendes Buch 1978 ebenfalls zunächst in Deutschland erschienen war, einem Jack Smith gewidmeten und *The Sheer Beauty of Junk* überschriebenen Kapitel als extensive Fußnote beigefügt hatte.

Once upon a time there was a little boy whose mommy made him go to Mass every Sunday and to Catholic School during the week. On Saturdays when the other children were out playing Tag, Hopscotch and Doctor, this little boy was on his knees in front of the priest confessing his sins and doing penance. One day the little boy ran away to the Big City. At first he felt very lost and alone. He had no money and no place to stay. But soon he discovered that certain older men in the Port Authority Bus Terminal would give him money if he let them suck on his pee pee. So he did.

One day the little boy, whose name is Mr. T., found a home in the ghetto at 266 E. 4th Street. Here he met Puerto Rican Boys who were Catholics like himself. They peed in the hall and made him get down on his knees in front of them and suck on their pee pees. This reminded him of the confessional. He liked it very much. *I never want to leave the ghetto*, said Mr. T. *This is where I live*. Then the junkies robbed him of the money he had just gotten from the older men in the Port Authority Bus Terminal.

Mr. T. got tired of living on the gratitude of older men, in Klammern: *Besides they're not as grateful*, he said, and got welfare. Now he hardly knew how to express his gratitude to the City of New York. Yet with all these things, a railroad flat on the fourth floor of a tenement, the companionship of the queens on Christopher Street, and the Welfare grant, Mr. T. was not happy. He felt a longing in his heart, a nostalgia to hear the Mass prayed in a language he did not understand. The reforms of the Ecumenical Councils made him feel disinherited. If only he could combine his taste for botanicas, gypsy store fronts and Puerto Rican Boys with the grandeur that was Rome, the grandeur that was St. Petersburg. He prayed to St. Catherine for a sign. And the sign came.

He would build the *Artorama*, a genre more queer than Mexican folk art and a thousand times more detailed than Macy's Christmas windows. The *Artorama* would be the apotheosis of the Catholic religious holidays, Christmas and Easter rolled into one, an electric train, tin foil *Wonder City* where jewel incrusted rats in ecclesiastical garb murmur novenas in detailed replicas of *Fabergé* Easter Eggs. The heart of Christ bleeds rubies into a levitating grail. Silver stars hang about the head of a life-sized statue of St. Francis from the painted blue sky above your head.

The glamour of the Baroque will be revived by renegade Catholics. Fig leaves will fall from the crotches of Roman Statues painted in fashion colors. Mr. T.'s dream is to build a chapel to the martyred saints in a store front on E. 4th Street. Perhaps he would paint frescoes. But his Public Assistance Grant from the Department of Welfare does not permit the undertaking of so ambitious a project. Attendance at his art exhibits, in Klammern: he shows at his apartment only, has been limited to a small coterie of people in the know and Puerto Rican children in the neighborhood. They love Mr. T. because he has entered their world and crystallized the Puerto Rican Mystique.

Last week Mr. T. gave Mario Montez a large fake leopard handbag which she now carries as Leopard Woman in

Bluebeard. She's the first Puerto Rican Artist who knew she was Puerto Rican and used it, he said. The things that Mr. T. makes are not made to last. His is a transitory art that creates an illusion and then disappears. For this reason it might be called theatrical. The images seem to dissolve before your eyes. Now it is an exquisite piece of jewelry or a relic of the true cross encased in a richness unmatched outside the Vatican. Then suddenly you realize that it's made of *Saran Wrap* or *Wondafoil*, packaging materials symbolic of the octopus that has us in its inky clutches, the present regime. The item appears worthless if seen from behind or its *bad* side. We turn it and it becomes exquisite again. This is Queen Art transformed by the genius of Mr. T. into a metaphysical mockery. Profanation of the Mother and the sacred religious relics becomes the veneration of the invert. To have a new idea is as gauche as being seen in a new suit. Heresy is for Heterosexuals. Says Mr. T., *Heterosexuals can't understand Camp because everything they do is Camp*. Mr. T.'s new show can be seen at 266 E. 4th Street, Apt. 17, in Klammern: 4th floor, Tuesdays, Wednesdays and Thursdays from 2PM to 4PM, Saturdays from 1PM to 5PM. Wait at the street level door until someone opens the door for you. In Klammern: © Charles Ludlam, May 1970.

L.

Lothar, Hetzenbichler und Katherine Schmeller, nach dem Leerpumpen des im heftigen Gewitterregen vollgelaufenen Kellers, bei einem Glas Sherry aus Frau Schmellers Hausbar. Hetzenbichler hatte sich sofort für das auf dem mittleren Treppenabsatz liegende *Allerheiligenbuch* interessiert.

Gar nicht so leicht zu erklären, wie das funktionierte, wenngleich Katherines väterlicher Liebhaber in einem streng katholischen Elternhaus aufgewachsen war. Er hatte sich in den späten 1960er Jahren von der Kirche ab- und neuerdings wieder zugewandt, hatte seine jüngsten Kinder ordentlich taufen lassen und begrüßte, daß der Papst nun auch die lateinische Messe wieder zuließ. Er bemühte sich, seine Anwesenheit im Haus als zufällig zu erklären, zog eine horngefaßte Lesebrille aus dem Revers seines Blazers und schlug das *Allerheiligenbuch* dort auf, wo Lothars Lesezeichen, das Verzeichnis der Kaffeespezialitäten aus dem nahegelegenen Schnellrestaurant, steckte. Er fand gleich die ersten Zeilen über Therese von Ávila, auf die sein Blick fiel, *spannend* und fragte: *So etwas studieren Sie?* Und angesichts des eingelegten Prospekts: *Dort trinken Sie Ihren Kaffee?* Lothar Lothar antwortete: Ich war soeben auf dem Sprung dorthin, als mich Katherine in den Keller rief. Und erhob sich, verabschiedete sich per Handschlag von Katherine Schmeller und Herrn Hetzenbichler, der sich umgehend seines Blazers entledigte. Als Lothar eines liegengelassenen Schlüssels halber noch einmal zurückkehrte, hatte der Politiker bereits seine Gürtelschnalle gelöst. Seine Geliebte, ergeben vor ihm kniend, entsprechend verlegen. Aber nicht sehr.

Während sie Lothars *Flat White grande* zubereitete, erzählte die freundliche Bedienung, stets in weißer Bluse und langer schwarzer Schürze über kurzem schwarzem Rock, daß sie *Vegetarierin* sei und deshalb vorn, am anderen Tresen, wo Hamburger aufgetaut, erwärmt und ausgegeben werden, wo sie auch in Rot und Schwarz gekleidet wäre, nicht arbeiten könne. Und auch nicht arbeiten müsse. Lothar lächelte anerkennend, ergriff sein Tablett, ließ sich unweit des verglasten Kamins nieder und setzte seine Lektüre des *Allerheiligenbuchs* fort, dessen Autorin, deren

Konversion an Allerheiligen stattgefunden hatte, die Heiligen als *Schleppe der Mutter Gottes* verstand.

Anläßlich Thereses von Ávila wies Hans Urs von Balthasars Protokoll der automatischen Aussagen Adriennes von Speyr einige auffallend nebulöse Stellen, auch libidinöse Unebenheiten, auf. Er notierte: Adrienne sieht ein junges Mädchen mit erwachenden Trieben. Therese betet mit jeder Fiber ihres Seins, auch ihres Körpers. *Ihre ganze physiologische Fraulichkeit betet mit in ihr*. Adrienne ist das fast unverständlich. Sie meint, das Physiologische sei einfach etwas, was man Gott übergebe. Therese dagegen betrachtet es als etwas zu ihr Gehöriges, etwas worauf der Mensch durch seine Konstitution ein Anrecht habe. *Auch auf die Wonne, die darin liegen kann*. Und gewiß ist es bei ihr nicht ganz zugespitzt auf das Sexuelle, sondern wie verteilt über ihr ganzes Sein, ihren ganzen Körper. Sie weiß im Erotischen sehr gut Bescheid. Sie will auch durchaus nicht das Sexuelle in ihre Mystik übertragen. *Und doch will sie, daß auch diese Möglichkeiten ihres Seins in ihrer Hingabe an Gott mitschwingen*. Im Verzicht auf das Erotische auf Erden sieht sie etwas wie eine Vorbereitung auf eine entsprechende Erfüllung. Dabei ist gar nichts Unsauberes an ihr, wie an so vielen ganz- oder halbfalschen Mystikern. *Es ist ihr Wille, daß der Geist auch von ihrer Keuschheit Besitz ergreife. Sie wäre irgendwie traurig gewesen, wenn ihr die Sinnlichkeit weggenommen worden wäre. Sie hätte gedacht, dem Herrn nicht mehr mit ihrem ganzen Sein zu dienen, sondern wie eine Kastrierte.*

Michel Foucault, fiel Lothar ein, hatte befunden, niemals habe die Sexualität eine unmittelbarere und natürlichere Bedeutung und ein größeres *Glück des Ausdrucks* besessen als in der christlichen Welt der gefallenen Körper und der Sünde. Beweis dafür sei eine Mystik, eine Spiritualität, in der das Begehren, der Rausch, das Eindringen, die Ekstase und das ohnmächtige Verströmen bruchlos ineinander übergingen. Und all diese Bewegungen hätten sich für die Betreffenden, die Betroffenen, ohne Unterbrechung, ohne Schranke, *bis ins Herz der göttlichen Liebe fortgesetzt.* Dieser dynamischen erotischen Körperlichkeit mittelalterlicher Mystik waren die raumfüllend dahingegossenen Leiber des Barock gefolgt, die quasi-religiös verschlüsselten Exzesse de Sades sowie die dezidiert erosfeindliche Religion der Aufklärung, welche die Selbstzucht des Körpers wie des Geistes zur obersten Bürgerpflicht und Tugend erhob. Foucault: So formiert sich eine Politik der Zwänge, die am Körper arbeiten, seine Elemente, seine Gesten, seine Verhaltensweisen kalkulieren und manipulieren. Der menschliche Körper geht in eine Machtmaschinerie ein, die ihn durchdringt, zergliedert und wieder zusammensetzt.

Adrienne in ihrem *Allerheiligenbuch*, laut Balthasar, über die Große Therese: *Sie holt ihren Leib in ihr Gebet, in ihre Ekstasen hinein. Sie vergißt keinen Augenblick in der Ekstase, dem göttlichen Licht, der göttlichen Wahrheit auch ihren Leib auszusetzen und anzubieten.*

LI.

Paul Claudel in seinen *Heiligenblättern*, aus dem Französischen übertragen von Hans Urs von Balthasar, über die Kleine Therese: Wenn wir das Leben der Heiligen lesen, worüber sie selbst ja nur selten berichtet und Buch geführt, so ist es wohl spannend zuweilen, und gelegentlich sind wir sogar richtig gerührt. Aber geben wir zu: der Gesamteindruck ist unerquicklich und mehr oder weniger peinlich, das Ganze wirkt so übertrieben, so gänzlich unnachahmbar und unwahrscheinlich. Dann aber, Claudel, gleichsam in die Heilige gefahren: Und nun, da Er bei mir ist, was fang ich an, um nie mehr auf Ihn zu verzichten, damit Er jeden Raum habe, was zu tun, um sich genug zu vernichten? Doch nicht ich. Er selber gab mir heiliges Brautrecht auf seine Person, und nicht ich, Er selber ist es noch einmal, ganz Geist, wenn ich stammle: ich liebe Dich. Was tu ich mit diesem unsinnigen Leib, wenn, Geliebter, ich um Dich werbe? Wenn ich Deine Stimme vernehme, mein Gott, was tu ich, daß ich nicht sterbe? An der Stelle, wo Adam die Rippe verlor, da ist, Menschensohn, Deine Rüstung geschwächt, und weil ich Dich selber lieben muß, o Herr, wie liebt' ich ohne Wunde Dich recht? Dann ergreift der weitgereiste Dichter-Diplomat das Wort: Kleine Karmelitin, die ich einst traf und die sich, glaub ich, gerade Therese nannte, wißt Ihr es heute noch, was Ihr mir dort auf dem Yarra sagtet, während der verbrannte Junitag rauchte, als man den Strom hinauffuhr, dickflüssig wie Blei, und über den Wurzelbäumen ragten von Saigon der Türme zwei.

Worauf will Claudel eigentlich hinaus, fragte Gustave, das ist ja ein dermaßen ungewohnter Duktus. Von 1915, erwiderte Concordia, wobei die *Heiligenblätter* in Kopenhagen, Paris, Lyon, Rio de Janeiro, Tokio und so weiter, zum Teil sogar auf hoher See, verfaßt wurden. Es kann aber auch an Balthasar liegen; an seiner Übersetzung. Der Text endet jedenfalls so: Selig wer, auf der Suche nach dem Paradies und dem Gott-Abenteuer, täglich jünger, täglich stärker, gewisser im Glauben, glühender, weniger satt, aber glücklicher, freier, wie Crusoe für die verwegene Reise dereinst, nachdem er sein Haus von sich tat und all seine Erbschaft, einschifft, ohne das Kleinste zu sparen, jeglichen Vorrat an Phantasie und Vernunftkraft, und dort, wo der betäubte Körper versagt und der Wille zögert und abseits geht, sein ganzes Schiff unter sich in den Grund bohrt und durch Sehnsucht und Leidenschaft übersteht. Was Gustave gern einmal im französischen Original nachlesen wollte. Concordia aber verteidigte Balthasar. Sie konnte überhaupt kein Französisch.

Herbert Meier schrieb Anfang März 2003 im Nachwort zu seiner Neuübersetzung von *Der Seidene Schuh*: Auch die Sprache steht unter dem Gesetz des Stirb und Werde. Wörter veralten und sterben aus, neue entstehen. Inhalte und Bedeutungen verändern sich mit der Zeit, ebenso der sprachliche Geschmack. Übersetzungen können veralten, auf dem Theater schneller als in Büchern. Denn kaum etwas ist so transitorisch wie das Theater. Claudels *Seidenen Schuh* habe ich als Fünfzehnjähriger in der Buchhandlung entdeckt. Ich las ihn in der literarisch meisterhaften Übersetzung Hans Urs von Balthasars; sie war der Geniestreich eines Dreißigjährigen. Im Juni 1944 wurde sie am Schauspielhaus Zürich uraufgeführt. Von jener Aufführung spricht man noch heute. Claudels Dramen waren in den vierziger Jahren in Paris von Jean-Louis Barrault wiederentdeckt worden. Danach wurden sie auf deutschen Bühnen viel gespielt. Doch man sah in Claudel, dem herrschenden Zeitklima entsprechend, zumeist einen Verkünder der katholischen Heilslehre, ähnlich wie in Bert Brecht einen Doktrinär des Kommunismus. Mittlerweile scheint die Zeit gekommen, beiden die ideologischen Masken abzunehmen und sie als die großen Bühnendichter des 20. Jahrhunderts zu entdecken.

LII.

Süddeutsche Zeitung Magazin: Die päpstliche Familie im Palazzo Apostolico ist die berühmteste und einflußreichste WG der Welt: vier Frauen, die den *Memores*, der Gemeinschaft Communione e Liberazione angehören, zwei Sekretäre, der Papst. Sie beten zusammen, essen zusammen und schauen abends im Wohnzimmer gemeinsam fern. Wie ist Benedikt XVI. als Wohnungsgenosse? Georg Gänswein: Die päpstliche Familie ist in der Tat eine frohe internationale Wohngemeinschaft: zwei Deutsche, ein Pole und vier Italienerinnen, die sich vorher so gut wie nicht kannten. Erster wichtiger Schritt war es, einen *Modus vivendi* zu finden. Das richtige Wort, das richtige Geben, das richtige Nehmen, Schweigen, Nichtschweigen. Schon nach kurzer Zeit hat sich eine sehr herzliche familiäre Atmosphäre entwickelt. WG-Sprache ist Italienisch. Der Papst ist schließlich Bischof von Rom. Kleine Korrektur, was das gemeinsame Fernsehen betrifft: Das ist pure Phantasie; der Heilige Vater und die beiden Sekretäre schauen sich abends höchstens die Nachrichten gemeinsam an. Der Tagesverlauf ist natürlich durch den Audienz- und Arbeitsrhythmus des Papstes geprägt; aber wir versuchen, da und dort auch immer wieder kleine persönliche Highlights einzubauen.

Süddeutsche Zeitung Magazin: Vermutlich sind Sie der erste Papstsekretär der Kirchengeschichte, der neben dem Pontifex auch selbst im Blickpunkt der Öffentlichkeit steht: People-Magazine schwärmen vom *Sunnyboy in der Soutane*. Sie seien, so die Schweizer *Weltwoche*, unbestritten der schönste Mann im Talar, der je im Vatikan zu sehen war. Donatella Versace hat Ihnen sogar eine eigene Mode-Linie gewidmet. Stört Sie Ihr Image als Frauenschwarm? Georg Gänswein: Nicht daß ich rot geworden wäre, es hat mich eher etwas irritiert. Es tut nicht weh, und es schmeichelte mir zunächst auch, und es ist doch keine Sünde. So frontal und direkt bin ich bisher noch nie mit meiner Schale konfrontiert worden. Dann habe ich gemerkt, daß dies größtenteils Ausdruck von Sympathie ist: ein Bonus, kein Malus; damit kann ich gut umgehen. Allerdings möchte ich schon auch, daß man nicht bei meinem Äußeren stehenbleibt, sondern auch die Substanz unter der Schale zur Kenntnis nimmt. *Süddeutsche Zeitung Magazin*: Bekommen Sie Liebesbriefe? Georg Gänswein: Ja, gibt's hin und wieder auch.

LIII.

Thereses Gebet, *von Adrienne nur mit starken Hemmungen gesprochen*, zu Protokoll gebracht von Balthasar, der ihr zur tagtäglichen ekstatischen Teestunde am Münsterplatz gegenüber saß, möglicherweise sogar neben ihr saß, *vielleicht lag Adrienne während ihrer denkwürdig kontrollierten Visionen aber auch vor ihm auf einer Couch*, und der sich durch ihre, Adriennes, Thereses, eindringlichen Worte, Concordia war davon augenblicklich überzeugt, zumindest mittelbar, *persönlich* angesprochen fühlen mußte: *Herr, die Liebe zu Dir brennt mich. Sie brennt mich so sehr, wie wohl kaum je ein Weib in Liebe zu einem Manne gebrannt hat. Ich fühle dieses Brennen in meinem ganzen Leib, nichts in ihm bleibt davon unberührt. Herr, komm zu mir, lösche dieses Brennen mit Deiner Gegenwart, komm zu mir, denn ich halte es nicht mehr aus, von Dir getrennt zu sein. Komm zu mir, denn ich bin Deine Braut, die nur ein Verlangen noch kennt: das Verlangen nach dem Bräutigam. Komm zu mir und sieh zu, was Du aus mir machen kannst, denn Du siehst, das Verlangen nach Dir ist so groß, daß es alle meine Gedanken beschäftigt und mich so erfüllt, daß ich nur noch mit der größten Anstrengung verrichten kann, was das Klosterwesen und meine Schwestern von mir fordern und was doch auch das Deine ist. Und doch Herr, ist dieses Brennen, weil es aus dem Nicht-mehr-warten-Können bis Du da bist, entspringt, so voller Wonnen, daß ich nicht gern darauf verzichten möchte.*

Concordia, neben Lothar, der Adriennes *Allerheiligenbuch*, aus dem er zitierte, der Lesbarkeit halber gegen die Mittagssonne hielt, er rücklings, sie bäuchlings auf *einem* Badehandtuch neben dem *Daewoo* ausgestreckt, murmelte: Als ob sie *in die Liebe verliebt* sei. Wird zwar oft gesagt, ist aber doch ein Zustand, der sich, selbst in Gedanken, nur anhand eines leiblichen Gegenübers realisieren läßt, oder findest du nicht? Lothar entgegnete: Dieses Gegenüber muß nicht anwesend sein. Bei Jean Paul steht, man könne sich auch lieben, ohne sich zu sehen, und am Ende könne man ja bloß die Liebe lieben, und die könnten die beiden Liebenden täglich in sich selber schauen.

Concordia: Interessanter Link jedenfalls zur katholischen Kommunion, zur Transsubstantiation in der Eucharistiefeier. Logische Konsequenz: Die Hostie *ist* der Leib Jesu. Lothar drehte sich auf die Seite, so daß sein *Antlitz* Concordias Profil zugewandt war, und antwortete: Nicht nur in der Eucharistie. Unmißverständlichen Verlautbarungen unseres neuen Papstes zufolge läßt sich der Eros als ein Bestandteil christlicher Nächstenliebe begreifen. Concordia: Unter den Bräuten Christi ist das immer schon klargewesen. Mir in aller Drastik erstmals bei Mechthild von Magdeburg aufgefallen, siehe auch Adrienne über Mechthild, wo ab Seite 437 zu lesen steht: Einmal macht sie eine Betrachtung über die bräutliche Liebe, nicht vom Mann ausgehend, sondern unmittelbar vom Herrn als Bräutigam, und von seiner Braut, die zunächst die Kirche ist. Während dieser Betrachtung sieht Mechthild in einer Art Vision, wie die Kirche in der Liebe brennt, und dann wie der Herr brennt, und wie ein gemeinsamer Brand entsteht, doch so, daß der Brand des Herrn über dem Brand der Kirche steht, weil der Kirche so viel Menschliches anhaftet, das jedoch durch die brennende Liebe des Bräutigams ausgemerzt werden könnte. Die Vision endet so, daß schließlich die Kirche ganz von der Liebe des Bräutigams brennt. Therese von Ávila jedenfalls bekannte, durch Adrienne, durch Balthasar: *Und ich weiß bald nicht mehr, was ich von Dir verlangen soll: daß Du dieses Brennen löschest oder daß Du es im Gegenteil noch heftiger werden lässest.*

Wenig später erhoben sich Lothar Lothar und Concordia Werkmeister von ihrem gemeinsamen Handtuch und nahmen ein Bad in dem durch die aufwühlenden Stürme und Regenfälle der vergangenen Tage spürbar abgekühlten See.

Als es bereits dunkel geworden war, kehrten sie in das dem benachbarten Campingplatz zugehörige Lokal ein und tranken ein Bier nach dem anderen. Lothar versuchte Concordia die *Verkündigung* anhand der Sängerin Billie Holiday zu erklären, die ihre Stimme, wie in Trance, dem beseelten Tenorsaxophonspiel Lester Youngs folgen ließ. Aber wie Billie Holiday Lester Young dabei ansah, warf Concordia ein, macht mir doch mehr als klar, daß sie von dem Klang, der ihr Ohr erreicht hat, mehr als entzückt ist, nämlich *verzückt*. Wie läßt sich das mit deinen neuen religiösen Ideen vereinbaren, wenn auch die Empfängnis durch das Ohr eine orgiastische, physische Qualität besitzt? Und, wenn wir schon einmal dabei sind, wie hat es Hans Urs von Balthasar eigentlich bewerkstelligt, daß

Adrienne von Speyr in den Jungfrauenstand zurückversetzt wurde? *Reiner Routineeingriff?* Und als Lothar auf Concordias Provokationen hin lediglich schmollte, legte sie nach: *Betrachtest du dich nach deiner Trennung von Jeannine auch wieder als Jungfrau?*

Ging dann immer so weiter, und die beiden fuhren um Mitternacht volltrunken, auf kleinsten Nebenstraßen, zu Frau Schmellers Haus. *Konnten sich zu nichts mehr aufraffen.* Schliefen in der Garageneinfahrt auf dem Fahrer- und Beifahrersitz ein.

LIV.

Am Abend des 6. August 2007 von Lothar Lothar *zu Händen Mary Lou Mackays* an die Herberge, in der sie mit ihren Mitmusikern übernachtete, gefaxt:

Rauschgift Jazz, Hoffnung der Juden. Von Dr. Fred Fritsch. Graz, 26. Mai 1942. Was ist, gründlich durchschaut, der Jazz, den das amerikanische Jahrhundert, d.h. die jüdische Weltherrschaft, neben anderen demokratischen Errungenschaften, den Völkern zu bringen gedenkt? Auf diese Frage gab Max Merz in einem Vortrag der Grazer Volksbildungsstätte eine ebenso kompromißlos eindeutige wie jedes Denken und Fühlen überzeugende Antwort. Da jedes Kunstwerk einem lebendigen Organismus vergleichbar ist und in ihm völkische Wesenheit zum Ausdruck gelangt, so wird mit der Zerstörung alles Organischen im Kunstwerk auch der Träger dieses in ihm gestalteten Lebens in Mitleidenschaft gezogen. Wenn die musikalischen Bewegungsimpulse den gesamten Muskelapparat in Bewegung setzen und sich körperlich auswirken, dann ist es möglich, auf dem Weg artfremder Musik durch das Ohr völkische Substanz zu zersetzen, aufzulösen und zu vernichten. Auch auf musikalischem Weg sind also Massenmorde möglich, Hinrichtungen der seelischen Substanz und damit Untergänge der Völker. Der organisierte Kulturbolschewismus, der vor der Verjazzung der d-moll-Toccata Bachs ebenso wenig halt macht wie vor einer Umsetzung von Volksliedern in negerblütigen Maschinentakt, hat sich demaskiert, als ein Jude nach dem Nürnberger Parteitag schrieb: *Wer diesen Aufmarsch gesehen hat, weiß, daß Deutschland für die Demokratie verloren ist. Aber trösten wir uns, die deutsche Jugend tanzt nach wie vor Jazz. Vielleicht wird es möglich sein, einmal über den Jazz der Demokratie wieder ein Eingangstor nach Deutschland zu öffnen.* Die Juden setzen also, wenn sie auf allen Linien geschlagen werden sollten, ihre letzte Hoffnung, die Rache Ahasvers an allen aufstrebenden Völkern zu vollstrecken, auf den Jazz, der damit als ein System des unbedingten Vernichtungswillens erkannt ist. Japan hat in instinktsicherer Erkenntnis der ungeheuren Gefahr für Volk und Staat alle Tanzdielen gesperrt und den Jazz verboten. Daß es im judenbefreiten Deutschland noch die Aufgabe zu lösen gibt, auch die letzten artfremden Einflüsse durch eine artgerechte Entfaltung der musischen Volkskräfte auszumerzen, ist etwas, was uns genauso wie der Soldat an der Front verpflichtet. Der vollkommene Sieg über Juda fordert, daß der Jazz endgültig der Vergangenheit angehort.

LV.

Jutta Hipp With Zoot Sims, 1956, Blue Note BLP 1530, Sleeve notes by Leonard Feather, author of *The Encyclopedia of Jazz*: When the two volumes of music encased in BLP 1515 and 1516 were recorded under the title *Jutta Hipp At The Hickory House*, the red-headed Mädchen from Leipzig had only recently opened her engagement at that Fifty-Second Street emporium. It was her first bow on the New York scene after many months of suspense due to the lack of that most material of prerequisites, a Musicians' Union membership card.

There was no telling how America would take to Miss Hipp or she to America. Perhaps after a couple of nervous weeks the gig would be over and the time charged off to experience. It speaks eloquently for Jutta that no such thing happened. She stayed at the Hickory House for no less than six months, a run that might be the envy of 999 jazzmen out of a thousand in these days of one-week stands.

During those spring and summer months of 1956 the German jazz queen held court for many a visiting citizen at the oval bar that surrounded her trio. When not busy chatting with Duke Ellington, Lennie Tristano and other distinguished guests, she could be found around the corner at Basin Street, watching what the opposition was cooking up. It was during this time that she had a musical meeting of the minds with Zoot Sims, with results that can be heard here.

Zoot and Jutta were not strangers. They had met a couple of years earlier, when Zoot was touring the Continent with

Stan Kenton's Orchestra, and had jammed together in one of Frankfurt's hipper cellars.

LVI.

Es hatte primär nichts mit seinem universitären Studiengang zu tun, sondern geschah einfach aus eigenständiger Neugier, als Gustave Abaelards *Leidensgeschichte* samt dessen brisantem Briefwechsel mit Heloisa, Concordias altrosa eingeschlagenes Exemplar, einpackte und zum gegenseitigen Vorlesen in Portionen mit nach Bad Aibling nahm. Concordia hatte zunächst gar nicht glauben können, daß ihr Freund dieses erstaunliche Standardwerk lediglich in der zerstückten Form vereinzelter Zitate kannte, warnte ihn aber gleich vor narrativen Durststrecken, die sich, ausschließlich religiösem Regelwerk gewidmet, in dem Buch zunehmend ausbreiteten. Doch eigentlich verspürte auch sie eine gewisse *Lust*, sich dieses nahezu tausendjährigen Textes ein zweites Mal anzunehmen. Kaum hatten sie das Werkmeistersche Landhaus bezogen und sich ihrer Stadtkleidung entledigt, stiegen Concordia und Gustave also in die anfänglich recht flüssige Lektüre, die als tröstende Epistel an einen guten Freund aufgemachte *Leidensgeschichte*, ein.

Abaelard, in der Bretagne geboren, gelangt als Student der logischen Wissenschaften nach Paris, entwickelt eine enorme philosophische Streitlust, die ihn schon bald berüchtigt und, in heftigen Disputationen, berühmt werden läßt, so daß er im Nu selbst zu lehren beginnt, ein kluges Gefolge gewinnt, aber unstet wird, unablässig driftet und flüchtet, sich schließlich dem Studium der Theologie widmet und auch hier schnell zum streitbaren wie weithin erfolgreichen Lehrmeister aufsteigt, während ihn zwei Krankheiten mit Namen *Hoffahrt und Sinnlichkeit* in die Niederungen der Sittlichkeit führen, bis er bei dem Kanoniker Fulbert als Hauslehrer einer juvenilen Pariserin namens Heloisa, des Hausherrn liebliche Nichte, unterkommt.

Wissenschaftliche Bildung ist bei Frauen eine Seltenheit; deshalb war Heloisas Anziehungskraft besonders stark, und man sprach im ganzen Lande von ihr mit größter Wärme. Was einen Mann zur Liebe locken mag, sah ich bei ihr vereint; darum gedachte ich sie in Liebesbande zu verstrikken, und am Gelingen zweifelte ich keinen Augenblick: war ich doch hoch berühmt und jugendlich anmutig vor anderen und brauchte vor keiner Frau eine Abweisung fürchten, wenn ich sie meiner Liebe würdigte. Auf einen leichten Sieg bei Heloisa durfte ich gerade darum rechnen, weil sie wissenschaftliche Bildung besaß und auch zu schätzen wußte. Ich rechnete so: auch wenn wir nicht beisammen sind, können wir mit Briefen ein Zusammensein ersetzen, man kann in einem Brief eher ein kühnes Wort wagen als von Mund zu Mund, und so hat man in jedem Fall Gelegenheit zu süßen Worten.

Die Liebe zu Heloisa durchglühte mich, und ich suchte nur noch Mittel und Wege, tagtäglich in ihrer Häuslichkeit zu verkehren und so das junge Mädchen zu zähmen, um sie ganz bequem mir gefügig zu machen. Den Weg zu diesem Ziel ebneten mir Fulberts Freunde, indem sie bei Heloisas Onkel, eben diesem Fulbert, für mich sprachen. Fulberts Haus lag auch sehr geschickt in der Nähe der Domschule. So vereinbarte ich mit Fulbert, daß er mich in sein Haus aufnehme und den Preis nach seinem Belieben festsetze.

Ich kann es jetzt wohl kurz machen: der Hausgemeinschaft folgte die Herzensgemeinschaft. Während der Unterrichtsstunden hatten wir vollauf Zeit für unsere Liebe; und wenn Liebende sich wohl nach einem stillen Fleck sehnen, wir brauchten uns dafür nur zur Versenkung in die Wissenschaften zurückziehen. Die Bücher lagen offen da, Frage und Antwort drängten sich, wenn die Liebe das bevorzugte Thema war, und der Küsse waren mehr als der Sprüche. Meine Hand hatte oft mehr an ihrem Busen zu suchen als im Buch, und statt in den wissenschaftlichen Textbüchern zu lesen, lasen wir sehnsuchtsvoll eins in des anderen Auge.

In unserer Gier genossen wir jede Abstufung des Liebens, wir bereicherten unser Liebesspiel mit allen Reizen, welche die Erfinderlust ersonnen. Wir hatten diese Freuden bis dahin nicht gekostet und genossen sie nun unersättlich in glühender Hingabe, und kein Ekel wandelte uns an.

Also gerät Abaelard dem Studium der Wissenschaften und auch dem Vorlesungsbetrieb zunehmend abhanden, bis allerhand einschlägiger Klatsch über Heloisa und ihn zirkuliert und schließlich, als sprichwörtlich letztem, auch Fulbert, dem gehörnten Oheim, die Augen aufgehen und er die Liebenden trennt. Deren erotische Leidenschaft füreinander entflammt aber um so vehementer; gesellschaftlich weitgehend entehrt, scheren sie sich um keinen verbliebenen Rest ihrer Ehre mehr. Heloisa wird schwanger, und Abaelard entführt sie heimlich aus Fulberts Pariser Anwesen in die Bretagne, wo sie einen Jungen zur Welt bringt, der den planetarischen Namen Astrolabius erhält.

Fulbert vergeht beinahe vor Gram. Schließlich nimmt Abaelard Verhandlungen mit ihm auf und bietet an, Heloisas Verführung durch eine ordentliche, aber diskrete Eheschließung zu sühnen. Fulbert willigt ein. Als Abaelard in die Bretagne zurückgekehrt ist, sträubt sich Heloisa jedoch gegen seinen Plan, dessen Realisierung, wie sie findet, den Philosophen entehrte. Sie spricht: Die Natur schuf Dich, um *allen* zu dienen, und Du willst Dich nur noch *einem* Menschen widmen, obendrein einem Weib, und Dich in so eine schimpfliche Knechtschaft verkaufen. Ihr sei es das Liebste und das für sie Anständigste, so Heloisa, wenn sie *Geliebte* heiße statt *Gattin*. Abaelard führt sie nichtsdestotrotz in Paris vor den Traualtar, von Fulbert und den Seinen bezeugt, vor der Allgemeinheit geheimgehalten.

Aber Heloisas Oheim und seine Sippe konnten es immer noch nicht verwinden, daß ich Schimpf und Schande über ihre Familie gebracht; deshalb machten sie die Eheschließung überall bekannt, obgleich mir die Geheimhaltung zugesichert war. Heloisa wollte das wiedergutmachen und leistete alle Eide darauf, es sei eine ausgemachte Lüge, bekam es aber dafür tüchtig zu spüren, wie diese Ableugnung den Oheim erregte. Das veranlaßte mich, sie wegzubringen. Da Heloisa als kleines Mädchen schon bei den Nonnen von Argenteuil im Internat gewesen war und das Kloster auch bequem in der Nähe von Paris lag, so brachte ich sie dort unter und ließ sie als Laienschwester einkleiden, nur daß sie noch nicht den Schleier nahm. Darin sah Fulbert mit seiner ganzen Sippschaft einen ganz schnöden Betrug und den Versuch, Heloisa auf diese Weise einfach abzuschieben. Die Erbitterung dieser Leute wurde so stark, daß sie mein Verderben beschlossen. Mein Diener ließ sich bestechen und führte sie eines Nachts, als ich ganz ruhig schlief, in meine Kammer. Und nun nahmen sie an mir eine Rache, so grausam und so beschämend, daß die Welt erstarrte: sie schnitten mir von meinem Leib die Organe ab, mit denen ich sie gekränkt hatte.

LVII.

Zwei halbwüchsige Mädchen hoch zu Pferd näherten sich aus der Richtung des Möbelhauses, mußten aber zuvor von den gegenüberliegenden Feldern über die sowohl den Kanal als auch den Zubringer überquerende Brücke ins Gewerbegebiet geritten sein. Ließen sich vor Lothars Augen anmutig und synchron von ihren Satteln herabgleiten, machten ihre Rösser provisorisch an der Sammelstelle für benutzte Tabletts, Gefäße und Verpackungsfolien fest, besorgten sich drinnen Hamburger mit Pommes frites, eisgekühlte *Coca-Cola* in großen Bechern, und nahmen am äußersten Tisch der Terrasse, jenem, den die Abfallstation vom Parkplatz trennte, Platz. Von den Lautsprechern an der Hauswand wehte Faith Evans' *Mesmerized* herüber, eine hypnotische Nummer über eine hypnotische Liebesbeziehung. Neugierig senkten die Pferde ihre Köpfe und beschnupperten die aufgetischten Nahrungsmittel.

Lothar hatte sich aus dem Café-Trakt des Schnellrestaurants Gemüsesticks mit orientalischem Kichererbsenpüree geholt und war mit seiner Mahlzeit bereits fertig; er saß beim Kaffee, in Betrachtung einer von Mary Lou am Tag nach dem Tod des Schlagzeugers Max Roach verfaßten Postkarte, mit einer emotionalen Anspielung an das gemeinsame Studium des Max Roach gewidmeten Heftes der Zeitschrift *Du*, aufgegeben in Barcelona, wo sie mit ihrem Trio, als Höhe- und Scheitelpunkt der laufenden Tournee, ein mehrtägiges lukratives Gastspiel in einem fancy Restaurant absolvierte. Als Motiv präsentierte die Karte Juan de la Cruz mit geschultertem Kruzifix. Die Verkäuferin, eine ältliche Ordensschwester, allein in ihrem kleinen, in einer schmalen, verschatteten Seitengasse liegenden Geschäft für christliche, in erster Linie marianische

Artikel, habe sich sehr erfreut darüber gezeigt, daß Mary Lou ausdrücklich nach einem Bildnis des Johannes vom Kreuz verlangt hatte. *Sie müssen eine kluge Frau sein*, habe sie sich zum Abschied anhören müssen. *Dabei bin ich ja so dumm*, hatte Mary Lou, kopfüber, mit einem Sternchen versehen, auf ihrer Ansichtskarte hinzugefügt.

Später saß Lothar, in die Großstadt gefahren, im Dom und betete. Ihm fielen Adriennes Worte ein, das Gebet sei wie ein Kuß und wie das Nachklingen des Kusses und die Vorfreude auf den kommenden Kuß. Leute nahmen in den Bänken vor, hinter und neben ihm Platz, ein betagter Priester erschien hinter dem Altar. Lothar lauschte dem Tenor des Geistlichen, dem einsamen Hall seiner Stimme im hohen, gotischen Gewölbe, beobachtete verstohlen um sich herum die anderen Teilnehmer der werktäglichen Abendmesse und realisierte bestürzt, daß diese, so gut wie ausnahmslos, um Trost zu finden erschienen waren. Selbst die junge Frau in der Reihe vor ihm, trotz ihrer modischen Aufmachung, ihrer Designerjeans, ihrer teuren Stöckelschuhe: *eindeutig eine Trostsuchende*. Wie sie im Augenblick der Wandlung, als von draußen, dem Glockenturm her, der Glockenschlag zu hören war und dumpf die angespannte Stille im Kirchenschiff durchbrach, ihre Hände vor das Gesicht schlug. Und ihre Züge auch nach der Kommunion noch lange bedeckt hielt, als ob sie in einer endlos dunklen Nacht entschwinden wollte.

LVIII.

In Gustaves idiosynkratisch möbliertem Appartement, historisches Olympiadorf, Balkon aus bundesrepublikanischem Beton, prächtige Aussicht über die Stadt, am Nachmittag seines Geburtstags. Der CD-Spieler gab seit Stunden Concordias Geschenk, ein empfindsames Album der Wiener Künstlerin Gustav, wieder. *Wir legten also beide zusammen das heilige Gewand an, ich in der Abtei St. Denis, Heloisa in ihrem Kloster von Argenteuil*, las Gustave aus Concordias altrosa eingebundenen Buch, das auf 511 Seiten die gesamte Liebesgeschichte von Abaelard und Heloisa zu enthalten versprach, vor, und so lebten die beiden Eheleute fortan in äußerst eigentümlicher Scheidung. Ihr Kind wurde zur Aufzucht fortgegeben.

Der Abt von St. Denis verschafft sich einen Besitzanspruch auf das Nonnenkloster von Argenteuil, in dem Heloisa, *jetzt meine Schwester in Christo viel mehr als meine Gattin*, so Abaelard, zur Priorin aufgestiegen ist. Der gemeine Abt wirft die Nonnen auf die Straße, wo sie heimatlos umherirren. Abaelard, seinerseits St. Denis entflohen, nimmt die Bräute Christi in seiner Einsiedelei auf, übereignet ihnen ein Bethaus samt dazugehörigem Besitz.

Schon irre, sagte Gustave zu Concordia, die, während er vorlas, das goldene Kruzifix ihres Halskettchens zwischen den Lippen, umständlich in seinen Armen lag, wie sich der entmannte Ehemann seiner verschleierten Ex weiterhin annimmt, indem er sich, einem undurchsichtigen Eunuchen im Harem vergleichbar, um sie und ihre Mitschwestern kümmert. Üble Nachrede bleibt da nicht aus: Abaelard befinde sich nach wie vor in den Fesseln der Sinneslust, reden die Leute. Der aber betont seinem Brieffreund gegenüber, er *könne* doch gar nicht mehr sündigen, und daß die Alten Eunuchen beschäftigt hätten, wenn sie ihre Weiber in sicherer Obhut wissen wollten. Und gemahnt an den frühchristlichen Philosophen Origines, der sich *selbstentmannte*, um Frauen, von männlichen Regungen unbehelligt, auch in heilpraktischen Dingen unterweisen zu können. *Was Origines an sich selbst tat in einer Art Übereilung, die ihn geradezu schuldig werden ließ*, so Abaelard, *das ließ die göttliche Barmherzigkeit eine fremde Hand an mir sündigen, um mich für eine entsprechende Aufgabe wie die des Origines frei zu machen.* Auch Jesus und seine Apostel seien stets von Frauen, *heiligen Frauen*, umgeben gewesen.

Es folgt Heloisas erster flehentlicher Brief an den ihrem Blickfeld entschwundenen Abaelard, nachdem ihr der Zufall dessen Brief an seinen Freund in die Hand gespielt hat. Unglaubliche Anrede: *Meinem Herrn, nein, meinem Vater, meinem Gatten, nein, meinem Bruder, seine Magd, nein, seine Tochter, seine Gattin, nein, seine Schwester, meinem Abaelard seine Heloisa.* Abaelard möge sich doch bitte weiterhin um ihr Kloster sorgen: *Dein eigenes Werk ist diese neue Pflanzung im Dienst des Himmels; ihre Pflanzen sind meist noch jung und brauchen häufiges Begießen, wenn sie gedeihen sollen.* Dann aber rückt sie, die Gattin, sich selbst ins Bild und formuliert die Sätze: *Von den Schwestern will ich im Augenblick schweigen, aber den Stand Deiner Schuld an mich darfst Du nicht mehr übersehen. Mich, Deine Einziggeliebte, mich mußt Du auszahlen, gewissenhaft auszahlen, wenn Du Deine Schuld an die andächtigen Schwestern loswerden willst. Innerlich unsicher, verzehre ich mich in einem Schmerz, der täglich neu wird: aber Du hast keinen Versuch gemacht, in seelsorgerischem Gespräch oder mit einem Trostschreiben zu helfen. Du kennst doch die ganze Schwere Deiner Verpflichtung, wie das Sakrament der Ehe Dich an mich bindet. Mir bist Du verpflichtet und verfallen; denn alle Welt bezeugt es, daß meine Liebe zu Dir kein Maß und kein Ziel gekannt. Herzliebster, Du weißt es, alle wissen es, was ich in Dir verloren, wie jammervoll der Sturz war nach dem schwärzesten Ver-*

rat, den die Welt kennt; Dich verloren und in Dir mich verloren, schmerzt tief; doch abgrundtief schmerzt es, wie ich Dich verlieren mußte. Du allein schlugst mir die Wunde, heile Du sie auch gnadenvoll. Du allein kannst mich betrüben, Du allein kannst mich fröhlich machen und trösten, und Du allein bist dazu verpflichtet, so stark, wie es nur ein Mensch sein kann. Jeden Befehl habe ich ausgeführt in so blindem Gehorsam, daß ich auf Dein Geheiß mich selbst opferte: ich mußte Dir eben gehorchen.

Aber noch nicht genug, ich traue mich kaum, es zu sagen, meine Liebe schlug um in Wahnsinn; sie opferte in hoffnungslosem Verzweifeln das eine einzige Ziel ihrer Sehnsucht. Ohne Zaudern, Du, Du gabst ja den Befehl, brachte ich mein altes Gewand und mein altes Herz zum Opfer, um aller Welt zu zeigen, wie ich Dein eigen sei mit Leib und Seele. Gott ist mein Zeuge, ich habe je und je in Dir nur Dich gesucht, Dich schlechthin, nicht das Deine, nicht Hab und Gut. Du bist mein Zeuge, nicht meine Lust, nicht mein Wille war je mein Ziel, nein, nur Deine volle Befriedigung. In dem Namen Gattin hören andere vielleicht das Hehre, das Dauernde; mir war es immer der Inbegriff aller Süße, Deine Geliebte zu heißen, ja, bitte zürne nicht, Deine Schlafbuhle, Deine Dirne.

Ich hatte darauf gebaut, mir einen vollen Dank von Dir verdient zu haben, denn ich habe alles für Dich getan und kenne auch jetzt nur noch einen, nur Deinen Willen. Es war doch nicht fromme Ergebung in Gottes Willen, die mich junges Ding ins finstere Kloster führte; nein, Dein Wille allein stieß mich ins Kloster. Ernte ich von Dir keinen Dank für Dein Opfer, dann mußt Du es selbst als vergeblich bezeichnen; von Gott habe ich doch keinen Lohn zu erwarten; daß ich nicht aus Liebe zu Gott getan, was ich getan, das kann niemand bestreiten. Als Du zu Gott Deine

Zuflucht nahmst und zu seinem Dienst, da tat ich, wie Du getan, nein, ich nahm den Schleier noch vor Dir. Erst brachtest Du unserem Gott in mir ein Opfer, ich mußte zuerst den Schleier nehmen und das klösterliche Gelübde ablegen, ehe Du Dich selber Gott weihen mochtest.

Laß mein Herz doch bei Dir sein, bitte, bitte, und bei Dir behütet sein. Es fühlt sich schon behütet, wenn Du ihm ein freundliches Gesicht machst, wenn Du Liebe mit Liebe vergelten magst, mein Großes mit Deinem Geringen, mit Deinem schönen Wort mein opfervolles Tun. Als ich an Deinem Herzen liegend des Fleisches Lust genießen durfte, da konnte die Welt zweifeln, ob hingebende Liebe oder selbstische Gier mich in Deine Arme trieb. Nun bezeugt es das Ende, aus welchem Sinn heraus mein Lieben seinen Anfang nahm; auf alle Freuden dieser Welt habe ich verzichtet, um Deinem Willen gehorsam zu sein; ich habe alles vorbehaltlos dahingegeben und mir nur das Eine vorbehalten, gerade durch diese Hingabe ganz die Deine zu werden.

Und Du, Du, nimm es Dir zu Herzen, wie ungerecht Du bist: meine Leistung ist groß, Deine Gegenleistung ist nicht entsprechend, besser gesagt, sie ist ein Nichts, ein Garnichts; und dabei ist es so wenig, was ich von Dir erwarte, und für Dich eine Kleinigkeit. Ich beschwöre Dich bei Gott, bei dem Gott, welchem Du Dich zum Opfer dargebracht, schenk mir Deinen Besuch, es gehe, wie es wolle, schreib mir doch ein paar Trostworte, ich will mich an ihnen aufrichten und Gott wieder fröhlich dienen können. Als Du mich, ach wie lange ist es her, zu den Freuden dieser Welt verlocktest, da durfte ich Dich empfangen in Briefen über Briefen, und ein Lied ums andere verkündete Deiner Heloisa Ruhm der ganzen Welt. Heloisa klang es Straßen auf, Straßen ab, und Heloisa klang es in jedem Haus. Müß-

test Du nicht jetzt Gottes Liebe in mir wieder wecken, mit schönerem Recht, als Du vordem des Menschen Wollust in mir wecktest? Eine letzte feierliche Bitte: bedenke Du Deine Verschuldung und öffne Dein Ohr meiner Forderung.

Abaelards Antwort eröffnet mit *Heloisa, seiner geliebtesten Schwester in Christo, Abaelard, ihr Bruder in Christo*, und nimmt dann so gut wie gar keinen Bezug auf ihre leidenschaftlichen Einforderungen. Ein Indiz dafür, daß hier doch zwei Absender existieren, meinte Gustave. Oder eines für ein besonders dialektisches Vorgehen ein und desselben Verfassers, sagte Concordia, nahm das Buch an sich und blätterte weiter, zu Heloisas antwortender Anrede: *Ihrem Einziggeliebten nach Christus, seine Einzigliebende in Christus.* Um sogleich fortzufahren: *Zu meinem Erstaunen, Einziggeliebter, hast Du gegen die Briefform und gegen die Naturordnung verstoßen und mich in dem Einleitungsgruß vor Dir genannt: Du hast es gewagt, das Weib vor dem Mann zu nennen, die Gattin vor dem Gatten, die Magd vor dem Herrn, die Nonne vor dem Mönch und Priester, die Äbtissin vor dem Abt.* Worauf Abaelard, mit dem einleitenden Gruß *Der Braut Christi, der Knecht Christi*, antworten wird, in Briefen an höherstehende Personen müsse deren Name logisch dem eigenen vorangestellt werden. Und daß Heloisa höher stehe als er, treffe spätestens zu, seit sie seines Herrn Christi Braut geworden sei. Und wird ausführen: *In der Welt wärest Du nur eine Frau, jetzt stehst Du sogar über den Männern und hast Evas Fluch in Marias Segen gewandelt. Ihr Schwestern seid eingeführt in das Schlafgemach des himmlischen Königs vom Könige selbst, Ihr ruht in seinen Armen und seid nur für ihn auf der Welt, da Euer Tor immer geschlossen bleibt.* Dann blätterte Concordia zurück zu Heloisas zweitem Brief und las Gustave die folgenden erschütternden, an ihren abwesenden Ehemann gerichteten Sentenzen vor: *Ich habe an Dir nur einen Trost, Dein Leben. Alle anderen Freuden an Dir sind mir ja versagt, ja ich darf mich nicht einmal eines Besuches von Dir freuen, um so wenigstens manchmal mein Selbst in Dir wiederzufinden.*

Vielleicht müssen wir auf diese beiden Liebenden, in seltsam verkehrter Weise, ein bißchen eifersüchtig sein, sagte Gustave nachdenklich; das Leben räumte uns ja gar nicht erst ein, einander dermaßen *leidenschaftlich* hinzugeben. Respektive zu verweigern, ergänzte Concordia. Gehört die süße Unmöglichkeit nicht zur komplizierten Dramaturgie einer jeden *amour fou*? Gustave, betroffen: *Wir sind einfach so ein Paar geworden, Fee.* Concordia: Womöglich hat uns in diesem bittersüßen Punkt Lothar, mit seinem Gelübde sowie seiner geheimnisvollen Pianistin, einiges voraus. Ob die das aber so toll findet, möchte ich bezweifeln, antwortete Gustave. Bereits mehrfach waren Gustave und Concordia diesen Sommer mit Lothar und Mary Lou im Kino gewesen, zuletzt, an *einem* Abend, in Quentin Tarantinos *Death Proof* und Julie Delpys 2 *Days in Paris*. Lothar hatte bei seinen diesbezüglichen Anrufen stets einsilbig erklärt, er habe *keine Lust*, mit Mary Lou allein ins Kino zu gehen.

LIX.

Erster herbstlicher Temperatureinbruch; die zur Café-Terrasse führenden gläsernen Schiebetüren waren sämtlich fest verschlossen. Der Mann in der Schlange vor Lothar Lothar ein junger Ofenbauer, dessen funktionale Arbeitskleidung wie *club wear* wirkte, trat zur Seite, schüttete braunen Zucker aus länglichen Papiertütchen in seinen

Milchkaffee und telefonierte in ungenierter Lautstärke mit einem Kunden. Lothar gab seine Bestellung auf, bekam seinen *Flat White grande* zubereitet, das Tablett mit einer freundlichen, beinahe *freundschaftlichen* Bemerkung der Vegetarierin ausgehändigt, zahlte und nahm unmittelbar vor dem Kamin in einem ledernen Clubsessel Platz. Er hatte nichts zu lesen dabei und verfiel in Gedanken.

Mary Lou Mackay war am Vorabend von ihrer Tournee heimgekehrt und hatte ihn mit ihrer letzten Postkarte, auf der *ironisch* eine Papst-Briefmarke prangte, wissen lassen, daß sie nunmehr mit ihrem Schlagzeuger Arilt liiert sei, und hatte ihn dies in einem unbeschwerten Ton wissen lassen, als ob Lothar auch ganz erleichtert darüber sein müsse. Da man, das war ihre Logik, wo jetzt beide *vergeben* seien, endlich von einer *Balance* in ihrer Beziehung reden könne. Deswegen verlangte sie, Lothar unbedingt gleich heute wiederzusehen. Und also hatte er sorgfältig sein Haar gewaschen, sich ausgewählt angezogen, seinen engsitzenden Anzug aus Hamburg angezogen und sich mit dem neumodischen, an Frank Sinatra, Dean Martin und Sammy Davis, Jr. erinnernden, sehr schmalkrempigen Pepita-Hütchen möglicherweise eine Stufe *zu* ausgewählt angezogen. Aber egal, dachte Lothar. Stürzte den Kaffee hinunter und stieg in seinen *Daewoo*.

Drei Stunden später trat er mit Mary Lou im Schatten des mächtigen Doms aus einem eleganten Schuhgeschäft, an ihrem rechten Handgelenk eine Tüte mit einem tapezierten Karton, darin ihre neue, italienische Anschaffung, in der Linken trug sie ihren roten Knirps, aufgespannt, denn es hatte soeben zu regnen angefangen, und sie hielt diesen Knirps über ihr *und* Lothars Haupt, wodurch er so dicht neben ihr zu gehen gezwungen war, daß er, *aus praktischen Erwägungen*, in aller Öffentlichkeit, unmittelbar vor den

Schaufenstern der Dombuchhandlung, seinen rechten Arm um ihre Hüfte legte. Das Licht, das sich durch den Regenschirm auf ihre Gesichter legte, vermittelte den Eindruck, beide seien zutiefst errötet. Worüber sie kurz lachen mußten.

Dann wurden Mary Lou und Lothar von der eigentümlichen Regung befallen, sämtliche Stellen der näheren innenstädtischen Umgebung, die sie auf ihren zweisamen Streifzügen seit Anfang des Jahres aufgesucht, eher *erlebt* als passiert hatten, noch einmal zu besuchen. Was ihnen aber sehr schnell sentimental vorkam, geradezu nostalgisch, *als wären wir nicht mehr zusammen,* sagten sie, *als hätten wir uns getrennt.* Dann lieber ganz neue Orte finden, schlug Mary Lou vor. Zum Beispiel die Bongo Bar, in der die sehr junge Jutta Hipp engagiert gewesen war. Muß ziemlich irre gewesen sein, sagte Mary Lou, das Publikum hockte auf Bongo-Trommeln, zwischen, vielleicht auch *in* kleinen Hütten, jedenfalls von lebenden Leoparden und Affen umgeben, wie im echten Dschungel. Keine Ahnung, wo dieser Club lag, sagte Mary Lou, niemand kann mir etwas sagen. Lothar kannte auch nur eine Art Remake der Bongo Bar aus den 1990er Jahren, das in einer ehemaligen Knödelfabrik untergekommen war. Und also steigen die beiden in die nächstbeste Straßenbahn, *irgendwohin.*

LX.

Am Abend präsentierte Mary Lou Lothar auf dem Bildschirm ihres Mobiltelefons Fotografien von dem attraktiven Arilt. Lothar klopfte ihr *anerkennend* auf die Schulter und ärgerte sich sogleich über dieses ihm augenblicklich *zu kameradschaftlich* vorkommende Tätscheln. *Fast wie das eines Hundes.* Und stellte sich unter Verdacht, ob er nicht jede noch so beiläufige Berührung mit dieser Frau doch als eine für beide Seiten unmißverständlich erotische begriffen wissen wollte, wie Mary Lou es ihm ja im Gegenzug längst gestanden hatte: sie träumte regelmäßig von ihren *zufälligen Berührungen.* Womit der theologische Nukleus seiner inneren Rechtfertigung einer quasi *prinzipiell* unschuldigen, weil *asymptotisch* angelegten Annäherung zwischen ihm und Mary Lou Mackay suspendiert wäre.

Schon, als er noch mit Jeannine liiert war, hatte sich Lothar Gedanken über die genaue Art seines sexuellen Zugriffs auf ihren Körper gemacht. Im Zusammenhang seines Theologiestudiums war er auf Paulus' Ersten Korintherbrief gestoßen, in dem geschrieben stand: Die Frau hat über ihren eigenen Leib nicht die Verfügung, sondern der Mann; ebenso hat der Mann über seinen eigenen Leib nicht die Verfügung, sondern die Frau. Wobei Verfügen ja durchaus im edlen Sinn einer gegenseitigen Hingabe *in Fülle* anstatt eines einseitigen Besitzergreifens *aus Mangel* verstanden werden könnte, überlegte Lothar, was ihm nunmehr, *wo sowohl er als auch Mary Lou vergeben waren*, gar nicht richtig *sündhaft*, sondern beinahe als *fromm* denkbar vorkommen wollte, und er dachte jetzt auch sehr gelassen an den Schlagzeuger Arilt sowie an Krzysztof Kieslowskis *Drei Farben: Blau*, den er im Kino, frisch verliebt, mit Jeannine, sich in der Dunkelheit des Vorführraums ungestört und ungeniert gegenseitig masturbierend, angeschaut hatte, einen Spielfilm, in dem das *Hohe Lied der Liebe* aus dem Ersten Korintherbrief in einer von Paulus wahrscheinlich nicht vorgesehenen Mischung erotischer und nichterotischer Aspekte eine wesentliche Rolle spielte.

Während Mary Lou vergnügt weitere Momentaufnahmen der zurückliegenden Tournee vorzeigte, glitt sie mit Lothar immer tiefer in die Polster der Couch, und gleichzeitig rutschte ihr Rock immer höher, entblößte der Saum ihre Oberschenkel beinahe bis zum Schritt. Lothar hatte seine Arme hinter dem Kopf verschränkt und fragte vorsichtig: Weiß dieser Arilt denn von unserer Verabredung? Und Mary Lou hatte Arilt, der, aus Kristiansand stammend, seit sieben Jahren in dieser Stadt lebte, kein Wort davon erzählt. Es sei aber gut denkbar, daß er jede Minute auftauchte. Dann werde ich wohl gehen müssen, sagte Lothar, und Mary Lou sah ihn *berührt* an, als hätte er ihr endlich seine Liebe gestanden. Und sie erwiderte sanft: Nein, du bleibst hier, und wenn Arilt kommt, stelle ich euch einander vor. Und plazierte einen weiteren sehr zärtlichen Kuß auf Lothars ihr zugewandter Wange. Den Wohnungsschlüssel hatte sie gleich nach der Ankunft von innen ins Türschloß gesteckt und, wenn Lothar das richtig erkannt hatte, auch einmal im Schloß umgedreht. Den ganzen Tag keine einzige Äußerung über die Arbeit an ihrem Prosagedicht *Catholic Kisses*.

LXI.

Jeannine Waterstradt, die heute nachmittag ein gelbes, eigenhändig mit Jack Smiths geflügeltem Wort *When You Have Police, Everything Looks Queer* besticktes T-Shirt trug, traf Mary Lou Mackay auf ihrem Weg zur Bibliothek des Instituts für Theaterwissenschaften. Die beiden Frauen gingen aufeinander zu, aneinander vorbei, ihre Blicke begegneten sich, aber sie grüßten einander nicht. Jeannine überlegte, was die Pianistin im Universitätsviertel überhaupt zu suchen hatte. Naheliegend, daß sie entweder auf dem Weg zu einem Rendezvous mit Lothar war, oder diesen gerade eben noch, in einem *lauschigen* Café, gesehen hatte. Vielleicht hatte sie ihn auch zu einer Veranstaltung begleitet. Jeannine war zwar Lothars Ex, aber als dessen letzte Geliebte vor seiner so frommen wie feierlichen Abkehr von der Libido brauchte sie sich eigentlich keine Gedanken über eine eventuelle Nachfolgerin zu machen. Irgendwie gehört Lothar noch immer zu mir, befand sie; wie Julie Delpy, die ihren ersten eigenen Spielfilm, in dem sie die weibliche Hauptrolle spielte, mit ihrem Ex in der männlichen Hauptrolle besetzt hatte. Thema: Ein nicht mehr ganz junges Liebespaar entwickelt und überwindet seine Beziehungskrise binnen zweier Tage in Paris. Jeannine hatte sich seit ihrer Trennung von Lothar Lothar in keinen anderen Mann mehr verliebt. War jetzt ein bißchen nervös geworden, ob sie überhaupt noch einmal den Richtigen finden würde.

Zwei Autos für den Heiligen Pedro Claver. Die beiden Libretti Hubert Fichtes aus den Jahren 1976 und 1980, in einem hautfarbenen Bändchen des Qumran Verlags zusammengefaßt. *Auto*: von lateinisch actus, Akt, Handlung, in Spanien und Portugal Bezeichnung feierlicher religiöser oder gerichtlicher Handlungen, dann kurzer, einaktiger Schauspiele zur Verherrlichung kirchlicher Feiertage in Kirchen und auf öffentlichen Plätzen größerer Städte. Aus mittelalterlichen Mysterien, Mirakeln und Moralitäten entstanden, wurden sie im 12., 13. Jahrhundert Lieblingsunterhaltung des Volkes, jedoch 1765 als angebliche Entweihung des Heiligen untersagt und mühevoll verdrängt. Des spanischen Missionars Pedro Clavers transatlantisches Leben, sein Sterben, seine Grablegung ähnelten jenen afrikanischen Riten, zu deren Ausrottung er in Cartagena de Indias das meiste beigetragen hatte.

1534 erklärt der Papst Cartagena, Hauptumschlagplatz für Negersklaven in der Neuen Welt, zur Erzdiözese. Ein Sklave und ein Pferd kosten gleich viel. 1535 erteilt der Kaiser die ausgefallene Erlaubnis, zwei weiße Sklavinnen nach Cartagena einzuführen. 1540 befiehlt Karl V., daß flüchtigen schwarzen Sklaven in keinem Fall jene Teile abgeschnitten werden sollen, die man anständigerweise nicht nennen könne. 1571 widerruft Philipp II. diese Order: Entlaufenen Sklaven solle das Geschlechtsteil abgeschnitten und abgeschnitten zur Abschreckung auf den Schandpfahl gesteckt werden. 1600: Aufstand der Neger unter Domingo Bioho.

1604 legt Pedro Claver das Gelübde der Gesellschaft Jesu ab. Pedro Claver küßt das Ufer der Neuen Welt. Er besitzt die Ideale eines Konquistadoren: *Ihn treibt die Begierde nach dem Schatz der Seelen.* Er wird Priester. Er spricht die Sprache der Sklaven. Er gibt ihnen Wasser zu trinken, redet dann erst von Religion. Den Begriffsstutzigen schlägt er das Kruzifix auf den Schädel, den Bereitwilligen offeriert er Tabak.

Pedro Claver geht in die Hospitäler, *mit entflammtem Gesicht*, pflegt die Elenden, die Pestkranken, er leckt die Schwären der Leprösen, er leckt den brandigen Arm des syphilitischen Bettlers. Er leckt die Wunden der Neger. *Ganzen Schiffsladungen von Negern leckt er die Wunden sauber.* Einmal verlassen ihn seine Kräfte; da geißelt er sich. Er tauft Hunderttausende. Erkrankt, wird vernachlässigt, stirbt. Nach seinem Tod küssen sie ihn, plündern sein Zimmer und zerreißen seine Kleider als Reliquien. Jeannine fertigte sich einige Notizen an und sortierte das Bändchen zurück ins Regal.

LXII.

Um ihre private Situation besser einschätzen zu können, hatte Jeannine sich, abseits ihrer akademischen Vorhaben, ein Kompendium über die wechselseitigen Beziehungen zwischen Eros und Religion ausgeliehen, in dem die Kinofilme von Pedro Almodóvar, Krzysztof Kieslowski, Patrice Chéreau und Jean-Luc Godard als Anschauungsmaterial dienten. Blätterte gleich in der U-Bahn hinein, blieb hängen, versäumte beinahe, an ihrem Fahrtziel auszusteigen.

Ich möchte zeigen, daß Godards Film *Je vous salue, Marie* die marianische Tradition des Glaubens an einen makellosen, jungfräulichen Körper teilt, schreibt Ulrike Vollmer in ihrem *Heilige Ehrfurcht oder banaler Voyeurismus?* überschriebenem Aufsatz. Allerdings wird auch zu zeigen sein, daß der Regisseur mit dem makellosen, jungfräulichen Körper anders umgeht, als dies in breiten katholischen Kreisen üblicherweise geschieht. Godard scheint geradezu besessen zu sein von dem Wunsch, Maria in ihrer Körperlichkeit sichtbar zu machen, ihren Körper im Detail, aus allen möglichen Perspektiven und in allen möglichen Posen, ins Visier zu nehmen. Dabei wirft die Autorin zwei Fragen auf. Erstens: Hat Godards Blick auf Maria etwas mit Erotik zu tun? Also: Macht er Maria zu einem erotischen Objekt? Zweitens: Ist Godards Blick auf Maria tatsachlich so weit vom Katholizismus entfernt, wie die Kritiker uns glauben machen wollen? Gibt es nicht doch Verbindungspunkte und Fundamente einer bestimmten religiösen Tradition, auf denen Godards Film ruht, wenn er diese auch in eine ungewöhnliche Richtung weiterführt?

Synopse: Die Jungfrau Maria empfängt ein Kind, ohne mit einem Mann geschlafen zu haben. Ihr Verlobter Joseph muß durch einen Engel davon überzeugt werden, daß Maria tatsächlich nicht mit einem anderen Mann geschlafen hat. Schließlich bleibt Joseph bei Maria, um sich um Mutter und Kind zu sorgen. Godards Film verweilt sehr lange bei der Schwangerschaft Marias und umschreibt dann in kurzen Zügen die Geburt Jesu sowie einige Kindheitsszenen.

Sollte Jeannine Godards Beteuerung glauben, er habe versucht, nicht eine nackte Frau zu zeigen, sondern *das Fleisch an sich?* Konnten die ganz gewiß unmißverständlich männlich heteronormierten Kameraschwenks über Marias unbekleideten Körper dem Federstrich einer anatomischen Zeichnung gleichgesetzt, die Fokussierung des Objektivs auf Marias Brüste mit einem Sich-Berufen auf den traditionellen Bildtypus der stillenden Mutter Gottes, *Maria lactans*, gerechtfertigt werden? Und was für ein Blick wäre denn damit eigentlich gerechtfertigt? Suggestivfragen, ganz klar. Andererseits: Hatte sich die erwachsene Katharina von Siena nicht buchstäblich aus dem Busen des Gekreuzigten stillen lassen wollen? In Klammern: Dessen nicht zum Himmel aufgefahrene Vorhaut sie als Ehering trug. *Fragmentierung* als der früheste Schlüsselbegriff einer eigenen Wissenschaft der Frauen.

LXIII.

Heloisa an Abaelard: Zuerst genossen wir die Freuden einer verstohlenen Liebe, und unfein, aber deutlich gesagt, wir buhlten miteinander, und der strenge Richter im Himmel sah es ruhig mit an. Wir setzten verstattete Liebe an die Stelle der verbotenen, wir deckten die schmachvolle

Buhlerei mit dem Mantel einer ehrbaren Ehe, und Gott, der das unheilige Lager der Buhlerei zuvor so lange geduldet, Gott sah das heilige Lager der Ehe nicht in Gnaden an und ließ in seinem Grimm die Hand schwer auf uns niederfallen.

Und das Unglück kam über uns nicht schon zu der Zeit, da wir nach unserer Heirat noch in altgewohnter Lust schwelgten; nein, wir hatten uns auf einige Zeit getrennt und führten ein keusches Leben: Du hieltest in Paris Deine Vorlesungen, und ich lebte auf Dein Geheiß bei den Nonnen in Argenteuil. Wir hatten uns also getrennt: Du wolltest für Deine Vorlesungen wieder mehr Eifer zeigen, und ich, ich wollte ungestört beten und in die Heilige Schrift mich vertiefen. Und gerade da, als wir so keusch und heiligmäßig lebten, gerade da fiel die Hand Gottes nieder und ließ Dich allein an Deinem Leibe büßen für das, was wir beide vordem gesündigt hatten.

Es ist gewiß leicht für jedermann, seine Sünden zu bekennen und sich selbst zu verklagen, sogar leicht, durch leibliche Bußübungen eine äußerliche Genugtuung zu erreichen; aber bitterschwer ist es, sein Herz loszureißen von den sehnsuchtsvollen Gedanken an die süßesten Freuden.

Die Liebesfreuden, die wir zusammen genossen, sie brachten so viel beseligende Süße, ich kann sie nicht verwerfen, ich kann sie kaum aus meinen Gedanken verdrängen. Ich kann gehen, wohin ich will, immer tanzen die lockenden Bilder vor meinen Augen. Mein Schlaf ist nicht einmal sicher vor solchen Trugbildern. Sogar mitten im Hochamt drängen sich diese wollüstigen Phantasiegebilde vor und fangen meine arme, arme Seele so ganz und gar; aus reinem Herzen sollte ich beten, statt dessen verspüre ich die Reizungen meiner Sinnlichkeit. Ich kann nicht aufseufzen, daß ich die Sünden *begangen*, ich kann nur seufzen, daß sie *vergangen*.

Ab und an verrät mein Leib in seinen Bewegungen, wie es im Herzen aussieht, und ich rede, was ich nicht darf und doch nicht lassen kann. Ich armes Weib, wenn je eines arm war, wenn je eines miteinstimmen durfte in den Stoßseufzer eines bangen Herzens: *Ich elender Mensch, wer wird mich erlösen von dem Leibe dieses Todes?* O könnte ich doch aus ehrlicher Überzeugung diese Frage mit dem Apostel also beantworten: *Die Gnade Gottes hat mich erlöst durch Jesum Christum unseren Herrn.* Diese Gnade, mein Geliebter, ist zu Dir gekommen, ohne daß Du um sie bitten mußtest; von dem Stachel der Sinneslust hat die eine Wunde an Deinem Leibe Dich befreit, hat Dir zugleich geheilt die vielen Wunden in Deinem Herzen.

Abaelard an Heloisa: Gerecht und heilsam ist die Prüfung, die uns getroffen. Gott hat seine Gerechtigkeit bewiesen, als er seine Strafe erst vollzog, da wir rechtmäßig verheiratet waren, und noch nicht, da wir miteinander buhlten. Als wir unseren Ehebund schon geschlossen hatten und Du in Argenteuil bei den frommen Schwestern im Kloster weiltest, da kam ich, Du erinnerst Dich daran, eines Tages heimlich zum Besuch. Du weißt es noch, was ich bei diesem Besuch in meiner gierigen Unbeherrschtheit mit Dir begangen, wir hatten ja sonst keinen Raum, in den wir uns zurückziehen konnten. Du erinnerst Dich noch, welch schändliche Dinge wir an diesem ehrwürdigen Ort trieben, der unter dem Schutz der heiligen Mutter Gottes steht. Auch wenn sonst nichts vorfiel, das allein rechtfertigte eine noch viel strengere Ahndung.

Du weißt, in welche Schamlosigkeiten wir durch meine zügellose Gier gerieten. Ich wälzte mich geradezu wie ein Tier in diesem Morast, sogar in der Karwoche und an den höchsten Festtagen, ohne auf die mahnende Stimme des Schamgefühls und der Gottesfurcht zu hören. Ich ging sogar so weit, Dich durch Drohungen und Schläge des öfteren gefügig zu machen, wenn Du nicht mithalten wolltest, wenn Du Dich zur Wehr setztest, soweit es Deine schwache Kraft zuließ, und wenn Du, das schwache Weib, mich batest, einmal zu verzichten. Die Glut meiner Gier hatte mich mit Dir geradezu zusammengeschmiedet; ich dachte nicht mehr an Gott, ich dachte nicht mehr an mein besseres Selbst, so tief untergetaucht war ich in den armseligen Genüssen, die zu schmutzig sind, als daß ich sie ohne Erröten auch nur nennen kann. Gott wußte in seiner Barmherzigkeit für mich nur noch die eine Hilfe, mir diese sinnlichen Genüsse ein für alle mal unmöglich zu machen. Und so war es Gottes gerechte, gnädige Fügung, den schnöden Verrat Deines Oheims zuzulassen; um in vielem anderen wachsen zu können, mußte ich das eine Organ verlieren, in dem meine Sinnlichkeit ihren Hauptsitz hatte und meine Gier ihren Ursprung. Ein Glied allein hatte an uns gesündigt; war es nicht gerecht, daß dieses Glied das Strafgericht traf, daß es in seinem Leiden gutmachte, was es in seinen Freuden begangen hatte?

Also ich weiß ja nicht, wandte Gustave da ein, ob sich derlei Thesen vor dem Hintergrund heutiger wissenschaftlicher Erkenntnisse über geschlechtliches Begehren und Gebaren halten lassen. Logisch nicht, sagte Concordia, aber vor tausend Jahren war diese Sichtweise offenbar plausibel. Sexualität ist ja nichts Naturgegebenes, sondern etwas Kulturelles, Inszeniertes, eine zivilisatorische Verabredung, die, denk nur an unsere ersten Wochenenden in Bad Aibling, permanent von neuem, und vor allem performativ, ausgehandelt wird.

Klar, sagte Gustave, aber der Papst selbst hat vergangenes Jahr in seiner nicht zuletzt gegen den kapitalistischen Warencharakter der Sexualität gerichteten Enzyklika *Deus caritas est* eine katholische Theologie des Eros ausgedeutet, in der sich der Begriff des Begehrens, besser, *der Befindlichkeit des Begehrens*, in die Teilbereiche Eros, Agape und Caritas auffächert, die sich aber gegenseitig nicht unbedingt ausschließen. Im Gegenteil: Eros kann, durch Selbstlosigkeit gereinigt, zum Ausdruck von Agape werden. Liebe schlechthin besitzt ja immer etwas Transzendentales, so Gustave. Die jüdisch-christliche Besonderheit eines liebenden Gottes ließe sich durchaus dem Eros zuordnen, verkündete Benedikt XVI. Jesus Christus *sei* die fleischgewordene Liebe Gottes. Concordia hakte nach: Das ist doch auch die Enzyklika, in der sich der Papst auf Nietzsches in *Jenseits von Gut und Böse* oder *Morgenröthe* geäußerten Vorwurf, das Christentum habe den Eros vergiftet, bezieht, oder? Genau, und diesen zu entkräften versucht, antwortete Gustave. Es sei doch famos, wenn Päpste an Friedrich Nietzsche anknüpften. Concordia: Vor nicht allzu langer Zeit noch das Steckenpferd von Tyrannen. Aber sie erinnerte sich auch daran, wie Lothar ihr in dem kalifornischen Kettencafé erzählt hatte, Hans Urs von Balthasar habe 1942, unter dem Pseudonym Hans Werner, drei Auswahlbändchen mit Texten Nietzsches herausgegeben, zur gleichen Zeit wie er Werke von Claudel und katholischen Schriftstellern der Résistance verbreitete. Er sah Nietzsche in einer abendländisch metaphysischen Tradition, die *irgendwie* von Goethe über Rilke bis zu Heidegger reicht.

Gustave warf seine Hände in die Luft. Nietzsche sei heute doch längst von christlicher Seite aus anerkannt. Und Concordia setzte hinzu: Lothars Ex-Freundin Jeannine versuchte mir kürzlich zu erklären, daß die von Nietzsche konstatierte Vergiftung des Eros durch patriarchale Strukturen zustande gekommen sei und daß der Eros, wie Nietzsche ihn kannte, selbst ein Produkt patriarchaler Strukturen gewesen sei, welcher das Leben der Mädchen und Frauen reglementierte. Oder hast du schon mal von *sittsamen, züchtigen, keuschen* Jünglingen gehört? In einer Vorlesung über dekonstruktiven Feminismus, die ich letztes Semester besuchte, hieß es, Nietzsche habe das diskursive Terrain für *das Andere*, und damit für moderne bis postmoderne feministische Perspektiven, das Denken Simone de Beauvoirs bis Judith Butlers, geöffnet. Das zu erkennen war den Blaustrümpfen der frühen Jahre noch nicht vergönnt. Wie es sich der Vatikan, bei aller marianischen Huldigung des als weiblich Kodierten schlechthin, bis heute, *weiß der Teufel, warum*, nicht einzuräumen gestattet, den dekonstruktiven Feminismus christlich zu umarmen, klagte Gustave. Kommt wahrscheinlich noch, meinte Concordia.

LXIV.

Abaelard schrieb an Heloisa: Eins sind wir beide in Christo und durch unseren Bund der Ehe *nicht zwei, sondern ein Fleisch*. Was Dein ist, das ist, denke ich, auch mein. Dein ist aber Christus, dieweil Du seine Braut geworden. Und ich, ich wiederhole mein Geständnis, ich bin Dein Knecht, so wie ich vor Zeiten Dir als Herr gegolten habe; ich bin Dir jedoch mehr in geistiger Liebe zugetan als in Furcht und Zittern untertan.

Heloisa antwortete, im lateinischen Original, mit den einleitenden Grußworten: *Domino specialiter, sua singulari-*

ter, was in Concordias Ausgabe etwas notdürftig mit *Ihrem unumschränkten Herrn seine Insonderheit ergebene Dienerin* übersetzt worden war; wenn man die Vokabel *Domino* allerdings nicht auf Abaelard, sondern den Herrn im Himmel bezog, ließ sich das ganze auch im Sinn von *Gott verlobt als Ordensfrau, ihm gehörend als Ehefrau* deuten.

Heloisa beschwerte sich in diesem Brief ausgiebig über das von Männern erlassene Regelwerk für Mönche und Nonnen, und im selben Atemzug auch abermals über das ihr durch Abaelard auferlegte Schicksal: Es sei doch wirklich der Gipfel der Torheit, einen neuen, nicht einmal gezeigten Weg zu gehen; und es sei der größte Leichtsinn, einen Lebensweg zu wählen und sich ihm zu verpflichten, über den man selbst noch nicht urteilen könne, ein Gelübde auf sich zu nehmen, das für den oder jenen unerfüllbar sei. Selbst die Tugenden, sage Hieronymus, können über Maß und Ziel hinausgehen und werden dann zu Lastern. Und das müsse doch jeder sehen, darin stecke kein Sinn und kein Verstand, wenn jemand eine Last auflege, ohne seine Kraft und Stärke vorher zu prüfen: die geforderte Leistung müsse der naturgegebenen Fähigkeit sich anpassen. Jene, die für Mönche eine Regel aufgestellt hätten, hätten die Nonnen sicher nicht etwa bloß vergessen, sondern ausdrücklich Bestimmungen getroffen, deren Unmöglichkeit für Frauen ihnen ganz bewußt gewesen sei.

Und also bat Heloisa ihren entmannten Gatten um ein speziell auf Frauen, ihre Klosterfrauen, zugeschnittenes Regelwerk. Eine Aufgabe, der er mit einem sonderbaren, das Private zwischen ihm und Heloisa nun gänzlich ausklammerndem akribischen Eifer in zwei über Hunderte von Seiten ausufernden Briefen nachkommt, ohne daß sich Heloisa zwischenzeitlich, oder anschließend, noch einmal zu Wort meldet.

Erst in seinem zweiten Antwortschreiben widmet sich Abaelard Heloisas eigentlichem Anliegen. In dem ersten redet er sie als seine *Schwester* an, wie es auch in einem anderen seiner Briefe heißt: *einst Gattin im Fleisch, jetzt Schwester im Geist*, lobpreist ausführlich die fromme Hingabe der Frauen und fährt fort: Jetzt sollen die Auszeichnungen geschildert werden, deren die Frauen gewürdigt wurden. Fürs erste: Durch eines Engels Erscheinung bekamen sie die tröstliche Kunde, der Herr sei schon auferstanden. Sodann: die Frauen waren die ersten, die den Herrn sehen und berühren durften, allen zuvor Maria Magdalena, dieweil sie den Herrn am innigsten liebte; danach sah ihn Maria Magdalena mit den anderen Frauen zusammen. Diese frommen Frauen stehen als weibliche Apostel über den männlichen: Die Frauen wurden vom Herrn selbst oder von seinen Engeln zu den Aposteln geschickt, die ersehnte Auferstehungsbotschaft allen zur rechten Freude zu verkündigen; durch der Frauen Mund sollten die Apostel zuerst erfahren, was sie hernach der ganzen Welt zu predigen hätten.

Gleich die Schöpfung des Weibes, schreibt Abaelard, erbringt uns den Beweis seiner überragenden Würde; denn das Weib wurde im Paradies erschaffen, der Mann außerhalb des Paradieses. Diese Tatsache kann es den Frauen besonders eindringlich machen, daß das Paradies ihr natürliches Vaterland ist und daß es ihnen besonders wohl ansteht, das Unschuldsleben des Paradieses zu erneuern.

Am schlechteren Ort entstanden, wird der Mann als der bessere erfunden, am besseren Ort erschaffen, erweist sich die Frau als die schlechtere. Was Eva als Mutter aller Sünde gefehlt, das ließ der Herr zuerst wiedergutmachen durch Maria; dann erst hat er Adams Fehl in Christo gesühnt. Wie die Schuld, so hat auch die Gnade von einer Frau ihren Anfang genommen, und die paradiesische Unschuld hat eine neue Blüte erlebt. Nach Eva kamen Debora, Judith, Esther: ihre Tugendkraft muß dem betrachtenden Mann die Schamröte aufsteigen lassen über sein eigenes Geschlecht, das sich das starke nennt.

LXV.

Lothar Lothar brütete zu Hause, nach einem unfreiwilligen sonntäglichen Brunch mit Frau Schmeller, über dem taubenblauen *Unser Auftrag*, zum wiederholten Mal über jener Stelle, an der Hans Urs von Balthasar und Adrienne von Speyr ihren gemeinsam entwickelten sakralen Sprößling, die Johannesgemeinschaft, in die Welt setzen wollen und Adrienne anläßlich dieses Vorhabens tatsächlich immer wieder von *dem Kind* spricht.

Maria erscheint als jungfräuliche Himmelskönigin und verspricht Hilfe bei der Geburt des *Kindes*. Balthasar: Im November 1943 ist Adrienne in tiefer Verzweiflung, sie glaubt nicht mehr an das *Kind*, das doch in wenigen Tagen, am 8. Dezember, *gegründet* werden soll. Am 8. Dezember treffen wir uns mit der stark erkälteten Adrienne in der Kapelle des Studentenhauses zu einer Marienfeier, vier Studentinnen; anschließend versammelt man sich bei Adrienne und spricht über die Gemeinschaft: Jede schildert, was sie sich darunter vorstellt und was zunächst zu tun sei. Im Mai 1944 beginnen die Diktate über das Johannesevangelium, die sich das Jahr hindurch fortsetzen; dabei wird trotzdem gedrängt, mit dem eigentlichen Anfang der Gemeinschaft voranzumachen.

Das den Leser der Schriften Adriennes beschäftigende Problem, wieweit ich an ihnen beteiligt sei, beginnt mit diesem Anfang der eigentlichen Diktate. Man wird beides gleichzeitig betonen müssen: die vollkommen freie Initiative Adriennes, was die Aufnahme des ihr Eingegebenen und auch dessen Übersetzung in eine menschliche, für mich, der die Stenogramme zu verfassen hatte, verständliche Sprache betrifft, und ein gewisses Vorbereitetwordensein für diese Durchgabe durch mich. Adrienne bestand darauf, daß die Durchgabe *kirchlich-präzis* sein sollte, mein Beitrag dazu war vor allem, sie von jeder Reflexion auf sich selbst zu befreien und den ganzen Vorgang in der Atmosphäre eines vertrauensvollen Gehorsams an die Kirche, die durch den Beichtvater repräsentiert war, sich abspielen zu lassen.

Über die Art der Eingebung sagt Adrienne, sie sei sehr variabel. Sie kann teils in Worten, teils in Gesten und Andeutungen erfolgen, oder bloß im Aufzeigen großer Zusammenhänge. Adrienne übersetzt beim Diktieren, was sie sieht, gleichsam die species impressa, das Gezeigte kann dann in ihr aufgespeichert bleiben, um erst wieder im Moment des Diktats hervorgeholt zu werden. In diesem Moment ist alles wieder da, ganz frisch wie damals, auch wenn Monate vergangen sind, das heißt, die Gedanken sind völlig klar, brauchen nicht gesucht zu werden. Nur der sprachliche Ausdruck muß oft gesucht werden. Dann bittet mich Adrienne, einen Augenblick nicht zu schreiben, sondern erst zuzuhören: sie erklärt mir dann vielleicht mit einigen Bildern und Gleichnissen die Sache, und ich schreibe dann einen zusammenhängenden Abschnitt, so treu als möglich nach diesen Schilderungen, auf. Nochmals ein Grund, weshalb man in manchen Diktaten *meinen Stil* erkennen könnte.

So viele Kirchenväter und andere Theologen ich auch studiert haben mochte, spielten die Hauptthemen im Werk

Adriennes in meinen Büchern vor 1940 keinerlei Rolle. Wenn sie ab 1940 bei mir auftauchen, so aufgrund einer Übernahme des von Adrienne Gelernten, wobei natürlich meine eigene Thematik und Denkform durch das von Adrienne *Empfangene*, Hervorhebung durch Lothar, nicht ausgelöscht, sondern bereichert worden ist. In diesen späten Werken das Ihre und das Meine reinlich scheiden zu wollen, dürfte ein aussichtsloses Unterfangen sein.

Adrienne in einem ihrer Briefe an Balthasar: Vielleicht kommt irgendeinmal eine äußere Trennung zwischen uns; um die will ich mich nicht kümmern. Aber eine innere halte ich meinerseits für ausgeschlossen; Sie sind doch, entschuldigen Sie meine Kühnheit, in irgendeiner Art der Bruder, den mir Gott gegeben hat; Sie haben innersten Anteil an dem, was Sie meinen *Lauf* zu nennen belieben. Et d'autre part vous m'êtes très spécialement confié.

Einen besonderen Fall stellten Adriennes zahllose Verlassenheitserfahrungen dar, in denen sie keinen Sinn mehr ausmachen konnte, wobei Balthasar als Beichtvater ihr dann zu erklären hatte, daß das für sie Sinnlose trotz allem *und gerade* einen für Kirche und Welt entscheidend wichtigen Sinn habe. Eine gleichsam kathartische Präambel, die, an anderer Stelle, nämlich jener neutestamentarischen, in der Jesus Christus von seinem Vater, und damit, im Sinne der christlichen Dreieinigkeit, *Gott von Gott verlassen* wurde, Lothars Verlegung des erkenntnistheoretischen Schwerpunkts von den Theaterwissenschaften zur katholischen Theologie beflügelt hatte. Eine dialektische, genauer gesagt: trinitarische Schnittstelle, für welche die *televangelischen* Sekten unserer Tage, die nicht den Zweifel zuließen, sofern sie ihn denn überhaupt kannten, und letztlich auch nicht die Passion, nicht *das Kreuz*, überhaupt keine Verwendung fanden.

Adrienne schreibt an Balthasar: Etwas, das sehr schwer zu ertragen war, war der Gedanke, Sie seien da, nicht als Freund, sondern um sich an meiner Qual zu weiden. Und an anderer Stelle erscheint es ihr, als sei der *Freund* durch den *Beobachter* verdrängt worden. Einmal läßt sie den *Beichtvater* in ihre medizinische Sprechstunde kommen, um ihn schweigend *aus der Nähe zu verachten*. Sie könne nicht reden, es sei so arg, daß es ihre Freundschaft kosten würde. Balthasar bittet sie inständig, doch zu reden, und schließlich hebt sie an: Sie sei wie eine junge Mutter im allgemeinen Gebärsaal, die Studenten schauen mit zynischen und lüsternen Bemerkungen zu, der Gatte hat keine Zeit und ist anderswo beschäftigt, vielleicht gerade bei einem anderen Mädchen. Und wenn *das Kind* endlich kommt, wird es von allen Seiten betrachtet, gewogen, katalogisiert. Die Mutter vergeht vor Scham, sie fühlt sich geschändet.

Adrienne an Balthasar: Durch das Schwerste der letzten Tage scheint mir manches zwischen uns vollkommen besiegelt zu sein; es gibt für beide nicht mehr die leiseste Möglichkeit eines Zurück. Adrienne an Balthasar: Wir müssen wohl beide ausharren, denn es liegt vielleicht gerade auch im Plane Gottes, der durch seinen Sohn und die Mutter in uns wirkt, was er für gut hält, auch in aller Zersplitterung. Adrienne an Balthasar: Es gibt Augenblicke, in denen ich klar weiß, daß wir beide wirklich als Instrumente dienen dürfen, ganz dienen, und das bedeutet doch höchstes Glück, wenn auch schmerzhaftes. Adrienne an Balthasar: Das merkwürdige Gefühl des *Platzenmüssens*, das ich gestern wiederholt empfand, ist heute absolut geschwunden; ich habe nicht mehr im geringsten das Bedürfnis, je mit jemand andern als mit Ihnen über das Alles zu reden, mit Ihnen aber sehr stark und eingehend.

Adrienne schreibt an Balthasar: Je mehr das *Kind* gedeiht, desto mehr sehe ich, wie sehr es *Ihr Kind* ist.

Im Frühjahr 1945 sieht sie erstmals zusammen mit Maria und dem *Kind* auch einige Priester, die im Zusammenhang mit diesem Werk, das beginnen soll, stehen. Balthasar: Dabei wird zum erstenmal ernsthaft deutlich, daß ich einmal gezwungen werden könnte, aus dem Jesuitenorden auszutreten. Was dann ja auch eintrat: Es entstand ein Geschwätz in der Stadt Basel, Balthasar wurde verboten, das Haus am Münsterplatz zu betreten, Adrienne und er mußten für ihre Diktate in ein Büro in der Herbergsgasse ausweichen. Balthasar durfte mit seinen Novizen nicht über Adrienne reden. Beim Basler Bischof wurde gegen ihn gehetzt. Er wurde zu einer Aussprache über seine *Partikularbeziehung* nach Rom einbestellt, zweimal hintereinander; *Balthasar verließ die Gesellschaft Jesu.*

Er war sechs Jahre lang ohne Bischof. Adrienne verlor ihren Lebensmut; sie bat um ihren Tod. Doch Balthasar untersagte ihr, um den Tod zu bitten.

LXVI.

Jeannine, auf ihrem japanischen Bettvorleger, in einem chinesischen Pyjama, vor ihrem Notebook kniend, über dessen Bildschirm Pier Paolo Pasolinis Verfilmung des Matthäus-Evangeliums flimmerte, dachte darüber nach, wie sich dieser Regisseur hatte einreden können, einen Teil der Bibel, sich dabei ausschließlich auf den Bibeltext verlassend, in, wie er es bezeichnete, *indirekter Rede*, atheistisch appropriiert zu haben. Sozialistische Obertöne waren klar auszumachen, sie standen auch nicht im Widerspruch zur Lehre Christi, aber wie konnte ein Werk, dessen Muster, eins zu eins, dem Neuen Testament verschrieben war, denn *nicht christlich* sein? Schließlich hatten in Rom eintausend Kardinäle Pasolinis Film zwanzig Minuten lang Beifall gespendet. Bedeutete das denn nicht *alles*, was christlichen Glauben ausmachte, sich explizit auf die Heilige Schrift zu verlassen? Jeannine fragte sich: *Was könnte da überhaupt noch mehr sein?* Außerdem: In welche Position hatte sich der von homosexuellem Begehren geleitete Filmemacher und Schriftsteller Pasolini eigentlich gesetzt, als er die alternde Mutter Gottes mit seiner leiblichen Mutter Susanna besetzt hatte?

Maria nahm den Krug und ging hinaus, um Wasser zu schöpfen. Und siehe, eine Stimme sprach: *Sei gegrüßt, du Begnadete, der Herr sei mit dir, du Gesegnete unter den Frauen.* Sie schaute sich nach rechts und links um, woher diese Stimme komme. Und sie erbebte, ging in ihr Haus, stellte den Krug ab, nahm den Purpur, setzte sich auf ihren Stuhl und spann ihn aus. Und siehe, ein Engel des Herrn stand plötzlich vor ihr und sprach: *Fürchte dich nicht, Maria, denn du hast Gnade gefunden vor dem Allmächtigen und wirst aus seinem Wort empfangen.*

Gleich das den Film eröffnende Bild der sehr jungen, hochschwangeren Maria, ihr *reines* Gesicht im close-up, war ja unglaublich unter die Haut gehend, wie ein zutiefst frommes Gemälde, dachte Jeannine, man erschrickt regelrecht, wenn es anfängt, sich zu bewegen, was für ein extrem berückendes Antlitz. Atheistisch wäre das gar nicht so auszumalen gewesen, befand Jeannine und beschloß, Pasolinis *Il vangelo secondo Matteo* zum Anlaß zu nehmen, ihren Ex-Freund Lothar einmal wieder anzurufen und mit ihm, wie vor Monaten, als sie ihm von Maria und Mario Montez berichtet hatte, über die Struktur des *Glaubens als solchem* zu räsonieren. Vielleicht wird er mir auch verraten können, welcher Art die Umstände waren, durch die der Philosoph Giorgio Agamben hier zur Rolle des Apostels Philippus gelangt ist, sowie die Schriftstellerin Natalia Ginzburg zu jener der Maria von Bethanien, die Christus' Füße mit ihrem fülligen Haar getrocknet haben soll.

Pier Paolo Pasolini in den *Extras* zu Jeannines DVD: Zum großen Erstaunen derer, die mich wegen Verunglimpfung der Religion verurteilt hatten, drehte ich *Il vangelo*. Das war zur Zeit des Pontifikats von Johannes XXIII., ihm habe ich den Film auch gewidmet. Es war so etwas wie ein realer Dialog, eine Beziehung zwischen einem Kommunisten, wenn auch einem ohne Parteibuch, und den progressiven Teilen des italienischen Katholizismus. Vom religiösen Standpunkt aus möchte ich, der ich immer versucht habe, die Eigenschaften der Religiosität mit meinem Laizismus zu verbinden, festhalten: Die Menschlichkeit Christi entspringt einer dermaßen starken inneren Kraft, einem dermaßen unstillbaren Hunger nach Wissen und Verifizierung des Wissens, und zwar ohne jegliche Angst vor Skandalen und Widersprüchen, daß für diese Menschlichkeit die Metapher *göttlich* schon an die Grenzen der Metaphorik stößt, sie selbst wird ideell zur Wirklichkeit. Mehr noch: für mich ist die Schönheit immer eine *moralische*. Sie erreicht uns jedoch stets nur mittelbar: über die Poesie oder die Philosophie oder die Praxis: das einzige Beispiel einer nicht vermittelten *moralischen Schönheit*, einer Schönheit im Zustand der Reinheit, habe ich im *Evangelium* gefunden. Meine Idee ist folgende: Das *Evangelium nach Matthäus* Punkt für Punkt verfolgen, ohne daraus ein Drehbuch oder eine Umarbeitung zu machen. Es getreu in Bilder umsetzen, indem man ohne Auslassung oder Hinzufügung der Erzählung folgt. Auch die Dialoge sollten streng die vom Apostel

Matthäus sein, sogar ohne einen Satz der Erklärung oder Überleitung: Denn kein eingefügtes Bild oder Wort könnte auf gleicher poetischer Höhe mit dem Text sein.

Die Kamera ist deutlich zu spüren, es gibt viele Zooms, gewollt falsche Anschlüsse, und, wenn man so will, eine ähnliche Technik wie jene, die Godard in manchen seiner Filme benutzt. Aber vor allem ist es die Idee der freien indirekten Rede, der ich so viel Bedeutung beimesse, die im Zusammenhang mit *Vangelo* entstanden ist. *Vangelo* stellte mich vor folgendes Problem: Ich konnte es nicht nach dem klassischen Muster erzählen, da ich nicht gläubig, sondern ein Atheist bin. Andererseits wollte ich das Evangelium des Matthäus verfilmen, also die Geschichte Christi, des Sohnes Gottes, erzählen, eine Geschichte, an die ich nicht glaubte. Also konnte nicht *ich* es sein, die sie erzählte. So wurde ich, ohne es zu wollen, dazu gebracht, meine Filmtechnik völlig umzukrempeln, und so entstand auch dieses stilistische Magma, das den *poetischen Film* ausmacht. Denn um das *Evangelium* zu erzählen, mußte ich mich in die Seele eines Gläubigen versenken. Das ist die indirekte freie Rede: auf der einen Seite betrachte ich die Erzählung durch meine Augen, auf der anderen durch die eines Gläubigen.

LXVII.

Mary Lou in einer engen weißen Bluse und einem weit schwingenden grauen Rock, gemeinsam mit Lothar, der ein hellblaues mexikanisches Hemd mit bestickten Brusttaschen sowie verschlissene Blue Jeans trug, in ihrer Küche, wo sie ihm, dem soeben Eingetroffenen, in Klammern:

noch nie dagewesene, auf beunruhigende Weise *alltägliche* und darin eben zugleich extrem intime Situation, eine Scheibe Brot mit Butter bestrich und mit einer Scheibe italienischer Mortadella belegte. Arilt seit einer Stunde aus dem Haus. Daß Lothar, der Mary Lous eigentümlich dringlichem Anruf sofort gefolgt war, noch nicht gefrühstückt hatte, hieß nicht, daß er großen Appetit gehabt hätte; also blieb sein Brot vorerst unangetastet auf dem Teller liegen. Ich bin total aufgeregt, bekannte Mary Lou, während sie den in Folie gewickelten Aufschnitt in ihren Kühlschrank zurücksortierte. Es gäbe so viel zu sagen, sagte sie, und machte eine lange Pause, in der sie Lothar nachdenklich musterte, um von neuem anzusetzen: es gäbe so viel zu sagen, *das sie ihm partout nicht sagen könne*. Und also schaute sie Lothar mit ihren großen dunklen Augen tief in seine schmaleren helleren Augen, und er biß endlich von seinem Brot ab.

Vielleicht hätte ich gar nicht nach dir verlangen sollen, sagte Mary Lou und verteilte zahlreiche kleine Küsse über Lothars gesamtes Gesicht. Aber nun bin ich einmal hier, antwortete Lothar mit gespieltem Gleichmut und dachte bei sich: Offenbar sind die Dinge, die sie mir nicht sagen kann, genau die Dinge, die wir nicht tun. Wir tun ja nicht *nichts*, sondern wir tun Dinge *nicht*. Was damit gleichsam zur aktiven Tätigkeit wird, hinter deren latente Faktizität wir nicht mehr zurückkönnen, was mitunter sogar schon, auf unseren kopflosen, wortreichen Ausflügen durch die verschiedensten Bezirke dieser Stadt, auch hier, in Mary Lous Wohnung, zum *Delirium* ausartete: Bestimmte Dinge, innerlich aufgewühlt, geradezu trunken, *nicht zu tun*; im Unterschied zum buchstäblichen Nichtstun. So ist uns ständig, auf asymptotisch zugespitzte und zunehmend dramatische Weise, bewußt, was wir anstellten, wenn ich denn, wie Mary Lou es nennt, *nicht so katholisch wäre*.

LXVIII.

Da es schließlich nicht ganz und gar unwahrscheinlich ist, daß eines Tages, in zehn oder zwanzig Jahren, das Stück vollständig oder in Teilen aufgeführt wird, beginnen wir zunächst mit ein paar szenischen Anweisungen. Wichtig ist, daß die Bilder einander ohne den kleinsten Unterbruch folgen. Als Hintergrund genügt jede noch so nachlässig bemalte Leinwand oder auch gar keine. Die Bühnenarbeiter stellen alles Nötige vor den Augen des Publikums auf, während die Handlung ihren Lauf nimmt. Notfalls ist es den Schauspielern nicht verwehrt, Hand anzulegen. Die Darsteller jeder Szene erscheinen, noch bevor die vorhergehende zu Ende gespielt ist, und treffen sogleich ihre letzten Vorbereitungen. Die Angaben für das Bühnenbild werden, sofern man es nicht vergißt und es den Spielverlauf nicht stört, angeschlagen oder vom Abendregisseur oder den Schauspielern selbst gelesen; sie ziehen die erforderlichen Blätter jeweils aus der Tasche oder reichen sie von Hand zu Hand. Wenn etwas daneben geht, macht das nichts. Das Ende eines herunterhängenden Seils, eine schlecht gespannte Leinwand, die hinten ein Stück weiße Mauer freigibt, wo das Personal auf und ab geht, können sehr gut wirken. Alles muß etwas provisorisch und in Bewegung sein, nachlässig und improvisiert, aus lauter Begeisterung. Anderes wiederum soll dann und wann und wenn möglich klappen; auch in der Unordnung muß man das Monotone vermeiden. Die Ordnung ist das Vergnügen der Vernunft, die Unordnung aber die Lust der Phantasie.

Ich stelle mir vor, daß mein Stück beispielsweise an einem Fasnachtsdienstag, nachmittags um vier, gespielt wird. Ich träume von einem großen Saal, der noch warm ist vom vorherigen Spektakel, das Publikum strömt herein, allseits lebhafte Gespräche. Durch die auf- und zuschlagenden Türen hört man aus dem Foyer den dumpfen Klang eines größeren Orchesters. Ein anderes, kleineres Orchester ahmt näselnd und mit Lust die Geräusche des Publikums nach; es gibt ihnen allmählich etwas Rhythmus und Form.

Auf der Vorderbühne, vor geschlossenem Vorhang, erscheint der Ansager. Ein kraftvoller, bärtiger Kerl, wie einem der bekannten Bilder des Velázquez entsprungen, mit Federhut, einem Stock in der Hand und einer Koppel, die sich kaum mehr zuknöpfen läßt. Er versucht zu sprechen, aber jedes Mal, wenn er den Mund aufmacht und das Publikum daraufhin einen ungeheuren Lärm vollführt, wird er von einem Schlag der Zimbel unterbrochen, von einem läppischen Glöckchen, einem grellen Triller der Pikkoloflöte, einer spöttischen Glosse des Fagotts, einer Eulenspiegelei der Okarina, einem Rülpsen des Saxophons. Nach und nach beruhigt sich alles, man hört nur noch das geduldige Bumbum der großen Pauke. Zu einem Pianissimo-Trommelwirbel dann und wann ein Forte-Schlag, bis das Publikum beinah still geworden ist.

Der Ansager, mit einem Zettel in der Hand, klopft dreimal kräftig mit dem Stock auf den Boden und verkündet: Der Seidene Schuh oder Das Schlimmste trifft nicht immer zu. Spanische Handlung in vier Tagen.

LXIX.

Don Rodrigo und Don Camillo in der Festung Mogador, wo Camillo mit Doña Proëza, die ihn verachtet, verheiratet ist. Camillo ist sich bewußt, daß Proëza und Rodrigo einander lieben. Er möchte den Besucher nicht zu seiner Frau durchlassen, vermag ihm einzureden, sie wolle ihn auch gar nicht sehen; er solle am folgenden Tag wieder abreisen. Da spielt Rodrigo auf etwas an, das allein Proëza ihm geben könne. Don Camillo: Und das wäre? Don Rodrigo: Ich kann es doch nur erkennen, wenn ich es empfange. Don Camillo: Warum sagen Sie nicht, das geheimnisvolle Etwas und ihr Leib sind Eins? Don Rodrigo: Ja. Wie soll man es verstehen? Das Gute, das meine Seele begehrt, ist vermischt mit diesem verbotenen Leib. Don Camillo: Ist es nicht lächerlich, wie Sie mit einem Schlag die Befriedigung des Leibes und der Seele zugleich verlangen? Don Rodrigo: Ist es meine Schuld, wenn die beiden Naturen in mir so stark verbunden sind, daß sie ein Einziges bilden? Don Camillo: Und die arme Frau, was kann sie Ihnen dafür geben? Don Rodrigo: Wenn ich es auch wüßte, ich würde sie darum nicht bitten.

Aber als sich Rodrigo auf den Weg zu seinem von Camillos Lakaien hergerichteten Nachtlager macht, kommt es doch noch zu einer Art mystischen Vereinigung der verzweifelten Verliebten, die Paul Claudel durch eine Figur zur allegorischen Darstellung bringt, die Hans Urs von Balthasar in bezug auf seine eigene komplizierte Liaison mit Adrienne von Speyr angesprochen haben dürfte und die Claudel als *Doppelschatten* einführt: *Der Doppelschatten eines Mannes und einer Frau, stehend, auf eine Leinwand im Hintergrund der Bühne projiziert.* Claudel schrieb an Jean-Louis Barrault, als der 1943 den *Seidenen Schuh* inszenierte: Ich beschäftige mich intensiv mit dem doppelten Schatten. Richtige Figuren erscheinen mir zu plump, zu massiv. Der Film könnte uns zur nötigen Poesie verhelfen. Barrault: Schon damals sein Wunsch nach dem Film auf dem Theater.

Der Doppelschatten deklamiert: Ich erhebe Anklage gegen den Mann und die Frau, die aus mir im Land der Schatten einen herrenlosen Schatten gemacht haben. Denn unter all den vorüberziehenden Gestalten an der Wand, die von der Sonne des Tages oder jener der Nacht beschienen wird, gibt es nicht eine, die ihren Urheber nicht kennt und seinen Umriß nicht getreulich wiedergibt. Doch ich, wessen Schatten soll ich sein, wird man fragen. Ich bin nicht der Einzelschatten jenes Mannes oder jener Frau, ich bin der Schatten von beiden zugleich, sie sind ineinandergeflossen zu diesem neuen Wesen aus formloser Schwärze. Denn als der Mond, mein Ursprung und Beistand, mich dort gewaltsam an diese Mauer warf, als der Mann auf dem Gehweg der Wache zu der Unterkunft ging, die man ihm zugewiesen hatte, ging meine andere Hälfte, die Frau im engen Kleid, ohne daß er es bemerkte, plötzlich vor ihm her. Und ihr gegenseitiges Wiedererkennen geschah so schnell wie das wortlose Zusammenstoßen und Verschmelzen ihrer Seelen und Leiber, wie mein Dasein an der Mauer dort.

Da meldet sich der Mond zu Wort und spricht: Der Doppelschatten an der Mauer ist auseinandergegangen, und dort, wo jener einzige Zweig sich löste und der nackte Arm einer Frau mit der Hand schwach und leise winkte, steht jetzt nur noch eine Palme, die der Meerwind immer wieder, nach langen Pausen, durchfährt. Ihr, die ihr mir zuhört, ihr sollt sie nicht sehen, wie sie auf jener Leinwand mit ihrem Leib mein Licht unterbrach, und auch nicht das erstorbene Bild, das ich von ihrer Seele für Augenblicke auf diese magische Fläche werfen könnte, es handelt sich nicht um ihren Leib, vielmehr um das heilige Beben, in dem sich die Seelen, eine in der andern unmittelbar erkennen, wie Vater und Mutter in der Stunde der Empfängnis: das zu offenbaren bin ich da.

Es folgt Doña Proëzas Klage *in der mitfühlenden Nacherzählung des Mondes:* Niemals kann ich aufhören, ohne ihn zu sein, niemals kann er aufhören, ohne mich zu sein. Für immer ist jemand von seiten Gottes da, der ihm die Gegenwart meines Leibes verbietet, denn er hätte ihn zu sehr geliebt. Ihm zu fehlen ist nicht genug, ich will ihn verraten, das ist es, was er von mir in jenem Kuß erfahren hat, als unsere Seelen sich vereinigten. Wenn ich schon sein Paradies nicht sein kann, dann wenigstens sein Kreuz. Damit seine Seele und sein Leib auseinandergerissen werden, bin ich gern die zwei Holzbalken, die sich kreuzen. Es gibt keine Gegend seiner Seele und keine Faser seines Leibes, von der ich nicht spürte, daß sie einzig geschaffen sind, an mich festgebunden zu bleiben; und nichts gibt es in seinem Leib und in der Seele, die ihm den Leib gebildet hat, was ich nicht für immer im Schlaf meines Schmerzes zu bewahren vermöchte, wie Adam die erste Frau, als er schlief. Wenn ich ihn dann halten werde an allen Enden seines Leibes und am ganzen Gewebe seines Fleisches und seiner Person dank der Nägel, die tief in mir stecken, wenn es kein Mittel mehr gibt zu entkommen, wenn er für immer an mich festgebunden bleibt in dieser unmöglichen Ehe, wenn es kein Mittel mehr gibt, sich von der Winde meines verführerischen Fleisches und der erbarmungslosen Leere loszureißen, wenn ich ihm sein Nichts mit meinem Nichts bezeugt habe, wenn es in seinem Nichts kein Geheimnis mehr gibt, das ich nicht kenne, dann werde ich ihn, nackt und zerrissen, Gott schenken, auf daß er ihn unter einem Donnerschlag ganz erfülle; ich werde einen Gatten haben und einen Gott in meinen Armen halten.

Und Rodrigo spricht, *durch Proëza, durch den Mond*: Das Paradies, das Gott mir nicht geöffnet hat und das deine Arme für mich einen Augenblick lang wieder auftaten, o Frau, du schenkst es mir nur, um mir zu sagen, daß ich aus ihm ausgeschlossen bin. Jeder deiner Küsse schenkt mir ein Paradies, von dem ich weiß, daß es mir versagt ist. Wo du auch bist, es wird für mich künftig unmöglich sein, diesem Paradies der Qualen zu entkommen, dieser allgegenwärtigen Heimat, die mich immer durchdringt und aus der ich ausgeschlossen bin. O Frau, du hast sie entdeckt, die Stelle in mir, zu der du nur mit geschlossenen Augen gelangen konntest. Da ist sie also, tief in mir, die Wunde, die du mir nur mit geschlossenen Augen zufügen konntest. Wie kann ich überall sein, wenn du mir verweigerst, anderswo als bei dir zu sein? Doña Proëza: So spricht er, und ich küsse sein Herz.

LXX.

Gustave vor seinem Plattenspieler, Dr. Johns *Babylon* umdrehend. Der Künstler auf der Hülle, 1968, in einer Art *Hoodoo Drag*, full make-up und Vollbart. Eine Cockette? Ein irgendwie denkbarer Ministrant Hubert Fichtes? Effeminiert, nicht unbedingt schwul, befand Gustave. Erster Song auf der zweiten Seite: *Twilight Zone*.

Der Schutzengel spricht: Erkennst du mich nicht? Doña Proëza: Ich weiß nicht. Ich sehe nur eine verschwommene Gestalt, wie ein Schatten im Nebel. Der Schutzengel: Ich bin es. Dein Schutzengel. Ich war immer da. Ich habe dich nie verlassen.

Doña Proëza meint: Der Mann in den Armen der Frau vergißt Gott. Doch der Schutzengel wendet ein: Kann Ihn denn vergessen, wer bei Ihm ist? Kann anderswo sein, wer mit Ihm im Geheimnis Seiner Schöpfung vereinigt ist? Wenn er durch das Tor der Demütigung und des Todes für einen Augenblick das Paradies wieder betritt? Doña Proëza fragt: Ist Liebe außerhalb des Sakraments nicht Sünde? Der Schutzengel antwortet: Auch die Sünde. Auch die Sünde dient. Was ja das Motto des gesamten Dramas ist, sagte Concordia: *Auch die Sünde*, Ausrufezeichen, in Klammern: Augustinus. Und es gibt doch noch ein zweites Motto, Gustave, ein portugiesisches Sprichwort, das lautet: *Gott schreibt auch auf krummen Linien gerade.*

Doña Proëza fragt: So war es gut, daß er mich liebte? Und ihr Schutzengel antwortet: Es war gut, daß du ihn die Sehnsucht lehrtest. Doña Proëza fragt: Doch du reißt mich grausam von ihm weg, und so kann ich ihm gar nichts geben. Der Schutzengel fragt nach: Möchtest du ihm das Böse geben? Doña Proëza antwortet: Ja, viel lieber das, was du das Böse nennst, als unfruchtbar und nutzlos sein. Der Schutzengel: Das Böse hat kein Sein. Doña Proëza: Dann vereinigen wir doch unser zweifaches Nichtsein.

Gustave Becher: Mich befällt geradezu ein schlechtes Gewissen, daß wir ein so glückliches Liebespaar bilden, Concordia. Muß wahre Liebe nicht wenigstens *weh tun?* Concordia Werkmeister: Du willst doch jetzt nicht das Leben mit der Literatur vergleichen, Gustave? Gustave: War es denn nicht Paul Claudels wahres Liebesleid, das sich in diesem Text niederschlug? Hans Urs von Balthasars unstillbares Verlangen nach einer Vereinigung mit Adrienne von Speyr, das ihn dieses aufgewühlte Drama übersetzen und verlegen ließ? Concordia: Du solltest den *Eros der Zunge* nicht unterschätzen, der sich in Balthasars Aufzeichnungen der Gedanken und Ekstasen Adriennes verbirgt. Beziehungsweise *offenbart.*

Doña Proëza: Wozu soll ich leben, wenn ich nicht für Rodrigo lebe? Der Schutzengel: Als würde Proëza nicht für

Rodrigo leben, da sie doch nur durch ihn lebt. Doña Proëza: Bruder, ich verstehe dich nicht. Der Schutzengel: In ihm warst du immer notwendig da. Doña Proëza: O wie süß ist es, dieses Wort zu hören. Laß es mich dir nachsprechen: In ihm war ich immer notwendig da. Wird er mich immer lieben? Der Schutzengel: Was dich so schön macht, kann nicht sterben. Was bewirkt, daß er dich liebt, kann nicht sterben. Doña Proëza: Ich werde für immer ihm gehören, in meiner Seele, in meinem Leib? Der Schutzengel: Den Leib müssen wir für eine Weile hinter uns lassen. Doña Proëza: Wie denn? Er soll nie wissen, wie ich schmecke? Der Schutzengel: Die Seele schafft den Leib. Doña Proëza: Wie konnte sie ihn dann sterblich machen? Der Schutzengel: Die Sünde hat ihn sterblich gemacht. Doña Proëza: Es war schön, für ihn eine Frau zu sein. Der Schutzengel: Und ich mache aus dir einen Stern. Doña Proëza: Einen Stern. Bei diesem Namen ruft er mich stets in der Nacht.

Die ganze Leinwand ist voll blinkender Sterne, allmählich erscheint darin das Riesenbild der Unbefleckten Empfängnis.

LXXI.

Slavoj Žižek betrat den Seminarraum im 2. Stock des Hauptgebäudes der Universität und nahm neben Thomas Kisser, dem Leiter des Seminars, Platz. Die Studierenden der Philosophie an Tischen im Halbkreis formiert, einige von ihnen hatten philosophische Fragen vorbereitet. Neben Kisser saß dessen Assistent, neben diesem Kissers Kollege Felix Ensslin. Concordia Werkmeister, Gustave Becher und Lothar Lothar hatten an der Wand, direkt neben einem voluminösen Rollschrank, der an eine nach oben führende Treppe *angekettet* war, Platz genommen; sie waren als lediglich Zuhörende erschienen, hatten dieses Seminar nicht belegt; sie waren auch keine Studierenden der Philosophie. Der quadratische Raum besaß über ihren Köpfen eine umlaufende Galerie, die vergittert war wie der Gang eines Gefängnisses; hinter den Gitterstäben und einem schmalen Gang fanden sich ausgedehnte Reihen von Aktenordnern und ausrangierte Computer in bis zur Decke reichenden Regalen gestapelt.

Slavoj Žižek setzte an, sprach zunächst deutsch, dann englisch und verfiel abermals ins Deutsche, um mit den Worten *Sorry, I forgot that I don't speak German* erneut ins Englische hinüberzuwechseln, welches er, zumindest in seinem Kopf, sagte er, flüssiger als das Deutsche beherrsche. Der aus Ljubljana stammende Vortragende besaß eine mitreißende, sprühende Art, seine immer wieder auch mit Anekdoten, ja Witzen gewürzte Rede war dem philosophischen, aber auch religiösen Komplex der Ethik gewidmet. Er nahm auf Agamben Bezug, und logisch auf seinen Fixstern Lacan, auf Arendt, Heidegger, Hegel und die Heilige Schrift. Das Buch Hiob, erklärte Žižek, in welchem dem menschlichen Leiden, und zwar *durch Gott selbst,* keinerlei Sinn zugesprochen werde, stelle für ihn den biblischen Kern des Christentums dar. Klar, raunte Concordia Lothar zu, denn Slavoj Žižek hatte sich im akademischen Betrieb zunächst als bedingungsloser Atheist und Materialist vorgestellt. So suggeriert er auch hier die Frage: *Warum brauchen wir dann überhaupt einen Gott?* Dennoch ein bemerkenswerter Schritt, fand Lothar, wenn der dialektische Materialist hier die diskursive Rückkehr zu der dem Christentum zugrundeliegenden symbolischen Struktur vorschlägt.

Im Gegensatz zur weitverbreiteten Vorstellung, Hiob sei ein geduldig Leidender gewesen, der sein Martyrium im festen Glauben an Gott über sich ergehen ließ, führte Žižek aus, habe er sich ununterbrochen beklagt und mit seinem Schicksal gehadert. Als Hiob von drei mit ihm befreundeten Theologen besucht wird, folgt deren Argumentation der üblichen Linie: *Wenn du leidest, mußt du etwas falsch gemacht haben,* denn Gott per se ist gerecht. Doch ihre Argumentation beschränkt sich nicht auf die Behauptung, Hiob sei irgendwie schuldig; es geht auf einer wesentlich radikaleren Ebene um den Sinn, respektive die Sinnlosigkeit, von Hiobs Leiden. Das Buch Hiob sei, konstatierte Žižek, das erste ihm bekannte Beispiel einer Ideologiekritik in der menschlichen Geschichte.

Wie Ödipus auf Kolonus beharrt Hiob auf der völligen Sinnlosigkeit seines Leidens. Seine ethische Würde beruht auf der Art und Weise, wie er sich angesichts der drei Theologen, die ihn mit möglichen Erklärungen überschütten, hartnäckig dagegen verwehrt, sein Leiden könne irgendeinen Sinn haben, sei es als Strafe für seine Sünden der Vergangenheit oder als Prüfung seines Glaubens, und überraschenderweise stellt sich Gott am Schluß auf Hiobs Seite, indem er erklärt, daß jedes Wort, das Hiob geäußert habe, wahr sei, während alles, was die Theologen gesagt hätten, falsch sei. Im gleichen Sinn, fügte der Vortragende an, sei das Ende seines eigenen Buchs *Die gnadenlose Liebe* zu verstehen, in dem er sich auf die finale narrative Wendung in *Brideshead Revisited*, dem populären Roman des katholischen Romanciers Evelyn Waugh, stütze.

Und plötzlich sagte Slavoj Žižek den Satz: *Auch Paul Claudel hat verstanden, daß nicht wir Gottes Hilfe brauchen, sondern Gott benötigt die Hilfe von uns Menschen.* Da schrieb Gustave die Formel *Der traurige Gott* mit einem

Kugelschreiber auf seinen von kräftig hervorgewölbten Adern durchzogenen linken Handrücken, führte ihn Concordia und Lothar vor Augen, und Concordia flüsterte ihren beiden Freunden, erst Lothar, dann Gustave, zu: *Der zu tröstende Gott.*

Infolge dieser göttlichen Bekräftigung der Sinnlosigkeit von Hiobs Leiden sollte man auf einer Parallele zwischen Hiob und Christus beharren, forderte Žižek, wie er es bereits in seinem wenige Jahre zurückliegenden Buch *Die Puppe und der Zwerg* getan hatte, wo das monotheistisch dialektische Motiv des von Gott verlassenen Gottessohnes, der, selbst Gott, gegen Gott aufbegehrt, eine zentrale Funktion besetzt.

In des Konvertiten G.K. Chestertons *Orthodoxie* liest sich das so: Als die Erde erbebte und die Sonne am Himmel sich verdunkelte, geschah es nicht ob der Kreuzigung, sondern ob des Schreies, den der Gekreuzigte ausstieß: jener Schrei, der eingestand, daß der Gott vom Gotte verlassen sei. Und nun lasset die Revolutionäre von allen Glaubensformen eine Glaubensform, von allen Göttern der Welt einen Gott sich wählen, alle Götter der unvermeidlichen Wiederkehr und der unverletzlichen Materie sorgfältig dabei prüfend. Sie werden keinen anderen Gott finden, der gegen sich selbst opponierte. Nein, das Thema entzieht sich dem menschlichen Wort, lassen wir die Atheisten selbst sich einen Gott erwählen. Sie werden nur ein göttliches Wesen ausfindig machen, das ihre Verlassenheit jemals zum Ausdruck brachte, nur eine Religion, in der Gott auf einen Augenblick als Atheist erschien.

Und Žižek ging noch weiter, indem er die Frage stellte: Ist Judas daher nicht der eigentliche Held des Neuen Testaments, derjenige, der bereit war, seine Seele zu verlieren und der ewigen Verdammnis anheimzufallen, damit der göttliche Plan in Erfüllung ging? In allen anderen Religionen verlangt Gott von seinen Anhängern, ihm treu zu bleiben, nur Christus forderte seine Jünger auf, ihn zu verraten, damit er seine Mission erfüllen kann. Erst durch Judas' Verrat und den Tod Christi konnte sich die universelle Kirche etablieren.

Lothar waren Slavoj Žižeks Sympathien für das Katholische bereits während seiner Lektüre von *Die Puppe und der Zwerg*, ganz besonders auch für den ihm bis dahin nur durch Kriminalromane bekannt gewesenen G. K. Chesterton, aufgefallen. Felix Ensslin dagegen, dessen als anarchistische Freischärlerin so einerseits berühmt wie andererseits berüchtigt gewordene Mutter einem protestantischen Pastorenhaushalt entstammte, wie sein experimentell innovativ schreibender Vater einem nationalsozialistischen Schriftstellerhaushalt, stützte sich, unter exegetischer Zuhilfenahme, darin ganz mit dem Vortragenden einig, der Werke Jacques Lacans, lieber auf Martin Luther, was in Žižek die ausdrücklich als aufrichtig angeführte Gegenfrage evozierte: Warum dann nicht gleich Thomas Münzer? Oder Jakob Böhme?

LXXII.

Zurück in ihrer, ehedem seiner, nunmehr gemeinsam bezogenen, entsprechend von Büchern und Kleidern geradezu überquellenden Wohnung, nahmen Gustave und Concordia, Lothar hatte sich, von neugierigem Interesse beseelt, angeschlossen, *Die gnadenlose Liebe* aus dem Regal. Auf der Rückseite des wissenschaftlichen Taschenbuchs prangten die Worte: In unserer vermeintlich säkularen Kultur ist die untergründige Struktur des Glaubens nach wie vor wirksam; *wir glauben insgeheim alle.* Wozu Žižek vorhin auch die Anekdote über einen namhaften Naturwissenschaftler erzählt hatte, der von einem ergebenen Besucher auf das Hufeisen, das über seiner Haustür hing, angesprochen wurde, ob er denn allen Ernstes an dessen glückbringende Eigenschaft glaube. Natürlich nicht, habe der Wissenschaftler geantwortet, aber es solle trotzdem wirken.

Auf Seite 186 fand Gustave die bewußte Stelle zu *Brideshead Revisited*: Am Ende des Romans weigert sich Julia, Ryder zu heiraten, wenngleich sie beide sich vor kurzem genau zu diesem Zweck von ihren Partnern hatten scheiden lassen; diese Entscheidung ist Teil dessen, was sie ironisch als ihren *privaten Deal* mit Gott bezeichnet. Obwohl sie moralisch verdorben und promiskuitiv ist, besteht vielleicht trotzdem noch eine kleine Chance für sie, wenn sie das opfert, was ihr am wichtigsten ist, nämlich ihre Liebe zu Ryder.

In ihrem letzten Gespräch mit Ryder macht Julia deutlich, daß sie sich ihres eigenen fragwürdigen Charakters durchaus bewußt ist, und sie gibt sich auch keinen Illusionen darüber hin, daß sie nach ihrer Trennung von Ryder zahlreiche weitere unbedeutende Affären haben wird. Aber diese zählen ihrer Meinung nach nicht wirklich, sie verdammen sie in den Augen Gottes nicht unwiderruflich. Verdammt wäre sie nur, wenn sie ihrer einzigen wahren Liebe den Vorzug gegenüber ihrer Hingabe an Gott gäbe, da es keine Konkurrenz zwischen höchsten Gütern geben darf. Julia gelangt daher zu dem Schluß, daß ihr promiskuitives lasterhaftes Leben für sie die einzige Chance ist, ihre Aussicht auf Gnade in den Augen Gottes zu wahren.

Gott ist daher letztlich der Name für die rein negative Geste des sinnlosen Opfers, des Verzichts auf das, was uns am wichtigsten ist. Hier haben wir es mit der religiösen Außerkraftsetzung des Ethischen in ihrer reinsten Form zu tun. Aus ethischer Sicht ist Julias Entscheidung natürlich sinnlos, denn die Ehe ist unendlich viel besser als die außereheliche Promiskuität; doch von einem streng religiösen Standpunkt aus wäre die Entscheidung für die eheliche Treue der höchste Verrat. Eine solche Spannung zwischen dem Religiösen und dem Ethischen ist möglicherweise genau das, was die Moderne definiert, in den vormodernen Zeiten war buchstäblich kein Platz dafür. In diesem Sinne ist das Christentum von Anbeginn an *die* Religion der Moderne.

LXXIII.

Total interessant, sagte Lothar Lothar, reichte Gustave Becher die rechte Hand, küßte Concordia Werkmeister rechts und links auf ihre gepuderten Wangen und machte sich auf den Weg zum Fahrstuhl. Bestieg in der öffentlichen Tiefgarage seinen *Daewoo* und schlug intuitiv einen anderen als den üblichen Heimweg ein. Ordnungswidrig parkte er auf dem Bürgersteig vor Mary Lou Mackays Haus, stahl sich das Treppenhaus hinauf und klingelte an ihrer Tür. Lothar hatte das Gefühl, daß in seinem Kopf alles durcheinanderstürzte. Hatte nicht bereits Juan de la Cruz erklärt, die Läuterung des Sinnenbereichs lasse sich daran erkennen, daß der Mensch nicht mehr diskursiv nachzudenken vermöge? *Der reine Geist kenne keine aufeinanderfolgenden Gedanken.* Doch hatte sich Lothar tatsächlich in derartig *kontemplativer* Verfassung vor Mary Lous Wohnungstür eingefunden?

Die Musikerin öffnete ihm in einem Herrenbademantel, mit leicht geröteter Nase, das lange Haar hochgesteckt, barfuß, sie war gerade eben noch unter der Dusche gewesen. Arilt werde sie in einer halben Stunde abholen. Dann zog sie Lothar in ihre Wohnung, verschränkte ihre Arme auf dem Rücken, stellte sich *neckisch* auf ihre Zehen und gab ihm zur Begrüßung einen besonders weichen Kuß auf den Mund. Woraufhin er sich nicht enthalten konnte, anzumerken, dieser Kuß sei aber besonders weich gewesen. Pure Verlegenheit, doch Mary Lou kritisierte auf der Stelle, daß er *alles* immer sogleich in Worte fassen und, fügte sie hinzu: *totreden* müsse. Und wollte ihm sofort einen weiteren Kuß geben. Lothar aber entwand sich ihrer Regung und wandte gekünstelt ein: Du wirst mich mit deiner Erkältung anstecken. Und Mary Lou entgegnete, die werde er *so oder so* bekommen. Woraufhin Lothars etwas pathetische Replik lautete: *Ich besitze starke Abwehrkräfte.* Dann ließ er sich auf dem Rand des Bidets nieder und durfte Mary Lou beim Pudern ihrer Nase zusehen, auch mitbestimmen, was sie *für Arilt* anziehen würde.

Später saßen sie zu zweit auf ihrer Couch, und Mary Lou hatte ihren Kopf an Lothars Brust gelehnt. Im Fernsehen die langweiligen Abendnachrichten. Lothar verspürte stärker denn je ein Verlangen, Mary Lous Augenbrauen zu streicheln. Und folgte erstmals diesem *erotischen* Verlangen. Mary Lou schloß ihre Augen und gab ganz leise Laute der Wollust von sich. Würde Lothar in seinem Tagebuch notieren können, daß sie *schnurrte*? Verspielt und doch unmißverständlich zärtlich biß er in Mary Lous Ohrläppchen, vergrub sein Gesicht in ihrem kastanienbraunen Haar, folgte auch dem Impuls, mit der Hand unter ihr Top zu fahren und den Verschluß des BHs auf ihren Rücken schnellen zu lassen. *Harmloser Schuljungenstreich,* sagte er, *nicht wahr?* Wie recht du hast, gab Mary Lou in einem von Lothar so noch nicht gekannten, *lasziven* Tonfall zurück, *absolut, total harmlos*.

Arilt erschien etwas verspätet, und Mary Lous Couch bot, wenn man aufrecht saß, auch genügend Platz für drei. Fünfzehn Minuten lang verbrachten sie auf diese Weise *und unterhielten sich angeregt*, Mary Lou, auffallend aufgekratzt, wie es Lothar vorkam, das mußte doch auch Arilt aufgehen, in der Mitte, den rechten Arm demonstrativ um Arilts Schultern gelegt, die linke Hand diskret unter Lothars rechten Oberschenkel geschoben. Thema: Duke Ellingtons Wertschätzung der Solistin, Komponistin und Arrangeurin Mary Lou Williams, die ihrer Zeit, wie er noch in seinen 1973 erschienenen Memoiren hervorhob, *ständig ein wenig voraus* sei. Während ihrer Ehe mit dem Trompeter Harold Baker hätte sie auch *viel zu seiner Sache beigetragen*. Mary Lou legte das von Mary Lou Williams arrangierte, auf *Blue Skies* basierende *Trumpets No End* vom November 1946 auf. Dann drängte Arilt zum Aufbruch. Lothar schlug dessen Angebot, ob er noch mitkommen wolle, ohne überhaupt nachgefragt zu haben, wo es hingehen solle, aus. Arilt schien gar keinen Argwohn gegen ihn zu hegen. Und auch Lothar verspürte keinerlei Eifersucht, allenfalls den Reiz einer gewissen homosozialen Rivalität, die sich, *wie in seinem früheren Leben*, wenn man es nur wollte, souverän auskosten ließe.

Allein, letztlich wünschte Lothar Lothar, seinem eigenen, wenn nicht überhaupt bereits von einer *Tangente* geredet werden mußte, asymptotisch gefährdeten Seelenfrieden zuliebe, Arilt Gulbranssen, für den er sogar eine Art *Mitgefühl* entwickelt hatte, und Mary Lou Mackay würden einen von jeglichen Nebengedanken an ihn, geschweige denn schwelenden Sehnsüchten nach ihm, ungetrübten, harmonischen Abend miteinander verbringen.

LXXIV.

Franz Blei schrieb in seinem Vorwort zur deutschen Ausgabe von Chestertons *Heretiker*, verlegt bei Georg Müller, München und Leipzig, 1912: Dem deutschen Leser ist G.K. Chesterton nicht mehr unbekannt: vor zwei Jahren gab ich gemeinsam mit Annette Kolb eine deutsche Übertragung der *Orthodoxie* heraus und Heinrich Lautensack den Roman *Der Mann, genannt Donnerstag*. Dieses dritte Buch wird, wie zu hoffen ist, viele neue Freunde im Lager der Gegner finden. Ja, dort, denn Chesterton ist ein politischer Schriftsteller gegen die politischen Parteien, ein katholischer Schriftsteller gegen die, welche heute sich Katholiken dünken, und ein literarischer Kritiker ganz ohne Respekt für die falsche Würde, mit der dies Amt heute betrieben wird. Diese Kampflust, diese Heftigkeit des Angriffes, diese zur Leidenschaft erglühten Gedanken nähren sich aus einem frohen, ganz optimistischen katholischen Glauben, der gar nicht feierlich tut oder sich dumm stellt oder, und dies schon gar nicht, irgendwie künstlerische oder psychologische Werte daraus züchtet. Mag sein, es ist dies heute ein verlorener Glaube, wo der kapitalistische Geist der herrschende ist und dieser im Protestantismus sein religiöses Äquivalent besser und so sehr findet, daß unsere heutigen offiziellen Katholiken, wo immer sie Parteien bilden und öffentlich deutlich werden, bereits Protestanten geworden sind. Mag sein, es ist ein heute verlorener Glaube. Aber so lange sich Geister wie Chesterton und Claudel und hier noch einer und dort noch einer bedingungslos zu ihm bekennen, ist er immer noch die große Flamme des Lebens, wenn auch der Rauch der Fabrikschornsteine eine Weile lang mit seinem Grau das Leuchtende verbirgt.

LXXV.

Doña Proëza: Was wollte ich anderes, als dir die Freude geben. Nichts für mich behalten. Dein ganzes Entzücken sein. Nicht mehr ich selbst sein, damit du alles hast. Ich will mit dir Ursprung sein. Ich will mich mit deiner Ursache vereinigen. Mit Gott will ich lernen, nichts für mich zu behalten, das Wesen zu sein, das nur gut ist und alles verschenkt, das nichts für sich behält und dem alles genommen wird. Die Kraft, durch die ich dich liebe, ist nicht verschieden von der, durch die du lebst. Das Blut ist so eng mit dem Fleisch vereint, wie Gott mich jeden Schlag deines Herzens in mir spüren läßt, das Sekunde um Sekunde in der glückseligen Ewigkeit sich ausdehnt und zusammenzieht. Don Rodrigo, mittlerweile Vizekönig: Das sind Worte von jenseits des Todes, ich begreife sie kaum. Ich schaue dich an, und das ist genug. O Proëza, geh nicht weg von mir, bleibe im Leben. Doña Proëza: Ich muß gehen. Der Vizekönig: Wer gibt mir die Gewißheit, daß ich nie aufhöre, dich zu lieben? Doña Proëza: Solange ich bin, solange weiß ich, daß du mit mir bist. Der Vizekönig: Noch bin ich der Herr. Wenn ich will, kann ich dich hindern, zu gehen. Doña Proëza: Glaubst du wirklich, du kannst mich hindern, zu gehen? Der Vizekönig: Ja, ich kann dich hindern, zu gehen. Doña Proëza: Glaubst du das? Nun denn, sag nur ein Wort, und ich bleibe. Ich schwöre, sag nur ein Wort, und ich bleibe. Dazu bedarf es keiner Gewalt. Ein Wort, und ich bleibe bei dir. Ein einziges Wort, und ich bleibe bei dir.

Schweigen. Der Vizekönig senkt den Kopf und weint. Doña Proëza hat sich von Kopf bis zu den Füßen verhüllt. Eine lange Barke mit zwei Reihen gesichtsloser Ruderer vermischt sich mit dem imaginären Schiff. Zwei schwarze

Sklaven steigen aus, fassen Proëza unter den Armen und tragen sie auf die Totenbarke.

LXXVI.

Aus Concordia Werkmeisters Aufzeichnungen vom vergangenen Semester: Die Frau des Schriftstellers Romain Rolland, mit dem Paul Claudel einst studierte, nimmt Rosalie Vetch und ihre Tochter Louise, die auch Claudels Tochter ist, bei sich auf. Claudel dankt ihr dafür mit einem Brief, in dem er schreibt: Ich habe die Überzeugung, daß moralisch und physisch jeder Mann nur für eine Frau gemacht ist und jede Frau nur für einen Mann. Der Verzicht auf diesen wesentlichen und reziproken Naturtrieb zugunsten Gottes ist etwas Schreckliches, eine heilsame, aber unheilbare Rißwunde. Im übrigen haben Sie ja den *Seidenen Schuh* gelesen. *Tant pis*. Gott ist immer der Größere, und ihm gab ich seit je den Vorzug.

Paul Claudel in einem Gespräch mit Jean Amrouche: Der Schlüssel eines Menschen findet sich im andern: aus dem Kontakt mit dem Nächsten, der uns über uns selber aufklärt, daraus fällt häufig ein Licht auf unseren Charakter zurück. Durch die Art, wie wir einer dem andern gegenüber reagieren, lernen wir uns begreifen und machen uns begreiflich. Und die entscheidende Art, sich kennenzulernen, ist die Liebe. Man könnte meinen, Gott habe es gewollt, daß der Schlüssel zu unserer Person sich in einem andern Menschen befindet, ohne daß wir die Möglichkeit besäßen, das wahrzunehmen. Im *Seidenen Schuh* entdekken die beiden Gestalten, daß dieser Schlüssel, daß dieses Rätsel ihrer eigenen Person, daß dieses Wesen, das sie zu verwirklichen haben, nicht in ihnen selber, sondern in einem andern zu suchen ist.

Jean-Louis Barrault, wie er den Seidenen Schuh im von den Deutschen besetzten Paris inszeniert: Aufgeregt erwarte ich Claudel. Zum ersten Mal hat er sich verspätet. Endlich kommt er, er ist noch völlig durcheinander, die Augen von Tränen gerötet. Vertraulich schüttet er mir sein Herz über die Entstehung des Dramas aus. *Sind wir allein? Schließen Sie die Türe, ich will Ihnen die Sache vorlesen.* Und zwischen Schluchzen und Zähneknirschen spricht Claudel mit seiner alten, vor Ergriffenheit zitternden Stimme den schönen, leidenschaftserfüllten Gesang der untröstlich Liebenden. Ebenso ergriffen wie er, betrachte ich diesen genialen sechsundsiebzigjährigen Dichter, der sich, aufgelöst in Tränen, vor Liebe verzehrt.

Hans Urs von Balthasar im Nachwort zu seiner deutschen Übersetzung des Seidenen Schuhs: Entsagung ist nicht ein selbstgewähltes, eigenmächtiges Nein zum Ja der Welt. Entsagung ist eher noch ein Ja zum Nein der Welt, in dem Sinn, daß wir restlos offenstehn für das Brennende, Trennende, Quälende und Kreuzigende der echten, bejahenden Liebe. So sind Rodrigo und Proëza das erste christliche Liebespaar der Weltliteratur, in dem die große, heroische irdische Passion unmittelbar und bis zu den letzten Folgerungen als religiöses Problem begriffen wird. Die Mündung des ganzen Dramas in die Religiosität des Karmels und der jesuitische Prolog umrahmen diese irdische Liebe keineswegs wie das Kloster in der romantischen Erzählung, sondern um die religiöse Ebene festzulegen, auf der das Liebesgeschehen sich von vornherein abspielt. Beiden wird Schuld, Verbrechen, Sünde vorgehalten, sie hören nichts, sie sind taub, sie wirbeln wie Blätter in dem Sturm, der alles ist. Sie werden sich nie besitzen, aber sie sind fürderhin nur füreinander.

Herbert Meier in den Anmerkungen zu seiner Neuübersetzung: Was die Liebenden Doña Proëza und Don Rodrigo miteinander verbindet, ist *le désir*. Claudel hat ein einziges Wort, für das wir im Deutschen mehrere benötigen: *Begierde, Begehren, Lust, Sehnsucht, Wunsch, Verlangen*. Das Wort *amour*, wie man es aus französischen Chansons kennt, kommt kaum vor, *le désir* aber in seiner ganzen Bedeutung. Nicht zuletzt im umfassenden Sinn der alten theologischen Vokabel *desiderium naturale*. Und dieses *desiderium* oder *désir* strebt über alles Naturhafte hinaus in einen Bereich des *surnaturel*, des Übernatürlichen. Das aber bedeutet für Claudel keineswegs die Auslöschung des Sinnlich-Naturhaften, vielmehr dessen Polarität und Steigerung und letzte Erfüllung. So auch für sein Liebespaar Proëza und Rodrigo.

LXXVII.

The trumpet player Harold Baker worked harder than ever trying to convince Mary Lou to return to Jazz. She would soon relent, unable to withstand the constant barrage of pleas from some of Pittsburgh's most promising musicians. According to Mary Lou, every day the young drummer Art Blakey would come to her house in East Liberty and beg her to start a band with him. Mary Lou declined the offer only to be faced with Blakey again the next day. Although she was deeply flattered by Blakey's desire to play with her, Mary Lou was not sure if she was ready to let go of the peace and tranquillity she had for another career in music. The force of this new generation of musicians, which included Billy Strayhorn, Erroll Garner, Billy Eckstine, and Kenny Clarke, would soon be felt beyond the regional scene of Pittsburgh and contribute to the development of the modern postwar Jazz scene. Mary Lou, who at thirty-two constituted, with Earl Fatha Hines, the *old guard* of the Pittsburgh Jazz scene, formed a group with Harold Baker, Art Blakey, and the tenor saxophonist Orlando Wright.

As Mary Lou continued to navigate through the New York scene, a new underground Jazz movement grabbed her attention. This movement was headed by a group of young musicians who believed that Swing had diluted Jazz and had pushed black musicians and bandleaders into obscurity. This newly conceived sound, called Bebop, would become these musicians' response to Swing and the commercialization of Jazz. Eventually the new genre would come to signify the growing sense of militancy in the black community and the evolving image of the black male musician. After her nightly performances at Café Society, Mary Lou would head uptown to a club called Minton's Playhouse, on West 118th Street. It was there that this new Jazz thing was being conceived, through the experimentations of the pianist Thelonious Monk, the trumpeter Dizzy Gillespie, the drummers Kenny Clarke and Max Roach, the trombonist J. J. Johnson, and others.

Monk in particular was drawn to Mary Lou. She had first met him as a teenager in 1934, when he was touring with a tent show. Inspired by the harmonic ideas Monk played, Mary Lou adopted them into her own work and began improvising on them with Andy Kirk's tenor saxophonist, Dick Wilson. Monk in turn valued her opinion greatly and often camped at her house. Monk set the stage for Bebop harmonies with his complex chord changes, which few could play with him. But those who could follow Monk, such as guitarist Charlie Christian, fed this experimentation. Mary Lou, who had befriended Christian in the late 1930s, would spend countless nights with the guitarist working on compositions that explored these new approaches to Jazz.

These musicians and Mary Lou Williams had much in common. Despite the seven- to ten-year age difference between Mary Lou and the Beboppers, they had shared similar experiences in their rise to prominence in the Jazz scene. Just as Mary Lou had become disillusioned with Jazz and disengaged herself from the world of Swing when she quit the Andy Kirk band in 1942, most of the Beboppers had these feelings and began imagining an alternative to the usual career path in Jazz. The harmonies and rhythms these musicians were experimenting with were nothing new for Mary Lou. During her years in Kansas City, she would often play what she called *zombie music*. This style, according to her, consisted of mainly *outré* chords, new *out* harmonies based on *off* sounds.

Mary Lou's interaction with the Beboppers extended beyond the clubs. Her apartment at 63 Hamilton Terrace in Harlem became the setting for a modern-day *salon* that paralleled nineteenth-century French musical circles. Each night she hosted musicians as they sat around discussing music, listening to recordings, and writing new tunes. *It was like in the thirties,* she said. *Musicians helped each other and didn't just think of themselves. Monk, Tadd Dameron, Kenny Dorham, Bud Powell, Billy Strayhorn, plus various disc jockeys and newspapermen, would be in and out of my place at all hours and we'd really ball.*

I had a white rug on the floor and we'd sit on the floor and each one would take turns playing, because most of them needed inspiration and they wrote the music up here at the house. If they wrote at home they'd bring it here for me to hear it and see how I liked it. Mel Tormé used to come here, Sarah Vaughan, even Leonard Feather, Benny Goodman. Dizzy, Miles, just all the musicians came here. Seemed like I was inspiration or something for them.

LXXVIII.

Lothar Lothar und Jeannine Waterstradt, als ehemaliges Liebespaar gemeinsam auf eine Party ehemaliger gemeinsamer Mitbewohner eingeladen, allein, das heißt zu zweit, in der Küche der exillibanesischen Gastgeberin, einer Ernährungswissenschaftlerin, welche sowohl Lothar als auch Jeannine komplett aus den Augen verloren hatten, die sich auch kurz nach Mitternacht bereits schlafen gelegt hatte.

Jeannine stellte ihr Weinglas auf der Fensterbank ab, öffnete ihre Handtasche und kramte Stefan Brechts *Queer Theatre* sowie ihre italienische Lesebrille hervor. Wollte von Lothar wissen, ob es sich nicht auch auf Andy Warhols berühmte *asexuelle* Orientierung übertragen ließe, wenn Brecht über Jack Smith schreibt, daß dieser mit seinen *queer and renegade Roman Catholics on welfare*, in seinen schrägen Inszenierungen der Erotik, vor allem in den Filmen *Flaming Creatures* und *Normal Love*, in dem Andy Warhol übrigens kurz als Frau auftrete, die unsere Welt omnipräsent regierende Heteronormalität nicht mit andersartigen Ausprägungen von Sexualität konfrontiere, sondern Sexualität schlechthin werde hier, gerade in der flamboyanten Travestie, mit Heterosexualität gleichgesetzt. Die damit, ganz im Sinn ihrer historischen etymologischen Herkunft, als *Perversion* erscheint. *Der Masken-*

tanz von Penis und Vulva, so Jeannine in Berufung auf einen bei Brecht gefundenen Begriff, eröffne wahrhaft *partisanische Perspektiven* im phallologischen Gemetzel der Geschlechter. Man brauche sich nur Mario Montez und seine auf der Bühne sowie der Leinwand performativ ausgestellte Verführungskunst, die jener der von ihm hoch und heilig verehrten Maria Montez in nichts nachgestanden hätte, vor Augen zu führen, um *hautnah* zu erleben, wie, mir nichts, dir nichts, hetero- und homosexuelle Taktiken einem Kartenhaus gleich zusammenfielen. Also erfand Stefan Brecht die Formel: *The queerness of queerness is that it is asexual*. Ich weiß nicht recht, antwortete Lothar da vorsichtig, denn es kam ihm so vor, als wollte Jeannine, im argwöhnischen Umkehrschluß der Argumentation Brechts, seine eigene *experimentelle Praxis der sexuellen Versagung* als burlesk brandmarken.

Jeannine fragte: Erinnerst du überhaupt die Marke meines Parfums, Lothar? Du trägst *Theorema*, dein Lieblingsparfum, erwiderte Lothar. Jeannine putzte die Gläser ihrer Brille mit ihrem Rocksaum, stellte sich neben Lothar, der dieser Szene, die ihm einen sekundenlangen Blick auf ihren scharlachroten Unterrock gestattete, einen *gewissen*, zugleich beunruhigenden Reiz abgewann, legte den Brecht auf den Küchentisch und blätterte wahllos weitere Passagen aus dem Werk herbei, las über Mario Montez as *the passively powerful center* of action, als *schöne Zigeunerin*, als *Cobra Woman*, als Lupe Velez in *Death and Assumption of Lupe Velez* vor. Charles Ludlam als Lesbe, die Lupe verführt, as Emerald Empress in *Whores of Babylon*, Ludlams Forderung: *Psychology must be banned from the theatre*. Ronald Tavels *The Life of Lady Godiva, Gorilla Queen, How Jacqueline Kennedy Became Queen of Greece*, Tavels maßgebliche Vor- und Mitarbeit an Warhols ersten Tonfilmen *Screen Test #1, Screen Test #2, The Life of*

Juanita Castro, Vinyl, Suicide, Horse, Bitch, Kitchen. Mario Montez in den 1970er Jahren als *wardrobe assistant* der *Hot Peaches*, einer zweitklássigen Ostküstenauflage der kalifornischen *Cockettes*. Jeannine Waterstradt beugte ihren Oberkörper über den Brecht, lehnte sich an den Tisch, drückte ihr Schambein *wie zufällig* gegen Lothars Hand, mit der er, seinerseits über das kleine schwarze Buch gebeugt, die Kante des Küchentischs umfaßte, stieß sich von der Platte des Küchentischs ab, vollzog eine halbe Drehung, das sah *choreographiert* aus, ein bißchen auch wie eine Schwimmerin, die sich vom Beckenrand löst, und nahm Lothar sanft, aber bestimmt bei den Schultern, *manipulierte* ihn, bis er frontal vor ihr, seiner Ex-Freundin, zum Stehen kam, seufzte tief, schlang ihre Arme um seinen Hals, lächelte wehmütig und sagte: *Ach, du*.

LXXIX.

Heloisa an Abaelard: Die Mägde Christi, Deine geistlichen Töchter, hast Du in Deinem Bethaus vereinigt und zum Dienste Gottes verpflichtet. Du legtest uns wieder und wieder mit aller Eindringlichkeit ans Herz, wir sollten uns versenken in das göttliche Wort und die heiligen Schriften lesen. Du hast uns ein tiefes Eindringen in die Heilige Schrift angeraten, Du nanntest sie einen Spiegel der Seele, in dem sie auch ihre Schönheit und Unschönheit erkenne; keine Braut Christi, die ihrem Bräutigam gefallen wolle, dürfe auf diesen Spiegel verzichten. Um uns erst recht aufzumuntern, verglichst Du das verständnislose Lesen der Schrift mit dem Gebrauch des Spiegels durch einen Blinden.

Diese Mahnungen griffen mir und den Schwestern ans Herz. Wir wollten Dir auch darin nach Kräften gehorsam sein. Wir gaben uns alle Mühe, und es lebt in uns die Liebe zur Wissenschaft, von der Hieronymus sagt: *Liebe die Wissenschaft, und Du wirst des Fleisches schnöde Lust nicht mehr lieben.* Aber die vielen Fragen, die sich erheben, machen uns wirr und lähmen unseren Eifer. Unser Verstehen reicht in der Heiligen Schrift da und dort nicht zu, und die rechte Liebe schwindet; sie läßt sich nicht erzwingen, wenn der Gedanke aufsteigt, unser Tun sei nichtig und zur Unfruchtbarkeit verurteilt.

LXXX.

Giorgio Agamben: *Die Zeit, die bleibt. Ein Kommentar zum Römerbrief*, Suhrkamp Verlag, Frankfurt am Main, 2006. Produktbeschreibung: Wenn es zutrifft, daß jedes Werk aus der Vergangenheit nur in bestimmten Momenten seiner Geschichte zu seiner ganzen Lesbarkeit gelangt, so scheint für die Briefe des Paulus die Zeit jetzt gekommen. Giorgio Agamben gibt ihnen jenen messianischen Stellenwert zurück, der allein die Perspektive einer nunmehr zweitausendjährigen Deutungstradition neu ausrichten kann: Paulus gründet keine universelle Religion, indem er eine neue Identität und eine neue Berufung ankündigt, sondern er widerruft jede Identität und jede Berufung; er schafft das alte Gesetz nicht ab, sondern öffnet es zu einem Gebrauch, der jenseits jeden Gesetzes liegt. Von der Paulinischen Botschaft bis zu den Thesen *Über den Begriff der Geschichte* Walter Benjamins, die bisweilen außerordentliche Entlehnungen aus ihr enthalten, bildet die Umkehrung von Vergangenheit und Zukunft, von Erinnerung und

Hoffnung das Herzstück des Messianismus. Die messianische Zeit ist die Jetztzeit; als Segment der profanen Zeit zwischen der Wiederauferstehung Jesu und dem apokalyptischen Ende konstituiert sie sich in der Zeiterfahrung der Gegenwart. Agambens Buch hält sich an das messianische Vorbild einer *schwindelerregenden Rekapitulation*: Das exegetische Wissen der Bibel geht über in die Illuminationen des Philosophen, der, ausgehend von Schmitt, Kafka und Scholem, die Paulinischen Texte befragt und in ihnen die begrifflichen Wurzeln der Hegelschen Dialektik findet.

Doris Akrap schrieb in ihrem 2005 von der Zeitschrift *Jungle World* publizierten Essay über den *theological turn postmoderner Philosophie*: In dem Maße, in dem das politische Bewußtsein schrumpft, wächst das Bedürfnis, die Gesellschaft theologisch wahrzunehmen. Zum anderen geht mit dieser vermeintlichen *Rückkehr* des Religiösen ein dezidiert gesellschaftskritisches Interesse an der politischen Theologie einher, die das ideologiekritische Potential des Christentums mobilisieren soll. Für dieses Projekt wird vor allem an der Rehabilitierung des Apostels Paulus gearbeitet, der als erster *Theoretiker des Universalen* gefeiert wird. Unter dem Slogan *Rückkehr des Politischen* sollen gerade die messianischen Elemente des Marxismus betont werden, konstatierte Doris Akrap, um sich in den folgenden Absätzen ihres Aufsatzes den jüngsten theologieaffinen Theoremen Alain Badious, Slavoj Žižeks und Giorgio Agambens zu widmen, deren *theological turn*, Gustaves Einschätzung zufolge, mitunter auch gefährlich *vor* die Errungenschaften der Postmoderne zurückging.

Akrap schreibt: Den zentralen Gehalt der Paulinischen Botschaft macht der bekennende Atheist und ehemalige Maoist Badiou in der *Auferstehung des Gekreuzigten*, im *Christusereignis*, fest und hält dies gleichzeitig für eine bloße Fabel. Gerade in dieser Unwahrscheinlichkeit liege die *unerhörte Geste* des Paulus, nämlich die *Wahrheit jedem kommunitären Zugriff zu entziehen*. An der Figur des Paulus veranschaulicht Badiou, wie es zur Bildung eines politischen Aktivisten kommt. Darüber, was den Charakter des paulinischen Programms vom *neuen Menschen* ausmacht, verliert er jedoch kein Wort. Denn Paulus trennt den Körper vom Geist, den Magen und die Libido gibt es nur noch in der Form des als ob. Zurückhaltende Ernährung und sexuelle Askese führen geradewegs in den zölibatären Junggesellenkommunismus, der eher einem spirituellen Großreinigungsunternehmen als dem Hedonismus im Garten Eden gleicht.

Akrap: Žižek will, indem er die christliche Terminologie bemüht, die Psychoanalyse Jacques Lacans von ihrer Kryptologie befreien. So wird auf konsumentenfreundliche Art das Lacansche *Objekt A* als das *Mehr-Genießen* erklärt und mit der Bedeutung des Mehrwerts gleichgestellt. Dieser wird mit der Funktion von *Coca-Cola light* erklärt. Gilt Žižek schon die *Coke* als *Inbegriff der Ware schlechthin*, deren *Gebrauchswert bereits eine direkte Verkörperung der übersinnlichen Aura des unaussprechlichen spirituellen Mehrwerts* ist, kulminiert dieses Phänomen in der reduzierten Version: *das künstliche Versprechen einer Substanz, das sich nie materialisiert.*

Im Vergleich zu Badiou bemüht sich Žižek um Absicherungen und relativiert die paulinischen Leistungen, indem er die Widersprüche und dramatischen Konsequenzen dieser Theologie benennt. Auch der Universalismus des Paulus ist nämlich nicht bedingungslos. Alle, die sich weigern, die neue Wahrheit anzuerkennen, werden gnadenlos von der neuen Gemeinschaft ausgeschlossen. Im Wesentlichen sind dies die Juden. Der weit verbreiteten Annahme folgend, geht Žižek davon aus, daß der Apostel seinen Namen von Saulus zu Paulus wechselte. Daher mahnt er, daß auch die *neue Menschwerdung* unter der gewaltvollen Bedingung des radikalen Neuanfangs stehe: die radikale Auslöschung der eigenen Vergangenheit.

Doris Akrap schreibt: Eine passive Weltverneinung entdeckt auch Agamben bei Paulus. Dieser habe unter dem terminus technicus des *als ob nicht* einen Raum geschaffen, der Macht und Gesetz entkomme, indem er mit ihnen nicht in Konflikt gerate, sondern sie *wirkungslos zurückläßt* oder *deaktiviert*. Hier trifft man auf den Kern linker Beschäftigung mit dem heiligen Paulus: seine Dialektik des Gesetzes und die nihilistische Antwort darauf. Paulus erklärt im Römerbrief, daß er erst durch das Verbot des Begehrens überhaupt auf die Idee gekommen sei, zu begehren, und also schon das Gesetz *Du sollst nicht begehren* übertreten habe, zum Sünder wurde und so dem Gesetz erst die Möglichkeit gab, sich zu legitimieren. Der Zweck des Gesetzes liege also einzig und allein darin, sich selbst als Herrschaft zu begründen und die bestehenden Verhältnisse zu sichern. Deshalb könne man es auch ganz abschaffen. Abgesehen von dieser letzten Konsequenz, entspricht die paulinische Auffassung des Gesetzes der Definition von Carl Schmitt, daß souverän sei, wer über den Ausnahmezustand entscheide. Der Ausnahmezustand legitimiert erst das Gesetz und ist von diesem nicht mehr zu unterscheiden. Carl Schmitt, an dessen *politischem Katholizismus* Concordia bereits im ersten Semester ihres Studiums nahezu verzweifelt war.

Akraps Fazit in der *Jungle World* lautete, daß die Texte dieser theologischen Postmoderne, oberflächlich betrachtet, wie Flugblätter aus dem Studentenmilieu wirkten, mit ihren Nebelkerzen von Subversion, Militanz und Rebellion, verstörenden Eingriffen in etablierte Ordnungen, die aus der Bahn geworfen oder verunsichert werden sollten. Dabei sei aus der Sicht von Badiou, Žižek und Agamben zwischen Mauerfall, Pilgerevent und Protesten gegen politische Gipfeltreffen kein Unterschied festzustellen: Eine ganze Stadt werde lahmgelegt, der Ausnahmezustand verwirklicht, und dann fahre man einfach wieder nach Hause, als ob nichts passiert wäre.

LXXXI.

Frau Schmeller, in Goldsandalen und einem auffallend anliegenden Hausanzug aus giftgrünem Frotté, vor Lothars Zimmertür, mit ihren nach Schulmädchenart im Arm gehaltenen Brentano-Bänden, als oberstem die *Romanzen vom Rosenkranz*, in denen es um die Versuchung dreier *rosenhafter* Mädchen, Rosarosa, Biondetta und Rosablanka, sowie ihrer Halbbrüder, Jacopone, Pietro und Meliore, zu sündiger Liebe geht, um Schuld und Buße ihres Vaters, das dämonische Wirken ihres Oheims sowie die Erfindung des Rosenkranzes als Erlösung von uralter Schuld. Was aber nur in Erfüllung gehen wird, *das ist der Plot*, wenn alle drei Schwestern als Jungfrauen gestorben sind. *Zwölf Jahrhunderte* umfaßt dieses in Verse gefaßte, unvollendete Epos, sagte Frau Schmeller und schob den 1912 im Petrus-Verlag, Trier, *unter erstmaliger Benutzung des gesamten handschriftlichen Materials* von Alphons M. von Steinle herausgegebenen Band auf Lothars Sekretär. Nahm, trotz einer entsprechenden Geste ihres Mieters, nicht auf dem Ziegenfellsessel, sondern der Bettkante Platz und stapelte die restlichen Bücher zu ihren Füßen. Ungemachtes Bett, höfliche Frage nach Lothars Befinden. Ganz gut, lautete seine Antwort, er sei seit heute wieder fieberfrei. Irgendwie habe er seine Grippe, er sagte nicht: *Mary Lous Grippe*, aber auch genossen und sei viel zum Lesen gekommen.

Lothar verlor sich kurz in dem bezaubernden Anblick der korallenfarben lackierten Zehennägel seiner Vermieterin, griff dann nach den *Romanzen vom Rosenkranz*, blätterte, um augenblicklich Interesse sowie Dankbarkeit zu bekunden, höflich hinein und blieb gleich in der Einführung an einer Formulierung hängen, die er seiner Besucherin, mit einem vorangestellten *aha*, vorlas: Clemens Brentano hat nicht nur die als freie Erfindungen seiner Phantasie auftretenden und handelnden Personen durch Verknüpfung mit historischen Personen romantisiert, sondern er hat ihnen auch dadurch, daß er durch sie Selbsterlebtes darstellte, ihnen die Charakteristik von Mitlebenden gab, warmes Leben eingehaucht. Meliore ist der Dichter selbst. Dessen Liebe zu Biondetta knüpft er an eine eigene, mehr spielerische als jemals ernsthafte Jugendneigung, eine Studentenschwärmerei für Marianne Jung, die spätere Suleika Goethes, an. Aber im wesentlichen müssen wir in dieser von Biondetta nicht erwiderten Liebe wohl des Dichters lange Zeit zurückgewiesene Leidenschaft zu Sophie Mereau, seiner späteren Gattin, erblicken. In der Romanze *Biondettens Hohes Lied*, in welcher Meliore im Zustande des Halbbewußtseins die Liebesraserei der Geliebten zu träumen scheint, haben wir den Ausdruck des Traumwunsches des Dichters zu sehen, daß ihm die leidenschaftlich Geliebte solche Seligkeit verschaffen möchte.

Mal sehen, ob ich noch zusammenbekomme, was hier überhaupt alles los ist, sagte Frau Schmeller, ich habe diesen Band ja erst kürzlich mit nach Erlangen genommen. Wenn wir einmal von den Jünglingen ausgehen, heiratet Jacopone, ohne jegliche Ahnung von dem vorliegenden und, als ein wesentliches Motiv in diesem Werk, Unglück begründenden Verwandtschaftsverhältnis, seine Nichte Rosarosa, die Enkelin seines Vaters. Vor ihrer Verlobung mit Jacopone hat sie sich allerdings mit dem Heiland verlobt und diesen Umstand auch während Jacopones Werbens um sie verbalisiert, wenngleich dermaßen verklausuliert, daß er es einfach nicht verstehen konnte, und die beiden führen nun eine keusche Ehe nach dem Vorbild Marias und Josephs. Rosarosa stirbt während eines Theaterbrandes, infolge eines Sturzes.

Meliore ist total in Biondetta verliebt, doch er begehrt sie aus gebührendem Abstand. Apo, Biondettas zu akademischen Ehren gelangter Oheim, der sich in des Teufels infernalischen Künsten versteht, ist ebenfalls verrückt nach seiner Nichte, die sich, auf Drängen ihrer Adoptivmutter hin, als Schauspielerin verdingt. Da sie Meliores Liebe nicht erwidern darf, und auch um den lästigen Avancen Apos zu entkommen, beschließt Biondetta, den Schleier zu nehmen. Anläßlich ihrer Abschiedsvorstellung setzt Apo das Theater in Brand. Biondetta wird gerettet, erkennt am Sterbelager der verunglückten Rosarosa in dieser ihre Schwester sowie ihre eigene Herkunft. Frieden im Kloster wird sie nicht finden. Und jetzt müssen Sie aufpassen, Lothar: Durch das Aphrodisiakum aus einer Meliore durch Apo zugefügten Wunde, die sie, nachdem sie ihn geborgen hat, versorgt, zu Fall gebracht, stürzt sie sich, in sinnlicher Liebe entbrannt, auf Meliore, der davon, tödlich verletzt und weitgehend bewußtlos, in ihrem Zimmer, ihrem Bett, gar nichts zu erwidern vermag. Meliore hört aus dem ihm unverständlichen brünstigen Werben der keuschen Biondetta lediglich die biblischen Wortes des *Hohen Liedes der Liebe*. Biondetta aber gerät zunehmend in Wallung, sagte Frau Schmeller, geben Sie doch mal her.

Also reichte Lothar Frau Schmeller das Buch, sie blätterte ein wenig darin herum, fand, was sie gesucht hatte, und deklamierte: *O, du Liebe in Wollüsten. O, du schön und lieblich Schweben. Trauben gleichen meine Brüste, Trauben wundersüßer Reben. Einer Palme aufwärts dringend gleichet meines Leibes Länge, wie der Wein hinan sich schlinget: O, wer sich hinan so schwänge. Laß uns durch die Felder ziehen, ob uns sieht das Aug der Reben, ich will, wenn Granaten blühen, dort dir meine Brüste geben. Dich, der meiner Mutter Brüste saugte, Bruder, dich, den Schönen, wenn ich dort dich brünstig küßte, ach, wer wollte mich verhöhnen.* Was natürlich, wenn Sie die enge Beziehung zwischen Clemens Brentano und seiner Schwester Bettina von Arnim bedenken, sagte Frau Schmeller, *pikant* erscheint, oder finden Sie nicht? Geradezu *kinky* auch, wie Brentano Biondetta sich angesichts ihres sterbenden unmöglichen Geliebten selbst beschreiben läßt: *Schön und lieblich meine Füße in den goldnen Schuhen stehen, und mein Haupt, wenn ich ihn grüße, ist wie eines Helmbuschs Wehen. Wie zwo Spangen schön sich schwingend, von des größten Meisters Händen eben aneinander dringend, stehen freudig meine Lenden.* Meliore aber scheidet unwiederbringlich dahin, und Biondetta gerät durch übermächtigen Zauber in die Gewalt Apos. Doch ehe sie ihm erliegt, ersticht sie sich mit einer Haarnadel Rosablankas, um ihre Jungfräulichkeit zu bewahren, so daß allein ihr Leib, *künstlich belebt*, in Apos unflätige Hände fällt. *Und die goldne Nadel fein stößt sie in den reinen Busen durch die goldne Rosenblume, sinket nieder, heilig blutend.*

Lothar fragte: Und der Dritte? Wer ist der Dritte? Der dritte Jüngling ist Pietro, antwortete Frau Schmeller. Pietro liebt Rosablanka, die ihm erklärt, daß sie sich dem Heiland versprochen habe, während ihr Herz eigentlich Meliore gehört, von dem sie aber weiß, daß er Biondetta liebt.

Brentanos vierzig Foliobände, fünfzehntausend Blätter umfassende Aufzeichnungen der Gesichte und Offenbarungen einer stigmatisierten Augustinernonne namens Anna Katharina Emmerich, feierlich zu Papier gebracht über den Zeitraum von *fünf Jahren* an ihrem Dülmener Krankenbett, befanden sich nicht in Frau Schmellers Bibliothek. Logisch hätte Lothar die gern mit denen Balthasars am nachmittäglichen Lager Adriennes verglichen. Angeblich hatte man nach ihren Visionen im späten 19. Jahrhundert das Haus Marias im Hinterland von Ephesus entdecken können. Angeblich stehe dort ein Schild in allen Weltsprachen, das auf die deutsche Ordensfrau hinwies. *Erbauungsliteratur,* meinte, von einer wegwerfenden Handbewegung begleitet, die protestantisch getaufte, von jeglichem Gottesglauben abgefallene Vermieterin.

Komisch, wie sie jetzt auf Lothars zerwühltem Bett saß, während er auf seinem rotierfähigen Schreibtischstuhl, etwas verlegen, halbkreisförmige Drehbewegungen beschrieb. Mit ihren fünfzig Jahren konnte Frau Schmeller durchaus als attraktive Frau bezeichnet werden. Ungefragt deklamierte sie eines der vielen Luise Hensel, der Verfasserin von *Müde bin ich, geh' zur Ruh'*, zugedachten liedgleichen Liebesgedichte Brentanos. Nach Eichendorffs Einschätzung, sagte sie, sei dieser weniger ein Dichter gewesen als vielmehr *selbst ein Gedicht*, das, eben noch unbeschreiblich anrührend, urplötzlich in sein Gegenteil überwechseln konnte und sich in überraschenden Sprüngen fortbewegte, die an das bis heute kolportierte Klischee weiblicher Sprunghaftigkeit gemahnten. *Du und ich sind außer aller Ordnung*, soll Clemens Brentano in einem Brief an die ebenso begabte Schwester geschrieben haben, erzählte Frau Schmeller und hatte im Nu deren adäquate Antwort in einem ihrer mitgebrachten Bücher herbeigeblättert: *Meine Seele ist eine leidenschaftliche Tänzerin, sie springt herum nach einer inneren Tanzmusik, die nur ich höre und die andern nicht.* Und jetzt erzählen Sie mal von sich, denn Katherine steht jeden Augenblick mit Mann und Kind vor meiner Tür. Was soll ich sagen, formulierte Lothar freimütig, beinahe übermütig, ich komme mir in meinem erratischen Studium, meinem verwirrenden Alltag, auch ganz schön sprunghaft vor.

Als Frau Schmeller sich wieder verabschiedet hatte, blieb ihr Blick kurz an dem spätmittelalterlichen Bildnis des Apostels Johannes hängen, das an einem Pinboard neben einer Fotografie der juvenilen Mary Lou Williams und Maria Montez als Feldmarschallin auf einem Still aus Max Ophüls' *The Exile* heftete. Der Jünger, den Jesus liebte, erklärte Lothar, dem Jesus sein Wesen zuteilte, der mit Jesus eins ist. Der sein Haupt, den Nonnen zum Vorbild, dieses Bild hing ja hauptsächlich in Frauenklöstern, ganz wie im bräutlichen Bund, an des Heilands Brust zu schmiegen beliebte. Von dem neuerdings häufig auch behauptet wird, er sei überhaupt weiblichen Geschlechts gewesen, wandte Frau Schmeller ein. In Bestsellern, in Blockbustern. Und Lothar fragte, als seine Besucherin bereits die Treppe zu ihrer Wohnung hinabstieg, nach: Weil sich die Existenz einer Geliebten Jesu besser verkraften ließe als die eines Geliebten?

LXXXII.

Asymptote: Gerade, der sich eine ins Unendliche verlaufende Kurve nähert, ohne sie zu erreichen.

Eine eng beschriebene Postkarte von Gustave und Concordia aus der Hauptstadt, die sich dort Stefan Bachmanns fünfeinhalbstündige, von Herbert Meier neu übersetzte Claudel-Trilogie *Die Gottlosen* angesehen hatten, die aus den Stücken *Die Geisel*, ehedem *Der Bürge*, *Das harte Brot* und *Der Erniedrigte* bestand. Gegen Ende des dem Publikum einiges zumutenden Theaterabends sei ein *toller*, für Paul Claudels Ideentheater signifikanter Dialog zu seinem Lieblingsthema, der extrem aufgereizten und doch unmöglich einzulösenden körperlichen Liebe zwischen Mann und Frau, zu hören gewesen, in dem die beiden Liebenden einander ihr Hin- und Hergerissensein zwischen leidenschaftlichem Begehren und dem feierlichen Wissen, daß erst ihre körperlosen Seelen im Jenseits zu vollkommener Vereinigung fähig sein würden, gestehen. Concordia, womöglich war das aber auch Gustaves der ihren inzwischen auffallend angeglichene Handschrift, hatte noch einen Literaturtip auf das umseitige Bildmotiv der Karte, die Siegessäule im farbenfrohen Taumel einer bestimmt zehn Jahre zurückliegenden Love Parade, gekritzelt: Ann Buglianis *Women and the Feminine Principle in the Works of Paul Claudel*.

Im Internet entdeckte Lothar gleich noch ein weiteres interessantes Werk dieser offenbar an Chicagos Loyola University lehrenden Autorin: *The Instruction of Philosophy and Psychoanalysis by Tragedy: Jacques Lacan and Gabriel Marcel Read Paul Claudel*. Allem Anschein nach hatte Lacan sich in seinem *Seminar, Buch VIII, Die Übertragung*, zu eben jenen drei von Concordia und Gustave gesehenen Stücken geäußert. Es war nicht einfach, *Das Seminar* im Netz aufzutreiben, aber binnen einer halben Stunde hatte Lothar das Protokoll der Sitzung vom Mittwoch, 3. Mai 1961, in dem sich Lacans bewußte Anmerkungen zu Claudels Drama *Die Geisel* fanden, auf sein Notebook heruntergeladen und auf den Bildschirm gerufen.

Was uns hier vorgeführt wird, sprach Jacques Lacan, ist das Bild eines Begehrens, dem, so scheint es, allein noch der Bezug auf de Sade gerecht wird. Die Ersetzung des Christuskreuzes durch das Bild der Frau; kommt es Ihnen nicht so vor, als sei sie nicht nur angedeutet, sondern im Text ausdrücklich situiert? Seit Beginn des Stücks steht das Bild des Kruzifixes am Horizont, und wir werden es im folgenden Stück wiederfinden. Aber, sind Sie nicht auch überrascht über folgendes: nämlich die Koinzidenz dieses Themas, insofern, als es wirklich *erotisch* ist, mit dem, was hier ausdrücklich das Thema der Überschreitung, des Durchbruchs ins Jenseits jeglichen Glaubenswertes ist? Dieses Stück, das dem Anschein nach das eines Gläubigen ist und von dem die Gläubigen, und zwar die hervorragendsten, Bernanos selber, sich wie von einer Blasphemie abwenden, ist es nicht für uns das Indiz dafür, daß der menschlichen Tragik ein neuer Sinn gegeben wird? Ebendies werde ich versuchen, Ihnen nächstes Mal anhand der beiden anderen Enden der Trilogie zu zeigen.

Eine Autorin namens Regula Schindler hatte einen Aufsatz über Jacques Lacan als Leser Paul Claudels mit dem Lothar logisch ganz besonders interessant erscheinenden Titel *Botschafter der Versagung* verfaßt; leider stand er nicht im Netz zur Verfügung. Also *googelte* Lothar weiter. Bereits der junge Lacan mußte Claudel persönlich erlebt haben, wozu sich folgende anonyme Stelle anführen ließ: *Jacques started going to Adrienne Monnier's bookshop, Shakespeare & Co. Monnier, with her smooth round cheeks and her full, pleated skirts, organized public readings where her customers could meet writers who were already famous, such as André Gide, Jules Romains, and Paul Claudel.* Adrienne Monnier war ja, neben Colette, eine Lieblingsautorin Adriennes von Speyr. Adrienne, die, schreibt Balthasar, auch Simone de Beauvoir las.

Lothar surfte fort und stieß auf den sieben Monate alten, ausführlichen Kommentar eines Berliner Kunden einer internationalen Internet-Buchhandlung, der bei Slavoj Žižek auf Lacans Claudel-Lektüre gestoßen war. Dieser Kunde namens Gebauer hatte seinen Text *Für eine Politik der Versagung* überschrieben und mit den überraschenden Worten eröffnet: *Glücklicherweise leben wir in einer Zeit, in der endlich neue politische Theorien entstehen.* Und hatte dazu die aktuellen Werke Ernesto Laclaus, Alain Badious, sowie Slavoj Žižeks neuestes Buch, *Parallaxe*, angeführt.

Der Kampf der dialektischen Gegensätze sei im Zeitalter des *New Age* zu einer bloßen Lehre des *Yin und Yang* verkommen und bagatellisiert worden, schrieb Gebauer. Dies gelte es, nach Žižek, durch eine Neufassung dieses Spannungsfelds zu ersetzen, die darin bestehe, nicht mehr ein polares Gegensatzfeld zu denken, sondern den vermeintlichen Streit der dialektischen Gegensätze in das Eine selbst zu verlagern. Slavoj Žižek spreche dabei von der *Nicht-Koinzidenz des Einen*, einer Kluft, die das Eine von sich selbst trennt. Diese Nicht-Koinzidenz des Einen bezeichne er als Parallaxe.

Parallaxe: Winkel, den zwei Geraden bilden, die von verschiedenen Standorten auf einen Punkt gerichtet sind. Unterschied zwischen dem Bildausschnitt im Sucher und auf dem Film.

Gebauer: In Bartlebys Formel *I prefer not to* sieht Žižek eine Art *passiv-aggressives* politisches Handeln, nicht durch Widerspruch, der ja bekanntlich nur das System mit immer neuer Kraft versieht, sondern durch eine Form *gewalttätiger Gewaltlosigkeit*, die Žižek scharf von buddhistischen Sit-ins und Ghandi unterscheidet. In einer großartigen Schlußwendung, die noch einmal Lacans Deutung von Claudels Theaterstück *Die Geisel* aufnimmt, bezeichnet Žižek Bartlebys performativen Akt als einen *Akt der Versagung und nicht als symbolischen Akt*. Bartlebys Satz habe eine *holophrastische Qualität*, die für den *Kollaps der symbolischen Ordnung* steht. Am Ende steht Bartleby mit dem Lächeln von Norman Bates aus Hitchcocks *Psycho* da. Dies ist das parallaxe Objekt von Žižeks dialektischem Materialismus. Fazit: Ein großartiger und wichtiger Entwurf für eine linke Politik.

LXXXIII.

Teorema, Geometrie der Liebe, von Pier Paolo Pasolini, Italien, 1968. In einer riskanten Kombination religiöser und sexueller Ikonographien wird eine großbürgerliche Familie von einer an Jesus Christus angelehnten, aber zugleich sowohl dionysische als auch seraphische Züge aufweisenden Figur heimgesucht. Der mit bedingungsloser Liebe ausgestattete Gast verführt zunächst die Haushälterin, dann den Sohn, die Mutter, die Tochter und schließlich den Vater. Nach seinem mysteriösen Entschwinden kehrt die Haushälterin an den Ort ihrer Kindheit zurück und findet ihr Selbst in der Volksfrömmigkeit, der Sohn verschwendet sich in den Bildenden Künsten, die Mutter verzehrt sich in nymphomanischer Raserei und bizarrer Bigotterie, die Tochter versinkt in einem kataleptischen Wahnsinn der Versagung, der Vater verschenkt seine Fabrik an die Arbeiter.

Thérèse, von Alain Cavalier, Frankreich, 1986. Thereses *amour fou*, mit der sie Jesus Christus, ihren Bräutigam, auf ihrem berühmten *Kleinen Weg* belegt. Therese wird an der Hand ihres Vaters als Braut in den Karmel geführt.

Die letzte Versuchung Christi, von Martin Scorsese, USA, 1988. Auf seinem Weg in die selbsterwählte Einsamkeit passiert Jesus ein Bordell, in dem Maria Magdalena, die aus von Jesus verschmähter Liebe zur Hure geworden ist, ihren Körper Freiern feilbietet. Nachdem der Gekreuzigte die Worte *Mein Gott, warum hast Du mich verlassen?* ausgerufen hat, fällt alles Leiden von ihm ab, ein weißgewandeter, goldgelockter Engel erscheint und zieht die Nägel aus seinen Gliedmaßen und aus dem Holz. Er habe genug gelitten, *er sei nicht der Messias*. Und also sei nicht das Himmelreich, sondern die Erde für ihn bestimmt. Jesus ist erleichtert, der Engel führt ihn zur Hochzeit mit Maria Magdalena, sie pflegt ihn. Im Dunkel einer Holzhütte vereinigen sich ihre Körper, Maria Magdalena erwartet ein Kind. Doch vor der Geburt stirbt die werdende Mutter. Getröstet durch den Engel, der ihm erklärt, *es gebe nur eine Frau mit vielen Gesichtern auf dieser Welt*, gründet Jesus mit Maria und Martha von Bethanien eine neue Familie, der zahlreiche Kinder entspringen. In einer Begegnung mit Paulus erlebt er, wie dieser den auferstandenen Jesus verkündigt. Auf dem Todeslager erscheint dem gealterten Jesus, im brennenden Jerusalem, der blutverschmierte Judas und ruft aus: *Verräter, Dein Platz war am Kreuz*. Jetzt erkennt Jesus, daß der weißgewandete, goldgelockte Engel Satan gewesen ist. Weinend schleppt er sich zur Schädelstätte zurück und fleht Gott an: *Ich will der Messias sein*.

LXXXIV.

Wir waren in Estavayer am Neuenburgersee, ich gab jene Exerzitien, die als Gründungsakt unserer Gemeinschaft galten. Am Abend des 9. August, nachdem Adrienne lange in Angst gewesen war, sagte sie mir vor einem Vortrag: *Kommen Sie nachher gleich auf mein Zimmer*. Ich fand sie in großer Verwirrung. Sie sagte immer nur: *Ich kann sie nicht mehr halten, ich kann sie nicht mehr halten*. Ich bat sie, der Reihe nach zu berichten. Sie tat es, so gut sie konnte, und es ging auch ganz gut. Hie und da unterbrach sie sich und fragte: *Hat denn das noch Vernunft? Sagen Sie mir, wenn Sie mich für verrückt halten*. Sie erzählte, daß plötzlich ein fürchterliches Gewitter eingesetzt habe. Es blitzte, donnerte, ein allgemeines Erdbeben setzte ein. Dann kam Hagel. Sie trat auf die Terrasse hinaus, um sich zu vergewissern, was los sei, aber sie wurde nicht naß. Da begriff sie, daß dieses Gewitter keines der äußern Natur war. Sie geriet in eine seltsame Spannung, denn sie sah gleichzeitig den irdischen Abendhimmel, der ganz ruhig war, und die völlig aufgewühlte andere Landschaft, die sie inwendig erlebte. Dann sah sie plötzlich den Himmel aufgehen und sah in der Öffnung eine Frau. Diese war so strahlend, daß sie Adrienne ganz blendete.

Die Frau hatte zwölf Sterne um den Kopf; Adrienne hatte sie gezählt; sie sagt: *Ich bin fast ganz sicher, daß es zwölf sind. Sie ist ganz in Feuer eingehüllt und steht auf einer Kugel. Sie war schwanger und schrie die ganze Zeit. Hören Sie nicht, wie sie schreit? Hören Sie wirklich nicht?* Ich frage sie: Was ist denn das für eine Kugel, auf der sie steht? Adrienne ist wie in einer Entrücktheit; sie steht auf, zieht einen Schuh aus und betastet prüfend den Boden mit ihrem Fuß. *Es ist der Mond*, sagt sie, *ja, es ist wirklich sicher der Mond*.

Dann sieht sie einen Drachen erscheinen, er ist rot, hat sieben Köpfe, zehn Hörner und sieben Diademe auf den Köpfen. Ich frage sie, was es mit diesem Drachen für eine Bewandtnis habe. *Ich weiß nicht*, sagt sie, *er ist einfach wütend, und er ist sehr mächtig. Er ist das Böse, der Teufel.* Dann blickt sie um sich: *Was haben denn diese Blutschalen da zu tun? Und sagen Sie mir doch: Was hat denn Johannes mit all dem zu tun? Irgendwie ist er dabei, aber er ist auf dem Bild nicht sichtbar.*

Sie schaut mich auf einmal tödlich erschrocken an: *Wer ist diese Frau? Ist sie die Mutter?* Adrienne kommt auf mich zu und hält mir die Hände hin: *Ich verspreche Ihnen Gehorsam, absoluten Gehorsam, ich will nur noch eine Sache sein für Gott. Aber man muß dieser Frau helfen, man muß sie stützen.* Dann beginnt sie mir zu erklären, wie man Gebärenden in der Eröffnungszeit hilft: *Man muß sie stützen, indem man mit der Hand fest ihren Rücken preßt, um ihnen Kraft zu geben, oder vielmehr das Gefühl von Kraft. Und man muß sie gleichzeitig um die Schultern fassen.* Sie erzählt, daß sie das oft im Gebärsaal lange Zeit getan habe und wie äußerst anstrengend es sei. Und dasselbe müsse sie nun bei der Frau tun, und sie selbst habe keine Kraft mehr. Was soll man tun? Alles sei so schwer, denn das Bild sei so zerstückt. Ich frage, weshalb. Sie sagt: *Alles ist so zerhackt, so zusammenhanglos, das Gewitter, der Hagel, die Frau, das helle Licht, das rote Tier. Es macht so müde, es reißt einen so auseinander. Hören Sie sie wirklich nicht schreien?*

Da schlug ich das Neue Testament auf und las ihr Apk 11,19 bis 12,3 vor. Sie war völlig starr: *Was ist das?* Ich sagte: Johannes. Sie: *Aber das haben wir doch nicht im Evangelium durchgenommen?* Ich: Nein. Es ist die Apokalypse. Sie: *Mein Gott, die Apokalypse.* Nach einiger Zeit: *Die habe ich nie gelesen. Ich hatte einmal angefangen vor*

Jahren, aber ich kam über das erste Kapitel nicht hinaus. Es war einfach zu groß, zu unfaßbar für mich. Aber wer ist denn das Weib? Ich sagte: Maria und die Kirche in Einheit. Sie sagte: *Da haben Sie recht. Das ist wahr. Jetzt verstehe ich. Maria schreit, weil sie das Schicksal des Sohnes voraussieht. Sie schreit nicht über ihre Schmerzen, sie schreit antizipierend in der klaren Einsicht der Schmerzen des Sohnes.*

LXXXV.

Auf seinem Weg nach unten, seinem unter der Woche in der Garageneinfahrt geparkten *Daewoo*, schob Lothar einen noch eben schnell mit einem Zitat des Literaturwissenschaftlers Andreas Kraß bekritzelten Zettel unter Frau Schmellers Wohnungstür durch: Während der mittelalterlichen Mystik mit ihren allegorischen Transgressionen der Geschlechterrollen ein erhebliches queeres Potential eignet, ist das moderne Homosexualitätskonzept als Element eines heteronormativen Diskurses einzustufen. Es ist eben der moderne Primat der Heterosexualität, der die Verschwörungstheoretiker des Heiligen Grals zu der Überzeugung verleitete, in da Vincis *Abendmahl* müsse die Person zur Rechten Jesu eine Frau sein.

Im Briefkasten lag ein rosa kuvertierter Brief aus Bern von Mary Lou, die dort im Zusammenhang ihrer eigenen Konzertreise durch die Schweiz ein Konzert der schweizerischen Pianistin Irène Schweizer gesehen hatte, in einem gemeinsamen Auftritt mit dem Altsaxophonisten Oliver Lake sowie zwei hochrangigen Veteranen des Free Jazz, Reggie Workman, der einst John Coltranes Bassist war, und Andrew Cyrille, der zu gleicher Zeit Mary Lou Williams' Schlagzeuger war und später der Schlagzeuger Cecil Taylors wurde. Die beiden hätten allerdings streckenweise den etwas angestrengt wirkenden Arrangements Oliver Lakes folgen müssen, die auch Irène Schweizer abverlangten, ihr Konzept der freien Improvisation immer wieder zu suspendieren, worüber sie sich, von Mary Lou nach dem Konzert im Foyer angesprochen, ihre Verstimmung selbst ihr, der Fremden gegenüber, nicht verhehlend, in deutlichen Worten beschwert habe. Lakes Arrangements belegte sie dabei sogar mit dem Verdikt *kommerziell*, schrieb Mary Lou. Sie habe sich nicht vorbereiten können, es habe am Nachmittag lediglich einen Soundcheck gegeben, aber keine richtige Probe. Wozu ich wissen müsse: Irène Schweizer liest keine Musik. Arilt, zu allem Überfluß, habe die schlechte Laune der Musikerin auf deren gleichgeschlechtlich gelagertes Liebesleben bezogen. So unmöglich ich diese typisch männliche Bemerkung fand, schrieb Mary Lou Mackay, in gewisser Hinsicht hatte Arilt einen zentralen Punkt berührt: den Leidensweg genetisch weiblicher Instrumentalisten in der androzentrisch heteronormierten Geschichte des Jazz. Du weißt ja: Im Englischen sagen wir gern *His Story* zu History.

Heute morgen sprach ich die Pianistin im Frühstücksraum des Hotels auf den gemeinsamen Auftritt von Mary Lou Williams und Cecil Taylor vor dreißig Jahren an. Was da eigentlich schiefgegangen sei? *Cecil Taylor zieht immer sein Ding durch*, antwortete Irène Schweizer. Dabei hat *er* sich damals darüber beschwert, daß *sie* sich in seinen Stükken zu wenig auf ihn eingelassen hätte, entgegnete ich; wir sprachen ja auch schon darüber, lieber Lothar. Cecil Taylor, der, wie Du weißt, schwul ist. Es war jedenfalls schön, zu erfahren, wie sehr Frau Schweizer meine Namenspatronin schätzt. Und damit nicht genug: Andrew Cyrille gastierte letztes Jahr, neben Mary Lou Williams' regelmäßigem Bassisten Buster Williams als Weiterem im Bund, auf einer CD des Mary Lou Williams Collective, einem Projekt unter der Leitung der Pianistin Geri Allen, die ja schon in Robert Altmans Spielfilm *Kansas City* die junge Mary Lou Williams, sowohl im Kostüm als auch auf dem Klavier, spielte. Das Mary Lou Williams Collective hat sich, wie Du Dir vorstellen kannst, dem Weiterleben der Musik von Mary Lou Williams verschrieben. Der jesuitische Pater O'Brien attestiert, Geri Allen *explores and explodes* the music, preserving the composition, but putting herself entirely into it. Peter O'Brien war Mary Lou Williams' kirchlicher wie künstlerischer Wegbegleiter in ihren späten Lebensjahren, sie war ja, wie du weißt, in den 1950er Jahren zum römisch-katholischen Glauben konvertiert, und der junge Priester zog sogar, als sie an der Duke University Jazz unterrichtete, bei ihr ein, was aber nicht lange gut ging, Father O'Brien mußte sich in die Behandlung durch einen ortsansässigen Psychiater begeben. Heute ist er stolzer Leiter des Mary Lou Williams Archive an der Rutgers University, in dem er auch ihre, sofern sie sie nicht zugunsten drogenkranker Kollegen versetzt hatte, eleganten bis extravaganten Bühnengewänder aufbewahrt.

Später erstand ich in einem Schallplattenantiquariat jene Langspielplatte, die Irène Schweizer 1988 gemeinsam mit Andrew Cyrille in Willisau eingespielt hat, inklusive *A Monkish Encore*, das ich von dem Tape eines ehemaligen Mitmusikers kannte, an dessen Interpretation wir uns damals sogar selbst versuchten, im Sinne von Literatur, eines gleichsam klassischen Repertoires, wie es Wynton Marsalis zu pflegen beliebt, obwohl es auf der Platte improvisiert gewesen war. Du weißt ja, daß ich in der auf so unerklärliche wie berückende Weise dissonanten Musik Thelonious Monks die Existenz Gottes bewiesen sehe; dazu brauche ich gar keine Kirche. Das Einlegeblatt zitiert Cyrille, der einer haitianischen Familie entstammt, was uns auf einen Einfluß der narrativen afrokatholischen Trommler Haitis sowie der benachbarten Dominikanischen Republik schließen lassen kann, dahingehend, daß er 1975 zum ersten Mal von Irène Schweizer gehört habe, als er sich, gemeinsam mit Cecil Taylor, in der Schweiz aufhielt. Er sagt: Ich habe sie allerdings damals nicht gehört; Cecil ging hin, um sie zu hören, und erzählte mir beeindruckt davon. Zwei oder drei Jahre später stieg Andrew Cyrille spontan in ein Solokonzert der Pianistin ein, zehn oder elf Jahre später folgten die Aufnahmen zu dieser Platte.

Musik ist oft wie Sprache, sagt Andrew Cyrille, im Gespräch beschäftigen wir uns mit dem, wovon wir etwas wissen; *wir fahren fort und finden heraus, was geht*. Musik gründet auf Gefühl, auf dem, was wir fühlen und wie wir das weiter entwickeln wollen. Unser Gefühl bestimmt Tempo und Tonart, und es bestimmt, was da für mich bestimmt ist von dem, was *sie*, Irène, instinktiv hört in den Geräuschen, die *ich* mache. Irène wiederum vervollständigt den Rhythmus und findet Harmonien, um die Grundstruktur auszumalen. Es war für mich eine Bereicherung, und es war ein emotionaler wie intellektueller Austausch auf gleichem Niveau.

Irène Schweizers Kommentar: Die Art, wie ich spiele, basiert wesentlich darauf, daß ich zuhöre. Und ich spiele durch das, was ich höre. Wenn ich für den Rest meines Lebens sein könnte wie Coleman Hawkins, also immer gemäß meiner Identität zu spielen, egal, in was für einem Kontext ich spiele, etwas beizutragen zur Party mit allem, was mir zur Verfügung steht, dann bin ich dort angekommen, wo ich hin will.

All dies erinnerte mich an Deine Ausführungen und Assoziationen zur jungfräulichen Empfängnis *durch das Ohr*. Dann machte ich mich, ohne Arilt und Bengt, auf einen längeren Spaziergang durch die Stadt, folgte einer idyllischen Einbahnstraße namens *Jungfraustraße*, bis sie, Ehrenwort, zur *Marienstraße* wurde, wobei die *Jungfrau* in diesem Land ja auch ein Massiv ist, mußte sehnsüchtig an Dich denken, erwarb dieses Briefpapier in einer überteuerten Papeterie und ließ mich im Obergeschoß eines amerikanischen Kettencafés nieder, um Dir zu schreiben, was mir abermals nicht gelingen will, in Worte zu fassen.

LXXXVI.

Gerry Frederics, gefunden unter den Ergebnissen der maschinellen Internet-Suche zu *Leonard Feather*, datiert auf den 13.12.2005: Leonard Feather was single-handedly responsible for the Jutta Hipp disaster. This poor woman was hugely successful at home, was talked into coming to the U.S. by him and descended into the maelstrom practically instantly. Whatever the reasons, he brought her here and when it became evident that it had been an error he should have insisted on sending her back. I know how this worked in those days: the man or person who brought someone to the U.S. was a *sponsor* and was responsible for that person for at least a year. He failed in his responsibilities and later claimed not to know what had happened to Hipp, even though it was he who was her agent and knew of every gig she played.

Kate Kaiser, *Jazz Podium*, Juli 2006: Jutta Hipp litt an chronischem Lampenfieber und hatte, sicherlich damit verbunden, erhebliche Alkoholprobleme. Erstmals kam das in Iris Timmermanns Examensarbeit *Frauen im Jazz*, die sie 1987 an der Hochschule für Musik und Theater in Hamburg vorlegte, so richtig zur Sprache. Timmermann hatte Hipp im August 1986 in Queens besucht, und da hatte Hipp klipp und klar gesagt, daß der Rückzug aus der Musikwelt ihr wohl das Leben gerettet habe. Aber letztendlich fiel Leonard Feather eine Schlüsselrolle in ihrer Entscheidung gegen eine Karriere als Pianistin zu, direkt und indirekt. Obwohl er verheiratet war, machte er Hipp unmittelbar nach ihrer Ankunft in New York unerwünschte Avancen und blitzte dabei mächtig ab. Jutta Hipp war damals mit dem ungarischen Gitarristen Attila Zoller verlobt, der ihr Anfang 1956 in die USA folgte. Außerdem weigerte sie sich, im Gegensatz zu anderen sehr berühmten Musikern, Feathers Kompositionen einzuspielen, was, meiner Meinung nach, nicht ohne Konsequenzen bleiben konnte. In der Tat habe ich keinerlei Konzertankündigungen oder nachfolgende Kritiken für irgendwelche Gigs nach Hipps legendärem sechsmonatigen Engagement im Hickory House gefunden, das im Sommer 1956 endete. Für Feather war die eigenwillige und unwillige Hipp anscheinend zur Persona non grata geworden, und er ließ sich in seinen Nachschlagewerken und Lebenserinnerungen negativ über seinen ehemaligen Schützling aus. Er ging sogar so weit, zu behaupten, daß Horace Silvers Einfluß ihren musikalischen Stil zerstört habe. Hipp ihrerseits redete nie wieder von Leonard Feather. Nur einmal, 1998, deutete sie in einem Interview an, *dies seien schlimme Zeiten gewesen, an die sie nicht erinnert werden wolle*.

Anonymous, *Telegraph*, 21.04.2003: She was one of the first wave of European musicians to understand the Bebop idiom and to play it fluently and idiomatically. On the evidence of her few recordings, she possessed a crisp technique and a remarkable facility for creating lucid improvised lines over the most demanding harmonic foundations. It was widely assumed that Jutta Hipp was launched on a successful career, but her self-confidence was slipping and she was finding it increasingly difficult to face the public. On tour, she ran into the mean and vindictive side of American show business. When Art Blakey asked her to sit in with his band at New York's Cafe Bohemia, she refused, saying she was drunk, and anyway did not think she was good enough. Blakey dragged her to the piano, and started playing at a furious tempo which she could not handle. Blakey then addressed the audience: *Now you see why we don't want these Europeans coming over here and taking our jobs.* Jutta Hipp lost control of her drinking and had numerous unsatisfactory affairs. She gave up playing and took a job in a textile factory, although she did take up painting watercolours. The German magazine *Jazz Podium* printed a series of affectionate caricatures of well-known jazz musicians by her in 1995. *With painting, they look at the work, not you*, she said.

LXXXVII.

Was für ein schreckliches Ambiente, dachte Concordia Werkmeister an jedem Morgen seit bald zwei Wochen, wenn sie ihre Augen aufschlug und sich in der Wohnung, an die sie sich einfach nicht gewöhnen wollte, umsah: Verspiegeltes Rauchglas, silberne Tageskissen, *Toledo*-Geschmeide, der Fußboden in einem grün-weißen Schachbrettmuster aus Linoleumfliesen gehalten. Schwere Sessel aus schwarzem Leder mit durch Elektromotoren verstellbaren Lehnen. Dunkel gebeiztes, bis an die Zimmerdecke reichendes, die gastierende Betrachterin *erschlagendes* Regalsystem. Eine beinahe bodenlange violette Lacktischdecke. Größte Zumutung: Frühstück auf achteckigen schwarzen Tellern. Alles nicht wirklich nach dem Gusto meiner Mutter, beteuerte Gustave Becher, vielmehr dem ihres im vorigen Jahr verstorbenen vierten Ehemannes. *Ganz schlimm*, auch für ihn, der erste und letzte Gang eines jeden Tages in das schwarz gekachelte Badezimmer. *Porsche Design*, bemerkte Gustave abschätzig. Er war hier ja nicht aufgewachsen. Der Verstorbene war nicht sein Vater gewesen.

Concordia wandte sich von dem noch schlafenden Gustave ab und vertiefte sich erneut in Barbara Vinkens Gedanken über die geistliche Brautmystik, in welcher nicht der männliche, heroische *miles* Christi und seine Kriegswunden, sondern die weibliche, hingebende Liebe, die im asketischen Zurücklassen der Sinnlichkeit Zeichen übersinnlicher Ekstasen in der Materialität des Fleisches empfängt, maßgeblich sei. Anders als das Martyrium seien die Stigmata keine Wiederholung der Passion, keine Wunden zum Tod, sondern Zeichen einer Liebe, die stärker ist als der Tod, Spuren nicht des Leidens, sondern Zeichen der Erlösung. Im Vorgriff auf die Auferstehung des Fleisches zeichneten die Stigmata den irdischen, sündigen, fleischlichen, todesverfallenen Körper. Sie prägten dem Fleisch das Siegel der Auferstehung des Fleisches auf und seien in dieser Funktion das beste Beispiel der von Walter Benjamin am Barock entdeckten, im Barock umkämpften *Überspannung der Transzendenz.*

Nach dem Frühstück. Wegen des anhaltenden Regenwetters konnten sich Concordia und Gustave nicht zu einem Spaziergang durchringen. Sie ließen sich in die regulierbaren Sessel fallen, funktionierten sie gleichsam zu Liegen um. Gustave nahm *Die Dunkle Nacht* des Juan de la Cruz von einem neben ihm stehenden Teewagen und las Concordia vor: *In einer Nacht, dunkel, in brennender Liebessehnsucht entflammt, o glückliches Geschick, ging ich hinaus, ohne bemerkt zu sein; mein Haus war schon zur Ruh' gekommen. Im Dunkeln und sicher, über die geheime Treppe, vermummt, o glückliches Geschick, im Dunkeln und verstohlen; mein Haus war schon zur Ruh' gekommen. In der Nacht, glücklich, insgeheim, daß niemand mich sah und ich auf nichts schaute, ohn' anderes Licht und Führen, als das im Herzen brannte. Dies führte mich sicherer als das Licht des Mittags, wo auf mich wartete, den ich gut kannte, dorthin, wo niemand sich zeigte. O Nacht, die führtest. O Nacht, liebenswerter als das Morgengrauen. O Nacht, die zusammenführtest Geliebten mit Geliebter, Geliebte in Geliebten überformtest.*

Gustave sagte: Das klingt nun alles sehr aufregend, geheimnisvoll und voller geilster Gelüste, geradezu nach einem französischen Spielfilm, zugleich lassen sich hier aktuelle Erkenntnisse unserer heutigen Gender Studies finden, und doch fügt sich das gesamte Gesagte komplett in das fromme Weltbild dieses Karmeliters. Er erklärt uns seine Dichtung ja eigenhändig mit den Worten: *Die Menschenseele mußte also hinausgehen, um eine so heroische und seltene Tat durchzuführen, wie es die Einung mit ihrem göttlichen Geliebten draußen ist, denn der Geliebte läßt sich nur draußen, in der Einsamkeit, finden. Um sein ersehntes Ziel zu finden, ist es für den verliebten Menschen also angebracht, es genauso zu machen, nämlich des Nachts hinauszugehen, wenn alle Hausdiener eingeschlafen und zur Ruhe gekommen sind.*

Concordia lernte, daß das diskrete Entschwinden, die vorgeschriebene Verkleidung, weißes Untergewand, grünes Kleid und rote Toga, sowie das Sein im Dunkeln als Loslösung der Seele aus ihrer Versklavung zu verstehen sei, die geheime Treppe als der Weg zum Glauben. Im Kontrast zu der vier Jahrhunderte später im Zeitalter einer religiösem Glauben gegenüber aufgekommenen Skepsis, auf Nietzsches *Gott ist tot* zurückgreifen könnenden Erfahrung der Nacht bei Therese von Lisieux, schilderte Juan de la Cruz diesen Gang der Seele durch Nacht und Finsternis noch in der Überzeugung, daß der Glaube auch trägt, wenn er sich verdunkelt, mit einem deutlichen Akzent auf der Sehnsucht, das *Gezogenwerden* auf dieses Ziel hin. Es bedürfe des *Durchgehens* durch die Abenddämmerung, um das *Loslassen* zu erlernen, durch die Mitternacht, um ohne jegliche Beweise am Glauben *festhalten* zu können, und durch die Morgendämmerung, *um Gott als nicht auszulotende und nicht auszudenkende Macht zu begreifen.* Concordia sagte: Der Weg zu Gott als ein Weg *zu einem, den man nicht sieht*, ist doch eigentlich immer einer durch Dunkelheit und Nacht. Woran die neumodischen TV-Sekten gar kein Interesse hegen. José Sánchez Murillo hatte in seinem Aufsatz *Der Strukturgedanke in der mystischen Purifikation bei Johannes vom Kreuz* festgehalten: Die Erfahrung der Nacht, des Radikal-Anderen in seiner Andersheit, erweist sich als Erfahrung des Lichtes, welches freilich zunächst die Seele blendet und darum als Nacht erfahren wird. Wenn aber die Nacht als solche später als Licht angesehen werden kann, so deshalb, weil sie in sich selbst Licht ist. Also werden wir auch heute wieder die Nacht zum Tag machen und uns durch die Diskotheken dieser Stadt bewegen, sagte Gustave, womöglich voreilig, womöglich auch im zuversichtlichen Glauben an die in seinen Kreisen vielbeschworene *Produktivität des Mißverständnisses*.

Blätterte weiter und las vor: *Ich sehe einmal davon ab, was es für geistlich strebende Menschen bedeutet, in die Sünde der Unzucht zu fallen, da es meine Absicht ist, die Unvoll-*

kommenheiten zu behandeln, von denen sie durch die dunkle Nacht geläutert werden sollen. Es gibt also bei vielen hinsichtlich der Unzucht viele Unvollkommenheiten; man könnte sie geistliche Unzucht nennen, aber nicht weil sie geistlich ist, sondern weil sie von geistlichen Dingen herrührt. Ohne daß sie dies selbst in der Hand haben, widerfährt es ihnen sogar bei den geistlichen Übungen, daß in ihrer Sinnenwelt sexuelle Regungen und Handlungen aufsteigen oder geschehen. Ja manchmal widerfährt ihnen dies sogar, wenn sie im Geist tief im Gebet sind oder die Sakramente der Buße und der Eucharistie empfangen. Sie haben das, wie gesagt, nicht in der Hand, sondern es kommt aus einem der folgenden drei Gründe.

Gustave fragte: Willst du sie wissen, Fee? Lies weiter, antwortete Concordia, die das alles ziemlich interessant fand. Gustaves Lektion hielt sie dennoch nicht davon ab, sich zu erheben und nebenbei verschiedene modische Monturen aus- und also anzuprobieren, um diejenige herauszufinden, mit der sie, an Gustaves Seite, durch die heutige Nacht ziehen würde. Der Vorlesende aber war kaum zum zwischenzeitlichen Aufschauen aus seinem fünfhundert Jahre alten Text zu bewegen.

Erstens gehen diese Regungen oft aus dem Geschmack hervor, den die Natur an geistlichen Dingen findet. Da nämlich Geist- und Sinnenbereich diese schmecken, wird jeder der beiden Bereiche im Menschen durch diese Belebung angeregt und in Wonne versetzt, und zwar gemäß dem Anteil und den Eigenschaften, die dieser Bereich hat. Der Geist, das ist der obere Bereich, wird dazu angeregt, Gott als belebend zu empfinden und Geschmack an ihm zu finden; die Sinnenwelt, das ist der untere Bereich, wird zu sinnenhaftem Geschmack und sinnenhafter Wonne angeregt, denn er vermag keinen anderen Geschmack zu haben oder aufzunehmen. So nimmt er das auf, was am engsten mit ihm selbst verknüpft ist, eben das Sexuell-Sinnliche. Die zweite Ursache, von der dieses Aufbegehren manchmal kommt, ist der Böse. Um den Menschen beim Beten oder bei der Vorbereitung auf das Beten zu verstören und zu verwirren, bemüht dieser sich, in ihm sexuelle Regungen aufsteigen zu lassen. Die dritte Ursache, von der diese sexuellen Regungen für gewöhnlich kommen und Krieg gegen den Menschen führen, ist für gewöhnlich die Furcht, von der solche Menschen bei diesen sexuellen Regungen und Vorstellungen ergriffen sind. Es gibt auch manche Menschen, die von Natur aus so zart und empfindlich sind, daß der Geist der Unzucht schon dann bei ihnen ist, wenn ihnen vom Geist oder vom Beten her nur irgend etwas an Geschmack zuteil wird. Sobald der Mensch in die dunkle Nacht eintritt, werden von ihr all diese Arten von Liebe zur Vernunft gebracht. Diese dunkle Nacht ist das Einströmen Gottes in den Menschen, das ihn von seinen gewohnheitsmäßigen natürlichen und geistlichen Unkenntnissen und Unvollkommenheiten läutert; die Kontemplativen nennen sie eingegossene Kontemplation oder auch mystische Theologie. Hier belehrt Gott den Menschen geheimnisvoll und unterrichtet ihn in der Vollkommenheit der Liebe, ohne daß er dabei etwas tut noch das Wie versteht. Dadurch holt diese Nacht den Geist allmählich aus seinem normalen und gewöhnlichen Gespür für die Dinge heraus, um ihn zum göttlichen Sinn zu führen, der fremd und andersartig ist für jede menschliche Art.

Schaute auf und sagte: Aber diese Bluse sieht aus wie ein Herrenhemd; es wäre schade um deine schöne Taille. Concordia fragte nach: Inwiefern schade? Und knöpfte, als er nicht antwortete, ihre Bluse wieder auf, und kehrte wenig später mit einem sehr knapp sitzenden *I Love New York* T-Shirt, schwarze Lettern auf weißer Baumwolle, rotes

Herz anstelle der Vokabel *Love*, *NY* für *New York*, ins Wohnzimmer zurück. Um den Hals hatte sie, überraschend, anstelle ihres üblichen Kettchens mit dem Kruzifix, ein schmales Hundehalsband angelegt. Übertrieben, fand Gustave.

Concordia betrachtete das Zifferblatt ihrer zierlichen Armbanduhr, eines damenhaften Erbstücks ihrer Großmutter väterlicherseits, späte 1930er Jahre. Auf ihrem Handrükken, mit Kugelschreiber festgehalten, die Notiz: *Signaturen des Begehrens von Heloisa und Therese bis zu Claudel und Jack Smith*. Nokturne Finsternis hatte sich binnen weniger Minuten über die im dumpfen Lärm ihres Verkehrs liegende Kapitale gebreitet. Erst kurz nach 16 Uhr, seufzte Concordia. Gustave klappte sein Buch zu, drückte diverse Knöpfe an der Seite seines Sessels und versetzte das Möbelstück in eine erkennbare Form zurück, stand auf, umarmte Concordia, der dies mißfiel, von hinten, räumte das Frühstücksgeschirr ab, trat an das bis zum Boden reichende Fenster, schob die Gardine einen Spalt breit beiseite und formulierte die Frage: *Was meinst du, noch einmal in die vergangene Nacht einsteigen oder erst in die kommende? Den Tag zur Nacht machen oder die Nacht zum Tag?*

LXXXVIII.

Von der hochzeitlichen Kleidung Mariä, in Anna Katharina Emmerichs Worten, protokolliert am 24. September 1821 durch Clemens Brentano.

Ich habe Mariä in ihrem Brautkleide recht deutlich gesehen. Sie hatte ein wollfarbenes Unterkleid ohne Ärmel an;

die Arme waren mit den Armbinden des weißwollenen Hemdes umwickelt, denn die Hemden hatten statt geschlossener Ärmel damals solche Binden. Nun legte sie über die Brust bis zum Hals einen mit weißem Geschmeide, Perlen und dergleichen bestickten Kragen. Hierauf legte sie einen ganz weiten, vorn offenen Leibrock an. Er war von oben bis unten weit wie ein Mantel und hatte weite Ärmel. Dieses Kleid war blau gegründet und durchaus mit großen roten, weißen und gelben Rosen und grünen Blättern dazwischen, wie die Meßgewande alter reicher Zeit, durchstickt oder durchwirkt. Der untere Saum endete mit Fransen und Quasten, und der obere schloß an die weiße Halsbedeckung an. Über dieses Kleid, nachdem man es der Länge nach in senkrechte Falten geordnet hatte, legte man ihr eine Art Skapulier um, in der Weise, wie es manche Ordensleute, zum Beispiel die Karmeliter, tragen. Dieses Kleidungsstück von weißer goldgeblümter Seide in der Breite einer halben Elle war vor der Brust mit Perlen und glänzenden Steinen besetzt und hing als eine einzelne Bahn bis zum Saume des Kleides nieder, dessen vordere Öffnung es bedeckte. Unten endete es mit Fransen und Knöpfen. Über den Rücken hing eine ähnliche Bahn nieder und ebenso kürzere und schmälere über die Schultern und Arme. Diese vier Bahnen bildeten um die Halsöffnung ausgebreitet ein Kreuz. Dies Skapulier war an beiden Seiten des Oberleibes unter den Armen von dem Bruststück zu dem Rückenstück mit goldenen Schnüren oder Kettchen zusammengezogen, wodurch der weite obere Teil des Leibrocks zusammengefaßt und das Bruststück vor dem Oberleibe anliegend wurde, so daß der geblümte Stoff des Kleides an beiden Seiten zwischen den Schnüren etwas herausbauschte. Die weiten Ärmel, von den Schulterteilen des Skapuliers überfallen, waren in der Mitte des Ober- und Unterarms mit Armspangen leicht angeschlossen. Diese Armringe, welche etwa zwei Finger breit und mit Buchstaben bezeichnet waren, hatten quergedrehte Ränder und bildeten, die weiten Ärmel zusammenfassend, Bauschen um die Schultern, Ellbogen und Hände, an welchen der Ärmel sich mit einer weißen Krause, ich glaube von Seide oder Wolle, endigte. Über alles dieses trug sie einen langen himmelblauen Mantel, der wie ein großes Tuch gestaltet war. Außer diesem trugen die jüdischen Frauen bei gewissen kirchlichen oder häuslichen Gelegenheiten auch eine Art von Trauermänteln mit Ärmeln, die in einer herkömmlichen Form genäht waren. Der Mantel oder die Hülle Mariä war über der Brust unter dem Halse mit einem Geschmeide befestigt, über welchem eine weiße Krause wie von Federn oder Seidenflocken ihren Hals umgab. Der Mantel fiel über beide Schultern zurück, legte sich aber an den beiden Seiten wieder vor und fiel dann in eine spitze Schleppe zurück. Er war am Rande mit goldenen Blumen gestickt.

Die Haare waren unbeschreiblich künstlich verziert. Sie waren auf der Mitte des Hauptes gescheitelt und ungeflochten in viele einzelne feine Strahlen geteilt, die, durch weiße Seide und Perlen kreuzweis untereinander verbunden, ein großes Netz bildeten, welches über die Schultern zurückfallend den Rücken bis über die Mitte des Mantels mit einem spitzzulaufenden Gewebe bedeckte. Das Ende der Haare war nach innen gerollt, und es umgab den ganzen Rand dieses Haarnetzes eine Verzierung von Fransen und Perlen, welche das Haarnetz durch ihr Gewicht niederziehend in bequemer Ordnung erhielten.

Auf dem Kopf trug sie unmittelbar auf den Haaren einen Kranz von weißer roher Seide oder Wolle, der sich oben durch drei Bänder von demselben Stoff in einem Busche schloß, und auf diesem Kranze ruhte eine etwa handbreite, mit Geschmeide geschmückte Krone, welche durch drei

Spangen sich über dem Scheitel in einem Knopfe verband. Die Krone war vor der Stirne mit drei Perlen übereinander und an jeder Seite mit einer Perle verziert.

In der linken Hand trug sie ein Kränzchen von weißen und roten Seidenrosen, in der rechten Hand trug sie gleich einem Zepter einen schönen übergoldeten Leuchter ohne Fuß. Der in der Mitte anschwellende Stamm war über und unter der fassenden Hand mit Knöpfen versehen und endete sich oben in ein kleines Tellerchen, aus welchem eine weiße Flamme brannte.

Die Schuhe hatten etwa zwei Finger dicke Sohlen und waren hinten und vorn durch einen Absatz erhöht. Die Sohlen waren ganz von grünem Stoffe, als stehe der Fuß auf Rasen, und zwei weiße und goldene Riemen hielten sie über dem Spann des nackten Fußes fest, dessen Zehen, wie bei allen besser bekleideten Frauen, von einer kleinen Kappe bedeckt waren, die mit der Sohle zusammenhing.

LXXXIX.

In a world were *ridiculous* was the highest of compliments, Sylvester was the most ridiculous of them all. His creativity was legendary and bottomless. People looked to him for all kinds of support, but mostly *beauty support*.

Like a lot of church kids, he was banging on the piano by the time he was three. It turned out he could sing quite well, pretty and soprano-high, and he seemed to have made a decision very early on that he would be heard. When he was six years old, he was way too short to reach over the podium, so folks at Palm Lane would put him up on a milk crate, and he would sing *Never Grow Old*, a hit at the time for the teenaged Aretha Franklin. *I have heard of a land on the far away strand, 'tis a beautiful home of the soul; built by Jesus on high, where we shall never die, 'tis a land where we never grow old.* Sylvester stopped going to Palm Lane when he was around thirteen. He was too flamboyant. He was *too real* for his church. But over the coming decades, he carried church with him, often re-creating in his performances and his music the same sort of swelling and rocking.

Once he stopped living full-time at his mother's house, he lived mostly in and among a gang named the *Disquotays*. He grew his hair and wore lots of bracelets, and he glided through his life in Los Angeles like a butterfly. For a while Sylvester lived out on Sunset Boulevard with Benedetta Barzini, born Ray Albertini, the only white girl in the bunch. Somehow, he managed to attend Jordan High School. Eventually, in 1969, he would even graduate, at the age of twenty-one. In a graduation photo that became legendary among his friends, Sylvester would wear a blue chiffon prom dress, and his hair in a beehive. Although his daytime education remains a mystery, both the advanced age and the dress he wore were a testimony to the more street-based night schooling he pursued in his middle and late teens, as a member of the Disquotays.

On a trip down to Hollywood in the spring of 1970, a San Franciscan named Reggie Dunnigan walked into the Whisky a Go Go. He saw, standing along the wall, a tall, dark, and handsome person with pierced ears, wearing a blunt-cut wig, men's pants, and a dress with the front cut open to make a smart little jacket. We both just like zoomed in on one another, he recalled many years later, because we were like *men with sort of female touches around the edges*. They were also two of only a few black boy-groupies at the venue. Reggie and Sylvester started dancing, and Reggie told Sylvester about the scene up in San Francisco were he and a gaggle of assorted individuals had started putting on Busby-Berkeley-on-drugs shows at midnight, calling themselves the *Cockettes*. They had done a few shows at the Palace Theatre in North Beach. *Paste on Paste* included a beautiful man named Hibiscus whom Reggie described as *Jesus Christ with lipstick*, lip-synching to Ethel Merman, a queen named Big Daryl instructing a novice in how to put on coconut breasts, and the whole cast singing *You'll Never Walk Alone* to the Virgin Mary as a finale.

Some of the Cockettes had been talking about doing a mock gospel show, *Radio Rodeo*. Being mostly white boys and girls, they weren't certain they knew how to make it work. *We didn't have any soul in us, but we were going to act like we had soul*, Kreemah Ritz says, so he asked Sylvester if he wanted to be in the production. Kreemah and a fellow Cockette sat down at the piano and sang their rendition of *Amazing Grace*. We sang it just like white folks, Kreemah says. Sylvester was not impressed. I don't want to be in the show if that's what you are going to do, he said. *Show us*, they said. When Sylvester played and sang, they had never heard anything like it. He stretched out some words into moans, trilling up and down others as if his soul were climbing a ladder, going quiet for a few lines and then building up a crescendo. *Oh, my God*, they said.

Later that weekend, Sylvester and Reggie spent the day wandering into thrift stores at Haight-Ashbury, by then a thriving hippie enclave. By the time they got to the Lower Haight, Sylvester had accumulated on his body a woman's suit, silk stockings, women's shoes, a woman's jacket, and a feathered hat. *Damn*, Reggie said to himself. *This bitch can shop*.

XC.

8. Dezember 2007, Unbefleckte Empfängnis. Regulärer Samstag, alle Geschäfte geöffnet. Ein Anruf bei Concordia und Gustave, die sich noch immer in der Hauptstadt aufhielten, wo sie die Wohnung von Gustaves weltreisender Mutter hüteten, *Die Dunkle Nacht* des Juan de la Cruz und Slavoj Žižeks *Die Furcht vor echten Tränen, Krzysztof Kieslowski und die Nahtstelle* lasen und abends durch die vielen Nachtklubs zogen, zuweilen auch erst morgens zu den Feiernden stießen, oder noch später, nachmittags, bestens ausgeschlafen, zu den Gestrigen, wie Gustave sagte, die durchgefeiert hatten und bereits von ihren Kräften, sofern sie nicht ihr Durchhaltevermögen künstlich verlängernde Substanzen einnahmen, wieder verlassen wurden. In der kommenden Nacht wollten sie ein ehemaliges Elektrizitätswerk nahe dem Ostbahnhof besuchen, dessen auf virile Männer mit homosexuellem Begehren abgestimmtes Ambiente es vor allem Concordia *irgendwie angetan* hatte: selbst die Kuschelecken seien mit grauem Beton eingefaßt; das sehe wie die aneinandergereihten Becken einer Fischzucht aus, fand sie. Die vielen Darkrooms, deren Eingänge meistens hinter oder neben kleineren Bars liegen, sind für uns natürlich *tabu*, sagte Gustave. Über eine steile Eisenstiege ließe sich seit kurzem auch eine *Milchbar* erreichen, wo es sich, fanden beide, zwischendurch bestens ausruhen ließe. Im Parterre, der Säulenhalle, habe gestern eine Ausstellung mit großformatigen Fotografien eröffnet, die auf dreizehn Spielfilme Rainer Werner Fassbinder Bezug nähmen, *Warnung vor einer heiligen Nutte*, *Querelle*, vor al-

lem aber *In einem Jahr mit 13 Monden*, geschossen von Sven Marquardt, dem überaus muskulösen Türsteher des Clubs. Du siehst dort generell sehr viele Muskeln, sagte Concordia, die Liebe zwischen Männern sei heutzutage ausgesprochen maskulin kodiert, zahlreiche männliche Gäste hätten oben herum gar nichts an, außer eigentümlichen, offensichtlich Militärbeständen entwendeten Kappen, die Gustave als *Schiffchen* bezeichnete. Andauernd reichten Gustave und Concordia das mobile Telefon hin und her. Es sei aber logisch auch eine größere Anzahl Frauen zugegen, betonte Gustave Becher, vor allem auf dem oberen, weniger hart beschallten der beiden Tanzböden, an der Panorama Bar, wo sich entsprechend weniger viril aufgemachte, offen heraus heterosexuelle Männer ausmachen ließen.

XCI.

Clemens Brentano schrieb: Im Jahre 1820, den 8. Dezember am Fest der unbefleckten Empfängnis Mariä, bewegte sich die Seele der Erzählerin in betrachtender Gebetstätigkeit über einen großen Teil der Erde. Aus den mitgeteilten Bruchstücken dieser Reisevision, welche an angemessenem Orte ganz mitgeteilt werden wird, führen wir hier, um einen Begriff solcher Seelenbewegungen zu geben, auszüglich Folgendes an.

Sie kam nach Rom, war bei dem Heiligen Vater, besuchte in Sardinien eine ihr liebe fromme Klosterfrau, berührte Palermo, gelangte nach Palästina und hierauf nach Indien und von da auf einen von ihr sogenannten Prophetenberg. Weiter gelangte sie noch in Abessinien auf einem hohen

Felsengebirge in eine wunderbare Judenstadt und besuchte deren Vorsteherin Judith, mit welcher sie von dem Messias, von dem heutigen Feste der Empfängnis seiner Mutter, von der heiligen Adventszeit und dem herannahenden Feste seiner Geburt sprach. Anmerkung: Als der Schreiber die sehr umständliche Erzählung ihres Verkehrs mit dieser Judith und ihre Beschreibung der Örtlichkeit aufzeichnete, wußte er nur aus der Richtung ihres Weges, daß sie in Abessinien war; mehrere Jahre nach ihrem Tode fand er in den Reisen von Bruce und Salt eine jüdische Niederlassung auf dem Hochgebirge Samen in Abessinien erwähnt, deren Oberhaupt sich immer Gideon und im Falle einer weiblichen Beherrscherin immer Judith heiße, welchen letzteren Namen die Erzählerin selbst ausgesprochen.

XCII.

Hans Urs von Balthasar: Im vorliegenden Nachlaßband sind größere und kleinere Stücke gesammelt, die mit ganz wenigen Ausnahmen zwischen dem 8. Dezember 1946 und Mitte Januar 1947 diktiert wurden. Ausgelöst wurden die Meditationen durch eine geistliche Erfahrung, die an jenem 8. Dezember, dem Fest der Unbefleckten Empfängnis Marias, stattfand und über die in den Tagebüchern ausführlicher zu handeln sein wird. Das Neue war die Zusammenschau des Geschlechtlichen mit dem Theologischen auf allen Ebenen des letzteren: vom Trinitarischen zum Inkarnatorischen bis zum Ekklesiologischen; auf der einen Seite erhielt so das Theologische eine ganz neue Verleiblichung, auf der andern das Geschlechtliche, wie vielleicht noch nie bisher, unverstellten Zugang zu den Gehalten der Theologie.

Adrienne von Speyr: Den Dingen ins Auge sehen; keine Flucht vor dem Sexuellen. Hat der Beichtvater das rechte, offene Verhältnis zum Körperlichen, so kann er auch im Beichtstuhl viel besser helfen. Wer ein Gelübde der Jungfräulichkeit ablegt, darf vor der Sphäre des Geschlechtlichen nicht fliehen. Es gibt einen Jungfräulichkeitsstolz, der gedemütigt werden muß. Ferner rächt sich dieser Stolz oft so, daß das Erotische in der spirituellen oder mystischen Sphäre wieder durchbricht. Das wird vermieden, wenn das Verhältnis auch des Entsagenden zur ganzen Sphäre gesund und in Ordnung ist.

Der ganze Leib ist von Gott geschaffen, auch in seinem Intimsten, auch in seinem Verdemütigendem. Die Kirche der letzten Jahrhunderte hat die Tendenz gehabt, den Unterleib einfach zu *verschweigen* und die daraus entstehenden Komplexe Sigmund Freud zu überlassen. Vieles in diesem Buch wird gegen die landläufige Psychologie sein.

Der Herr war nackt am Kreuz. Die Leibbinde war der Anfang des *Nichtsehenwollens* der Kirche. Man sollte wenigstens wissen, daß es die Kirche ist, die die Nacktheit verdeckt. Sie kann ihre guten Gründe dafür haben. Aber sie hat allzusehr vergessen, daß es die Nacktheit des Herrn gibt.

Jeder Leib ist entweder männlich oder weiblich, und beide Formen des Leibes sollen Kirche werden: der männliche durch den weiblichen, und der weibliche durch den männlichen. Aber dies nicht einfach parallel, sondern so, daß indem der Mann im Weib leiblich handelt, er in sich selber in einer nichtleiblichen Weise Leib der Kirche wird. Er hat ein Amt, eine Geistigkeit der Frau voraus. Er zahlt mit einer andern Münze als die Frau. Aber indem der Mann geistig zu einem Leib wird, muß im Physischen die Frau ihren

Geist hergeben: sie soll ihre Zustimmung dazu geben, *ein Leib mit dem Mann zu sein*. In diese Zustimmung, nackter Leib für den Mann zu sein, muß sie durch den Geist des Mannes schonend eingeführt werden, so wie die Kirche durch den Herrn in die Hüllenlosigkeit eingeführt wird. Ist die Einwilligung gegeben, dann *lebt das Jawort der Frau im Mann*, hat mit ihr gleichsam nichts mehr zu tun. Es gehört ihm, er wird es gestalten. Im Ja ist das Ganze übergeben, lebt fortan im Geliebten, erhält dadurch einen neuen, von ihm bestimmten Sinn, einen Ablauf, eine Folge, eine Entwicklung. Die Ordnung begann mit seiner Frage: *Willst du?* Und wenn die Jungfrau *Ja* sagt und sich freut, dann mit einer großen Unbekannten in ihr, die im Geliebten das Bekannte ist. Der Mann sollte das Jawort der Braut in sich tragen, bis es reif ist, und dann seine Braut holen.

Der Mann, der sich der Frau naht, ist ein Anderer als im Alltag, bei der Arbeit. *Er hat zwei Bilder seiner selbst*, und die Spannung in ihm macht etwas von der geistigen Fruchtbarkeit des Mannes aus, trägt jedenfalls sehr dazu bei. Damit hängt auch zusammen, daß der Mann sich zwischen den einzelnen Akten erholt, somit wieder *der Andere* werden kann. *Die Frau ist, wenn der Mann sich ihr nähert, viel mehr sie selbst*. Es mag auch bei ihr Schwankungen geben, aber sie sind schwächer. Wenn der Mann diese Spannung in sich braucht, so kennt die Frau höchstens eine andere Betonung ihrer selbst: sie tendiert nach der Einheit, der Mann nach der Zweiheit.

Betrachtet man die Dinge rein physiologisch, so fällt die Prägung der Frau mit dem ersten Verkehr zusammen, als Defloration. Dieses erste Mal wäre also mit einem weit stärken Zeichen der Veränderung versehen als alle folgenden Male. Wenn aber der Akt in Gott ruht und *Ausfluß seines Willens* ist, hat er in einer gewissen Weise an der

Überzeitlichkeit Gottes Anteil; das zweite, das hundertste Mal wird der Akt eine ebenso differenzierte Prägekraft besitzen. Hätte er diese Kraft nicht, so hätte er keine göttliche Eigenschaft mehr, alles Wesentliche wäre mit dem ersten Mal erschöpft. Wie wenn man nach der zehnten Kommunion sagen würde: ich weiß jetzt, was es ist, wie es zugeht, ich brauche nicht mehr zu gehen. Der glaubende Mann zeigt seinen Willen, Gott zu gehorchen, im Akt.

Die Frau kennt eine doppelte Angst: vor der *Brutalität* des Aktes als solchem, den sie nie *so* erwartet, auch wenn sie theoretisch hinreichend darüber weiß. Und die Angst in der *Entfremdung* nach dem Akt. Der Mann ist physisch wie ohne Bezug zur Frau. Das Weib hat, beim ersten Akt, den Riß in sich erfahren, aber die Macht der Liebe nicht kennengelernt. Kaum eine von zehn Frauen kommt die ersten Male zu echter Befriedigung. Der Grund ist nicht Frigidität, sondern *Schrecken*. Und dies nicht ausschließlich aus physiologischen Gründen, sondern auch menschlichen. Daher ist die Unterweisung des Mannes unbedingt notwendig. Er muß im Glauben und in der selbstlosen Liebe im Akt so führen, daß die Frau mitgehen kann und sich nicht bloß als ein gebrauchtes *Objekt* fühlt. Auch die Frau muß, wenigstens in den letzten Wochen vor der Ehe, vorbereitet werden ohne Prüderie.

Es kann eine gute Vorsehung sein, wenn der Akt anfänglich gar nicht voll gelingt. So daß es für beide eine Hinführung gibt. Daß der Mann sich zunächst in eine geistigleibliche Einheit mit der Frau begibt. Dann werden die Anfangsschwierigkeiten überbrückt: etwa daß das männliche Glied nicht steif genug wird, um einzudringen, zu früh wieder erschlafft. Oder daß ein Krampf eintritt, die Erektion ist schmerzhaft, übersteigert, und die Entleerung erfolgt nicht. Es gibt den Vaginismus der Frau, ein reflektorisches Sichsperren bei der ersten Berührung, oft psychisch bedingt. Oder eine Panik, etwa beim Anblick der Größe des Gliedes, und ein Zusammendrücken der Schenkel, und so fort.

Zur Erektion. Die Bereitschaft der Frau ist eine latente, die Forderung des Mannes eine akute. Auch geistig. Die Erektion offenbart die Sammlung der schöpferischen Kräfte des Mannes; er braucht auch diese Härte, um formend in die Weichheit der Frau einzudringen; er muß auf seine Aktion hin mit etwas ausgestattet sein, das formend wirken kann. Sobald der Same abgegeben ist, erschlafft das Glied; das heißt, *im Augenblick der Vollhingabe hört die Forderung des Mannes auf.* Das ist wichtig: sobald er durch die ihm verliehene Vollmacht die Forderung in der Hingabe durchgesetzt hat, ist er kein Fordernder mehr, sondern ein Hingegebener. Der Mann ist im Akt an sein Werk hingegeben, aber darüber hinaus *wird* er der Frau hingegeben. Als Wirkender fordert er, als Hingegebener fordert er nicht mehr. Er muß vom Weib von vornherein die Hingabe fordern, damit seine eigene Hingabe möglich wird: *somit bleibt seine Hingabe immer Antwort auf die weibliche Hingabe.* Ein ehelicher Akt ist so gut, als wahre Hingabe in ihm verwirklicht wird.

Der Mann kennt im Akt den Augenblick, da es *zu spät* ist, er den Samen nicht mehr zurückhalten kann. Im Augenblick des *Zu-spät* ist der Mann *verloren.* Er hat so lange Vorsehung gespielt, bis er in das Unvorhergesehene geriet. Vorher hat er, *beim Reizen*, etwas von der loslassenden Kraft gespürt; aber nun wird er von mehr beraubt, als was er zu geben sich angeschickt hatte. Im Moment, da der Same fließt, ist auch die Frau ganz im Mann verloren. Der Mann geht so sehr im Hingegebensein auf, daß er für die Frau einfach *zum freien Raum in Gott hinein* wird.

In der Eucharistie schenkt uns der Herr seine Substanz so, daß er das Brot durch sein Wort in sein Fleisch verwandelt. Er tut es in einem Liebesakt, indem er sich *in einer fremden Gestalt neu setzt*. In einer Analogie zum Geschlechtsakt, worin das Weib das Brot wäre, dem der Mann seinen Samen einsenkt, und es Fleisch werden läßt; oder auch worin der Same selbst das Brot wäre, das als hingegebene Nahrung im Weib Fleisch wird. Gerade die Kommunion erweist sich als eine Art Übererfüllung des Aktes: durch den uns hingegebenen Leib des Herrn erhalten wir teil an seiner Gottheit, am ganzen dreieinigen Gott. *Und hier mündet das Geschlechtliche in die Jungfräulichkeit*. In ihr steht christliche Leiblichkeit *auf der Linie zwischen Inkarnation und Eucharistie*.

Danksagen nach der heiligen Kommunion, wie das Ruhen nach dem Akt. *Der Glaubende muß zeigen, daß er empfangen hat*, erfüllt ist, daß es den Augenblick gibt, wo man nur noch dankend verweilt, ehe das Leben weitergeht. Man dankt, *aber man weiß auch, daß man genommen worden ist*. Nachher findet man sich wieder, zieht sich wieder an. Aber vor dieser Restituierung liegt eine Suspension; und diese gehört zum Wesen der Hingabe. Der Mann kann etwas von dieser Hingabe, die ihn über alles Verfügen hinausführt, an der Hingabe des Sohnes an den Willen des Vaters wahrnehmen. Die Frau aber wird in diesem Augenblick durch den Mann in die Rolle Marias geführt. Maria steht inmitten eines Geschehens, das sie überragt, sie ausleert, aber *ausleert als Teilhabe am Ausgeleertsein des Mannes, der in ihr zum Sohn wird*.

Der Akt soll von beiden als eine tiefere Form der Einigung, und zwar der Einigung auch in Gott erlebt werden. Künftig begegnet Gott im einen immer beiden zusammen; die Oberfläche beider hat sich gleichsam verkürzt, *sie haben jetzt eine gemeinsame Fläche zu Gott hin erhalten.* Nun ist man irgendwie mit dem Geliebten *zusammen einsam* mit Gott, auch wenn die Gatten während der Ehe tagsüber viele Stunden getrennt sind.

Auch Christus hat in seinem Leben von der Kirche die Hingabe, die Nachfolge gefordert. Aber im entscheidenden Augenblick, am Kreuz, ist er nur noch reine Hingabe, *Ausgegossensein.* Die Kirche als Weib besitzt keinerlei Forderungen an den Herrn. Sofern das Weib ursprünglich das Entsprechende, Antwortende war, *sind alle, Männer und Frauen, als Kirche dem Herrn gegenüber weiblich.*

Die Kirche sollte *schmecken*, wie der Herr schmeckt, so wie die Frau den Geschmack des Mannes mit ihren Sinnen aufnehmen sollte. Ein tief leibliches Geheimnis, das sein Abbild im *Ein-Fleisch-Sein* besitzt. Im liebend vollzogenen Akt weiß der Partner auch nicht mehr, wo er aufhört und wo der andere anfängt; *das sich selbst Fühlen und das den andern Fühlen gehen ineinander über. Das Du im Ich.* Das Ich wird, ohne es zu merken, in das Du eingeführt. Es handelt sich im Geschlechtlichen nicht nur um Austausch von Worten, sondern um etwas jenseits der Worte Gesagtes und in das Du Hineingelegtes, um die im Ich nicht geborenen Worte, nicht geborenen Gedanken, um alles, was vom Ich noch in Gott ruht und einmal Form annehmen soll, aber *Form nicht im Ich, sondern im Du.* Oder vielmehr: es wird gleichgültig, ob es im Ich oder im Du Gestalt annimmt, weil doch die Grenzmarken gefallen sind. Im Kuß der Gatten geht der Geschmack des einen in den andern über, so kann das Wort der Kirche den Geschmack des Wortes des Herrn haben.

Mund und Geschlecht des Mannes sind für die Frau wie Wort und Sakrament. Im Kuß des Mundes der Austausch der Worte, des Geistes, der Gedankenwelt, der beiderseitigen *Aufgabe*. Im Geschlecht das Verborgene, Physische.

Der Mann, der irgendeine nichtsexuelle körperliche Lust empfindet, zum Beispiel an der Sonne gebadet hat und sich wohlig ausstreckt, hat eine Tendenz, seinem Wohlsein eine Mitte im Geschlechtsorgan zu geben. Er besitzt in der obern Körperhälfte kein Organ, in dem er seine Lust konzentrieren könnte. Anders die Frau, die ihre Brüste hat. Dadurch behält Eva, auch wenn sie den Mann verführt hat, ihm gegenüber eine Art Unschuld, die ihm abgeht. Er ist der Wissendere, derjenige, der die Sünde vollzieht, bei ihm erfolgt das Erwachen der unteren Hälfte. Ihm bleibt in der obern keine Fruchtbarkeit mehr. *Durch ihre Brust bleibt die Frau eine Art Brücke zum Paradies.*

Der Jungfräuliche überläßt seine geschlechtlichen Kräfte Gott, nicht damit sie möglichst bald verkümmern und absterben und er in Ruhe leben kann, sondern weil er um die *Fruchtbarkeit des Verzichts* weiß. Er wird sich als vielfach klingendes Instrument in Gottes Hand legen und *nicht so tun, auch nicht darauf hinstreben, ein tonloses asexuelles Wesen zu sein.* Es kann sein, daß der Nichtvollzug der sexuellen Funktion mit der Zeit zu einer gewissen Beruhigung führt; das kann er Gottes Sorge sein lassen. Weder braucht er sich darob besonders zu freuen, noch dem bewußt entgegenzuwirken; er soll sich auch in dieser Beziehung von Gott stimmen lassen.

XCIII.

Als der Kellner das Geschirr abgeräumt und lediglich die beiden Weingläser stehengelassen hatte, öffnete Mary Lou ihr am Hinterkopf mit kostbaren Klammern zusammengehaltenes Haar und ließ es *verführerisch* über ihre Schultern fallen, ließ einzelne Strähnen auch in ihr Dekolleté fließen, dessen vornehme Blässe heute abend durch Goldflitter akzentuiert war. Die ohnedies großen, stets glänzenden Augen in schwerstes bronzefarbenes Make-up gefaßt. Als ob sie einen großen *Auftritt* hinter sich hätte, dachte Lothar, beziehungsweise: noch vor sich hätte. Mary Lou lächelte süß, langte über den Tisch, griff nach Lothars Hand und nahm sie, mitten auf dem karierten Tischtuch, in ihre Hand. Deine Hand ist viel wärmer als meine, behauptete Mary Lou. Nein, deine kommt mir wärmer als meine vor, erwiderte Lothar. Andauernd Anrufe von Arilt auf Mary Lous mobilem Telefon, die sie, einen nach dem anderen, ungerührt *wegdrückte*. Dem extensiven Streicheln ihrer Hände entwuchsen weitere *erogene* Zärtlichkeiten, ein Streicheln der Arme, unter ihren Ärmeln, hinauf bis in die Armbeugen, des Gesichts, der Ohren, der Haare. Wir machen uns lächerlich, flüsterte Lothar und steckte die Haarsträhne, deren Ende er gerade um einen seiner Finger gewickelt hatte, hinter Mary Lous linkes Ohr. Und verlangte, augenblicklich alarmiert, nach der Rechnung. Mary Lou seufzte, legte ihr Portemonnaie auf den Tisch, sagte *my treat* und empfahl sich in Richtung Toilette.

Eine halbe Stunde später auf Mary Lous Couch, zu Carla Bleys *European Tour 1977*, vor zwei vollen Gläsern spanischen Rotweins. Mary Lou lehnte sich an Lothar, er legte einen Arm um sie, dann vergrub sie ihr Gesicht an seinem Hals, küßte ihn dort leidenschaftlich, registrierte, ja *scann-*

te seine Haut mit ihren Lippen, sagte, sie wolle sich eine jede Einzelheit seiner Oberfläche einprägen, seinen Hals, die Partien hinter seinen Ohren, seinen Nacken, und sagte, von eigenartiger, feierlicher Wehmut ergriffen: *Wer weiß, wann ich dich wiedersehe?* Als ob er die Stadt verlassen würde. Als ob dies ihr letztes Rendezvous wäre. Lothar, noch immer in vergleichsweise senkrechter Haltung, ließ eine Hand unter den Bund ihres Rocks gleiten, fuhr ihn entlang, über ihre Hüften, und alsdann auf ihrem Rücken, ihrem Kreuz, unter der Bluse, die Wirbelsäule entlang nach oben. Ließ den Verschluß ihres BHs *nicht* auf ihre Haut schnellen, sondern seine Finger einer Naht des filigranen Kleidungsstücks um ihren Brustkorb herum nach vorn folgen, und streifte dabei, ganz flüchtig, Mary Lous Busen, und sagte auf der Stelle: *Verzeihung*. Lothar forderte allen Ernstes, daß sie entschuldigte, was sie so sehr ersehnte.

Mary Lou hatte ihr Gesicht noch tiefer hinter seinem rechten Ohr vergraben, begann, ihn mit beiden Armen fest an sich pressend, erst rasch, dann schwer zu atmen; das war, fand Lothar, kein Seufzen mehr, eher ein Schluchzen. Er nahm Mary Lous Gesicht zwischen seine Hände und erkannte, daß ihre Wimperntusche in Tränen aufgelöst war. Da verlor auch er die Fassung und verbarg sein Gesicht an ihrem Hals, küßte ihren Hals ab, ihr Schlüsselbein, ihr Dekolleté. Schließlich küßten sie gegenseitig, stürmisch, ihre Gesichter ab, Nasenspitzen, Ohrläppchen, Wangen, Schläfen, Augenbrauen, die geschlossenen Lider. Behutsam ließen sie ihre Wimpern einander streifen, schlugen ihre Wimpern gleichsam ineinander. Küßten ihre Lippen von Mundwinkel zu Mundwinkel ab. *Aber wir küssen uns nicht richtig*, wollte Lothar von Mary Lou wissen. Sie gab keine Antwort, sondern griff nach seiner rechten Hand, nahm sie zärtlich zwischen ihre Zähne und liebkoste seine Finger mit ihrer Zungenspitze. Mit der anderen Hand war Lothar

Mary Lous transparenter Strumpfhose vom Schaftende ihrer Stiefel bis unter den Saum ihres Rocks gefolgt. Sie weiter hinauf wandern zu lassen, verbot ihm der Anstand; also hielt Lothar inne und fragte sich doch, ob all das an diesem Abend Vorgefallene wirklich noch als rein freundschaftliche Gesten aufgefaßt werden konnte. Als Agape.

Ich muß gehen, sagte Lothar unvermittelt und löste sich aus Mary Lous Umarmung. Bleib noch, nur fünf Minuten, bitte, entgegnete Mary Lou, *nur eine Minute*. Wir haben keinen einzigen Schluck von dem Rotwein getrunken. In der Tat: beide Gläser unangetastet. Doch Lothar war, unwiederbringlich, unruhig geworden. Du bleibst auf deiner Couch sitzen und ich gehe in aller Ruhe zur Tür, schlug er vor, ohne weiteres. Und Mary Lou, schlagartig paralysiert, gehorchte seinen Worten. Also erhob sich Lothar und begab sich, Mary Lou zugewandt, *rückwärts* hinaus. *Entfernte sich*.

XCIV.

In der echten Liebe kann jeder Ausdruck die gleiche Unendlichkeit enthalten. Es ist dann beinah gleichgültig, wie die Liebe sich ausdrückt. Der Mann kann die Frau nehmen, oder beide können sich nur anschauen, sie kann seine Hand streicheln, beide können mit geschlossenen Augen nebeneinander ruhen. Alles ist die gleiche Liebe. Oft sind es die äußeren Umstände, die diese Kundgabe statt jener veranlassen; oft entspricht dem äußeren Umstand irgendeine innere Inspiration von Gott her. Heute bringt der Liebende der Geliebten Blumen, morgen ein Buch, übermorgen einen Kuß. *Warum heute Blumen?* Es ist eben so. Die auszudrückende Liebe hat gerade diesen Ausdruck gefunden. Sie hätte auch einen andern wählen können. Aber so wie es ist, ist es jeweils recht.

Zwei Liebende könnten beschließen, sich täglich eine Stunde miteinander zu freuen. Einmal lesen sie ein Buch oder schauen Bilder an oder gehen in ein Konzert oder sitzen einfach beisammen. Immer gibt es neue Formen der Freude. Und es ist immer ihr gleicher Geist, der sie auf neue Art empfindet. Etwas Ähnliches kann auch für die Wiederholung des Aktes gelten. Bleibt die Liebe der Gatten ganz aufs Menschliche beschränkt, so stellt sich leicht Überdruß ein. Ist sie aber offen zu Gott, so läßt sich die Liebe auf eine unerhörte Art immer reicher entfalten und vervielfältigen.

Überall, wo die Haut des einen Partners die des andern berührt, würde er ihn beschränken, falls dieser ihn nicht liebte. In der Liebe aber ist das Spüren der Haut des andern das Aufhören der eigenen. Das Ich berührt den Anfang des Du, erlebt seine Öffnung in das Du hinein. Und das Du ist alles, was das Ich nicht ist: die Liebe, die Vollkommenheit, wie sie von Gott geschenkt wird. Das war der ursprüngliche Sinn der Liebe in der Schöpfung: daß Gott dem Einen im Andern alles gibt. Daß die Begrenztheit des Ich kein Ende ist, sondern ein Anfang. Kein Abschluß, sondern eine Öffnung. Teilnahme am Andern, da das Ich im Du einen Neubeginn findet.

Der Mann fühlt den kommenden Samenerguß, die Frau fühlt später den einströmenden Samen; beide fühlen sich in einen übergreifenden Kreislauf eingebettet. Der Same kommt aus dem Innersten des Mannes und ergießt sich in das Weib, um selbst seinen Weg in ihr Innerstes hinein zu suchen. *Das ist ein großes Geheimnis, vergleichbar der Kommunion.* Unser Leib dient dazu, die Kommunion aufzunehmen, damit sie sich innen in der Seele auswirke. Und je mehr der Mensch sich zur Verfügung stellt, desto inniger und gesamthafter kann der eucharistische Herr in ihm wirken. Auch im Akt soll die vollkommene Öffnung stattfinden, damit das reine Du sich in mir entfalte.

Der Mensch ist von der Schönheit der Gestalt im andern Geschlecht wie geblendet: *sie soll ihm Gott offenbaren.* Denn die Gestalt ist nicht in sich geschlossen, sie kommt aus dem Unendlichen und geht in der Begattung wieder in das Unendliche über. Die Frau ist weder Mann noch Gott. Aber eine Vermittlung zwischen Mann und Gott. *Im Weib erkennt der Mann, was Gott mit ihm vorhatte.*

Indem Gott Adam und Eva füreinander schuf, sie in und aus Liebe schuf, gab er ihnen die Einheit. Sie waren als Mann und Weib in ihrer Nacktheit völlig eins miteinander. Die Intimität war nicht Begierlichkeit, nicht Indiskretion, sie war aus Einheit gemacht. *Ob es Geschlechtsverkehr im Paradies gab?* Vielleicht ganz ohne Bewußtwerden des Fleischlichen. Eher Zustände als Akte. *Die Bereitschaft der Liebe mit dem Liebesakt zusammengefallen.*

Vorgesehen war ein jungfräulicher Verkehr. Eine andere Annäherungsweise. Die Jungfräulichkeit wird erst nach dem Sündenfall erkannt; vorher ist der Begriff gar nicht da. Die Felle, die sie anziehen, sind Zeichen ihres Gefallen-, ihres Zweiseins. Das erneute Ausziehen der Felle und der Geschlechtsakt sind Versuche, die Einheit wiederherzustellen. Und Gottes Gnade kann die verlorene Einheit wieder schenken.

Nun muß man in diesen Fellen einhergehen, in denen man sich keineswegs wohlfühlt. Sie sind lästig. Sie sitzen nicht. Sie sind zu eng, oder sie rutschen. Und doch *muß* man angezogen sein. Und schließlich findet man sich damit ab, in solchen Zwangsjacken zu leben. Die Unbequemlichkeiten des Lebens sind größer als unsere Fertigkeit, sie zu bezwingen.

Das Weib ist zunächst dem Mann gegenüber die, die ihn verführt, ihm den Apfel gereicht hat. Aber diese durch die Sünde bedingte Inferiorität wird durch den Akt überwunden. Denn das Weib hat sich gedemütigt, indem sie sich nehmen ließ. Schon das Angeschautwerden des Weibes durch den Mann verdemütigt es in ähnlicher Weise wie der Akt selbst. Natürlich darf der Mann nicht die Absicht haben, das Weib so tief als möglich zu verdemütigen. Aber betrachten muß er sein Weib. Vielleicht würde er ohne viel Bedauern auf diese Betrachtung verzichten, vielleicht liegt ihm mehr daran, selber gesehen zu werden als zu sehen. Seine Kraft, sein Geheimnis erscheint ihm größer, wenn das Weib ihn angeschaut hat. Und er will auch in seiner Potenz gesehen werden. An der Frau ist kein außergewöhnlicher Körperzustand zu bemerken; es gehört zur Demütigung des Mannes, daß er an ihr nichts wahrnimmt als die Pforte, durch die er einziehen, zu der hin er sich demütigen muß. Er muß *Geist* werden und damit die Frau rechtfertigen und vergeistigen.

XCV.

Aus dem Programmheft *Steirischer Herbst*, Graz, 1999: *Flaming Creatures*, der Film, der Jack Smiths Legende begründen sollte, beginnt mit einer Beschwörung seiner Muse, der Schauspielerin Maria Montez, und ihres Films *Ali Baba and the 40 Thieves*. Wie in der historischen Vorlage ist der Harem von einer tumultartigen Vorfreude auf die Möglichkeiten grenzenloser erotischer Ausschweifungen ergriffen, einer umgreifenden polymorphen Erregung, die ihre visuelle Einlösung in Tableaus umschlungener Körper finden wird. Schlaffe Penisse und wackelnde Brüste lösen sich ineinander auf, bis die semantischen Grenzen zwischen *männlich* und *weiblich*, zwischen *aktiv* und *passiv* gestalteter Lust in einem kollektiven Freakout verschwinden.

Parker Tyler: It is impossible to keep the burlesque camp note out of profane sexuality that ritually resorts to the transvestite myth.

Jerry Tartaglia: Die Kulisse, in der sich die Figuren aus *Flaming Creatures,* Jack Smiths bekanntestem Film, vergnügen, erinnert an den Hof Ali Babas, die Stimmung ähnelt den Gemälden von Hieronymus Bosch. Es handelt sich um einen Quasi-Dokumentarfilm über Androgyne und Transvestiten; schlaffe Penisse finden ihre Entsprechung in prallen Brüsten und umgekehrt: Der Unterschied zwischen männlich und weiblich wird bedeutungslos.

Nan Goldin: Jack Smith was the high priestress of the Babylon of Lower Manhattan during its greatest era. Seeing *Flaming Creatures* at the age of fifteen was an earthquake that shook up my life forever.

Parker Tyler: If we take Jack Smith's notorious film *Flaming Creatures*, the drag act of presumably homosexual males is a strangely static and narcissistic routine as well as a sort of atavistic *hommage* to the female. Instead of the homosexual orgy we find in *The Damned* and *Scorpio Rising*, both of these oriented to male militarism, both finally excluding women altogether, Smith's peculiar transvestite cosmetics concerns flirtation between males in drag that turns into flirtation with a real woman and finally her rape by cunnilingus, with the transvestites acting as Handmaids of Mari, betraying, as it were, their own Queen, the female deity, into the power of a profane, half-naked male cunnilinguist. While this *ritual* rape is proceeding, some of the transvestites also get naked, only to expose organs seemingly incapable of erection. There are enigmatic nuances here, perhaps personally with their creator, Jack Smith, who himself appears in drag, then somehow gets lost, but rather, I believe, based on an instinctive sort of monosexuality.

Susan Sontag: *Flaming Creatures* is that rare modern work of art: it is about joy and innocence. To be sure, this joyousness, this innocence is composed out of themes which are, by ordinary standards, perverse, decadent, at the least highly theatrical and artificial. But this, I think, is precisely how the film comes by its beauty and modernity.

Jerry Tartaglia: Ursprüngliches Ziel der Filme von Jack Smith war es, ein Gefühl des *ästhetischen Deliriums* zu erzeugen. Die Verwendung von veraltetem Filmmaterial und seltsam-grotesken Sujets diente dem Künstler dazu, die Grenzen des Mediums zu erweitern. Gleichzeitig befreite er es aus den Zwängen von *guter* Technik und *richtigem* Verhalten.

Jonas Mekas spricht von einem *Kino à la Baudelaire*, einer darin zelebrierten, der herrschaftlichen Moral sich verweigernden symbolistischen Welt der *Blumen des Bösen, der Erleuchtungen, des klaffenden sowie gequälten Fleisches;* einer Poesie, die zugleich schön und schrecklich, gut und böse, zart und schmutzig ist. Es gebe nun ein *Kino für wenige*, ein Kino, das für den Durchschnittsmenschen in organisierten Kulturen zu schrecklich und zu dekadent sei.

XCVI.

Jack Smith, von Jonas Mekas circa 1963 fotografisch festgehalten; maschinenschriftliche Untertitelung: Better to vote for what you want and not get it than to vote for what you don't want and get it.

Die Betreiber des New Yorker Bleecker Street Cinema sehen ihr Haus im Zusammenhang der mitternächtlichen Uraufführung von *Flaming Creatures* am 29. April 1963 um seinen guten Ruf gebracht. Fotografische Labore weigern sich, das Kunstwerk zu vervielfältigen. Jonas Mekas verlegt die für den Sommer veranschlagten kommenden Vorführungen ins Gramercy Arts Cinema. Da der Film keine behördliche Genehmigung erhielt, darf kein Eintrittsgeld erhoben werden. Am 7. Dezember soll *Flaming Creatures* im Tivoli Theatre preisgekrönt werden, doch die Leitung des Kinos beugt sich dem Druck der Behörde und sagt die Vorführung in letzter Minute ab. Jonas Mekas vollzieht die Preisverleihung vor dem Gebäude, von einem Autodach aus, Aktivisten der Film-Makers' Cooperative besetzen das Kino, Einheiten der Polizei stürmen das Kino.

Ende Dezember 1963 wird *Flaming Creatures* vom belgischen Kultusministerium aus dem Programm des Experimentalfilmfestivals in Knokke-le-Zout genommen. Jonas Mekas lädt anwesende Regisseure, darunter Jean-Luc Godard, Agnes Varda, Roman Polanski, auf sein Hotelzimmer ein und zeigt ihnen das Werk in Privatvorstellungen. Mit Barbara Rubin als Verbündeter dringt er am Silvesterabend in den Vorführraum des Festivalkinos ein, gaukelt vor, den Vorführer Jean-Marie Bouchet, seinerseits Filmemacher, zu fesseln und schmuggelt eine Kopie des Streifens zwischen die Rollen von Andy Warhols sechsstündigem

Sleep. Tumultartige Szenen spielen sich ab, und als der belgische Justizminister, zugleich Ehrenvorsitzender der Veranstaltung, eintrifft, um die Aufgebrachten zu besänftigen, projiziert Jonas Mekas den Film so lange auf dessen Gesicht, bis der Strom abgedreht wird. Schließlich wird *Flaming Creatures*, den die Mehrzahl der Juroren für eine Dokumentation *wovon auch immer* hält, mit einem Sonderpreis ausgezeichnet.

Nie wieder aufgetaucht: Die am 20. Februar 1964 bei einer Razzia anläßlich einer Vorführung von *Flaming Creatures* im New Bowery Theatre beschlagnahmte Farbfilmrolle *Andy Warhol Films Jack Smith Filming Normal Love*. Wahrscheinlich bis heute in irgendwelchen Regalen des New York City Police Department verschollen, notierte Jeannine Waterstradt. Die Polizei konfisziert beide Filme und nimmt den Vorführer Ken Jacobs sowie die Kartenabreißerin Florence Karpf fest, außerdem den sofort herbeigeeilten Jonas Mekas. Am 17. März erfolgt im selben Kino der nächste Polizeieinsatz gegen *Flaming Creatures*. Die Angeklagten im Fall *People of the State of New York versus Kenneth Jacobs, Florence Karpf and Jonas Mekas* werden von einem Bürgerrechts-Anwalt mit dem klangvollen Namen Emile Zola Berman verteidigt, der später auch Sirhan Sirhan, den Attentäter Robert Kennedys, verteidigen wird, und am 12. Juni, abgesehen von Florence Karpf, zu 60 Tagen Haft verurteilt. Die Urteile werden ausgesetzt, wurden jedoch bis heute nicht aufgehoben.

Susan Sontag: Apart from the wrongness of censorship itself, there is no need to worry what will be the social consequences if *Flaming Creatures* ever plays at Radio City Music Hall because it won't.

1965, 1966 und 1967 werden weitere Vorführungen des Films, zumeist im studentischen Protestmilieu, gesprengt. 1968 wird *Flaming Creatures* Kongreßabgeordneten in Washington, D.C., als ein *Dokument kulturellen Verfalls* vorgeführt. Von einem anonymen Senator wird die Äußerung kolportiert: *Dieser Film war so krank, daß er mich nicht einmal erregt hat*. Jim Hoberman: Die Reaktion des anonymen Senators legt nahe, daß das Schlimme an *Flaming Creatures* nicht die Pornographie selbst, sondern das Versagen des Films *als* Pornographie war. Bei den so obszön geschwungenen Schwänzen, weder völlig erigiert, noch komplett schlaff, handelt es sich lediglich um *Penisse*. Ebenso witzig wie pikant macht *Flaming Creatures* sich einer kriminellen Respektlosigkeit schuldig, die schlimmer noch ist als das Verbrennen der amerikanischen Flagge: Durch die freizügige Darstellung des männlichen Geschlechtsorgans entweiht der Film das grundlegende Symbol aller Machtstrukturen, einschließlich des US-Senats.

XCVII.

Father Peter O'Brien S.J.: I decided to write Mary Lou Williams in care of the Hickory House and asked if I might come and see her. I had no money and worried that the management wouldn't let me in the door. I also asked, again since I had no money, if she would give me a copy of her new record about St. Martin de Porres for free. I went down to New York. I was twenty-three years old, looked eighteen, and was wearing my black suit and clerical Roman collar. I was about to encounter a most enduring and abiding soul-mate.

The music poured from the piano. On a large platform inside the oval mahogany bar at New York's Hickory House, the last surviving establishment offering Jazz on West 52nd Street, an authoritative African-American woman in early middle age sat at the piano, eyes mostly closed, her face registering every nuance in the music she was creating, back straight, her hands lying flat as she moved on the keys. She was wearing a royal blue chiffon gown of cocktail length, softly gathered at the shoulders. Her arms were bare. She had a beautiful throat and neck, good collarbones, and a dark brown face rising up from a strong chin to high cheekbones. Her mouth was well shaped and soft, and at times broke into a brief radiant smile when she achieved a particular musical passage. The smile never interfered with the concentration. There was nothing theatrical about her. You simply knew that you were in the presence of someone of the highest magnitude. Her name was Mary Lou Williams.

The emotional experience of the music and the woman herself was so strong that my life at once took on a permanent new direction. There was no confusion or doubt in me, and although I could not possibly have known the full consequences of that night's depth of feeling, I had found my purpose. I was finally at home.

At the end of her set, she descended from the platform and exited as the bartender raised the flap to let her through. Her two accompanists repaired to a booth along the back wall of the room, and she sat at a small square table set an angle slightly back from the traffic around the bar.

I slid off the bar stool and walked nervously toward her and told her my name. She asked me, *Are you a priest?* I told her, *No, I'm a Jesuit seminarian and I will be a priest.*

She was subdued, almost mute. I had been especially moved by one piece she played and asked her what her third-to-last number was. *Oh, that was just a Blues.*

When I asked about her record, she gave me a large square manila envelope. I removed the contents. It contained her LP, which had a pen and ink drawing of praying hands on a pink background and large black letters proclaiming *Mary Lou Williams Presents*. A second, much smaller recording, showing a chiaroscuro black-and-white photograph of Mary Lou Williams was called *Music for the Soul* and contained selections from the LP.

I was too shy to ask her to sign the records, but I did ask her how I might reach her. She gave me a tiny card. On one side was her name, address, and telephone number; on the other, the address of the Bel Canto Thrift Shop. From then on, I was on the phone to her everyday.

XCVIII.

Neu: Schallplattenhören im Dunkeln, in Mary Lous total abgedunkelter Wohnung, denn Arilt sollte, falls er vorbeikäme, annehmen, es sei niemand zu Hause, und gleich wieder umkehren. Als einzige, schwache Lichtquellen die grünlichen Anzeigen im Display der Stereoanlage sowie die seitliche, rote Beleuchtung des rotierenden Plattentellers. Lothar und Mary Lou, wie selbstverständlich, wieder auf ihrer Couch, ihre Augenpaare, schemenhaft, nah voreinander, im Zwielicht.

Nachdem sie Lothar erst einmal mit unzähligen Küssen überhäuft hatte, fuhr Mary Lou, mit ihrer *behenden* Hand einer Klavierspielerin, ihren flinken Fingern, *adagietto*, unter sein Oberhemd, das er, wie üblich, über der Hose trug. Im Gegenzug ließ er seine Hand *zögerlich* über ihre Hose gleiten, zunächst noch auf der Oberseite, dann der Innenseite ihrer Schenkel, was *absolut verboten* war und Mary Lou zu kleinen Entzückensschreien veranlaßte; Lothar Lothar brauchte sich jetzt keinerlei Illusionen mehr bezüglich einer objektiven *Reinheit* dieser Beziehung zu machen. Dabei redete er sich in seinem Tagebuch noch immer auf den prinzipiell *asymptotischen Charakter* der freundschaftlichen Zuneigung zwischen Mary Lou Mackay und ihm hinaus. Eine Angelegenheit, die letzten Endes seiner eigenen Regie oblag. Lothar war sich aber keineswegs darüber im klaren, ab welchem mentalen, respektive praktischen Stadium sein Gelübde auch von ihm selbst als gebrochen betrachtet werden müsse. Und ob er, gegebenenfalls, wenngleich nicht per se vom Glauben abgefallen, so doch als *gefallener Theologe* zu den Theaterwissenschaften zurückkehren solle. Dann ließe sich immer noch sagen, *an ihm sei ein Priester verlorengegangen.*

Halb Englisch, halb Deutsch, phantasierte Mary Lou davon, wie es wäre, Lothar die Kleider vom Leib zu reißen, nackt vor ihm zu tanzen und *in ihn hineinzukriechen.* Sie nahm sein Kinn in ihre Hand, drehte es ihrem Gesicht zu und klagte: Du küßt mich nicht richtig. *Du wolltest mich von Anfang an nicht richtig küssen.* Klar, antwortete Lothar, das weißt du doch, Küssen ist bei mir *aus einem bestimmten Grund* nicht drin; vor einem Jahr hätte ich mich in dieser Hinsicht noch ganz anders verhalten. Und doch, setzte er nachdenklich hinzu, denke ich manches Mal, wir haben das Küssen längst *überholt.* Wenn wir uns *einmal* richtig küßten, sagte Mary Lou, gäbe es kein Halten mehr.

Also werden wir es halten, wie du es für richtig hältst. Und ich werde ein Kind von Arilt bekommen.

XCIX.

Am 25. März 1821 sprach die Schwester Emmerich: Ich sah die heilige Jungfrau bald nach ihrer Vermählung in Josephs Haus zu Nazareth, wohin mich mein Führer geleitete. Ich ward von dem leuchtenden Jüngling, der mich immer begleitet, in diese Kammer gebracht und sah, was ich so gut erzählen will, als eine arme elende Person, wie ich, es vermag.

Maria ließ den Schleier über ihr Angesicht nieder und kreuzte die Hände, nicht aber die Finger vor ihrer Brust. So sah ich sie lange heftig mit gen Himmel gerichtetem Antlitz beten. Sie kniete lange so im Gebete entzückt, dann senkte sie das Haupt auf ihre Brust. Jetzt aber ergoß sich zu ihrer Rechten in schräger Linie von der Decke ihrer Kammer eine solche Masse von Licht nieder, daß ich mich davon gegen die Wand der Türe zurückgedrängt fühlte, und ich sah in diesem Lichte einen weißen leuchtenden Jüngling mit gelben fließenden Haaren vor sie niederschweben. Es war der Engel Gabriel. Er sprach zu ihr, indem er seine Arme an beiden Seiten des Oberleibes leise von sich bewegte. Ich sah die Worte wie leuchtende Buchstaben aus seinem Munde gehen, ich las sie und hörte sie. Maria wendete das verschleierte Haupt etwas nach der rechten Seite hin, jedoch schüchtern sah sie nicht auf. Der Engel fuhr fort zu sprechen, und Maria wendete ihr Gesicht wie auf seinen Befehl etwas zu ihm, hob den Schleier wenig auf und antwortete. Der Engel sprach abermals, und

Maria hob den Schleier auf, blickte den Engel an und erwiderte die heiligen Worte: *Sieh, die Magd des Herrn, mir geschehe nach deinem Worte.*

Die heilige Jungfrau war in tiefer Entzückung. Licht füllte die Kammer, ich sah den Schein der brennenden Lampe nicht mehr, ich sah die Decke der Kammer nicht mehr. Der Himmel schien offen, eine Lichtbahn ließ mich über den Engel hinaufschauen, ich sah im Ausgang dieses Lichtstromes eine Figur der heiligen Dreifaltigkeit wie ein dreieckiges, sich durchstrahlendes Licht, und ich erkannte in ihm, was man nur anbeten und nie aussprechen kann, Gott den Allmächtigen, den Vater und den Sohn und den Heiligen Geist und doch nur Gott den Allmächtigen.

Nach dem Verschwinden des Engels sah ich die heilige Jungfrau in tiefer Entzückung ganz in sich selbst versunken, und ich sah, daß sie die Menschwerdung des verheißenen Erlösers in sich als eine kleine menschliche Lichtgestalt mit allen Gliedern bis in die Fingerchen ausgebildet erkannte und anbetete. Oh, hier in Nazareth ist es anders als zu Jerusalem, dort müssen die Frauen im Vorhofe bleiben und dürfen nicht in den Tempel, ins Heilige dürfen nur die Priester, hier aber in Nazareth, hier in dieser Kirche ist eine Jungfrau der Tempel selbst, und das Allerheiligste ist in ihr, und der Hohepriester ist in ihr, und sie allein ist bei ihm. Oh, wie ist das lieb und wunderbar und doch so ganz einfach und natürlich.

C.

Ronald Tavel: I know what you mean by saying that Warhol's central metaphor is voyeurism, and it was an inescapable conclusion on my part, just from watching him watch the films, like the twenty-four hour film *Couch*, which is just twenty-four hours of people coming in and having sex in all different ways on his couch. He would sit and watch it with such contentment that I felt I was in the presence of a Buddhist who had achieved the desired transcendent state. Total satisfaction and total calm.

Andy Warhol: Gerard Malanga and I were down at the Café Le Metro for one of the Wednesday night poetry readings when a writer named Ronnie Tavel was reading passages from his novel and some poems. He seemed to have reams of paper around; I was really impressed with the sheer amount of stuff he'd evidently written. While he was reading I was thinking how wonderful it was to find someone so prolific just at the point when we were going to need *sounds* for our sound movies. Immediately after the reading I asked Ronnie if he'd come by the Factory and just sit in a lounge chair off-camera and talk while we shot Mario Montez in *Harlot*, and he said fine. As we left Le Metro, Gerard sneered, *Your standards are really ridiculous sometimes*. I guess he thought I was too impressed with the quantity of stuff Ronnie turned out. But the thing was, I liked the content, too, I thought he was really talented. He appeared for the *Harlot* shooting and he and a couple of other people just talked normally off-camera. Sometimes the talk was about what we were shooting and other times it wasn't. I loved to have the effect of unrelated dialogue.

Ronald Tavel: Having recently completed a controversial and ground-breaking set of silent films with an unmoved *Bolex* 8mm camera, the Pop Artist had invested in a 16mm sinc-sound *Auricon*, and was quite as fortified as he deemed justified to delve now into talkies. Andy instructed me to converse with British poet Harry Fainlight and the Factory photographer and manager, Billy Linich, later known as Billy Name. So, sitting on cushions and sharing their bottle of gin, I noted the speech and response patterns of these two fellows, broke the ice with them so to speak and, when the shoot started, directed the colloquy as best I could. A curtain had been placed between us and the group of five to be filmed in order that whatever we talked about not to be related to what was to be seen. But I razored a slit into the curtain, which permitted Harry, Billy, and me to peek through to the proceedings from time to time: because I figured chitchat completely unrelated to what the audience would be watching might prove too obviously abstract and unintentionally dull. *Harlot* is a commentary on Jean Harlow herself as well as her windfall of screen and book bios in the early 1960s. Mario Montez reclining on the red couch, an upholstered veteran of numerous celluloid opii, next to buxom Carol Koshinsky with White Pussy on her lap, and Gerard Malanga resting his elbows on the back of the couch, occasionally sharing a cigarette with poker-faced Philip Fagan at his side. Mario removes a number of bananas from his purse and devours them suggestively, White Pussy gets antsy and attempts to escape: and that's about the sum of the seventy minutes activity.

Jeannine Waterstradt: Wobei die Couch in *Harlot* nicht die sündige Couch aus *Couch* ist, vor der Tavel, Fainlight und Linich allerdings, für uns im Off, aber durch eine Fotografie, die Tavel auf seiner Website präsentiert, belegt, auf dem Fußboden der Factory lungern.

Stephen Koch: Warhol was the director of these films only in a very special sense. That special sense is the absolutely dominating attitude toward the role of the camera and the nature of the *incident*. But he did not direct actors, or even the cameraman. Specific cinematic details were in the hands of the actors, Ronald Tavel, and the cameraman, who in most of these films was a man named Buddy Wirtschafter. *Hedy, or The Fourteen Year Old Girl, or The Most Beautiful Woman in the World, or The Shoplifter* is the only film of the period for which Warhol himself was the cameraman, and is therefore the single sound film of this period that can be called without debate the work of Andy Warhol, film *auteur*. The work is once again dominated by a certain pictorialism, but here the camera moves, following its characters through sinuous, undefined corridors of space, seeming to make the quadrilateral hall of the Factory a twisting shadowy region of distraction and confusion. In perhaps his most interesting performance for Warhol, Mario Montez plays Hedy, the Most Beautiful Woman in the World. *Aahh*, a jab of the hip, *am the most beautiful woman in the worrld*. Montez is dutifully followed by the camera as if it were a very inattentive dog, constantly distracted by the fly on the ceiling.

Ronald Tavel: I hated it when I first saw it because it came very close to destroying my script, the way he moved the camera, but I loved it for what he did. Because I'd never seen that sort of thing before: As the action would move toward its most dramatic, move toward its point, its shattering, unbearable thing, the camera eye would move away, the camera eye would become bored with the action, with the story, with the problem of the star, kleptomania and so forth, and would begin to explore the ceiling of the Factory. Well, I was just wiped out. I said this is just like something else. Beautiful. Horrible in terms of the script. And that's why I always tell people that argue about why they're not called Tavel's films instead of Warhol's films. I say, well, go see *Hedy*.

Gustave Becher: Ich verstehe nicht ganz, was da genau passierte, Jeannine; hilf mir mal. Es geht offenbar um Kleptomanie, eine juvenile Ladendiebin namens Hedy?

Jeannine Waterstradt: Der Film handelt von der einundfünfzigjährigen Hollywood-Sirene Hedy Lamarr, hier durch den göttlichen Mario Montez verkörpert, die sich mit dem Gesicht einer Vierzehnjährigen aus dem Behandlungsstuhl eines Schönheitschirurgen erhebt und direkt anschließend in einem Kaufhaus beim Ladendiebstahl erwischt wird. *First a face lifting, then some shop lifting,* wie es im Script heißt. Was auf einem realen Fall, nur wenige Wochen vor den Dreharbeiten, Anfang 1966, beruht, den Tavel in seinem Exposé auf seine Art, im Sinne des *Theatre of the Ridiculous*, ausweidet. Während Warhols Kamera eben auf wunderbare Weise vom Geschehen abschweift.

Stephen Koch: The camera *got bored*. It follows Hedy's flamboyant ambling through the spaces of her purgatory, but it gives her nothing, no attention, no flattery, hardly able to get itself to look. And even the camera's attention is an affront, when it looks it doesn't care, it is always threatening to return to that fascinating ceiling up above. A kind of antagonistic space is thus established. When the camera is indeed so kind as to have a look at Hedy and her problems, we are invariably in an amorphous, faintly expressionistic, theatrical and dreamlike space. But when the camera looks away, in order to zero in on a scab of paint or a pillar or the battered wood on the floor, we are abruptly returned to the concrete, to real space and real time, bereft of its theatrics by a simple flick of the cameraman's wrist. *The inattentive camera is one of Warhol's most pronounced stylistic habits*. One senses the constant tug of its refusal to submit to the domination of the scene and its idea, its interest; the camera is like a restless child who keeps looking away, staring around the room, not giving in to that dominating experience that is everyone else's concern. Or to change the metaphor, the camera exerts its refusals as if in a seduction, it is like a woman who absolutely will not acknowledge the sexual situations a man is obviously attempting to create.

Ronald Tavel: This innovation confused the actors, and inadvertently they began to railroad the through-line toward an opposing conclusion. I stepped quickly onto the set and redirected them, but got caught in the unpredictably-roving camera's eye, assumed a character to account for my presence, and *died* on film, planning to crawl off-set under the lens. This crawl beneath camera-level intrigued Andy, who had absolutely no idea what my sophisticated story was all about. With more humor and disinterest, perhaps, than malice, he shot me crawling off and let the metaphysicians make what they would of it. Andy, dear that he was, left the tilted camera on my corpse for a long while. This transaction, entirely misconstrued by theorists, has come down to us in film classes as a sensational example of *Authorial Intervention*, the screenwriter appearing on screen to take deconstructive exception to the screwing of his script, to *die* symbolically as an objection to, and representation of, the painful passing of his pages.

Andy Warhol: I enjoyed working with Ronnie because he understood instantly when I'd say things like *I want it simple and plastic and white*. Not everyone can think in an abstract way, but Ronnie could.

CI.

Adrienne hat eine Vision vom Abendmahl, und Balthasar schreibt mit. Die Anordnung der Figuren gleicht jener bei Leonardo, doch alle sitzen an einem nackten steinernen Tisch. Balthasar protokolliert das Aussehen des Apostels Judas, dann das des Johannes. Dieser sitzt aufrecht und blickt mit einer unendlichen Liebe, *einer fast weiblichen Hingabe*, auf den Herrn. Er steht so vollkommen zur Verfügung, *daß es kaum noch männlich zu nennen ist*, notiert Balthasar. Johannes sorgt sich überhaupt nicht um die eigene Integrität; er läßt die Klänge seiner Persönlichkeit vom Herrn allein spielen, und immer erklingt ein Akkord, weil der Herr nicht nur greift, was in Johannes liegt, sondern auch, was er je neu in ihn hineinlegt. Johannes ist so, wie der Herr ihn haben will und macht. *Er ist lautere, schmiegsame Liebe. Er ist Musik.*

Und nun neigt er seinen Kopf an die Brust des Herrn. In diesem Augenblick wird der Herr wirklich, ist gegenwärtig. Und nun sieht Adrienne auch seine Liebe: wie er das geistig-leibliche Brot reicht, so wie die Mutter ihre geistig-leibliche Milch; *wobei beim Herrn der Geist den Leib des Brotes macht, bei der Mutter der Leib den Geist der Milch.* Johannes wird in seiner Hingabe an den Herrn lebendig. Er ist darin wie ambivalent, männlich und weiblich. Und auch der Herr, notiert Balthasar, ist ambivalent: erhält Johannes nicht Milch aus seiner Brust? Ganz klar: *Er empfängt Leibliches vom Herrn.* Siehe auch Caroline Walker Bynums wissenschaftliche Abhandlung *Jesus as Mother*, University of California Press, 1982. Die mittelalterlichen Texte verstanden *ecclesia* weniger als Gemahlin denn als Leib Christi, was mit der Vorstellung korrespondierte, Lehrer und Autoritäten sollten *Nährer*, Kirchenfürsten folglich *Mütter* sein. Brüste, schreibt Bynum, wurden damals eher mit Nahrung als mit Sexualität in Verbindung gebracht, auch die Brüste Christi. Nicht nur stammte sein Fleisch aus dem Fleisch einer Frau, sein Leib *verhielt* sich auch weiblich: Er gebar, nährte und blutete. Auf zahllosen Ikonen in Kirchen, Museen und Katalogen hatte Concordia seine offensiv offenbarte, seitlich hochsitzende Wunde mit der entblößten Brust der stillenden Jungfrau gleichgesetzt gesehen. Es gab auch Abbildungen, die seine Wunde extern, außerhalb seines Körpers, wie von diesem unabhängig, zur Darstellung brachten, *auf denen die Wunde Jesu wie eine Vulva aussah.*

Die Blutwunder des 13., 14. und 15. Jahrhunderts, hatte Concordia gelernt, gediehen vorwiegend am Körper und im Erleben von Frauen. Bynum erwähnt als *die erstaunlichsten neuen Wunder des Spätmittelalters* das Wunder der blutenden Hostie, in dem sich geweihte Hostien in blutendes Fleisch verwandeln, und das Wunder der Stigmata, bei dem die Körper gewöhnlicher Menschen plötzlich die Wundmale Christi zeigen. Von Concordia rot unterstrichen: Fast alle Stigmatisierten des Spätmittelalters waren Frauen. Sie sahen sich, mochten ihre Wunden auch periodisch bluten, als Imitation des blutenden Leibes Christi und *verstanden, daß der blutende, nährende Leib Christi ihrem Leib ähnlich sein mußte.*

Katharina von Siena sagt: Wir können nicht andere ernähren, wenn wir uns nicht selbst an den Brüsten der göttlichen Barmherzigkeit nähren. Wir müssen tun wie das kleine Kind, das Milch will. Es nimmt die Brust seiner Mutter, drückt seinen Mund daran und saugt durch das Fleisch die Milch auf. Wir müssen dasselbe tun, wenn wir genährt werden wollen. *Wir müssen uns an die Brust des gekreuzigten Jesus heften, der die Quelle der Barmherzigkeit ist, und durch dieses Fleisch saugen wir die Milch auf.* Der Weg dazu ist die Menschlichkeit Christi, der Schmerzen litt, und wir können diese Milch, die aus der Barmherzigkeit kommt, nicht ohne Leiden erringen. Siehe auch die zahlreichen bildlichen Darstellungen Katharinas, an der Wunde Jesu saugend, während Jesus die geöffnete Wunde mit derselben Geste an ihren Mund hebt wie *Maria lactans* ihrem kleinen Sohn die Brustwarze darbietet.

Alix von Schaerbecks anonymer Biograph schreibt: Als sie an Tugendhaftigkeit alles übertroffen hatte, was man von ihren Jahren erwarten konnte, wollte Gott sie innerlich läutern, denn sie war seine Braut. Und auf daß sie frei wäre, mit Gott allein zu sein und in der Schlafkammer ihrer Seele mit ihm zu tändeln wie in einem bräutlichen Gemach und sich an der Süße seines Dufts zu berauschen, gab er ihr eine unheilbare Krankheit, den Aussatz. Und in der ersten Nacht, als sie aus dem Kloster verwiesen worden war, lernte sie, ihre Zuflucht im sichersten Hafen Gottes zu suchen, eilte bei jeder Bedrängnis und Angst, jeder Niedergeschlagenheit und Entbehrung zu Jesu Brüsten und Wunden, wie ein kleines Kind, das von den Brüsten seiner Mutter trinkt, und durch dieses Naß fühlte sie ihre Glieder wieder gesunden. Caroline Walker Bynum kommentiert: So wird aus der schreckenerregendsten Krankheit ein bräutliches Bett, und aus den Wunden quillt Muttermilch; die Leiblichkeit, in welche die Frau versinkt, ist unsagbares Leiden und unsagbare Freude.

Und führt aus: Die körperliche Vereinigung mit Christus wird nicht nur in Bildern von Krankheit und Leiden beschrieben, sondern auch in Bildern von Heirat und geschlechtlicher Erfüllung, manchmal, wie bei Hadewych, bis zu einer Art Orgasmus. *Manche Wissenschaftler halten das für sublimiertes sexuelles Begehren; allerdings scheint der Begriff Sublimation hier unpassend.* In Eucharistie und Ekstase begegneten die Frauen einem männlichen Christus, den sie berührten und liebten; geschlechtliche Gefühle wurden nicht in ein anderes Medium übertragen, sondern *einfach freigesetzt.*

Juliana von Norwich sagt: In derselben Zeit, da Gott *sich im Leib der Jungfrau mit unserem Leib verbunden hat, nahm er unsere Seele an, die eine sinnliche ist, und indem er sie annahm und uns alle in sich einschloß, vereinte er sie mit unserer Substanz.* In dieser Vereinigung war er der vollkommene Mensch, denn Christus, der in sich alle Menschen verbunden hat, die erlöst werden, ist der vollkommene Mensch.

Die Jungfräulichkeit erscheint hier als Potenz alles Geschlechtlichen, bringt Balthasar Adriennes Worte zu Papier. Adrienne kann nicht genau fassen, was der Herr empfindet, wenn Johannes an seiner Brust liegt. Sie sagt: Die Liebe des Johannes zum Herrn ist völlig konkret. Er verlangt so sehr nach dieser Liebe, daß sie sich konkretisieren und Antwort geben muß. Die Einsetzung der Eucharistie ist auch eine Antwort des Herrn auf das liebende Flehen der Kirche: *Bleibe bei uns. Sei mit uns.* Johannes wünscht sein Haupt an die Brust des Herrn zu legen. Es ist das Höchste, was er sich als Berührung ausdenken kann. *Der Herr beantwortet seine Liebe mit der noch größeren Intimität der Eucharistie.*

Der Hagiograph Jacques de Vitry, frühes 13. Jahrhundert, schildert die eucharistische Frömmigkeit der Begine Maria von Oigniès: Das heilige Blut *stärkte* ihr Herz; der heilige Wein *berauschte* sie; der heilige Leib *mästete* sie. Wirklich fühlte sie das ganze Ergötzen und allen Wohlgeschmack der Süße beim Empfang nicht nur in ihrer Seele, sondern auch in ihrem Munde. Manchmal empfing sie glücklich ihren Herrn in Gestalt eines Kindes, manchmal als Geschmack von Honig, manchmal als süßen Duft und manchmal in dem reinen und prächtig geschmückten Hochzeitslager des Herzens. *Und sie konnte die Entbehrung solchen Trostes nicht lange ertragen.* Auch Ida von Leuven verzehrte sich außerordentlich nach der Eucharistie; ihr stürmisches Verlangen ließ sie dermaßen außer sich geraten, daß sie in Ketten gelegt werden mußte.

Die Nonnen von Helfta, Töss und Engelthal, die franziskanische Tertiarin Angela von Foligno, die Kartäuserin Beatrix von Ornacieux und die Maria von Oigniès sahen in der Hostie Christus als Säugling. Agnes von Montepulciano und Margareta von Faenza waren so süchtig nach dem Vergnügen, das Baby zu halten, daß sie sich weigerten, es wieder herzugeben. Ida von Leuven badete es und spielte mit ihm. Lidwina von Schiedam und Gertrud von Delft empfanden eine so mütterliche Sehnsucht nach dem Jesuskind, daß Milch aus ihren Brüsten floß. Tiedala von Nivelles ruhte nicht, bis ihr geistlicher Freund, ein Mönch aus Villiers, das Kleine auch an seine Brust gelegt hatte.

Mehrfach hatte Concordia auch wahrgenommen, wie Maria nicht ihren Säugling, sondern erwachsene Männer nährte, allen voran Bernhard von Clairvaux, dessen Stillen sie auf Dutzenden von Bildern dargestellt fand. Auf wieder anderen Gemälden hielt die Mutter Gottes ihre üppige Brust dem Betrachter entgegen, während sich das Jesuskind zur Seite wandte.

Lukardis von Oberweimar, Lutgard von Aywières, Margarete von Ypern, Ida von Leuven und Margarete von Oingt empfingen Christus als schönen jungen Mann. Angela von Foligno und Adelheid Langmann vermählten sich in der

Eucharistie mit ihm. Die Begine Hadewych erlebte Christus *in Gestalt und Kleidung eines Mannes* vom Altar herabsteigen: Er gab sich mir in der Gestalt des Sakramentes, in der Form, in der man es zu nehmen pflegt; und darnach gab er mir aus dem Kelche zu trinken, in Gestalt und Geschmack, wie es üblich ist. *Dann aber kam er selbst zu mir, nahm mich ganz in seine Arme, drückte mich an sich; und alle meine Glieder fühlten die seinen voller Glückseligkeit, in Übereinstimmung mit dem Verlangen meines Herzens und meiner menschlichen Natur. So war ich äußerlich gesättigt mit voller Befriedigung.* Eine kurze Weile hatte ich die Kraft, das zu ertragen; bald aber, nach ganz kurzer Zeit, verlor ich den schönen Mann in seinen äußeren Formen. Ich sah ihn ganz zunichte werden und so zerfließen und ganz in eins verschmelzen, daß ich ihn außerhalb meiner nicht mehr erkennen und vernehmen und in mir nicht mehr vorstellen konnte. *Da war es mir, als ob wir ohne Unterschied eins wären.*

Mechthild von Magdeburg bezeichnete die *unio mystica* mit der Wendung *Gott essen.* Lutgard von Aywières wies einen irdischen Verehrer mit den unversöhnlichen Worten *du Fraß des Todes* zurück. Später nährte sie sich an der Brust Christi, wobei ihr Speichel einen süßen Geschmack annahm, und empfing Jesus als Lamm, das auf ihren Schultern stand und an ihrem Mund sog. Der Biograph der Douceline von Marseille berichtet, daß die Heilige bei *jeder* Kommunion in Ekstase geriet. Und wann immer Ida von Leuven beim Stundengebet die Worte *verbum caro factum est* sprach, schmeckte sie das Wort auf ihrer Zunge und fühlte Fleisch in ihrem Mund, und wenn sie es kaute, war es wie Honig. Agnes Blannbekin dachte, *jede* müsse beim Empfang der Hostie den Geschmack einer Honigwabe empfinden, und Christina Ebner war darüber beunruhigt, daß es in Engelthal eine Nonne gab, die *keine* Visionen und Ekstasen hatte. Als die Ordensregel der Zisterzienser dahingehend geändert wurde, daß jeder Nonne, die außer sich geriet, der Kelch verweigert wurde, versorgte *Christus selbst* sie mit dem Sakrament. Einige, wie Ida von Leuven oder Lukardis von Oberweimar, die während der Messe von Ohnmachtsanfällen, Lähmungen oder Nasenbluten heimgesucht wurden und unmittelbar von Christus eine Sättigung erfuhren, die von der Empfindung, zu kauen und einem süßen Geschmack auf der Zunge begleitet war, zogen die mystische Kommunion sogar vor und hatten gar kein Bedürfnis mehr nach der *Kommunion in Wirklichkeit*, Hervorhebung durch Concordia Werkmeister.

Caroline Walker Bynum: Für viele heilige Frauen verschmolzen Essen und Ekstase miteinander; *paramystische Symptome* waren üblich und bildeten einen *charismatischen* Ersatz für die Frauen vorenthaltene Priesterschaft, der ihnen in gewissem Maß durchaus klerikalen Einfluß einräumte und ihren Status als die Kommunion bloß Empfangende mit einer besonderen spirituellen Bedeutung ausstattete. Concordia hatte an den Rand dazugeschrieben, daß hier, hinter mittelalterlichen Klostermauern, sogar die Anfänge einer komplexen, über das Theologische hinausweisenden weiblichen Wissenschaft zu finden seien. Die Eucharistie, so Bynum in ihrem geschlechterpolitischen Gedankengang weiter, war mehr als eine Gelegenheit zur Ekstase. Sie stellte auch ein Moment der Begegnung mit der *humanitas Christi* dar, die ein entscheidendes Thema weiblicher Spiritualität war. Für Frauen des 13. Jahrhunderts bedeutete das Menschsein Christi vor allem seine Leiblichkeit, seine Körperlichkeit, sein Im-Körper-Sein.

CII.

Jeannine Waterstradt und Lothar Lothar unterhielten sich, fernmündlich, über den Verkündigungsengel in *Il vangelo secondo Matteo*, den Pasolini mit einer weiblichen Gestalt besetzt hatte, die auch auf der Tonspur des Films mit unverkennbar weiblicher Stimme sprach. Jeannine fragte: Wenn sich Pier Paolo Pasolini doch so akribisch an den Wortlaut des Evangeliums halten wollte, warum besetzte er den Engel nicht mit einem Jüngling, sondern, *wie in Kinderbüchern*, mit einer jungen Frau? Vielleicht, weil wir es hier, wie in der Bibel so oft, mit *unmännlicher Männlichkeit* zu tun haben, antwortete Lothar und las Jeannine, nach einer kurzen, gezielten Suchaktion, den Hörer zwischen Ohr und Schulter geklemmt, aus Hieronymus' *Commentarius in Epistolam ad Ephesios* vor, der geschrieben hatte: Keineswegs soll irgendeine Verschiedenheit der Geschlechter bestehen. Sondern wie bei den Engeln nicht Mann noch Frau ist, so auch nicht bei uns, die wir den Engeln ähnlich sein werden; was du tatsächlich ganz ähnlich bei Matthäus nachlesen kannst: *In der Auferstehung werden wir wie die Engel sein.* Jeannine erwiderte: Es sind doch noch Männer und Frauen, denen wir hier begegnen. Richtig, sagte Lothar, aber es sollte *egal* sein, ob Mann oder Frau. In der Auferstehung gibt es keine dualisierende und herrschaftsförmige Geschlechtlichkeit mehr.

Hieronymus schlägt vor: Laßt uns schon jetzt beginnen mit dem, was uns für den Himmel versprochen ist. In Christus, nämlich, Jeannine, soll nicht mehr männlich und weiblich gelten, sondern *in Christus sind alle eins*. Das Fallen der Schranken zwischen Männern und Frauen ist Ausdruck der Neuschöpfung in Christus, die ein ganz neues Sozialverhalten provoziert und geschlechtliche Differenzen tiefgreifend relativiert, beziehungsweise, bessere Vokabel: transformiert. Es geht um eine befreiende Erschließung von individuellen Erfahrungen jenseits kulturell auferlegter Zwänge, die uns Menschen beeinträchtigen und deformieren. Okay, gab Jeannine zurück, egal, woher du das hast, erklärst du mir jetzt bitte einmal, ob das alles auch etwas mit deinem geheimnisvollen Gelübde zu tun hat.

Ach, reden wir lieber von etwas anderem, antwortete Lothar, reden wir lieber weiter über das Geschlecht der Engel.

CIII.

Jeannine hatte sich endlich auch eine DVD mit Godards Spielfilm *Je vous salue, Marie* ausgeliehen, in welchem der Verkündigungsengel durch einen komischen, tendenziell unwirsch auftretenden Mann namens Onkel Gabriel samt einem an seiner Seite befindlichen liebreizenden kleinen Mädchen verkörpert wird. Jeannine gefiel das aberwitzige Auftreten der beiden. Lothar hatte ihr, als sie noch mit ihm zusammen war, attestiert, sie sei die einzige Person, die er kenne, die in der *Verkündigung* etwas *Burleskes* zu entdekken glaube. Lothars damaliger Irrtum: zu meinen, im Lächerlichen läge sogleich etwas Lästerliches. Allein, kürzlich hatte er einer an sie gerichteten E-Mail ein auf Paul Claudels *Der Seidene Schuh* bezogenes Zitat des von ihm hochgeschätzten Hans Urs von Balthasar angehängt, in dem es um den von unerfülltem, sowohl irdischem als auch himmlischem Verlangen nach Doña Proëza geschlagenen Don Rodrigo ging, und in dem der theaterinteressierte Theologe, der zudem als Verfasser einer umfangreichen *Theodra-*

matik von sich reden gemacht hatte, konstatierte, postulierte: *Unter allen Formen bricht das Komische, Groteske, Burleske, Lächerliche, Unwirkliche, Schauspielerische in die Welt des Helden herein.*

Unglaublich die Geduld Josephs, der als Taxifahrer in Genf arbeitet, dem Maria, die Godard Mannschaftssport, Basketball, betreiben läßt, standhaft sämtliche Küsse verweigert, der ihren schwangeren Leib allenfalls ehrfürchtig, jedoch eigentlich so gut wie gar nicht betasten und erst nach flehentlichen Bitten einmal kurz unbekleidet in Augenschein nehmen darf.

Die werdende Mutter Gottes sagt ihm, dem zunächst Zweifelnden und zunehmend Verzweifelten, schließlich jedoch über seine Zweifel Erhabenen, voraus: *Du wirst keusch mit mir sein. Du wirst die nicht nehmen wollen, die dich niemals genommen hat.* Sie spricht: *Keusch sein, das heißt, alle Möglichkeiten kennen, ohne sich an sie zu verlieren.* In Onkel Gabriels Worten: *Das Tabu erspart das Opfer.* Auf Josephs eindringliche Fragen antwortet er andauernd Sätze wie: *Weil es die Regel ist.* Oder: *Weil es das Gesetz so will.* Maria spricht: *Wir sprechen, und wir sprechen vom Wort. Das, wovon wir sprechen, das Wort, ist uns immer schon voraus.*

Jean-Luc Godards Kamera: logisch nicht keusch, sondern lüstern; Jeannine Waterstradt fand ihre Vermutungen aus der U-Bahn bestätigt. Der Regisseur war in seine von ihm als lasziv inszenierte Protagonistin verknallt wie Vladimir Nabokov in seine *Lolita.* Zwischen dem Abfilmen ihres Körpers, beim Sport die Beine, in der Badewanne den Busen, im Bett, in dem sie sich aufgewühlt zu räkeln hat, ihre behaarte Scham, die knappen Diskussionen mit Joseph über das Wunder, das ihnen geschieht, die hingegen ausufernden Diskussionen des Freundeskreises über die Herkunft des Lebens auf unserem Planeten, Bilder von der Natur, von blühenden Landschaften. Schließlich die Geburt des Sohnes im Taxi. Godard läßt auch die allseits bekannten Tiere nicht aus; lange ruht die Kamera, in Augenhöhe, auf dem biblischen Esel. Und endlich der kleine Jesus, *wie süß ihn Godard sein läßt*, fand Jeannine, zunächst als Säugling, dann als Kleinkind. Wie der Junge seinen Spielkameraden die Namen der Apostel verleiht. Wie er, bereits Jüngling, aus dem elterlichen Auto springt und über die Hügel davonläuft und Maria Joseph, der ihm nachsetzen will, zu überzeugen vermag, daß er ja wiederkehren werde, *an Ostern*. Der Gemahl, wie er gegen Ende dieses eigentümlichen Films zu seiner anmutigen Braut sagt: *Ich werde dich niemals küssen. Ich werde bleiben.*

CIV.

Mary Lou legte ihre Hand an die Innenseite von Lothars Oberschenkel, und ihre Hand wurde dabei spürbar heiß. Die Wirkung der in den vergangenen Stunden genossenen Schoppen Rotwein verflog, und doch torkelten die beiden *liebestrunken* aus dem studentischen Café, Mary Lou Mackays Wohnung entgegen. Mary Lou fragte: Was werden wir wohl dieses Mal auf meiner Couch treiben, Lothar, und was nicht? Später, die Schuhe ausgezogen, auf ihrer Couch, reklamierte sie: *Irgendwann fülle ich dich einmal ab und falle einfach über dich her.* Dann, aneinandergeschmiegt, *schmusend*, Lothar, von Küssen überhäuft, an Mary Lous Ohrmuscheln *knabbernd*, die Hände an ihrem Schlüsselbein, den bordeauxroten Trägern ihres BHs, beide bald ganz ineinander verkrochen, begann Mary Lou abermals so überaus mißverständlich, letzten Endes *unmißverständlich,* zu stöhnen. Und fragte Lothar: Wo soll ich denn mit meiner Lust hin? Warum küßt du mich nicht, warum küßt du mich nicht *richtig*? Und was für Gefühle hast du dabei?

Lothar bildete sich ein, die erotische Intensität der Zärtlichkeiten zwischen sich und Mary Lou seit ihrem letzten Treffen *zurückgefahren* zu haben. *No*, wandte Mary Lou, aufbrausend, aufspringend, mit ihrem dünn bestrumpften Fuß energisch aufstampfend, ein, als ich deine Hand auf der karierten Tischdecke des thailändischen Restaurants in meiner Hand hielt, *war das bereits Sex*. Doch handelte es sich hierbei nicht genau um *jenen* Eros, versuchte Lothar dagegenzuhalten, den Papst Benedikt in seiner Enzyklika *Deus caritas est* einer jeden ernsthaften zwischenmenschlichen Zuneigung zugestanden hatte? Von daher mag ich, noch vor Arilt, *dein bester Freund* sein, sagte er. Zuneigung und *Hingabe*, um die es *ihr* gehe, seien zwei völlig verschiedene Paar Stiefel, insistierte Mary Lou, Lothar solle sich doch einmal überlegen, ob Hingabe nicht überhaupt eines viel christlicheren Zuschnitts sei als Zuneigung, und ließ sich erneut auf ihrer Couch nieder, jetzt in seitlicher Stellung, einen Fuß unter ihren Po gezogen. Sie sah Lothar an und sagte stolz: *Ich will dich nur noch ansehen*. Und Lothar erwiderte, verwirrt, verzaubert: *Wie schön du bist, Mary Lou.*

CV.

Adrienne von Speyr schreibt, *in der frühen Zeit*, ab 1940, Briefe an Hans Urs von Balthasar, der diese ausschnittweise, um das innige Verhältnis zwischen ihr und ihm *noch etwas zu verdeutlichen*, in seinem Buch *Unser Auftrag* dokumentiert: *Bis vor wenigen Monaten kannte ich meine eigenen Sünden und diejenigen der Anderen als zwei ganz getrennte Begriffe. Durch meinen Unterricht bei Ihnen eröffneten Sie ganz andere Perspektiven; ich sah plötzlich, und dieses Sehen war alles andere als erbaulich, daß in mir eine Anlage und manchmal auch ein Verlangen zu jeder Sünde vorhanden ist, und daß, wenn es an mir gelegen wäre, ich die unglaublichsten Dinge de sang fraud begangen hätte; es rückte alles in ein ganz anderes Licht; vieles, was bisher im Zwielicht oder im Dunkeln gelegen hatte, bekam ungeheuerliche Konturen: meine eigenen Möglichkeiten zur Sünde waren eben und sind heute noch unbegrenzt. Es währte vielleicht eine Zeitlang, dann verloren vielleicht meine persönlichen Sünden an eigener Wichtigkeit, das heißt: der Schwerpunkt wurde verlegt: sie bekamen ihr Gesicht mehr durch das Teilhaben an der allgemeinen menschlichen Sünde überhaupt.*

Balthasar stellt Adrienne vor die Aufgabe, eine Ekstase der Großen Therese zu erleben. Adrienne als Therese spricht: *Ich sehe die Hand des Herrn, die mich segnet, die ausstrahlt, auf mich und die ganze* – Sie greift nach Balthasars Hand und schmiegt sich daran. *Dieses Licht, das mich durchstrahlt. Das für mich und die ganze Kirche gedacht ist. Diese Hand bringt uns den Frieden.* Sie greift immer wieder nach Balthasars Hand. *Ist das süß und gut und schön. O zeige dich mir, gib mir deinen Ring, erlaube mir, deinen Ring zu tragen, deinen Friedensring. Ja, bleibe bei mir, Hand des Herrn. Ich will dich dem Orden geben und der Kirche geben. Hand des Herrn mit dem Ring der Braut an deinem Finger, Ring deiner Mutter, Ring deiner Therese, Ring aller Jungfrauen, die dich lieben.* Sie hält ihren Finger auf seinen Finger. *Und du zeigst diesen Ring, den dir die*

Deinen gegeben haben, dem Vater, und der Vater weiß: du hast diesen Ring als Pfand von denen erhalten, die dir dienen wollen, helfen wollen, die Welt zurückzuerobern. Hand des Herrn, erfülle mich mit deiner Wonne. Gib mir, gib mir deine Wonne. Bleibe bei mir. Therese ist sofort mittendrin, reißt ihr Kleid auf, verlangt mehr, immer mehr. Sie fällt in Konvulsionen der Liebe, des Angebotes, des Festhaltens, sie stürmt wie eine Mänade durch den Himmel.

Da klingelte das Telefon, und Mary Lou Mackay war dran. Auf der Rückreise von ihren beiden Konzerten wolle sie am Montag für einen halben Tag im Darmstädter Jazz-Institut einkehren. Sie hatte in Frankfurt gehört, Kate Kaisers Magisterarbeit über Jutta Hipp könnte dort archiviert sein. Also nichts wie hin, stimmte Lothar zu und bedauerte zugleich, daß er Mary Lou demnach erst am Dienstag wiedersehen werde. Dienstag aber gleich zum Frühstück, forderte sie, Arilt sei für eine Woche nach Norwegen weitergereist. Aha, entgegnete Lothar überrascht, augenblicklich überfordert. Da kündigte Mary Lou leise an, *noch etwas* loswerden zu wollen, verstummte für einen Moment ganz und beichtete Lothar dann, mäßig verlegen, eher überreizt, wie sie sich letzte Nacht in zärtlichsten Gedanken an ihn *und wirklich nur an ihn* sexuell befriedigt habe.

CVI.

Clemens Brentano notierte am 2. und 3. September 1821 die Worte der Nonne Anna Katharina Emmerich.

Ich sah vor dem Throne Gottes einen Berg von Edelsteinen erscheinen, er wuchs und breitete sich aus. Er war gestuft, er ward gleich einem Throne, ging dann in die Gestalt eines Turmes über und umfaßte als solcher alle geistlichen Schätze, alle Gaben der Gnade. Die neun Chöre der Engel umgaben ihn. Ich sah an der einen Seite dieses Turmes wie auf einem goldenen Wolkenrändchen Weinreben und Weizenähren wie die Finger gefalteter Hände sich durcheinandersenkend erscheinen.

Ich sah im Himmel eine Gestalt gleich einer Jungfrau erscheinen, welche in den Turm überging und wie mit ihm verschmolz. Der Turm war sehr breit und oben flach, er schien mir an der Rückseite offen, wo die Jungfrau in ihn überging. Es war dies nicht die heilige Jungfrau Maria in der Zeit, sie war es in der Ewigkeit, in Gott. Ich sah ihre Erscheinung sich vor der allerheiligsten Dreifaltigkeit gestalten, wie sich ein Hauch vor dem Munde gleich einem Wölkchen bildet. Ich sah auch von der heiligen Dreifaltigkeit eine Erscheinung zu dem Turme hin ausgehen.

In diesem Zeitpunkte des Bildes sah ich nun zwischen den Chören der Engel einen Behälter des Allerheiligsten entstehen. Die Engel wirkten alle in diesem Gefäße mit, welches die Gestalt eines mit allerlei bedeutsamen Bildern umgebenen Turmes hatte. Es standen ihm zwei Figuren zur Seite, welche sich hinter ihm die Hände reichten. Dieses geistliche Gefäß, in stetem Wachstum begriffen, ward immer herrlicher und reicher.

Ich sah sodann etwas aus Gott und durch alle neun Chöre der Engel hindurchgehen, es erschien mir gleich einem leuchtenden heiligen Wölkchen, das immer bestimmter ward, je näher es jenem Heiligtumsbehälter kam, in welchen es endlich einging. Auf daß ich aber erkennen möge, es sei dieses ein wesentlicher Segen Gottes, der auf die Gnade reiner und sündloser Fortstammung, sozusagen auf die Erzielung reiner Pflanzen deute, sah ich zuletzt diesen Segen in der Gestalt einer leuchtenden Bohne in den Heiligtumsbehälter eingehen, worauf derselbe selbst in den Turm überging.

An einem Teile dieser Erscheinungen sah ich die Engel tätig mitwirken. Es stieg aber auch eine Reihe von Bildern aus der Tiefe herauf, gleichsam falsche Trugbilder, und ich sah die Engel gegen diese arbeiten und sie beiseite schieben.

Ich sah eine Kirche von unten aufsteigen, beinahe in der Form, in welcher mir immer die heilige allgemeine Kirche erscheint, wenn ich sie nicht als ein bestimmtes Ortsgebäude, sondern als die heilige katholische Kirche überhaupt sehe, nur daß diese einen Turm über dem Eingang hat, welchen die von unten aufsteigende Kirche nicht hatte. Diese Kirche war sehr groß, aber sie war falsch. Die Engel drängten sie beiseite, und sie kam schief zu stehen.

Ich sah weiter eine große Schale erscheinen, die an der einen Seite eine Nippe hatte. Sie wollte in die falsche Kirche eingehen, aber sie ward auch beiseite geschoben. Ich sah sodann von den Engeln einen Kelch bereiten, er hatte die Gestalt des heiligen Abendmahlkelches und ging in den Turm ein, in welchen die Jungfrau eingegangen war.

Ich sah auch einen stumpfen Turm oder Bau erscheinen. Er hatte viele Pforten. Ich sah viele Scharen hindurchziehen, unter denen ich Gestalten wie Abraham und die Kinder Israel erkannte. Ich meine, er deutet auf die Sklaverei in Ägypten.

Ich sah einen runden gestuften Turm aufsteigen, der sich auch auf Ägypten bezog. Er wurde zurückgeschoben und stand schief.

Ich sah einen ägyptischen Tempel aufsteigen, der jenem glich, an dessen Decke ich die ägyptischen Götzenpriester das Bild einer geflügelten Jungfrau anheften gesehen, als der Bote des Elias ihnen das Vorbild der heiligen Jungfrau verkündet hatte, welches dieser Prophet auf dem Karmel gesehen, wovon ich später erzählen werde. Dieser Tempel ward zurückgeschoben und kam schief zu stehen.

Ich sah dann zwischen den Chören der Engel zur Rechten des heiligen Turmes einen Zweig aufblühen, der ein ganzer Stammbaum von kleinen männlichen und weiblichen Figuren ward, welche sich die Hände reichten. Dieser Stammbaum schloß mit der Erscheinung einer kleinen Krippe, worin ein Kindlein lag, in der Form, wie ich diese Krippe bei den heiligen drei Königen vorgestellt gesehen habe. Hierauf aber sah ich eine große herrliche Kirche erscheinen.

CVII.

Was für ein *seltsamer* Einband, sagte Frau Schmeller, nachdem Lothar ihr das Buch der Schwester Emmerich gereicht hatte. *Abwaschbarer Einband*, sagte Lothar. Bißchen wie ein Schulbuch, oder ein technisches Handbuch auch, meinte Frau Schmeller, und Clemens Brentano nur auf der Rückseite *en miniature* als Verfasser erwähnt; offensichtlich kaum an eine literarische Klientel gewandt. Auf den überwiegend pastellfarbenen Packpapieren, in die Adriennes Werke eingeschlagen waren, fand sich gleichfalls kein Hinweis auf den, der alles protokolliert hatte, dachte Lothar. Aber eben nicht ausschließlich protokolliert hatte. *Immer wieder die Frage: Wer hat eigentlich geschrieben?*

Mel Gibson ließ sich jedenfalls für seinen Spielfilm *Die Passion Christi* ausdrücklich von den über den Rand des Biblischen quellenden Visionen der Dülmener Nonne leiten. Brentano dazu: *Das gedruckte Wort empfängt sie ungedruckt.* Toller Hinweis darauf, daß es, schon in der Bibel, etwas Vordiskursives nicht gab. Frau Schmeller wollte wissen, ob die Stigmatisierte nun Emmerich oder Emmerick hieß. Ihr Werk wird unter dem Namen Emmerich verbreitet, doch in Bettine Menkes und Barbara Vinkens Lesebuch *Stigmata, Poetiken der Körperinschrift* buchstabiert man sie flämisch, *Emmerick*, sagte Lothar. Gabriele Brandstetter, die an anderer Stelle eine Studie über Brentano unter dem Titel *Erotik und Religiosität* veröffentlicht hat, erklärt darin, der romantische Schriftsteller betrachte das Phänomen der Blutschrift als höchste Form der Poesie, als Ausdruck einer Passion und eines Verwandlungsgeschehens durch den Körper, dessen die Literatur immer nur über und als Schriftübertragung teilhaftig werden könne. Hier kommt auch der phantastische Komplex der Transsubstantiation, *als körperhaftes Zugleich* und eben nicht als Stellvertretung, ins Bild. Mit Pascal: Die Sache, die wir sehen, ist die Sache selbst, aber in anderer Form. Brandstetter: *Der Blutstrom der Wunden ergießt sich, über die Figur eines Mittlers,* Brentano als Mediator, *in einen Kreislauf der Schrift.* Wobei das Verfahren zur Seligsprechung Emmerichs 1928 gerade durch die *Autorfunktion Brentano* ins Stocken geraten war. Das ausgewiesen Dichterische seiner Sprache, respektive seiner Schrift, stand der päpstlichen Anerkennung, daß die Gesichte der Stigmatisierten unmittelbar Gott entstammten, im Weg; erst Johannes Paul II. sollte sie seligsprechen. Verrückt, da wir doch ausgerechnet in den Künsten immer wieder plausibelste Gottesbeweise zu entdecken vermeinen, kommentierte Frau Schmeller, heute in einem unter der Brust geschürzten, glockenförmig schwingenden, für ihre Altersgruppe absolut ungewöhnlichen Kleid. Doch Anna Katharina Emmerich war schon hundert Jahre zuvor, zu ihren leidensvollen Lebzeiten, auch für *hysterisch* erklärt worden. Das ist natürlich *der Klassiker*, sagte Frau Schmeller. Es wird auch berichtet, fügte Lothar hinzu, daß sich die Wundmale an ihrem, wie es hieß, *ausgezeichneten Körper*, wenn sich der Dichter für längere Zeit aus ihrem Krankenzimmer entfernte, verflüchtigten.

Brandstetter: Dort, wo das *Sprechen in eigenem Namen* als Autor versagt, tritt die Inspiration als Einflüsterung der anderen, der weiblichen Stimme des Körpers ein. Hier biegt sich Brentanos Geschichte mit Emmerich zurück in seine eigene frühe Schreibgeschichte, in der er, zum Beispiel im Schreib-Dialog mit Sophie Mereau, das eigene Schreiben unter den Namen der Frau zu stellen suchte; als ein Verfahren, den Autornamen zum Verschwinden zu bringen. Schmeller: *Willkommen in der Postmoderne.*

Der Arzt und der Beichtvater treten an das Lager der Stigmatisierten. *Morgens war die Leidende heiter und ruhig,* notiert Dr. Wesener im Mai 1813. *Das Kreuz auf der Brust blutete nun sachter, und sie versprach jetzt ein Blatt Papier darauf zu legen. Abends traf ich die Leidende in Ohnmacht. Ihr ganzer Körper war wieder steif. Ihr Mund hatte eine lachende Miene, und als Herr Limberg ihr die geweihten Finger auf die rechte Seite legte, fing sogleich die Brust an zu hüpfen. Als er sie wegnahm, legte ich meine Finger dorthin; die Brust blieb aber ruhig. Jetzt legte Herr Limberg seine Finger hinzu und sogleich fing der Brustkasten die hüpfende Bewegung wieder an. Herr Limberg überreichte mir auch einen schönen Abdruck des Kreuzes.*

Blutrausch, Bluttausch. Clemens Brentano schrieb in einem extrem exaltierten Liebesbrief an Karoline von Günderode: So öffne alle Adern Deines weißen Leibes, daß das heiße, schäumende Blut aus tausend wonnigen Springbrunnen spritze, so will ich Dich sehen und trinken aus den tausend Quellen, trinken, bis ich berauscht bin und Deinen Tod mit jauchzender Raserei beweinen kann, weinen wieder in Dich all Dein Blut und das meinige in Tränen, bis sich Dein Herz wieder hebt und Du mir vertraust, weil das meinige in Deinem Blut lebt. Drum beiße ich mir die Adern auf, und will es Dir geben, aber Du hättest es tun sollen und saugen müssen. Öffne Deine Adern nicht, Günderödchen, ich will Dir sie aufbeißen. *O mein Gott, die Romantiker*, rief Frau Schmeller aus. *They suck*, witzelte Lothar Lothar.

Brentano sammelte auch Reliquien, Körperfragmente unterschiedlichster Herkunft, und nahm sie mit ans Krankenlager der Emmerich, um sie an der Reaktion der Stigmatisierten auszutesten, *um den Film ins Rollen zu bringen*, wie es bei Brandstetter heißt. Die Leidende berührt die Reliquien, führt sie zum Beispiel an ihre Lippen, und erklärt dem Dichter, welche echt sind und welche nicht. Er bringt ihr auch eine Locke von Luise Hensel, damit er mittels der durch sie ausgelösten Visionen Aufschluß über *das rätselhafte Verhältnis zur fernen Geliebten* erhalte. Die Brentanos verliebtem Brautwerben mit verrückten Vorstellungen von einer so kinderlosen wie keuschen Ehe begegnet war.

Das heilige Körperfragment steht für die Person in toto, wußte Frau Schmeller. Absolut, sagte Lothar, und Brentano, der bereits Krusten ihrer Wundmale, blutgetränkte Bandagen und abgeschnittene Fingernagelspitzen hortete, wollte nach dem Tod der Schwester Emmerich auch eine ihrer vom exhumierten Körper abgetrennten stigmatisierten Hände in Besitz nehmen, *um den Film am Laufen zu halten*, das heißt, in seinen Experimenten fortfahren zu können. Ein Job, den dann, an seiner Stelle, Luise Hensel übernahm.

Gabriele Brandstetter: Das Schrift-Projekt, das aus den Körper-Malen Emmerichs entbunden wird, sprengt alle Normen von Gattungen und Textsorten. Und es setzt die Begriffe von Autorschaft, Werkeinheit und literarischer Textgenese außer Kraft. Eben jene Unterscheidung von *Fiktion* und *Historie*, von religiöser *Dichtung* und geschichtlicher *Wahrheit*, die von der päpstlichen Kommission eingeforderte Ordnung des Wissens und des Glaubens, erweist sich als unmöglich. Gerade eine solche Säuberung und Parzellierung der wuchernden Textlandschaft wird von der Schrift selbst unterlaufen. Unter dem Stichwort *Erbauungsliteratur*, Frau Schmeller, bekommen Sie dieses Phänomen nicht in den Griff, sagte Lothar.

CVIII.

Mary Lou Williams setzt einen Brief an ihren Manager Joe Glaser auf. Sie ist sehr wütend und schreibt: I trusted you and you put me down. You did not help any more than I helped you. I wanted you to believe I was sincere so I let you swindle me when my record *Walking* came out. What happened? Nothing. You're under the impression that a woman should have an affair with you and also pay. Andy Kirk, a Negro, exploited me to one of your kind. Now if I ask for one thin dime, I'm either *Nigger Rich* or have a swell head. What kind of shit is this? I'm sick of your lies. You have insulted me and done everything conceivable. *Do you know that there aren't any women and very few men that can do what I can musically?*

An der Seite des Warschauer Emigranten Moses Asch hatte Mary Lou Williams, die während der Kriegsjahre auf dessen Plattenfirma Asch veröffentlichte und bis an ihr Lebensende immer wieder mit ihm, auf seinem Label Folkways oder ihrem eigenen, Mary, zusammenarbeiten würde, keinerlei Erniedrigungen oder auch nur Einschränkungen erfahren, doch mit ihrem Manager Glaser gab es andauernd heftigste Zerwürfnisse, deren wahren Charakter ich, trotz der bekannten Leitmotive, nicht ganz begreife. Gustave Becher hatte eigentlich gar keine rechte Einstellung zum Jazz und augenblicklich auch keine Ahnung, worauf Lothar mit diesem Brief hinauswollte. Mir geht es um Frauen im Jazz, sagte Lothar, ihre Probleme, ihre Benachteiligungen, ihr *Verschwinden*, etwa, als die männlichen Musiker 1945 aus dem Krieg zurückkamen. Die großen Orchester waren alle erneut mit Männern besetzt, die ersatzweise eingerichteten weiblichen Big Bands wurden nach und nach aufgelöst. Dabei hatte Mary Lou von ihrer frühesten Jugend an in Andy Kirks prominenter Big Band, *als Zierde der Band*, die exponierte Stelle zunächst der Pianistin, dann aber auch der erfolgreichen Komponistin und Arrangeurin bekleidet: *The Lady Who Swings the Band*. Was allerdings nicht ohne ständige Reibereien abging, und eines Tages 1942 verließ Mary Lou die Bühne, ohne ein Wort des Abschieds respektive der Erklärung, und war verschwunden. Ihre Rolle in der Geschichte des Jazz sollte *ein einziges Kommen und Gehen* bleiben.

Ende 1945 trat Leonard Feather auf Mary Lou Williams zu und wollte sie, für das Label Continental, zu einer ausschließlich mit Frauen besetzten Aufnahmesession bewegen. Mary Lou war skeptisch, weil solche Aufnahmen in der Vergangenheit meistens wie *Scherzartikel* behandelt worden waren und, mochten sie noch so tadellos sein, keinerlei Eingang in den *Kanon* gefunden hatten; Kritiker,

Kritikerinnen gab es nicht, hatten diese all-female groups nie ernstgenommen. Gustave: Und warum sollte sich das nach der Rückkehr der Männer aus dem Krieg auch geändert haben? Lothar: Eben. Man kann sich sogar eine Strategie der *geschlechtlichen Säuberung* ausmalen. Andererseits besaß Leonard Feather die Reputation eines Schürzenjägers. Gustave: Womit du sagen willst, daß er nicht ernsthaft an den Musikerinnen interessiert war? Lothar: Warum auch immer, Mary Lou ging auf sein Angebot ein, verlangte jedoch nach den besten Instrumentalistinnen, die, nachdem zahllose Kolleginnen an den heimischen Herd zurückgekehrt oder in traditionelle Frauenberufe ausgewichen waren, zur Verfügung standen. Für den Posten der Schlagzeugerin mußte allerdings kurzfristig ein Mann einspringen, der dann, für die diskographischen Angaben, einen weiblichen Vornamen verpaßt bekam.

Im folgenden Jahr meldete sich Leonard Feather erneut bei Mary Lou; diesmal sammelte er Musikerinnen für ein von RCA Victor anvisiertes Album namens *Girls in Jazz*. In den Liner Notes wird er die resultierenden Einspielungen als designed to be recognized as not merely *good for girl musicians*, but just plain *good*, bezeichnen und mit den Worten enden: These, then, are some of the girls who make Jazz today. We hope it will convince you that there is no more place in music for sex prejudice than for any other kind. Given the chance to get together and play as they please, the girls offer a challenge which should prove surprising to musicians and Jazz fans alike. Als Leonard Feather sehr viel später einmal auf den etwas unglücklichen Titel des Albums angesprochen wurde, soll er beteuert haben: *Die Frauen mögen sich vielleicht unwohl dabei gefühlt haben, als Mädchen bezeichnet zu werden, aber keine von ihnen war sensibilisiert oder auch mutig genug, einen entsprechenden Einwand zu erheben.* Ich wüßte momentan ebensowenig, inwiefern *girl* an sich einen negativen Beigeschmack haben sollte, bekannte Gustave. Und hatte nicht sogar Concordia als Gymnasiastin in einer Band namens *Girlande* gespielt?

In der ersten Hälfte der 1950er Jahre arbeitete Mary Lou Williams in einem Pariser Club, in dem Frauen aus ganz anderen Gründen unerwünscht waren und *normalerweise* nicht beschäftigt wurden. Le Bœuf sur le Toit war in den 1920er Jahren ein Fokus des intellektuellen Lebens gewesen, Picasso und Picabia hatten hier verkehrt, Ravel und Poulenc, von dem du mir neulich im Zusammenhang Claudels erzähltest und dessen tragische Oper über die hingerichteten Karmelitinnen derzeit in Hamburg gespielt wird, doch in den 1950er Jahren hatte sich das Lokal zu einer strikten gay bar entwickelt, in der Mary Lous schwuler Freund Garland Wilson das Klavier spielte, bis er, der mitunter bei ihr wohnte, unter ihren Augen elendig starb, und sie, um ihre Trauer zu überwinden, an seiner Statt den Klavierstuhl im Bœuf sur le Toit übernahm. *Sagt mir was, Le Bœuf sur le Toit*, sagte Gustave. Doch auch hier stand sie eines Abends mitten im Set auf, verließ die Bühne und ging einfach hinaus, Gustave, um nie wiederzukehren. Ließ sogar ihre Handtasche mitsamt der Gage auf dem Tresen liegen. *Nobody had done anything. Nothing essentially had happened*, erinnert sie sich später. *I just stopped playing.*

Ihre Biographin Tammy Kernodle schreibt über die Jahre im europäischen Exil: Mary Lou had come to represent the *exotic other* to European audiences. This was typical of the typecasting and stereotyping that characterized the manner in which agents, promoters, and suitors viewed Mary Lou and the other women of color who had come to Europe as performers, artists, and writers. Like Josephine Baker, Bricktop, Hazel Scott, and others *who had chosen careers outside prescribed gender roles*, she had become an exotic caricature of black womanhood. Most important to this stereotype was the physical beauty of these women: Mary Lou with her Mayan features, almond-shaped eyes, high cheekbones, shapely figure, and smooth, dark skin that gave no hint of her forty-four years; Hazel Scott with her light, café au lait skin and ample bosom; and Baker with her beautiful skin and the open display of sexuality that excited and mystified her white European audiences. *Europeans soaked up the energy and passion of these women each night, leaving behind emotionally depleted and lonely women.* Most of the black women performers, like Mary Lou, attempted to cover their wounds with furs, expensive gowns, jewels, and smiles. By 1954 Mary Lou knew that material possessions and the constant company of dignitaries or men proclaiming their love for her were no longer filling the void she felt in her life.

Das klingt nun ganz so, als sei der Zeitpunkt für ihre fromme Hinwendung zur Kirche, von der du mir erzähltest, erreicht, sagte Gustave. Noch nicht ganz, antwortete Lothar. Mary Lou wurde zunächst von düsteren *Visionen* heimgesucht, in denen sie mit ansehen mußte, wie Charlie Parker starb und die afrikanisch-amerikanische Gemeinde *in toto* ausgebootet wurde. Sie stellte sich vor, Birds viel zu frühen Tod vor Ort verhindern zu können und bemühte sich, Geld aufzutreiben, damit sie nach New York heimreisen konnte. Ihre Freundin Inez Cavanaugh, damals in Kopenhagen, bekam die nötige Summe zusammen und schiffte sich auf dem selben Ozeandampfer ein. Als sie New York erreicht hatten, zog sich Mary Lou sofort nach Harlem in ihre Wohnung zurück, *where she attempted to exorcise her personal demons,* wie es bei Kernodle heißt. The weeks Mary Lou spent in her apartment were torturous. She did not listen to music at all, nor did she play her old piano.

Instead, she struggled to control the turbulent emotions she was experiencing. Visions of spirits, which had terrified her throughout her childhood, began to appear, and she often sat submissively in a corner of her bedroom, praying and get herself rid of the apparitions. Monatelang verbrachte Mary Lou, von ihren Freunden und der Jazz-Szene abgeschnitten, so in ihrer Wohnung. Cavanaugh sagte später, sie habe sie bestimmt ein ganzes Jahr nicht gesehen.

Bald aber öffnete Mary Lou Williams ihr bescheidenes Anwesen in der Hamilton Terrace, öffnete es für überwiegend durch ihre Abhängigkeit von Narkotika, aber auch anderweitige Erkrankungen leidgeplagte Musikerkollegen, die sie fürsorglich aufnahm, entgiftete, aufpäppelte und einkleidete, denen sie auch Stellen besorgte. Für die hartnäckigsten Fälle hatte sie von einem Nachbarn am Ende des Korridors einen zusätzlichen Raum angemietet. Die Musiker blieben in der Regel ein paar Wochen und zogen, wenn es möglich war, nüchtern, clean und mit einem Job versehen wieder aus. Finanziert wurden diese Aktivitäten durch Tantiemen sowie Spenden von Freunden wie Dizzy und Lorraine Gillespie, mit der gemeinsam Mary Lou sich 1957 katholisch taufen ließ. Manchmal mußte sie tagelang ganz ohne Essen und Geld auskommen, bis, *wie durch ein Wunder*, ein Verwandter Dizzy Gillespies vor ihrer Tür auftauchte und einen Korb voller Lebensmittel mitgebracht hatte.

Die Taufe hast du mir ja schon geschildert, sagte Gustave, aber das Abenteuer im Vatikan bist du mir noch schuldig. Nun denn, sagte Lothar, im Januar 1969 traf Mary Lou Williams in Rom ein und stürzte sich dort sogleich sehr gelöst ins Beten und Meditieren. Die Herberge war sauber und kostete nur 7 Dollars pro Nacht; Mary Lou schlief in einem großen Saal mit Ausblick über den Vatikan. Der jesuitische Pater Peter O'Brien hatte sich schriftlich bei dem jesuitischen Pater Vincent O'Keefe dafür eingesetzt, daß sie vielleicht ein Konzert im Vatikan geben könnte. O'Keefe besaß einen gewissen Einfluß und traf sich mit Mary Lou, die ihm eröffnete, *sie würde gern einmal für den Papst spielen*. Es fand dann auch eine mit Studenten eingerichtete Aufführung der *Mass for Lenten Season* statt, nach der ein Gremium vatikanischer Würdenträger allerdings zu der Auffassung gelangte, diese Musik sei nicht angetan, dem Pontifex zuzusagen. Auftritt des Benediktiners Abbott Rembert Weakland, der selbst Konzertpianist war und durch O'Brien von Mary Lous Aufenthalt im Vatikan erfahren hatte. Engagierte sich enthusiastisch für eine *liturgische* Aufführung und wollte am liebsten selbst daran beteiligt sein. Bis Angelo Kardinal Del'Acqua, ein Berater Papst Pauls VI., Wind von der Sache bekam und durchzusetzen vermochte, daß Mary Lou Williams' Musik nicht Teil der Messe sein, sondern allenfalls im Anschluß daran *konzertant* aufgeführt werden könne. Mary Lou war untröstlich. Den Kardinal hatte vor allem das Schlagzeug gestört.

Der wahrscheinlich letzte öffentliche Auftritt ihres Lebens folgte abermals ihrer *Logik des Verschwindens*. Sie lehrte ja in ihren letzten Lebensjahren in Durham, North Carolina, und wurde für einen dreitägigen Workshop an die vorwiegend afrikanisch-amerikanische Universität in Richmond, Virginia, eingeladen. Bei dem abschließenden, als Höhepunkt gedachten Konzert erwies sich das bereitgestellte Klavier als nicht gestimmt. Mary Lou setzte sich hin, spielte ein paar Nummern, stand wieder auf und fragte einen Universitätsangestellten, wo sie in der näheren Umgebung guten Fisch kaufen könne. Biblisches Motiv, natürlich, ergänzte Gustave.

CIX.

Hans Urs von Balthasar: *Theodramatik*, Band II: *Die Personen des Spiels;* Teil 2: *Die Personen in Christus*, Johannes Verlag, Einsiedeln, 1978, 2. Auflage 1998.

Ganz schöner Brocken, fand Jeannine Waterstradt, die sich dieses Buch von Lothar ausgeliehen hatte. Sie hatte Lothar angerufen, ob er ihr da vielleicht das eine oder andere auseinandersetzen könne, sie hatte Lothar *herbeitelefoniert*, und Lothar kniete nun, neben einem kleinen Stapel eilig zusammengestellter Sekundärlektüre, auf ihrem Bettvorleger, während Jeannine bäuchlings, in seiner Augenhöhe, auf ihrem Bettzeug lag. Hatte sogar sein Hans-Urs-von-Balthasar-T-Shirt angezogen, *wie ein Vertreter*, so Jeannine, *ein Verehrer*, hatte Lothar entgegnet.

Klar ist die *Theodramatik* keine leichte Lektüre, räumte Lothar ein, wie auch die diesem Opus vorangegangene *Herrlichkeit* nicht, und sie ist wahrscheinlich gar nicht *für dich gedacht*. Vielleicht solltest du es nehmen wie Olivier Messiaen, der in seinem Buch *Une Poétique du merveilleux* erklärt, es ergehe ihm bei der Lektüre Balthasars, den er für bedeutendsten modernen Theologen hielt, wie bei Thomas von Aquin: Die Lektüre sei schwierig, spätestens nach zehn Seiten müsse man innehalten und lange nachdenken. Doch finde er sein *Bedürfnis nach Bezügen* kaum irgendwo, wenn er als Komponist an einem entsprechenden Sujet arbeite, so sehr befriedigt wie bei Balthasar. Es sei das Besondere an dessen theologischem Werk, daß es eine schier unerschöpfliche Quelle *säkularer* Referenzen darstelle. Deswegen hatte ich dir das Buch ja auch mitgegeben.

Natürlich fällt Adrienne von Speyr auch in der Entwicklung dieser wichtigen Abteilung seiner theologischen Ästhetik die Hauptrolle zu. Balthasar erklärt, die *Theodramatik* ruhe einerseits auf dem Begriff der Sendung, der den christlich-psychologischen Begriff der *Rolle*, Balthasar weist ausdrücklich auf die antiken und barocken Theatergleichnisse hin, *vollendend überhöhe*, andererseits auf der Konfrontation der endlichen geschöpflichen mit der unendlichen göttlichen Freiheit. Diese Konfrontation zwischen, zugespitzt gesprochen, göttlicher und dämonischer Freiheit sei in Adriennes Leben mindestens so dramatisch-konkret geworden wie in dem des Heiligen Antonius des Großen oder des Pfarrers von Ars oder Don Boscos.

Marc Ouellet weist darauf hin, daß die *Theodramatik* Balthasars die Schöpfungs- und Heilsgeschichte als unteilbares göttliches und menschliches Drama darstellt, als ein *Theo-Drama* der Liebe, der Sünde, der Versöhnung und Vergöttlichung, das sich hauptsächlich in Jesus Christus, dem eschatologischen Mittler, abspielt. Die Struktur des Dramas ist deutlich trinitarisch: der Vater ist der Autor, Hauptschauspieler der Sohn, Spielleiter der Heilige Geist. Das Anliegen der Theodramatik besteht darin, ein echt dramatisches *Spiel* der trinitarischen Freiheit und der menschlichen Freiheiten im *Theater der Welt* aufzuführen; Balthasar hat ja auch Calderóns *Großes Welttheater* übersetzt und für die Bühne bearbeitet. Ein echtes Spiel, das heißt ein Freiraum, wo Menschen sich verweigern, bekehren und einsetzen können, dank der Gnade des einzigen Mittlers.

Und Elio Guerriero schreibt: Ohne ergriffen zu sein, kann man nicht sehen: dies war die johanneische Feststellung, bei der die *Herrlichkeit* ansetzte. Man kann an der Aufführung nicht teilnehmen, wenn man nicht bereits ins Drama einbezogen ist: das ist der Ansatzpunkt der *Theodramatik*. Um das Handeln Gottes zu erklären, der bereit ist, sich auf eine Konfrontation mit dem Geschöpf einzulassen, das in seinem Drama zum Mitspieler wird, entleiht sich Balthasar die Sprache des Theaters. Eine jahrhundertelange Tradition des gegenseitigen Unverständnisses, wenn nicht gar der Verachtung zwischen Theologie und Theater kehrt Balthasar um; er geht sogar so weit, dem Theater einen generellen Vorbehalt gegenüber *allen fertigen Philosophien* vorzuschlagen, denn das Theater, die Bühne, unsere *Präsenz* auf der Bühne, wir beide, Jeannine, standen ja schon gemeinsam auf der Experimentierbühne des Theaterwissenschaftlichen Instituts, halte *den existentiellen Charakter der Existenz gegen alle Überholungen hoch*.

Okay, ich beginne zu verstehen, sagte Jeannine. Wobei sich Theologie und Theater im Mittelalter eben schon einmal bestens vertragen hatten. Ich habe gerade bei Herbert Meier noch einmal gelesen, wie im Mysterientheater nicht Gaukler, sondern die Kleriker höchstpersönlich auftraten. Sie waren die Autoren *und* Schauspieler eines Theaters, das im Innenraum der Kirche entstand. Am Anfang waren die gesungenen Sequenzen. Dann las man die Passion mit verteilten Rollen. Schließlich begann man das Gelesene darzustellen, die ersten Szenen entstanden. Der Gang der Marien zum Grab, wie sie unterwegs Salben und Öle einkauften. Und der Krämer wurde zu der ersten lustigen Person. Bald mischte sich das *Burleske* und Komische mit dem Ernsten und Heiligen. Und es wurde nicht mehr *in* der Kirche gespielt, sondern *vor* ihr auf dem Marktplatz. Die Handlungen der Spiele waren heilsgeschichtlich, aber durchsetzt mit Raufszenen und schwankhaften Einlagen. Die Stoffe aus der Bibel wurden mit Realitäten der eigenen Zeit vermischt. Die Schauplätze wechselte man sorglos; auch mit der Zeitordnung sprang man anachronistisch um. Mit der Reformation wurde das Mysterientheater ja weitgehend zu Fall gebracht, sagte Jeannine, wenn auch nicht überall, zum Beispiel in Spanien nicht, wo sich im Siglo de Oro, besonders bei Calderón de la Barca und Lope de Vega, die Kluft zwischen Theater und Theologie, die Kluft, die dich, Lothar, so sehr ins mehr als studentische Straucheln geraten ließ, einfach nicht hatte auftun wollen. Lothar hakte sofort nach: Wie meinst du das, *Straucheln?* Doch Jeannine hatte augenblicklich gar keine Lust, diesen Punkt auszuführen, und fuhr fort: Lope de Vega verfaßte sowohl Mantel- und Degenkomödien als auch *Autos sacramentales*. Lope de Vega: Schwerenöter, Schauspieler, Büßer und Priester in einer Person. *Kein Problem*.

CX.

Aber was hat denn dein Hans Urs von Balthasar eigentlich für ein Problem mit den Frauen? In der Mitte seines Buchs gerät er doch ganz schön ins Schlingern zwischen einerseits androzentrischen, phallologischen Vorstellungen, wie sie uns im, was erschwerend hinzukommt: *übersetzten* Wortlaut der Bibel, vor allem dem des Alten Testaments, begegnen, *wir leben tatsächlich in einer Übersetzung, Lothar*, andererseits *eigenen* theologischen Anregungen, mir geradezu feministisch vorkommenden Vorschlägen für eine bessere Welt, sagte Jeannine. Lothar, auf ihrem synthetischen Bettvorleger, fragte nach: Inwiefern denn *Schlingern?* Und Jeannine führte aus, wie Balthasar schreibt, das Wort Gottes erscheine in der Welt *als Mann*, als der *letzte Adam*, und wie ihn dies in Erstaunen setze: Wenn der Logos ewig aus dem ewigen Vater hervorgehe, sei er dann diesem gegenüber nicht weiblich? Wenigstens *quasi-weiblich?* Und fragt weiter: Wenn der Logos der *zweite Adam* ist, muß dann nicht auch von ihm gelten, daß er ein Unvollendeter bleibt, ehe Gott aus seiner Seite das Weib gebildet hat? Und antwortet vorläufig: Wie immer der aus dem Vater Stammende bezeichnet werden mag, als Mensch muß er Mann sein, falls es seine Sendung ist, den Ursprung, den Vater, in der Welt zu repräsentieren. Und wie nach dem zweiten Schöpfungsbericht Eva aus Adam gebildet wurde, *der sie also potentiell in sich trug*, so muß das dem Manne Christus zugestaltete Weibliche aus ihm hervorgehen, als seine *Fülle*. Das werde, so verspricht der Autor, langsam zu klären sein, ausgehend vom Wesen und der Aufgabe der Frau, im Vorraum des Theodramatischen.

Der erste Adam ruft die Namen der Tiere in die Natur hinein, und so wie er sie nennt, heißen sie. Aber eine ihm entsprechende Antwort erhält er von ihnen nicht. Erst da Gott *aus seiner Seite* die Frau bildet, öffnet sich ihm die Natur mit einem angemessenen Gegenwort. Adam spricht: *Das ist endlich Bein von meinem Bein und Fleisch von meinem Fleisch. Diese soll Männin heißen, weil sie vom Männischen gekommen ist.* Ist der Mann, schreibt Balthasar, das rufende Wort, so ist die Frau die ihm am Ende entgegentönende Antwort, vermittelt im gegenseitigen *Aufeinanderhin*, worin sich ja auch ausmachen ließe, was du mir im Zusammenhang der Liaison Balthasars mit dieser mystischen Ärztin erzähltest, sagte Jeannine. Ich weiß gar nicht, antwortete Lothar, zwischen den beiden wirkt eigentlich *der Mann* ganz als der Empfangende. Und fügte nach kurzem Nachdenken hinzu: Aber, da hast du recht, auch als der *ihre* Antworten Empfangende. Also wird er nach ihr *gerufen* haben, antwortete Jeannine. Denn der zweite Schöpfungsbericht zeigt, so Balthasar, daß das rufende Wort sich erst vollendet, wo es als Wort verstanden, aufgenommen und zurückgegeben wird. Hier werde deutlich, wie der Mann das Primäre, die Frau das Sekundäre sein könne, wobei doch, und jetzt nimmt er abermals die emanzipatorische Kurve, das Primäre ohne das Sekundäre unvollendet bleibt, weil es des Gleichrangigen, Gleichwertigen bedarf, um sich zu vollenden. Könnte aber auch die Floskel eines Kavaliers sein, meinte Lothar, die Frau als Glorie des Mannes. Geht ja noch weiter, sagte Jeannine und fuhr in ihrer Lesung fort: Der Mann ist unfähig, sich das Antwortende selber zu verschaffen; zwar liegt es in ihm verborgen, es kann kein Wort ohne Antwort geben, aber es muß ihm als Gnade geschenkt werden. Kein Wort kann sich selber Antwort verschaffen. Die kann nur in Freiheit erfolgen, und solche schenkt *wurzelhaft* nur Gott. Das sind doch total abgefahrene Gedanken, Lothar. Nicht in der Theologie, erwiderte Lothar, ich mußte mich auch erst in diese Terminologie und die dazugehörige Rhetorik hineinlesen, seitdem aber geht es ganz gut; bereits Marcel Proust hat ja darauf hingewiesen, *daß die guten Bücher in einer Art Fremdsprache geschrieben sind.*

Die Frau als Antwort und Antlitz, schreibt Hans Urs von Balthasar, sei nicht nur *eine erfreuliche Begegnung*, sondern die erforderte Hilfe, Bergung, *Heimstatt* des Mannes, das ihm eigens zugestaltete Gefäß der Erfüllung, und zwar nicht nur als Gefäß *seiner* Fruchtbarkeit, sondern mit eigener, ausdrücklicher Fruchtbarkeit ausgestattet, wenn auch nicht einer primären, sondern einer *antwortenden Fruchtbarkeit*. Und fügt hinzu: Sofern es der wesentliche Auftrag der Frau ist, die Fruchtbarkeit des Mannes in ihre eigene Fruchtbarkeit aufzunehmen und so die Fruchtbarkeit beider in sich zu einen, ist sie im geschöpflichen Bereich das eigentliche Prinzip des Fruchttragens. Man dürfe sich dadurch aber nicht verführen lassen, den Mann mit dem Prinzip *Geist* oder *Himmel*, die Frau mit dem Prinzip *Natur* oder *Erde* gleichzusetzen. Und dann kommt Balthasar auf den Gedanken zurück, daß das Geschöpf Gott gegenüber nur sekundär, antwortend, *weiblich* sein kann. Sofern alles Geschöpf, ob männlichen oder weiblichen biologischen Geschlechts, ursprünglich Ergebnis einer Befruchtung durch die primäre, absolute, sich-schenkende göttliche Liebe sei, habe es eine klare Analogie zur innerweltlichen Weiblichkeit. Und er führt weiter aus, nur durch Empfängnis, Schwangerschaft und Geburt einer Frau könne das Wort Gottes wirklich in die Geschlechterfolge der Menschheit eintreten. Womit sich das adamitische Verhältnis, wie Paulus bemerkt, umgekehrt hat: *Wie die erste Frau vom Mann stammt, so ist wiederum jetzt der Mann durch die Frau.*

Balthasar besitzt auch geradezu dekonstruktivistische Ansichten von der Geschlechterdichotomie, sagte Lothar. In seinen einige Seiten weiter folgenden *Prolegomena zur Mariologie* spricht er davon, daß es keinen Ort gebe, von dem aus das Wesen des Männlichen und des Weiblichen eindeutig definiert werden könne; die durch die ganze lebendige Schöpfung waltende Polarität lasse sich, auf jeder Stufe, in jedem Einzelfall, nur durch die gegenseitige Beleuchtung der Pole erhellen. Ich dachte, derlei sei im Vatikan als *Relativismus* verschrien, merkte Jeannine an. Balthasar ist ja im Juni 1988, kurz nach seiner Ernennung zum Kardinal, zwei Tage, bevor er die Kardinalswürde von Papst Johannes Paul II. de facto empfangen hätte, verstorben, sagte Lothar. Er war bereits in Rom, *hatte seine neue Garderobe bereits anprobiert*. Als Jesuit hätte er ein so exponiertes Amt gar nicht annehmen dürfen, aber er war eben infolge seiner *Partikularbeziehung* zu Adrienne von Speyr kein Ordensbruder mehr. *Der Heilige Stuhl hatte das Charisma seiner Freundin nicht anerkannt*. Und auch dem Johanneswerk stand das *Verschwinden* des Johannes auf die Fahne geschrieben. Echt schwierige Situation, Jeannine. Womöglich ist Balthasar an diesem schwelenden, durch die Erhebung in die neue, prominente Position erneut aufkeimenden inneren Konflikt gestorben, mutmaßte Jeannine. Das ist die gängige Erklärung, antwortete Lothar. Kardinal Ratzinger formulierte in seiner Predigt anläßlich des Requiems für den Verstorbenen: Nur zögernd hat sich Balthasar der ihm zugedachten Ehrung durch das Kardinalat geöffnet, nicht aus der Koketterie des großen Einzelnen, sondern aus dem ignatianischen Geist heraus, der sein Leben prägte. Irgendwie erscheint er bestätigt durch den Ruf ins andere Leben, der ihn am Vorabend der Ehrung erreichte. Er durfte ganz er selber bleiben.

Über die beiderseitig schwebende Undefiniertheit der Geschlechter hinaus, las nun Lothar, der Balthasars *Theodramatik* an sich und auf der Bettkante neben Jeannine Platz genommen hatte, vor, entgeht die Frau nochmals jeder eindeutigen Festlegung. Einmal durch ihren Charakter *als Antwort und Antlitz:* sie ist darin sowohl abhängig vom rufenden Wort und ausschauenden Blick des Mannes wie unabhängig davon kraft ihrer freien Gleichrangigkeit. Dann aber, und noch stärker, kraft ihrer doppelten Ausrichtung auf den Mann und auf das Kind, wodurch sie auch zugleich *als dialogische Person und als Prinzip der Gattung* erscheint: im ersten Bezug ist sie Antwort, im zweiten ist sie selber Ursprung. Was ja eine wunderbare Brücke zu Judith Butlers feministischer Theorie schlägt, Jeannine. Die Frau ist somit aus einem doppelten Grund auf keine Eindeutigkeit reduzierbar, führt Balthasar aus, *sie ist ein sich wendender Prozeß,* von der Jungfrau-Braut zur Mutter der Kirche, und also von der antwortenden Person zum Ursprung der Gattung. Das läßt sich nun durchaus als Performativität im Sinn eines von Butler beschriebenen *doing gender* verstehen; allein das Theoretisieren der Männer, schreibt Balthasar, versucht, diesen

Fluß zu einem starren Prinzip zu vereisen. Fußnote des Autors: Man meditiere hierzu Rilkes 12. Sonett im 2. Teil der *Sonette an Orpheus*.

CXI.

Jutta Hipp sagte: Commercially speaking, it's easy for a girl to be accepted, but I wanted to be accepted doing the things I like, as an equal to other fellow musicians.

Sie wurde gefragt: Where was your day job? Und antwortete: In a factory. It saved my life. Und wurde gefragt: Why? Und antwortete: Because I couldn't survive any other way. There were no more gigs. Andere Frage: How long did you work in the factory? Antwort: Oh, it was for thirty years. I just stayed there because it was easy. It didn't take much out of me, you know. I still had enough time to paint. Frage: They made clothes there? Antwort: Yes. I really didn't care what they made if the people were nice. I retired a few years ago. Frage: What was the name of the company? Antwort: *Wallach's*. They went bankrupt. Ganz andere Frage: Do you play piano any more? Antwort: No, no. I stopped a long time ago. Frage: You don't even have a piano at home? Antwort: Oh, no. No. I went to the Art Students League just to warm up again after all these years. Frage: Did it come back to you? Antwort: It's like swimming or riding a bicycle: You don't forget.

Mary Lou Mackays Stapel Kopien aus dem Darmstädter Jazz-Institut. Jutta Hipps Briefe an Joachim Ernst Berendt. *Marge Hofacre's Jazz News* mit handschriftlichen Korrekturen der Interviewten. Schnipsel über Begegnungen mit begnadeten Kollegen wie Charlie Mingus, mit dem sie kurze Zeit zusammenarbeitete, oder Lester Young, den sie als Zimmernachbarn in einem schäbigen Musikerhotel erlebte: *I saw him in his room. He had a tiny little room with a bed in the middle and no window. And on the side of the bed were all kinds of bums sleeping. And when he came downstairs, he was all dressed up and smiling.* Ihre Zeichnungen für das *Jazz Podium*. Fotoabzüge von Spaziergängen durch die Stadtteile New Yorks: Ein heruntergelassenes Garagentor mit dem feierlichen Graffito *Bird lives*. Und endlich: *Painter, Pianist & Poet*, Kate Kaisers Magisterarbeit, 2. Kapitel. *Voiced Dissonance: Leonard Feather's Role in Hipp's Life.*

George Avakian hatte auf einen Brief der Studierenden geantwortet: *Feather's early espousal of her seemed rather excessive,* although Leonard liked to appear to be a leader on discovering talent and to be ahead of the pack. Feather lancierte dann ja auch eine erste 10-inch LP auf den amerikanischen Markt mit dem Titel *New Faces – New Sounds from Germany* und kündigte auf der Hülle an: Jutta Hipp has announced her intention of coming to America as soon as possible. Her place, *not merely as a novelty* but as an original and important new voice on the international Jazz scene seems already assured. Kate Kaiser hatte einen Artikel in der *Newsweek* vom 26. März 1955 gefunden, der vermeldete: Feather and Armstrong's manager, Joe Glaser, von dem Mary Lou ja auch schon bezuglich seiner ambivalenten Rolle als Mary Lou Williams' langjährigem Manager geredet hatte, sponsored her immigration to the U.S. Während eine Woche zuvor im *New York Journal-American* gestanden hatte: It remained for Joe Glaser, who guides the fortunes of such stars as Duke Ellington, Les Brown and Louis Armstrong to clear American immigration red tape.

So much ado, acht Monate vor ihrer tatsächlichen Ankunft in der Neuen Welt, wunderte sich Mary Lou. Jutta zog dann tatsächlich *über* Leonard Feather und seiner Ehefrau im Riverside Drive ein; keine Ahnung, was dort dann gelaufen oder eben nicht gelaufen ist, sagte Mary Lou, setzte sich an ihr Klavier und intonierte etwas hastig die ersten Takte von Jutta Hipps *Mon Petit*, und Kate Kaiser kann es mir auch nicht sagen. Lothar kratzte sich am Hinterkopf.

Jutta: Feather led me right away into a restaurant where we met Steve Allen. Right away, I did not like him and I was there because plans were being made to have me on his Steve Allen Show. That whole scene there, I thought, *I can't take it, that Park Avenue atmosphere*. Those bars, I feel they don't have anything to do with Jazz, that's a cocktail bar. I said, *I can't stand it, this is too cold*.

Feather: Jutta realized that she was not the only new pianist on the Jazz scene and that a number of other new stars, *some of them from overseas, some feminine,* had stormed the American Jazz citadels.

Jutta Hipps in erster Linie für seine Zusammenarbeit mit Tristano und Konitz berühmter Kontrabassist Peter Ind erinnert sich 2006, ein halbes Jahrhundert nach den Ereignissen, in einer E-Mail an Kate Kaiser: Jutta was a charming lady. I saw her as naïve in terms of American society. A very honest person, without guile. As often happens in life, emotional difficulties can easily interfere with the smoothest of social relations. It appears that Leonard Feather was charmed by her, and that his feelings were not reciprocated by Jutta. Apparently Jutta had written some letters to a former guitarist boy friend complaining about Leonard and his unwanted attentions. Jutta told me that somehow these letters had fallen into the wrong hands and that Leonard knew of them or had received copies of them. From that time on her career deteriorated, the Hickory House contract was terminated. I had left the trio before all this happened and saw Jutta infrequently after that.

George Avakian: I have no idea why Feather turned on her so rapidly and so nastily. *It could be said that he destroyed her career before it could get started.* There were the usual rumors that Feather had hit on her and was turned down. And certainly one factor had to be Leonard's policy of granting or withdrawing support based on the performer's willingness to record his compositions.

Marian McPartland: I remember him hollering at me and saying, *I am sixty years old and you have never played one of my tunes* or something like that. So I am sure he did that to her, too.

1957 finden wir Jutta Hipp dann aber in der umfangreichen Liste der von Joe Glaser vertretenen Künstler, sagte Mary Lou. Wozu Dan Morgenstern, der Direktor des Institute of Jazz Studies at Rutgers University anmerkt: Not surprising the relationship didn't last. We know that she would probably be selective about accepting bookings, and Joe was not a patient man. If she turned down a couple of offers, he might well have given her the gate. He also tended to spend more time and effort on his black clients, and his tough manner and crude talk, du kennst ja den Ton, den Mary Lou Williams in ihrer Korrespondenz mit ihm anschlug, would not have set well with sensitive Jutta. Dabei hat Glaser sie wohl wegen einer durchaus liebevoll gemeinten Karikatur, die sie von ihm, im Auftrag seiner Sekretärin, angefertigt hatte, gefeuert, sagte Mary Lou. Und Feather gab ebenfalls Zunder, bemäkelte den Stil der zumeist in Schwarzweiß gehaltenen Zeichnungen Juttas als *somewhat frightening*, sagte: *all the faces, even those of friends we knew to be cheerful and perhaps handsome people, somehow looked gross, menacing and ugly. It took only a glance at those sketches she drew to convince me that something was amiss*. Ohne Scheiß, Lothar: *Karikaturenstreit.*

Leonard Feather behauptete später sogar, er habe Jutta Hipp Alfred Lion allein wegen ihrer gemeinsamen Muttersprache vorgestellt. Ihre drei Alben für dessen wie kein anderes renommiertes Blue Note Label entfernte er aus der 1960er Ausgabe seiner *Encyclopedia of Jazz*, was Kate Kaiser mehr als ungewöhnlich findet. Womöglich waren ihm seine Hüllentexte peinlich geworden, meinte Lothar.

CXII.

National Public Radio am 20. April 2005. *All Things Considered*, eine Dokumentation über Tantiemen für Jazzmusiker. Moderator Felix Contreras: Blue Note is one of the good guys, and one of the label's artists did get a windfall. Jutta Hipp was an obscure German pianist who made a couple of recordings for Blue Note in the Nineteen-Fifties. In 2001, a secretary of Blue Note Records met the pianist, who asked whether she had any royalty payments coming. EMI Vice President Tom Evered ordered a search of the books just to see what he could find. Tom Evered: And sure enough, I believe there was an excess of forty-thousand Dollars in an escrow account for her that had been sitting there building up interest. I called up Jutta and this little German-accented old lady's voice answered. And I said, *Miss Hipp, we've found some royalties for you, and*

I think it's about forty-five-thousand Dollars, something like that. And there was just silence, and she said, *O my God*. It turns out she had kind of had a complete loss in faith in her talent. She became a seamstress in the late Fifties, early Sixties, never played again, and no one had ever heard from her. And she just had a few friends. You would never, ever guess that this woman used to sell out the Hickory House and play with Zoot Sims. It was really amazing. Unfortunately, she passed away just about a year and a half ago. I don't know, for a moment there it was very sad, but then I thought, at least it was somebody we found.

CXIII.

Lothar und Mary Lou waren zum Essen verabredet, und Arilt wollte ihnen dieses Mal unbedingt *Gesellschaft leisten*. Dann aber rief Mary Lou an und sprach in süßer Melodie: Guten Morgen, Lothar. Ausgeschlafen? Lothar antwortete: *Hello, Mary Lou*, logisch, ich bin schon seit Stunden auf den Beinen, wie sieht's denn nun aus? Mary Lou, noch immer *säuselnd:* Gut, aber Arilt kann nicht mitkommen, wir haben den Tag bislang einfach verbummelt, wofür ich in gewissem Sinn Rechnung trage, so daß er jetzt arbeiten, die Partitur einer Filmmusik, die morgen aufgenommen werden soll, einstudieren muß. Schade, antwortete Lothar im Tonfall unverhohlen vorgetäuschter Enttäuschung und fügte mit gedämpfter Stimme hinzu: Deiner Wortwahl entnehme ich, daß Arilt gerade bei dir ist. Mary Lou erwiderte ohne jegliche Färbung in der Stimme: Genau. Und Lothar, fröhlich, beinahe frivol: Dann grüße ihn mal schön von mir. Mary Lou: Mache ich. Wie wäre es mit

19 Uhr? Ich habe mir aber noch gar keine Gedanken darüber gemacht, in welches Restaurant wir gehen könnten. Okay, antwortete Lothar, ich fahre vor, drücke kurz auf die Hupe, und du kommst herunter.

Und also stieg Mary Lou in den *Daewoo*. Lothar nahm sie liebevoll in Empfang. Bei laufendem Motor streichelte er, zuerst auf, dann unter ihrem T-Shirt, ihre Wirbelsäule, spielte mit dem rückwärtigen Schildchen an ihrem Slip, lehnte seinen Kopf an ihre Brust, *wie Johannes*, wie sie es auf ihrer Couch so häufig bei ihm getan hatte. Mary Lou fuhr mit einer Hand, sanft, zugleich forschend, unter Lothars Oberhemd, behauptete, sie kenne seinen Körper nun schon so gut, kenne ihn *auswendig*, ohne ihn je gesehen zu haben, er sei ihr ganz *vertraut*, sein Körper sei ihr zur *Heimat* geworden. Gestern erst wieder habe sie sich, auf ihrem Klavierstuhl, der Imagination seiner zärtlichen Fingerspitzen hingegeben und *selbstbefriedigt*. Woraufhin Lothar erschrocken von ihr abließ, den ersten Gang einlegte und losfuhr.

Was für ein Nervenkitzel, sagte Mary Lou, als sie den Sicherheitsgurt angelegt hatte und die Falten ihres Faltenrocks ordnete, *beinahe wäre Arilt doch noch mitgekommen*. Auch habe er Einspruch gegen die Wahl des Faltenrocks erhoben: *Zu sehr ein Statement. Zu sehr Schulmädchen*. Aber doch nicht in dieser die Knie umspielenden Länge, sagte sie, doch nicht in meinem Alter. Trotzdem ansprechend, gab Lothar zu bedenken und legte, wie zum Beweis, die rechte Hand auf ihr linkes Knie. Sie sei am Morgen neben dem noch schlafenden Arilt erwacht, erzählte Mary Lou, und habe ein starkes Verlangen verspürt, ein intensives Ziehen im Unterleib, eine Art *Moussieren*, und sich extensiv, *exzessiv* ausgemalt, die zurückliegende Nacht mit ihm, Lothar, in einem Hotel verbracht zu haben, dem Hotel über jener Bar, die sie gestern abend, heimlich, vor Arilt verheimlicht, besucht hatten.

Ich lade dich ein, sagte Lothar, nahm Kurs auf Ausfallstraße und Autobahn, und eine halbe Stunde später saßen er und Mary Lou im *langsamen Sektor* des Schnellrestaurants. Ich hätte nicht gedacht, daß du mich am heutigen dritten Adventsonntag hierher ausführen würdest, sagte Mary Lou und warf ihrem *Kavalier* einen strafenden Blick zu. Es gibt hier wenigstens keine Zimmer zu mieten, gab Lothar zurück; Mary Lou hatte sich am Abend zuvor allen Ernstes nach den Übernachtungspreisen erkundigen wollen. *Ich gebe uns nicht mehr lange*, hatte sie gesagt und auf Lothars ad hoc besorgte Nachfrage hin präzisiert: Ich gebe uns nicht mehr lange, bis wir miteinander schlafen. Du bist verrückt, hatte Lothar entgegnet. Warum nur brachte sie ihn so gern in Verlegenheit?

Auch jetzt, während Lothar seinen letzten Gemüsestick in das Kichererbsenpüree tauchte, lehnte sich Mary Lou in ihrem Sessel zurück, nippte an ihrer *Bionade*, lächelte Lothar an und sprach die, wenn sie seine Situation bedachte, unverhältnismäßigen, unverfrorenen Worte: *Nimm mich. Ich will dich.* Als sich die gläserne Tür öffnete und Katherine Schmeller und ihr gehörnter Gatte das Lokal betraten, hocherfreut auf Lothar Lothar zusteuerten und diesem nichts anderes übrigblieb, als Mary Lou Mackay mit ihnen bekannt zu machen. Katherine nahm dann auch gleich unaufgefordert Platz, ihr Ehemann besorgte *am schnellen Tresen* Hamburger und fritiertes Hähnchen-Formfleisch, Soft-Eis und *Fanta*. Das alles wollte aber gar nicht auf das quadratische Tischchen vor Lothar und Mary Lou passen. Also erhoben sie sich und setzten sich, in gebotener Höflichkeit, mit den Hinzugekommenen an eine größere, rechteckige Tafel.

Während ihr Mann seine Mahlzeit stumm verspeiste, verwickelte Katherine Schmeller Mary Lou Mackay mit vollem Mund in ein *Gespräch unter Frauen*. Wollte alles über ihren Beruf wissen. *Wie sich denn damit durchkommen lasse? Ob sie auch singe?* Lothar und Mary Lou hielten sich unterdessen, tief unter der Tischplatte, bei den Händen, mit immer stärker vornübergeneigten Oberkörpern, *als ob sie versänken*, bis Lothar, plötzlich panisch, Mary Lou zuflüsterte: *Wir müssen uns aufrechter halten*. Und also setzten sie sich, auf eigenes Kommando, kerzengerade hin und wußten momentan überhaupt nicht, wohin mit ihren Händen.

CXIV.

E.T. Vogel: Zunächst, liebe Jutta, wie fühlen Sie sich jetzt, nachdem Sie doch lange genug in den Staaten leben? Jutta Hipp: Oh, es geht mir ausgezeichnet, ja, ich darf Ihnen verraten, daß es mir eigentlich noch nie so gut gegangen ist. Erst jetzt kann ich sagen, daß ich hier wirklich fest Fuß gefaßt, sozusagen Wurzeln geschlagen habe und mich wie zu Hause fühle. E.T. Vogel: Treten Sie eigentlich zur Zeit musikalisch auf? Jutta Hipp: Im Augenblick spiele ich in einem kleinen Nachtklub auf Long Island, aber nur übers Wochenende. Ich habe nämlich einen Beruf ergriffen, der mit Musik direkt nichts zu tun hat, der mir aber die so lang ersehnte Freiheit und Unabhängigkeit gibt, die ich als *full-time musician* nie hatte. Jetzt kann mir nämlich niemand mehr vorschreiben, wo, mit wem und vor allem *was* ich spielen soll. E.T. Vogel: Sie haben also keine eigene Combo mehr? Jutta Hipp: Aber nein. Ich wollte ja eigentlich noch nie eine Combo anführen, und ich habe auch jetzt keinerlei

Ehrgeiz, als *bandleader* aufzutreten. Wissen Sie, als ich hierherkam, versuchten verschiedene Leute, Kapital aus meiner Tätigkeit zu schlagen, aber das ist jetzt vorbei. Ich bin vollkommen selbständig, habe weder Agenten noch Manager, kenne aber eine Unzahl wundervoller Musiker, die mich rufen, sobald sie mich brauchen. Einmal fuhr ich sogar mit einer farbigen Jazz-Combo auf Tournee in die Südstaaten, und meine Kollegen schminkten mich mit einem braunen Make-up und erzählten den Leuten, ich sei aus Puerto Rico.

E.T. Vogel: Wenn Sie aber nicht mehr regelmäßig spielen, kommen Sie da nicht etwas von der Musik ab? Jutta Hipp: Aber woher denn? Im Gegenteil. Früher, im Musikgeschäft, da war ich voll innerer Nervosität, und was ich spielte, war entsprechend verkrampft und unwahr. Heute bin ich aufgrund der wiedergewonnenen Freiheit ruhig und ausgeglichen. Ich kann mich nun auch wieder nach meinem eigenen Geschmack richten, den ich vor lauter kommerziellen Rücksichten völlig verloren hatte. Meine Musik ist damit wieder ehrlich geworden, wie sie einst war.

E.T. Vogel: Gibt es denn überhaupt noch irgendwo wirklich echten Jazz? Jutta Hipp: O ja, den gibt es, und den wird's auch immer geben. Nur läßt er sich noch immer nicht kaufen. Man muß ihn finden, und ich bin sehr glücklich darüber, daß ich nun den rechten Weg gegangen bin, auf dem sich mir wieder der Zauber der Musik erschließt. E.T. Vogel: Sie denken dabei sicher an bestimmte Musiker, die diese Musikszene lebendig halten. Wen schätzen Sie da besonders? Jutta Hipp: Vor allem Miles Davis. Er ist der Größte. Auch Thelonious Monk gefällt mir sehr, obwohl ich ihn damals, als ich noch in Deutschland war, nicht hören konnte. Jetzt bewundere ich ihn von Mal zu Mal mehr, besonders als Solist. Na ja, und dann mag ich natürlich

Basie, Ellington, Lester Young; aber auch Red Garland schätze ich sehr, und Sonny Stitt und John Coltrane, ja, und dann bin ich begeistert von einer Organistin, die mit Eddie Lockjaw Davis spielt. Sie heißt Shirley Scott und ist wunderbar. Aber es gibt hier wirklich eine Unzahl fantastischer Musiker, die völlig unbekannt, aber deshalb nicht schlechter sind als die, die sich durch geschickte Manager und Agenten einen Namen gemacht haben.

E.T. Vogel: Nun, Jutta, noch eine private Frage, die die Leser ja immer interessiert, weil in dieser Richtung stets viel gemunkelt wird: haben Sie Heiratspläne?

CXV.

Nie zuvor zubereitet, nie zuvor serviert: *Taubenbrust mit Trauben-Chutney*. Concordia Werkmeister und Gustave Becher beim Waschen der Trauben, Schälen, Halbieren und Vierteln der Zwiebeln, beim Würfeln des Ingwers, ab und zu in Dr. Johns *Babylon* einfallend. Jeannine Waterstradt, Schoten Chili feinhackend. Lothar könnte sich doch auch nützlich machen, meinte sie. Lothar, mit einem Aperitif in der geöffneten Balkontür, sagte: Gern. Gustaves Bruder Gernot, der seit Jahren in Grenoble lebte und nun, seinen Blick über das im rosa Widerschein der soeben untergegangenen Sonne liegende historische Olympische Dorf schweifen lassend, auf dem Balkon, an der bröckelnden Betonbrüstung, stand, hatte Lothar in eine kontroverse Konversation über dessen geheimnisumwittertes Gelübde verwickelt, der sich der Befragte augenblicklich tatsächlich *gern* entzog. Schon Balthasar hatte betont, der katholische Grundakt sei jenseits von Verstehen und Nichtverstehen. Weil ihm das Entfernen der Sehnen aus den Taubenbrustfilets jedoch nicht zusagte, widmete sich Lothar lieber dem Raspeln zartbitterer Schokolade.

Zum Zölibat, tönte Gernot Becher unverdrossen von draußen, gibt es doch auch ein aktuelles Schreiben aus dem Vatikan. Die wollen davon einfach nicht *ablassen*, oder? Du hast recht, gab Lothar höflich, ohne von seiner Küchenarbeit aufzublicken, zur Antwort, in der nachsynodalen Verlautbarung *Sacramentum Caritatis*, dem Apostolischen Schreiben über die Ergebnisse der XI. Ordentlichen Bischofssynode, heißt es, das Amtspriestertum erfordere durch die Weihe eine vollkommene Gleichgestaltung mit Christus. Die Tatsache, daß Christus, der ewige Hohepriester, selber seine Sendung bis zum Kreuzesopfer im Stand der Jungfräulichkeit gelebt hat, biete einen sicheren Anhaltspunkt, um den Sinn der Tradition der lateinischen Kirche in dieser Sache zu erfassen. Deshalb reiche es nicht aus, den priesterlichen Zölibat unter rein funktionalen Gesichtspunkten zu verstehen. In Wirklichkeit stelle er eine besondere Angleichung an den Lebensstil Christi selbst dar. Eine solche Wahl habe vor allem *hochzeitlichen Charakter*; sie sei ein Sicheinfühlen in das Herz Christi als des Bräutigams, der sein Leben für die Braut hingibt.

Nun möchte ich aber einmal ganz ehrlich von dir hören, sagte Gustave, der mittlerweile mit Concordia am Herd stand und die Trauben, die Zwiebeln, den Ingwer und das Chili mit einem Sud aus Bananen, Orangen, Aceto, Rum, Salz und Zucker aufkochen ließ, ob du, selbst längst entjungfert, ein solch jungfräuliches Leben, *das dir einfach nicht stehen will*, allen Ernstes zu führen gedenkst. Hey, Moment mal, ich finde, das geht uns überhaupt nichts an, antwortete Jeannine, bevor Lothar Lothar auch nur irgend etwas hatte einwenden können. Und Concordia beendete das teils leidige, teils peinliche Thema mit der Frage: Wer zieht denn jetzt die Sehnen aus den Brustfilets?

CXVI.

Wieder zu Hause, legte sich Lothar auf sein Bett, hörte von unten, durch den Fußboden, *Death of a Ladies' Man*, Frau Schmellers Lieblingsalbum, das sie ihm eines verregneten Sonntags, als er vom Gottesdienst heimgekehrt war, bei extrem hellgrünem Tee, vorgespielt hatte, und lauschte auf die nach wie vor verstörenden Zeilen: *Don't go home with your hard-on. It will only drive you insane. You can't shake it or break it with your Motown. You can't melt it down in the rain.* Hatte sich Leonard Cohen dann nicht sogar für einige Jahre in ein Kloster zurückgezogen?

Lothar nahm Balthasars *Pneuma und Institution* von seinem Sekretär und vergegenwärtigte sich des Theologen Theoreme zugunsten einer zölibatären Existenz. Christus ist zugleich *Verzichter und Verschenker*, der in seiner Eucharistie die unergründlichste Erfahrung leiblicher Hingabe macht. Und in der marianischen Gnade verbindet sich die Erfahrung der Jungfräulichkeit mit einer solchen der leiblichen Fruchtbarkeit und Mütterlichkeit, sie hat also die Erfahrung des Fleischlichen in der Liebe in sich und teilt sie auch mit. Das wird, mutmaßte der Theologe, heutigen Psychologen und Soziologen wohl verstiegen erscheinen, und doch ist es für einen, der glaubt, ganz einfach.

Die *Taubeneinfalt* der Kirche, formulierte Balthasar, dürfe ihre *Schlangenklugheit* nicht beeinträchtigen. Sie müsse die Edelsten, *aristoi*, fördern, ohne zu übersehen, daß sie auch mit den Durchschnittlichen, den Handwerkern der Seelsorge, zu rechnen habe. Was zu dem Trugschluß einer Doppellösung verleiten könne: Hier zölibatärer Klerus, vermutlich in der Minderzahl, dort *viri probati* in erdrükkender Überzahl. Es werde niemals so sein dürfen, daß die zölibatäre Priesterexistenz als eine von zwei gleichwertig zur Auswahl stehenden Lebensweisen des Hirten in der Kirche erscheine, denn so demokratisch sei die Kirche nicht gebaut; ihre Säulen ruhten ja auf dem Fundament der Apostel und Propheten.

Wenn Christus nicht zu einem abstrakten Prinzip ohne existentielle Konsequenzen herabsinken soll, muß man ihn katholisch immer im Zusammenhang mit den menschlichen Helfern sehen, die mit ihm zusammen seine Konstellation bilden und mit denen seine Sendung unlöslich verbunden ist: mit dem sicherlich jungfräulichen Vorläufer Johannes, mit dem sich sein Schicksal so denkwürdig verschränkt, mit der Mutter Maria, deren leibliches und geistiges Verhältnis zu ihm nie eng und wesentlich genug aufgefaßt werden kann, mit dem Lieblingsjünger, der sich in einer beinah weiblichen Hingabe seinen Lehren und seiner Liebe erschließt, endlich auch mit Paulus, der ersten großen exemplarischen Sendung in der werdenden Kirche, dessen Gestalt als Archetyp des Apostels in der Reflexion der Kirche wohl mit am meisten dazu beigetragen hat, Amt und Zölibat in einer existentiellen Einheit zu sehen. Wenn Paulus forderte, rekapitulierte Lothar halblaut, wie im Gebet, in sein bis auf den gelblichen Kegel, den die kleine Lampe über dem Bett auf Balthasars Buch warf, im tiefgrauen Dunkel liegendes Zimmer hinein, alle Stellvertreter Gottes sollten ehelos sein wie er, meinte er damit nicht eine aus zwei Eventualitäten, sondern er zog eindeutig *die eine, die die andere war*, vor.

CXVII.

Voilà, avec l'exotique Maria Montez, lautete der im Off gesprochene Kommentar einer französischen Dokumentation über Albert Camus. Tatsächlich zu erkennen: Der attraktive Existentialist Seite an Seite mit der atemberaubenden Exotin. Maria Montez' enorme Anziehungskraft auf europäische Ästheten wie Camus, Jean Cocteau, Max Ophüls, Erich von Stroheim, oder in den Vereinigten Staaten Douglas Sirk, Douglas Fairbanks, Jr., Orson Welles, nicht zuletzt ganze Heerscharen noch Heranwachsender wie Ronnie Tavel und Jack Smith, ließ sich auf ihre Rolle als *aquatische femme fatale* in einem 1947 unabhängig produzierten Kunstfilm namens *Siren of Atlantis* zurückführen. So fand die erste Performance Jack Smiths unter dem Titel *Rehearsal for the Destruction of Atlantis* statt, im Lauf seiner Karriere sollten Stücke wie *An Average Afternoon in Atlantis, Capitalism of Atlantis* oder *Socialism of Atlantis* folgen.

www.ronald-tavel.com. Her family's ancestral estate was actually on Tenerife in the Maghreb Atlantic, where the obstreperous, high-toned, and trouble-seeking little rebel spent part of her youth a virtual convent prisoner. The Canaries are one of the four or five locations claiming to be remnants of Atlantis, and the tall, blond *Guanches* the Conquistadors discovered there in the fifteenth century sometimes are referred to as the last of the beautiful Atlantians described by Plato. With orange and violet strands in her long auburn hair, her hazel skin and eyes, the statuesque Maria Montez could be said to most resemble these African Islanders, if indeed one thinks she satisfactorily can be identified with any specific ethnic group. According to the myth, Atlantians were the spawn of Poseidon, and

Maria's grandmother explained to her that all the sea god's descendents bear the mark of his triton somewhere on their body. Maria Montez soll ja auch oberhalb ihrer Hüfte eine kleine braune Narbe in Form des Dreizacks besessen haben, die sie vor uns Kinozuschauern, *aus Aberglauben*, so gut wie möglich verbarg.

Ihr Ehemann, Jean-Pierre Aumont, klärte einen Fragesteller darüber auf, daß Maria eine Privatkapelle in Beverly Hills, 1100 Tower Road, hatte errichten lassen, in der eine Statue ihres Schutzheiligen, San Antonio, stand, zu dem sie täglich sprach, damit er ihr zahllose Güter wie Pelze, Hüte, sowie die Verehrung durch Los Angeles und ganz Europa sicherte. So in imitation Jack built an altar to her on which he sat her photo to oversee and share his confidential life; and he literally prayed to her daily for artistic inspiration, and claimed it was she who instructed him to place the altar itself in the center of *Normal Love*.

Doch Maria Montez' größter Einfluß auf Jack Smith, auch sein ultimativer Tribut an sie, bestand in dem Wiederaufbau Bagdads respektive Babylons innerhalb seiner Wohnungen. Er bewohnte ein Duplex-Loft in SoHo und entfernte die Decke, den Boden zwischen den Stockwerken, um eigenhändig eine an Kathedralen erinnernde Kulisse für ein Filmprojekt namens *Sinbad* zu errichten. In seiner späteren Wohnung, First Avenue, 5. Stock, konnten wir durch ein retro-futuristisch aufgemachtes Tal des Euphrat waten und uns in einem unglaublichen Badezimmer unter eingetopften Palmen niederlassen wie im melanesischen Dschungel; alles inspiriert durch *Siren of Atlantis, Raiders of the Desert, Arabian Nights, Ali Baba and the 40 Thieves, Tangier, Sudan, Moonlight in Hawaii, South of Tahiti, White Savage, Cobra Woman* und *La Donna del Corsaro*.

CXVIII.

Im öffentlichen Raum, auf dem Rückweg von der Mensa, Lothars Kommilitonen, Gregor, István und Maximilian, in Spitzfindigkeiten über die gouvernementale Rolle der Engel bei Agamben vertieft, im Hauptgebäude Richtung U-Bahnhof abgezweigt. Ein Treppenabsatz, ein Geländer, und momentan niemand zu sehen. *Bitte*, flüsterte Mary Lou und preßte ihre Lippen auf Lothars Lippen. Stieß ihre Zunge in seinen Gaumen *und fand seine Zunge.* Lothar versuchte etwas zu sagen, aber sein Gestammel erzeugte in Mary Lous geöffnetem Mund lediglich eine Art *Jungle Sound.* Sie warf ihren Kopf in den Nacken und glitt an Lothar, wie ohnmächtig geworden, hinab, ging förmlich zu Boden, mußte kurz lachen, richtete sich wieder auf, nahm seine linke Hand in ihre rechte Hand und schob sie in den V-Ausschnitt ihres Mohair-Pullovers. Lothar Lothar fühlte Mary Lous extravaganten BH, glaubte ihn aus einem zurückliegenden Stelldichein wiederzuerkennen, tastete hilflos den Drahtbügel ab, der das linke Körbchen einfaßte. Begann sogar etwas über den Drahtbügel zu *murmeln.* Da ergriff Mary Lou abermals seine Hand und führte sie, von einem ernsten Blick in seine fragend geweiteten Augen begleitet, unter den mit einem Lochmuster verzierten Büstenhalter, über ihre Haut, ihre üppige Brust, und ließ ihre Brust in seiner Hand ruhen, und stellte Lothar die Frage, ob er sich vorstellen könne, sie, Mary Lou, auf der Stelle, augenblicklich, *auszuziehen.* Lothar fiel sofort Adriennes Merksatz ein, wenn Liebende sich voreinander enthüllten, wollten sie nicht ihren Leib, sondern vor allem ihre Liebe sich zeigen. Also antwortete er: *Schon. Ich glaube, ja. Vorstellen schon.* Mary Lou öffnete einen weiteren Knopf seines Polohemds, fuhr mit ihren Fingern unter den Stoff und über die Behaarung seiner Brust, und fragte zärtlich, ob er eigentlich rasiert sei, und ergänzte, auf Lothars erstaunte Miene hin: *unten*. Dann zog sie das noch frisch nach den Farben einer schottischen Offsetdruckerei duftende erste Exemplar von *Catholic Kisses* aus ihrer Handtasche.

Daß du jetzt aber auch wirklich täglich in die Universität kommen mußt, tadelte Lothar Lothar, als er sich wieder gefangen und auch bedankt hatte, Mary Lou Mackay, aber er meinte es, und sie wußte das, gar nicht einmal abschätzig, und schüttelte, gestellt verständnislos, verstellt verliebt, sein gelocktes Haupt. Plazierte einen flüchtigen Kuß auf ihre Stirn und verschwand, Punkt 14 Uhr c.t., im Auditorium Maximum.

Der Rhythmus dieser Sprache zieht einen richtig voran, und man muß ihr nachrennen, ob man will oder nicht, wie einem Hund, der an der Leine zerrt. Das ist so, als ob etwas klingen würde, aber nicht einfach so, vom MP3-Player in die Ohren eingetropft wie ein Narkotikum, sondern damit man etwas erfährt. Ja, ich glaube, das ist es: Der Gewinn an Erfahrung, den man dabei bekommt. Denn diese Sprache, die durch sich selbst spricht (und dadurch erst zur Musik wird), sagt ja etwas, das man hören muß. Man kann nicht einfach weghören. Sie vernebelt einem nichts. Die Musik, die spielt, tanzt gleichzeitig zu sich selbst, aber sie sagt einem auch etwas hinein. Sie sagt einem ein (nicht: zu, und sie sagt einem auch nichts zu, sie garantiert für nichts), aber danach weiß man mehr als vorher. Weil man sich dem nicht entziehen kann, auch wenn es einen dabei zerreißt.

Elfriede Jelinek über die Bücher von Thomas Meinecke

Thomas Meinecke

Tomboy

Roman
Gebunden und st 3118. 252 Seiten

Ein Mädchen, das sich – entgegen gängiger Rollenklischees – wie ein Junge benimmt, wird im Amerikanischen »Tomboy« genannt. Aber ist ein Tom nicht auch immer schon ein Boy und der Begriff damit verräterisch tautologisch? Warum wird dieser doppelt männliche Ausdruck ausschließlich für Mädchen verwendet? Und warum kann ein Mann nicht lesbisch sein? Thomas Meineckes Roman ist ein bizarres Kabinett der gender troubles. Es treten auf: Studentinnen und Studenten in Heidelberg. Die Geschlechterverhältnisse geraten ins Tanzen, die Polarität männlich/weiblich wird zum Schmelzen gebracht, als konstruiert entlarvt und in ein produktives Oszillieren überführt.

»Ein außergewöhnliches Programm, für das man so leicht kein literarisches Beispiel wird beibringen können. Thomas Meinecke hat sich entschieden, einen ganz besonderen theoretischen Diskurs, nämlich den feministischen der Gender Studies, nicht nur zum Romanthema, sondern zum Roman selbst zu machen.« *Die ZEIT*

NF 640/1/8.07